SANTA ANA PUBLIC LIBRARY
BOOKMOBILE

LA DAMA DE LA GUERRA

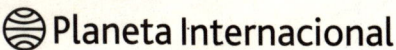
Planeta Internacional

MARIE BENEDICT

LA DAMA DE LA GUERRA

Título original: *My Darling Clementine*

© 2020, Marie Benedict

Esta edición se publica mediante acuerdo con The Laura Dail Literary Agency a través de International Editors' Co.

Traducción: Carmen Amat

Diseño de portada: Music for Chameleons / Jorge Garnica
Fotografía de portada: Wikimedia Commons / © iStock

Derechos reservados

© 2020, Editorial Planeta Mexicana, S.A. de C.V.
Bajo el sello editorial PLANETA M.R.
Avenida Presidente Masarik núm. 111,
Piso 2, Polanco V Sección, Miguel Hidalgo
C.P. 11560, Ciudad de México
www.planetadelibros.com.mx

Primera edición en formato epub: septiembre de 2020
ISBN: 978-607-07-7120-0

Primera edición impresa en México: septiembre de 2020
ISBN: 978-607-07-7104-0

Este libro es una obra de ficción. Todos los nombres, personajes, compañías, lugares y acontecimientos son producto de la imaginación del autor o son utilizados ficticiamente. Cualquier semejanza con situaciones actuales, lugares o personas -vivas o muertas- es mera coincidencia.

No se permite la reproducción total o parcial de este libro ni su incorporación a un sistema informático, ni su transmisión en cualquier forma o por cualquier medio, sea este electrónico, mecánico, por fotocopia, por grabación u otros métodos, sin el permiso previo y por escrito de los titulares del *copyright*.

La infracción de los derechos mencionados puede ser constitutiva de delito contra la propiedad intelectual (Arts. 229 y siguientes de la Ley Federal de Derechos de Autor y Arts. 424 y siguientes del Código Penal).

Si necesita fotocopiar o escanear algún fragmento de esta obra diríjase al CeMPro (Centro Mexicano de Protección y Fomento de los Derechos de Autor, http://www.cempro.org.mx).

Impreso en los talleres de Litográfica Ingramex, S.A. de C.V.
Centeno núm. 162-1, colonia Granjas Esmeralda, Ciudad de México
Impreso y hecho en México - *Printed and made in Mexico*

PRIMERA PARTE

Capítulo uno

12 de septiembre de 1908
Londres, Inglaterra

Siempre he sentido que soy una chica diferente. Sin importar dónde viva o con quién me relacione, siempre he sentido que soy un ente aparte. Especialmente hoy.

El débil sol de inicios de septiembre se esfuerza por romper la oscuridad de la mañana fría. Los rayos pálidos iluminan la habitación cavernosa que me fue asignada por lady St. Helier, mi benefactora, y se estrellan contra el vestido de satén blanco que cuelga del maniquí, recordándome que me espera un interminable ritual durante el día.

Mientras palpo la elegante tela veneciana del corpiño de talle cuadrado delicadamente bordado, más fino que cualquier otro que haya usado antes, me invade una sensación de aislamiento más intensa que la que habitualmente siento. Anhelo tener una conexión con alguien.

Busco la ropa que las criadas desempacaron de mi baúl y colocaron en los cajones de la cómoda y en el armario cuando llegué al número 52 de Portland Place, hace quince días. Pero no encuentro nada más que el corsé y la ropa interior que debo usar debajo del vestido el día de hoy. Solo entonces entiendo que las criadas debieron de haber empacado mis pertenencias en el baúl de viaje, para que me prepare para lo que vendrá más tarde. Tan solo pensar en ese «después» hace que me recorra un escalofrío.

Tras atarme por la cintura mi bata de seda gris, bajo de puntillas la gran escalera de la mansión de lady St. Helier. Al principio no sé con claridad qué es lo que estoy buscando, pero tengo una epifanía cuando ubico a una mucama trabajando en el salón de visitas. Está arrodillada frente a la rejilla de la chimenea.

El sonido de mis pasos asusta a la pobre chica y pega un salto.

—Buenos días, lady Hozier. ¿Puedo ayudarla en algo? —dice, limpiándose los dedos ennegrecidos en el trapo que cuelga de su mandil.

Yo titubeo por un segundo. ¿Pondré en peligro a esta chica si le pido ayuda? Sin duda lady St. Helier disculpará cualquier transgresión al protocolo que haga yo el día de hoy.

—De hecho, podrías serme de ayuda, si es que no te genero muchos problemas. —La disculpa hace que mi voz suene más pesada.

Después de explicarle mi enorme problema a la chica —su edad debe de ser cercana a la mía— ella sale corriendo por el pasillo trasero hacia la cocina. Al principio creo que no entendió mi petición o que pensó que estaba loca. Pero la sigo, y cuando se escurre a través de la duela de la cocina hacia la escalera de servicio, entiendo.

Hago un gesto de angustia por el ruido que hacen sus botas de trabajo cuando la chica sube por la escalera y camina por el pasillo del ático, donde se encuentran las habitaciones de los sirvientes. Espero. Aguanto la respiración y ruego en silencio para que su escándalo no despierte al resto de los trabajadores. Temo que si aparecen para realizar sus tareas matutinas y me encuentran en la cocina, alguno de ellos alerte a lady St. Helier. Cuando la chica regresa con un bulto en las manos —sin la compañía de ningún otro sirviente—, suspiro con alivio.

—¿Cuál es tu nombre? —pregunto, mientras alcanzo el bulto.

—Mary, señorita —contesta con una minúscula reverencia.

—Estaré en deuda contigo eternamente, Mary.

—El placer es mío, señorita Hozier. —Me sonríe como si estuviéramos conspirando, y me doy cuenta de que está disfrutando su papel en esta situación tan singular. Puede que prestarme su ayuda sea la única distracción que tenga en la monótona sucesión de sus días.

Mientras doy la vuelta y camino de regreso hacia la gran escalera, Mary susurra:

—¿Por qué no se cambia en la despensa, señorita? Es menos probable que la descubran que si sube por las escaleras. Yo me aseguraré de que su ropa sea devuelta a su habitación antes de que alguien lo note.

La chica tiene razón. Cada paso que diera por esa chirriante escalera principal me arriesgaría a que la señora de la casa y sus sirvientes me descubrieran. Tomo su consejo y entro a la despensa llena de frascos; entrecierro la puerta para asegurarme de que entre un poco de luz. Dejo que mi camisón y mi bata se deslicen y se acomoden alrededor de mis pies, en el suelo, y desato el bulto. Saco un vestido de flores sorprendentemente lindo, muevo mi cuerpo para que entre en esa prenda de algodón que roza el suelo y después me amarro las botas negras que Mary incluyó inteligentemente.

—Le queda muy bien, señorita Hozier —dice la chica cuando vuelvo a salir a la cocina. Mientras me entrega su abrigo colgado en la pared, me dice: —que Dios la ayude.

Me apresuro a salir por la puerta de servicio hacia la parte trasera de la casa y camino por un callejón que se extiende detrás de la fila de lujosas casas georgianas que se alinean sobre Portland Place. Paso por enfrente de las ventanas de las cocinas que comienzan a brillar con lámparas encendidas por sirvientes que alistan las casas para sus amos. Un mundo bullicioso se yergue detrás de las mansiones de lady St. Helier y sus amigos, pero como yo siempre entro por las puertas principales nunca antes había sido testigo de la algarabía que se vive en estas pequeñas callejuelas traseras.

El callejón desemboca en la calle Weymouth, donde se detiene un autobús. Se dirige al oeste de Kensington, y yo conozco bastante bien la ruta, pues la he tomado en la dirección contraria, hacia la casa de lady St. Helier, en varias ocasiones. El abrigo de lana de Mary es demasiado delgado para la mañana fresca, y mientras espero el autobús me envuelvo en él con la vana esperanza de extraer un poco más de calor de sus escasas fibras.

El sombrero sin adornos que Mary me prestó tiene solamente una pequeña visera, así que el disfraz de sirvienta no sirve mucho para esconder mi rostro. Cuando me subo al autobús el conductor me reconoce por las fotografías que han aparecido en los periódicos de los últimos días. Se me queda viendo, pero no dice nada al principio. Finalmente balbucea:

—Sin duda alguna está usted en el lugar equivocado, señorita… —Baja la voz hasta que se vuelve un susurro, al darse cuenta de que no debería revelar mi identidad— Hozier.

—Estoy precisamente donde debería, señor —contesto con un tono que espero que sea amable, pero firme. Sus ojos no dejan de observarme mientras toma el dinero de la tarifa que Mary me prestó de sus ahorros, y que planeo pagar con creces, pero no dice más.

Mantengo la mirada baja para esconder mi rostro de los curiosos que han sido alertados, por la reacción del conductor, de lo extraño que resulta mi presencia. Bajo del autobús en el momento en que se acerca a las Villas Abingdon, y me siento más ligera al acercarme a la casa color crema con el número 51. Cuando logro levantar la pesada aldaba de hierro la presión en mi pecho comienza a disminuir y respiro con facilidad. Nadie abre la puerta de inmediato, pero eso no me sorprende. Aquí no hay un grupo de sirvientes que esperan en la cocina, siempre listos para contestar el golpe de una puerta delantera o el sonido de la campana de un amo. Aquí un sirviente hace el trabajo de varios, y los habitantes de la casa hacen el resto.

Espero, y después de varios largos minutos mi paciencia es recompensada con una puerta abierta. Vislumbro el que parece el rostro de mi querida hermana Nellie, aún arrugado por el sueño. Se apresura a darme un abrazo antes de que la sorpresa de verme se refleje en su cara y se congela.

—¿Qué diablos estás haciendo aquí, Clementine? ¿Y con *esa* ropa? —me pregunta; su expresión es de incredulidad—. Hoy es el día de tu boda.

Capítulo dos

12 de septiembre de 1908
Londres, Inglaterra

El reconfortante aroma del té recién hecho llega a mi nariz, y dejo que el vapor me caliente el rostro y las manos. Nellie no me ha presionado para que conteste a su pregunta; todavía no. Sé que pronto insistirá en que le explique el porqué de mi inesperada visita; pero, por ahora, me entrego al silencio temporal de la habitación de visitas. Estos momentos de silencio a solas con mi hermana, aquí en casa, podrían ser lo que necesito para pasar este día.

—¿No estarás pensando en cancelar la boda, Clemmie? —Nellie interrumpe el silencio con un susurro trémulo. Ninguna de las dos desea despertar a un solo miembro de la casa, y menos aún a mamá.

—No, no, Nellie —le susurro, alcanzando su mano. Mis nudillos rozan la mesa en la que mi hermana y yo solíamos pasar horas cosiendo para el negocio de confección de nuestra prima Lena Whyte, lo cual tuvimos que hacer para ayudar con los gastos del hogar.

El alivio suaviza su rostro. No me había dado cuenta del terror que le provocaba la idea de que yo pudiera cancelar esta boda. Había sido cruel de mi parte no justificar mi presencia desde el principio.

—Nada de eso, querida. Solo necesitaba la familiaridad de mi hogar por un momento, para calmar mis nervios.

—¿Nervios de qué? ¿De la ceremonia de bodas? ¿O del hombre con el que te casarás? —Nellie, mi hermana menor y gemela de mi único hermano, me sorprende con su astucia. Por mucho tiempo la había considerado joven e inexperta, ni siquiera cercana a la confidente que mi indomable hermana mayor, Kitty, habría sido si hubiera vivido más allá de los dieciséis años, si mi bella, valiente hermana no hubiera sucumbido a la tifoidea. No debería haber subestimado a Nellie.

Su pregunta despierta un recuerdo de cuando conocí a mi pretendiente. Fue una noche, en la mansión de lady St. Helier, el mismo lugar del que acabo de huir. Al principio había declinado la invitación de mi benefactora a cenar, en aquella fría noche de marzo. Mis vestidos apropiados para esa ocasión requerían algunos remiendos, y no tenía guantes blancos limpios. Me lamenté con mamá. Honestamente, mi larga tutoría de francés me había dejado exhausta, pero no me atreví a hablar con franqueza, pues mamá detestaba cualquier recordatorio de que nosotras, las chicas, necesitáramos contribuir al mantenimiento de la casa. Ella prefería creer que su título y su herencia aristocrática mágicamente nos proveerían los fondos para tener casa, comida y sirvientes; esto era una contradicción extraña con su fuerte perspectiva bohemia sobre la maleabilidad del compromiso matrimonial y su clara entrega a sus relaciones extramaritales y a otras cosas más, que ciertamente no incluían preocuparse por nosotros, sus hijos. Ella no iba a admitir excusa alguna para declinar una invitación de mi generosa y rica mecenas, quien era su tía, y además adoraba ayudar a las jóvenes a ingresar a la alta sociedad. Así que mamá me prestó sus propios guantes y el sencillo vestido de princesa de satén blanco de Nellie; y asistí diligente, aunque llegué un poco tarde a la cita.

Aun así, el invitado que estaba a mi derecha no había terminado de presentarse cuando la servidumbre sirvió el segundo de los cinco platillos. Había empezado a desesperarme con la conversación sobre los aburridos informes del clima de los que hablaba el anciano, a mi izquierda, cuando la puerta del salón se abrió de golpe. Antes de que el mayordomo pudiera anunciar al invitado tardío, un hombre de rostro redondo con una media sonrisa algo tímida entró, ofreciéndole sus disculpas a lady St. Helier, antes de sentarse a mi lado en la ornamentada silla. Mientras las patas de su silla chirriaban ruidosamente contra la duela —lo cual ahogó la voz del mayordomo, que anunciaba su nombre—, el hombre llamó mi atención. Sus mejillas conservaban la suavidad de la infancia, pero en su frente pude ver las profundas marcas que dejan las preocupaciones adultas.

¿Quién era este caballero? Me pareció familiar, aunque no podía ubicar su rostro. ¿Lo habría conocido anteriormente en algún evento social? Habían sido tantos.

—Señorita, lamento cualquier contratiempo que mi demora le hubiera causado. Un asiento vacío en una cena formal no es un asunto sencillo de arreglar. Por favor, discúlpeme —dijo, mirándome a los ojos de una forma tan directa que me perturbó.

Desacostumbrada como estaba a tal forma de franqueza, la sorpresa me precipitó a una contestación brusca.

—No hubo tal inconveniente, caballero. Yo arribé tan solo un momento antes que usted, pues el trabajo retrasó mi llegada—. De manera inmediata lamenté mis palabras, puesto que las chicas de mi clase no debían tener un empleo.

Me miró perplejo.

—¿Tiene usted una profesión?

—Así es —contesté, un poco a la defensiva—. Soy instructora de francés. —No me atreví a mencionar la labor de costureras que también realizábamos Nellie y yo, aunque generaba buena parte de nuestro ingreso.

Sus ojos brillaron con entusiasmo.

—Eso es… eso es maravilloso, señorita. Tener un oficio y conocer algo del mundo es invaluable.

¿Lo decía en serio o se estaba burlando un poco? No supe cómo responder, así que decidí hilar la conversación con una respuesta inofensiva.

—Si así lo dice usted, señor.

—Claro que lo digo. Es refrescante. Y su inmersión habitual en el idioma francés y su cultura… ah, estoy celoso de eso. Siempre he sentido una sincera apreciación por las contribuciones culturales y políticas que Francia ha hecho a Europa, en particular el fomento a la libertad personal y los derechos del hombre.

Parecía honesto, y sus puntos de vista coincidían con los míos. Me arriesgué y respondí de la misma forma.

—Estoy completamente de acuerdo, señor. Incluso consideré estudiar el idioma francés, la cultura francesa y su política pública en la universidad. De hecho, la directora me alentó a hacerlo.

—¿En serio? —De nuevo, parecía sorprendido, y me pregunté si había sido demasiado franca sobre mis ambiciones juveniles. Yo no conocía a este hombre ni su visión del mundo.

Suavicé mis aspiraciones con un sentido del humor amable.

—Sí. Aunque al final tuve que conformarme con pasar un invierno en París, en donde asistí a algunas clases en la Sorbona, visité galerías de arte y cené con el artista Camille Pissarro.

—No es un consuelo menor —me respondió sonriéndome; sus ojos se detuvieron en los míos. ¿Imaginaba yo un atisbo de respeto en sus ojos azul claro? Bajo las tenues luces de las velas, el color de su iris pasaba de un aguamarina pálido al tono que adquiere el cielo cuando amanece.

Nos quedamos en silencio durante un instante, y pareció como si el resto de los invitados —una ilustre mezcla de figuras políticas, periodistas y una que otra peculiar heredera estadounidense— hubieran llegado también a una pausa en sus conversaciones. O quizá habían estado escuchándonos en silencio todo este tiempo. Me di cuenta de que había estado tan absorta en la plática con mi compañero de mesa que casi me había olvidado de los otros comensales.

El caballero tartamudeó por un momento, y para evitar la vergüenza regresé al pollo sobre mi plato, que para ese entonces ya se había enfriado bastante. Sentí sus ojos sobre mí, pero no le regresé la mirada. Nuestro intercambio había sido inusualmente personal para un primer encuentro, y ahora yo no sabía qué decir.

—Discúlpeme, por favor, señorita. —Sus palabras llegaron inesperadamente.

—¿De qué, caballero?

—Por mi injustificable olvido de modales.

—No sé de qué habla.

—Una mujer como usted merece todas las cortesías. Me doy cuenta ahora de que no le ofrecí ni siquiera la más mínima presentación más allá del anuncio del mayordomo. Esto es particularmente intolerable, siendo que llegué demasiado tarde para las formalidades habituales. ¿Me permitiría presentarme?

Asentí ligeramente con la cabeza, preguntándome a qué se refería con «una mujer como usted». ¿Qué clase de mujer creía que era yo?

—Mi nombre es Winston Churchill.

«Ah», pensé con sobresalto. Eso explicaba por qué me era familiar su apariencia. Aunque yo recordaba que me lo habían presentado de manera fugaz varios años antes, no conocía su rostro por esa reunión social anterior, sino por los periódicos. El caballero sentado junto a mí era un prominente miembro del Parlamento y se rumoraba que pronto se convertiría en el presidente de la Cámara de Comercio, lo cual haría de él uno de los miembros más importantes del gobierno. Su ascenso en los rangos del liderazgo estuvo plagado de controversias, pues unos años atrás había pasado del partido conservador al liberal, favoreciendo el libre intercambio y un gobierno más activo en cuanto a las leyes que protegían el bienestar de los ciudadanos. Esto ocasionó una cobertura constante en los periódicos, incluyendo una larga entrevista en el *Daily Chronicle* a cargo del autor de *Drácula*, Bram Stoker, un par de meses antes.

Si recordaba correctamente, algunos años atrás este señor Churchill, de hecho, había votado a favor de la ley del sufragio femenino, un asunto muy importante para mí. Durante mis años en la Escuela para Señoritas de Berkhamsted, la directora, Beatrice Harris, me infundió el gusto por la independencia femenina. Sus lecturas sobre el movimiento sufragista llegaron a oídos interesados pues, como yo había crecido con una madre que profesaba creencias no conformistas, pero que al mismo tiempo se apoyaba en su estatus aristocrático y sus contactos para mantenerse económicamente, quería abrirme un camino de propósitos y, de ser posible, de independencia. Y ahora, sentado a mi lado estaba uno de los pocos políticos que había apoyado públicamente el primer esfuerzo por el sufragio femenino. De pronto me sentí bastante nerviosa, pero al mismo tiempo entusiasmada.

El resto de la mesa se había quedado en silencio, pero mi compañero no pareció notarlo, porque se aclaró la garganta ruidosamente y continuó.

—Espero que el nombre de Winston Churchill no la espante. Estos días soy un paria en la mayoría de los hogares.

Un calor intenso se extendió por mis usualmente pálidas mejillas, no por sus palabras, sino por la preocupación de que mi ignorancia sobre su identidad me hubiese llevado a cometer alguna tontería. «¿Había dicho algo poco apropiado?», me pregunté mientras revisaba rápidamente nuestro intercambio. No creía haberlo hecho. De haber estado en mi lugar, Kitty habría manejado esta interacción con aplomo y humor en vez de con mis silencios incómodos y mi nerviosismo.

Me decidí por una respuesta.

—No, caballero, para nada. Encuentro su perspectiva bastante cercana a la mía y quedo encantada de conocerlo.

—No tan encantada como para decirme su nombre, supongo.

Mis mejillas ardieron aún más.

—Soy la señorita Clementine Hozier.

—Es un *verdadero* placer, señorita Hozier.

Sonrío al recordar esto. Antes de que pueda responderle a Nellie, su gemelo, Bill, entra a la habitación. Bill es mi hermano menor y aún conserva lo desgarbado de un muchacho de escuela, pese a su puesto como oficial de la Marina Real. Está a punto de morder una manzana enorme que cae de inmediato al suelo cuando me ve.

—¿Qué diablos haces aquí? Espero que no estés esquivando otro compromiso.

Poniéndome de pie, golpeo su brazo por la referencia no a uno, sino a dos prometidos míos abandonados —Sidney Cornwallis Peel, el nieto del ex primer ministro, sir Robert Peel, y Lionel Earle—, hombres con títulos nobiliarios o posiciones que prometían seguridad financiera, pero con quienes vislumbré una vida de serio decoro y escasas esperanzas de realizar un propósito personal. Aunque rehuí de la vida poco convencional que llevaba mi madre, entendí que no podía comprometerme con ninguno de estos buenos caballeros simplemente en nombre de la propiedad, pues yo anhelaba una vida significativa y, me atrevo a pensarlo, emocionante, aunque el decoro fuera un aliciente poderoso.

Nellie, Bill y yo estallamos en risas, y me siento extraordinariamente ligera. La pesada sensación de aislamiento que había sentido en las largas horas antes del amanecer se desvanece, y en la presencia de mis hermanos la marcha nupcial a mi nueva vida deja de parecer un viaje infranqueable. Hasta que mamá entra a la habitación.

Por primera vez desde que soy capaz de recordarlo, mamá se queda en silencio. No hay sermones prejuiciosos sobre sus temas preferidos, no hace una corrección en público de los errores que percibe, no hay un comentario hecho casi en voz baja pero audible sobre conocidos burgueses. Y, aún más increíble, soy yo —la menos favorecida y constantemente ignorada de todos sus hijos— quien ha dejado sin palabras a lady Blanche Hozier, quien nunca se amedrenta.

Nellie, la favorita, brinca en defensa mía.

—Clemmie vino solo para tomar el té y visitarnos brevemente, mamá.

Mi madre se yergue a toda su altura y encuentra su voz. Con un tono estridente y burlón, dice:

—¿Una visita? ¿Al amanecer? ¿En la mañana de su boda?

Nadie contesta. Tales preguntas no se formulan para ser contestadas.

Con su cabello rubio en mechones desaliñados adornando su todavía bellísimo rostro, nos observa fijamente por turnos a cada uno, y hace aún otra crítica disfrazada de pregunta retórica.

—¿Puede alguno de ustedes pensar en algo *menos* apropiado?

Casi resoplo riéndome de nuestra madre bohemia, que nunca sigue las restricciones de la sociedad, la Iglesia o la familia, pero que duda de la propiedad del comportamiento de sus hijos. Ella, cuyo comportamiento desde hace mucho ha ignorado las tradiciones del matrimonio y la crianza de los hijos debido a sus amoríos múltiples y simultáneos y sus largas ausencias. Y nosotros, quienes nos aferramos a la convención como si fuera una balsa de supervivencia en el mar del carácter tempestuoso de nuestra madre.

Al mirar de reojo a Nellie y a Bill reconozco las expresiones de vergüenza que comienzan a formarse en sus rostros, y me recuerdo a mí misma lo que significa este día. Para mí, para mi familia. En vez de someterme a la irritación de mamá y de esperar a que un remordimiento disipe su mal humor, hago que aparezca en mi propio rostro un aire de diversión. Hoy asumiré una responsabilidad poderosa, y este es mi primer esfuerzo por demostrar que el equilibrio ha cambiado.

—Por supuesto que no te molesta que tu hija haya hecho un breve viaje atravesando la ciudad para ver a su familia en la mañana de su boda, ¿verdad, mamá? —pregunto con una sonrisa. Intento sonar como la abuela, también llamada lady Blanche, quien, como la Stanley de Alderley residente del castillo Airlie que era, encarnó todas las cualidades de fuerza y asertividad por las que son conocidas las matriarcas Stanley, incluyendo la educación femenina. No es que mamá siguiera sus pasos en cuanto a sus creencias personales, ella es poco ortodoxa en todos los temas, menos en lo que se refiere a la educación femenina. No puedo entenderlo, pero supongo que se debe a que la atención de mamá se centra en sus relaciones con los hombres, quienes en su mayoría consideran vulgar la educación femenina.

Al principio mamá no contesta, desacostumbrada como está a que se le rete. Finalmente habla con un tono forzado y pausado.

—Claro que no, Clementine. Pero en una hora pediré que una berlina te recoja y te lleve de vuelta a casa de lady St. Helier para que te alistes. Después de todo, habrá más de mil personas observándote caminar por el pasillo nupcial.

Capítulo tres

12 de septiembre de 1908
Londres, Inglaterra

Pasa una hora sobre el reloj de la repisa y aún estoy sometida a la ayuda de la sirvienta personal de lady St. Helier. Mientras se ocupa de mi cabello, haciendo que los pesados mechones castaños se acomoden en un elaborado copete, examino mi rostro en el espejo. Mis ojos almendrados y mi perfil, que han sido descritos por otros frecuentemente como «romanos» o «bien esculpidos», lo que sea que eso signifique, lucen igual que cualquier otro día. Sin embargo, el día de hoy no se parecen a ningunos otros.

Observo los minutos correr en el reloj, casi incrédula de que la mayoría de las mujeres que conozco pasen una significativa parte de sus días en alguna versión de este proceso. Desperdician horas mientras sus sirvientas las asisten para cambiarse un atuendo por otro, un peinado por otro, mientras van de una reunión social a la siguiente. El estilo de vida de mamá, errante y frecuentemente mezquino, hizo que yo tuviera que realizar todas las tareas de las sirvientas en las ocasiones en las que fui invitada a un evento que requiriera un atuendo formal y un peinado complejo, pero la mayoría de las veces yo usaba un sencillo blusón de cuello atado con corbata, una falda y un peinado básico. Ahora sé que, aun cuando mi vida futura como la señora Churchill me permitiera una gran cantidad de sirvientas personales, no quiero gastar mi tiempo de esta frívola manera.

Un destello de luz solar se refleja en el gran rubí del centro de mi anillo de compromiso. Muevo mis dedos, haciendo que la luz caiga y baile sobre las caras del rubí y de los diamantes que lo franquean, mientras recuerdo la propuesta de matrimonio de Winston. En el espejo veo una sonrisa que se curva en mis labios con el recuerdo.

A mitad del verano, las invitaciones para visitar a Winston en el palacio Blenheim, una de las casas más grandes de Inglaterra y la única que se designa palacio pese a no pertenecer a la realeza, comenzaron a llegar a raudales a nuestra casa, en las Villas Abingdon. Blenheim era de un primo y gran amigo de Winston, el duque de Marlborough, que se hacía llamar Sunny por uno de sus títulos —conde de Sunderland—, y Winston iba a pasar ahí parte del verano. Al principio me negué, no por una resistencia a verlo, sino por la desgracia de que yo no poseía los vestidos adecuados que se requerían para tan especial ocasión.

Sus invitaciones continuaron hasta que no pude rehusarme sin desairar al hombre de quien, de forma inesperada, me había vuelto tan cercana. Las cartas y las visitas de Winston en los últimos cuatro meses habían revelado que era una compañía maravillosa, nada cercano al áspero crítico que los periódicos decían que era. En las copiosas misivas que me escribió durante un viaje que hice a Alemania en compañía de mamá para traer de regreso a Nellie después de un tratamiento contra la tuberculosis, él rebosaba esa clase de entusiasmo e idealismo que también yo sentía hacia la política, la historia y la cultura. En su compañía me sentía atraída hacia la acción, como si me estuviera convirtiendo en un engrane esencial del núcleo de Inglaterra.

También compartía otra similitud con él: la sensación de soledad en el mundo. Ambos habíamos sido criados por madres poco convencionales y poco afectuosas: la mía, que había entrado en una unión desdichada con el coronel Henry Hozier antes de comprometerse en amoríos quizá más felices con varios hombres que procrearon a sus cuatro hijos, antes de divorciarse de mi padre, dejando nuestra crianza en manos de la servidumbre; y la suya, la exquisita heredera de nacionalidad estadounidense, lady Randolph Churchill, Jennie Jerome de nacimiento, cuyo número de amoríos competía con el de mamá, y quien dejó la crianza de Winston y de su hermano menor en manos de su querida niñera Everest. Nuestros padres —si es que pudiera llamársele así al exesposo de mamá, tomando en cuenta su incierto parentesco conmigo y nuestros escasos encuentros en los años que siguieron al divorcio— interpretaron papeles aún más nimios que los de nuestras madres; parece ser que lord Randolph, en particular, despreciaba abiertamente al mayor de sus hijos y durante el poco tiempo que pasaban juntos lo criticaba con frecuencia. Winston y yo habíamos sido abandonados a un estado de incertidumbre sobre nuestro lugar en la sociedad y en las relaciones. Pero, para nuestro placer y sorpresa, esa sensación desaparecía cuando estábamos juntos.

Mi nerviosismo por visitar Blenheim crecía mientras el tren atravesaba el verde paisaje con sus ondulantes colinas y se acercaba al palacio, del que se rumoraba desde hacía mucho que era uno de los más lujosos, fuera de las propiedades que poseía la familia real. ¿A qué me iba a enfrentar en esa magnífica casa? Winston no me había dado detalle alguno de los planes para el fin de semana, solo había mencionado que su primo estaría presente —aunque la esposa de este, Consuelo, no lo estaría, puesto que estaban divorciándose—, lo mismo que su madre, lady Randolph, a quien, como mamá se había encargado de recordarme, yo había conocido brevemente en varias situaciones sociales anteriores. Estaba emocionada de ver a Winston, aunque me sentía insegura por el resto de la compañía.

Una berlina llegó por mí a la estación, y tras recorrer un buen trecho del camino, el chofer gritó hacia mí:

—¡En breve atravesaremos las rejas de Ditchley, señorita!

Cuando miré por la ventana, una ornamentada reja de hierro forjado, flanqueada por una enorme entrada labrada en piedra, se alzaba frente a nosotros. Cuando un portero salió de una caseta para abrir la imponente entrada, vislumbré un largo camino bordeado por hileras de tilos, que atravesaba una vasta extensión plana. «Sin duda», pensé, «este debe ser el camino al palacio». Pero a medida que lo recorríamos, pasamos sobre un puente que cruzaba un lago serpenteante y luego por varias otras grandes construcciones, ninguna de las cuales parecía ser nuestro destino. «¿Cuándo llegaremos al palacio Blenheim?», me preguntaba. Mis nervios estaban tan tensos que me sentía a punto de reventar.

El chofer se volteó de nuevo y me gritó:

—¡Estaremos en la entrada principal en un momento, señorita!

«Ah», pensé, «gracias a Dios que ya casi estamos ahí». Me alisé la falda y me acomodé el cabello y el sombrero para asegurarme de que todo estaba en su lugar. La superficie del camino cambió, y di la bienvenida al crujido de las ruedas sobre las piedras como una señal de que al fin habíamos llegado al palacio. La berlina atravesó un pequeño arco tallado sobre una pared de piedra caliza, y mientras el carruaje se sacudía hasta detenerse, me preparé mentalmente.

Cuando por fin descendí de la berlina me encontré con un gran patio frente a la casa más grande que yo hubiera visto jamás. Un pórtico ancho y lleno de pilares se erguía en el centro, bordeado de estatuas y tallados de figuras bélicas, y dos vastas alas se extendían en mi dirección desde ambos lados. De la nada aparecieron cuatro sirvientes que se apresuraron hacia mí, tomaron mis maletas y me guiaron escaleras arriba, hacia las imponentes puertas principales de Blenheim.

Subí por los empinados escalones, con el corazón acelerado, tanto por el esfuerzo como por la emoción, y las puertas del gran salón se abrieron mágicamente mientras yo me acercaba. Tan pronto como entré vi que Winston estaba de pie entre una fila de amigos y familiares —o al menos supuse que eran amigos y familiares, ya que lady Randolph se encontraba cómodamente entre ellos—, debajo del enorme arco, en los lejanos confines del salón, que parecía interminable, y todos me esperaban para darme la bienvenida. Los únicos que faltaban eran el querido hermano de Winston, Jack, y su nueva esposa, lady Gwendoline Bertie —cariñosamente apodada Goonie—, quienes se habían casado hacía poco y estaban de luna de miel. ¡En nombre del cielo!, ¿qué tenía planeado Winston?

Mis tacones resonaron a través de la vasta extensión de losas de mármol negro y blanco mientras caminaba hacia mis anfitriones. Me estremecí cuando el sonido ocasionó el eco bajo el techo adornado con frescos, de unos veinte metros de altura, y alrededor de los enormes pilares que soportaban los arcos abovedados que revestían el salón. La amplia sonrisa de Winston no flaqueó una sola vez, y mi mirada se concentró en su rostro radiante en lugar de en las intimidantes obras de arte, esculturas y armas antiguas entre las que pasé, elementos todos de la historia familiar de Winston.

Dio un paso al frente y colocó una mano firme y tranquilizadora sobre la mía, mientras me presentaba a quienes no conocía: su primo Sunny, su cercano amigo personal y político F. E. Smith y su esposa, y un secretario de la Cámara de Comercio, entre ellos. Después insistió en que me retirara a mi habitación para prepararme para la cena y que me llevara a dos de las sirvientas de su madre. Me sonrojé cuando me di cuenta de que alguien en su grupo debió haber notado que yo no tenía una sirvienta personal y que él se había apresurado a resolver mi vergüenza.

Mientras las sirvientas desempacaban mis maletas di un paseo alrededor de la habitación de techos increíblemente altos adornada con una cama con dosel japonés de cuatro postes; me asombró encontrar la chimenea encendida pese al cálido clima de agosto, una indulgencia innecesaria. En apenas unos minutos las sirvientas se acercaron a mí con peines, cepillos y horquillas, listas para crear un peinado de moda con mi chongo simple. Quizá concentraron sus esfuerzos en mi cabello cuando se dieron cuenta de que había muy poco que hacer con mi limitado guardarropa.

Desde el momento en que crucé la puerta hacia la sala del comedor de Estado, pasando los largos murales y tapices que celebraban los éxitos militares de Marlborough y los retratos familiares de celebrados artistas, como sir Joshua Reynolds, John Singer Sargent y Thomas Gainsborough, fui incapaz de recordar a la joven mujer equilibrada y conversadora que había sido con Winston durante los últimos meses. Me sentía como una impostora en su mundo. Me sentí intimidada por los constantes recordatorios de la importancia histórica de los Churchill y por las bromas cómodas entre Winston, su madre y Sunny, así que me permití retraerme y mantenerme al margen. Era un viejo hábito de los días en que Kitty seguía viva y yo miraba desde las sombras cómo mi hermosa hermana podía mantener cautivada una habitación entera con su inteligencia y encanto.

Cuando los hombres y las mujeres se separaron después de cenar, Winston se me acercó. Temí que expresara preocupación, incluso decepción, por mi silencio durante la comida, pero en cambio me pidió perdón.

—Mi querida Clementine, ¿podrás disculparme por monopolizar la conversación durante la cena? Hablé muchísimo con mi madre y Sunny, no hubo manera alguna de que participaras.

Intenté recordar la naturaleza exacta de su larga discusión, ya que me habían distraído un poco los muebles y los frescos del salón de la cena. La charla se había centrado en la inminente reunión entre el rey Eduardo y el káiser Guillermo sobre el crecimiento del tamaño de la flota naval de Alemania, y yo busqué un comentario apropiado.

—Por favor, Winston, no es en lo más mínimo necesaria una disculpa. Estaba intrigada por tus reflexiones sobre la expansión naval y los esfuerzos de Alemania por rivalizar con la Fuerza Naval

Inglesa. Estoy completamente de acuerdo en que nuestro país debe mantener su dominio y no permitir que Alemania nos rete.

Una amplia sonrisa envolvió su rostro entero.

—Esa es una de las cosas que amo de ti, Clementine. A diferencia de la mayoría de las mujeres jóvenes, cuyos párpados se cerrarían durante tal conversación, tú escuchas, entiendes y te vinculas con los temas importantes de nuestros días. Tu intelecto es muy atractivo, como lo es la nobleza de tu pensamiento.

Aunque entendí y aprecié que me había hecho varios halagos, mis pensamientos se fijaron en una sola palabra: *amo*. ¿Había dicho él «amo»? Ninguno de nosotros había usado esa palabra anteriormente. No respondí —no podía—, solo asentí y lo miré con ojos bajos.

—Digo que —anunció con lo que era su técnica para susurrar, en absoluto silenciosa—, vayamos a caminar por los jardines de rosas de Blenheim mañana temprano, para que veas si justifican su reputación. También puedo prometerte una visión panorámica del lago.

—Me encantaría —contesté.

—Maravilloso —dijo él, estirándose para acariciar suavemente mi mano—. ¿Digamos a las diez de la mañana en el desayunador?

Asentí y nos dimos las buenas noches. Sentí mi paso más ligero y estaba un poco embelesada cuando me reuní con lady Randolph y lady Smith para el postre, con la esperanza de rectificar la impresión deslucida que había causado anteriormente en ellas.

A la mañana siguiente dieron las diez de la mañana, y las once se acercaban rápidamente sin que Winston apareciera, ni nadie más en su lugar. ¿Dónde, por el amor de Dios, podría estar? ¿No habíamos acordado dar una vuelta por los jardines de rosas a esa hora? Yo ya había comido del copioso banquete que se ofrecía, seleccionando huevos escalfados, fresas de verano con crema y un té fuerte, y estaba de pie frente a una fila de ventanas, mirando por encima de los arreglados jardines de Blenheim, cuando alguien finalmente entró al desayunador.

Al dar la vuelta ante el sonido de los pasos esperaba encontrar a un Winston avergonzado. En cambio, un conmocionado Sunny estaba de pie bajo el arco de la entrada del desayunador, y su expresión me dijo todo lo que necesitaba saber sobre el paradero de Winston, pues él ya me había confesado su hábito de trabajar hasta la luz del alba para después descansar hasta el mediodía. Winston seguía dormido. Yo estaba furiosa con él por ponerme en esta posición incómoda. Comencé a caminar para salir de la habitación sin decir una palabra, sin importar que estuviera frente al duque de Marlborough.

—Señorita Hozier, he sido enviado a invitarla a dar un paseo por la propiedad —me dijo Sunny, cubriendo a su querido amigo y primo—. Winston ha quedado inevitablemente preso. El trabajo, como usted sabe. —Mi rostro debió registrar mi incredulidad, pero Sunny continuó abriéndole camino—. Él espera que puedan reunirse mejor a la una de la tarde. Debería haber acabado su trabajo para entonces, y de todos modos es la hora ideal para observar las rosas.

La brecha entre la manera como quería actuar y la manera como debía hacerlo se hizo más ancha. Aunque me sentía humillada, era una invitada del estimado hombre que estaba de pie frente a mí, y sentía un cariño profundo por el que seguía dormido. Decidí contestar cordialmente, pero dejar en claro mis expectativas.

—Eso sería encantador. Pero ¿puedo suponer que veré a Winston en el gran salón a la una en punto?

Sunny me vio directamente a los ojos con una mirada que me pareció de aprecio. Con un asentimiento empático, dijo:

—Se lo puedo prometer.

Cuando descendí por la gran escalera de mármol adyacente al gran salón un minuto después de la una, Winston ya estaba esperándome, y su rostro mostraba esa expresión avergonzada que yo había imaginado unas horas antes. Mientras me acercaba, me enderecé para resaltar mis 1.70 metros de estatura, lo que me hacía un poco más alta que Winston. Quería que entendiera que esperaba de él respeto y consideración.

Tomó mis manos entre las suyas y dijo:

—Siento como si siempre estuviera pidiéndote disculpas.

—A veces lo haces cuando no es necesario —contesté, queriendo que él entendiera con mi énfasis en «a veces» que esta no era una de esas ocasiones.

—Aun así, mi comportamiento requiere que haga ciertas enmiendas —medio afirmó, medio preguntó.

—Sí —dije, pausando para dejarlo a la espera de mi veredicto—. Pero te disculpo.

Su alivio fue audible.

—¿Nos aventuramos hacia los jardines?

Sonreí para indicar que el incidente había quedado atrás y caminamos a la parte trasera del palacio, atravesando una puerta común y corriente que llevaba a un cerro. Con mi mano en su brazo salimos hacia la luz dorada de la tarde de verano. Mientras paseábamos por su extensión hacia un camino bien delineado, Winston me compartió algo de la historia de la creación del palacio Blenheim y sus alrededores, que fueron entregados por la reina Anna al primer duque de Marlborough, en 1704, como un agradecimiento por guiar a los ingleses hacia la victoria sobre los franceses.

—Se dice en mi familia que, a petición del cuarto duque de Marlborough, el arquitecto paisajista Capability Brown acordó realizar el trabajo de diseñar el parque de Blenheim, en 1763, con la esperanza de terminar el proyecto en tan solo un par de años. Se quedó diez.

—¿Capability? Qué nombre.

—Pobre tipo. Su nombre real era Lancelot, aunque no entiendo por qué pensó que era mejor que lo llamaran Capability.

Estallé en una risa franca que Nellie y Bill con frecuencia me decían que era una carcajada. Mamá odiaba mi risa y con frecuencia me advertía que la moderara en público. Pero Winston se rio conmigo, y yo presentí que él, de hecho, disfrutaba mi poco delicado rugido.

Continuó.

—Para el momento en que el pobre Capability acabó había plantado miles de árboles, creando un verdadero bosque que parece perfectamente natural, pero que de hecho es un hábil artilugio. Con un uso inteligente de diques creó también el Gran Lago, que puedes ver a tu derecha, y la Gran Cascada, una de las más exquisitas que yo haya visto jamás. Tendremos que explorar esa parte otro día.

—Eso sería maravilloso. Los jardines son imponentes, Winston —dije, apretando su brazo—. Y están maravillosamente conservados, aun cuando fueron creados en el siglo XVIII.

—Bueno —dijo él, aclarándose la garganta—. El crédito de la restauración de los alrededores de Blenheim puedes otorgárselo a Sunny. Estaban en un estado deplorable hasta que él se hizo cargo.

«Con el dinero de Consuelo», pensé en silencio. Había escuchado rumores, por supuesto, sobre la historia del matrimonio de Sunny con la heredera estadounidense Consuelo Vanderbilt, quien se casó con él en 1885, ante la insistencia de su madre. Ninguno de los dos sentía cariño particular por el otro, y para 1906 el fin de su vínculo había sido inevitable. Pero pese a que los periódicos publicaban reportajes malintencionados sobre su separación, Sunny me parecía un tipo afable, y Winston sencillamente lo adoraba.

Paseamos tranquilamente por el camino en un cómodo silencio. Winston señaló un área del lago donde había pescado su primera presa, con la ayuda de su querida nana Everest. Aunque Blenheim le pertenecía a Sunny, y no a Winston, su apego a la propiedad era inconfundible. Su historia personal se entretejía con ella. Él había nacido en esa casa, después de todo.

Ninguna casa ejercía tal poder sobre mí. De vez en cuando el aspecto de una casa o de otra podía recordarme alguna de las que habíamos alquilado en Londres, o la casa de Dieppe que habitamos durante casi un año. Pero estas eran casas, no hogares, residencias temporales que eran descartadas cuando mamá quería pasar una temporada fuera. O cuando una nueva relación requería un cambio de escenario.

Un rayo fucsia y carmesí apareció cuando doblamos una curva del camino. Mi mano soltó el brazo de Winston y caminé hacia un rosal robusto y lleno de flores abiertas. Al inclinarme para inhalar el aroma poderoso y fragante sentí el brazo de Winston deslizarse por mi cintura encorsetada y temblé de placer. Nunca antes me había tocado, excepto mi mano y mi brazo, a menos que estuviéramos bailando. Y eso, por supuesto, había ocurrido frente a la mirada de la sociedad.

De pie, di la vuelta para mirarlo. Sus mejillas se sonrojaron, más que cuando estábamos caminando.

—Clem, Clem… —tartamudeó, un rasgo que surgía en él cuando se ponía nervioso.

Sin previo aviso, sin siquiera una sombra originada por nubes oscuras, sonó el rugido de un trueno. Ambos miramos hacia arriba. Una formidable masa negra se había formado al norte y amenazaba con cubrir el cielo.

Tomó mi mano.

—Lo mejor será que caminemos aprisa de vuelta a la casa. Estas tormentas de verano pueden ser feroces.

Tomados de la mano, comenzamos a caminar rápidamente hacia Blenheim por el camino que habíamos recorrido cuesta abajo apenas unos momentos antes. ¿Qué era lo que Winston había estado a punto de decir? Parecía que iba a ser algo importante, a decir por sus mejillas sonrojadas y el tartamudeo de mi nombre. ¿Sería posible que hubiera planeado decirme sus intenciones? «Sin duda es demasiado pronto para una propuesta de matrimonio», pensé. Apenas nos conocíamos desde hacía unos cinco meses, un cortejo de palabras escritas en cartas intercaladas con varias visitas, siempre en compañía de otros y con frecuencia interrumpidas por viajes, el mío a Alemania y los de él a locaciones mucho más lejanas, exigidos por el trabajo.

La lluvia cayó desde las nubes con suavidad al principio y después se convirtió en un torrente. Corrimos por el camino hasta que Winston me jaló de la mano y nos desviamos hacia una pequeña estructura. Me di cuenta de que era un templo griego no muy grande, con cuatro columnas jónicas que sostenían en lo alto un frontón triangular. Había una banca de mármol entre ellas y Winston me hizo un gesto para que me sentara.

—El templo de Diana —me explicó con un ademán de la mano que recorrió el interior de la pequeña estructura, decorada con placas de piedra con imágenes de la diosa, mientras se sentaba a mi lado—, construido como una locura a finales del siglo XVIII para la diosa romana de la luna, la caza y... y... —su tartamudeo tomó el control brevemente antes de que pudiera terminar— la castidad.

Winston me entregó un pañuelo y soltamos una risita mientras nos secábamos el rostro. La lluvia caía a mares sobre el techo del templo y nosotros nos relajamos en el cobijo de sus muros. El templo ofrecía una buena vista del Gran Lago a través de los árboles, pero en vez de comentar algo al respecto, guardé silencio. Esperaba que Winston regresara al tema que previamente había interrumpido.

Una araña se arrastraba por el suelo del templo lleno de hojarasca y yo me concentré en su camino no lineal para calmar mis nervios. De reojo noté que las mejillas de Winston estaban de nuevo encendidas, pero decidí quedarme en silencio y esperar a que él hablara primero.

Finalmente se aclaró la garganta.

—Clementine.

Alcé la mirada del suelo y encontré sus ojos.

—¿Sí? —dije, con una sonrisa cálida y un gesto alentador.

—Desde que era niño he tenido un certero presentimiento de que mi futuro y el de la Gran Bretaña están conectados de forma indisoluble. De que en algún momento me llamarían para rescatar a nuestra nación en tiempos de tremenda confusión. —Sus mejillas enrojecieron aún más—. Probablemente creas que tengo un delirio de grandeza y quieras salir huyendo de aquí.

Me apresuré a reiterarle mi apoyo, con cuidado de no revelar mi decepción ante lo que, me quedaba claro, no podía ser el preludio de una propuesta matrimonial.

—En absoluto, Winston. Admiro tu compromiso con nuestro país.

Apenas me permití pensar en lo emocionante que sería, si es que algún día nos casábamos, comprometerse en esta gran tarea con él. Deseaba profundamente la resolución de un matrimonio tradicional y estable con este hombre, tan distinto al vacío de la vida bohemia que mamá llevaba con sus constantes cambios de vivienda, finanzas y atención, producto de los caprichos de su variada lista de relaciones. Sin mencionar lo significativa que sería una vida con Winston, comparada con la de los otros hombres con quienes me había comprometido antes.

El rubor de sus mejillas se desvaneció y volvió a su natural blancura.

—Ay, Clementine, me siento tan aliviado de que lo entiendas. Espero que también entiendas mi necesidad de tener a una mujer fuerte y noble a mi lado —me dijo con una mirada de esperanza.

Parecía estar esperando una respuesta, pero yo no era capaz de contestar. Creí que estaba ideando alguna clase de petición, incluso me atreví a esperar que me propusiera matrimonio. Pero declarar la necesidad de «tener a su lado una mujer fuerte y noble» difícilmente se equiparaba a pedir la mano de alguien. De cualquier manera, no quería desalentarlo, en caso de que hubiera una propuesta escondida en sus palabras, así que volví a hacerle un gesto de aliento y esperé en silencio.

Volvió a aclararse la garganta y empezó a hablar.

—En estos últimos meses me he encariñado mucho contigo. Más que eso, mucho más. Me atrevo a decir que me he enamorado de ti, Clementine. —Hizo una pausa, después, con un brillo en los ojos, preguntó—: ¿Será que sientes lo mismo?

Por fin había dicho las palabras que tan largamente había esperado oír. Examiné a este hombre, una década más grande que yo y un miembro importante, aunque controversial, del Parlamento, y vi a la persona sensible que había debajo de su coraza exterior, un hombre que entendía y compartía conmigo la sensación de ser distinto. En ese momento supe con total certeza que podía construir una vida con él. No sería una vida sencilla —no, sería una vida de esfuerzo y ambición—, pero podía ser importante y repleta de sentido.

—Sí, Winston —contesté, sintiendo cómo se me ruborizaban las mejillas con una oleada de emociones. En mis dos compromisos fallidos nunca, ni una vez, confesé amor por esos caballeros, puesto que nunca sentí una oleada de emociones por ninguno de ellos. Lo que sentía por Winston era completamente diferente y mucho más poderoso.

—Ay, Clementine, no puedes saber lo feliz que me haces. —Tomó mi mano entre las suyas y respiró profundo—. Sé que nuestro noviazgo ha sido breve, pero me pregunto si me harías el honor de convertirte en mi esposa. No será un matrimonio ordinario, sino uno magnífico.

Sin esquivar su mirada intensa, contesté sin dudarlo:
—Seré tu esposa, Winston Churchill.

Capítulo cuatro

12 de septiembre de 1908
Londres, Inglaterra

Las campanas de Santa Margarita tocan una suave melodía que combina con la gentil belleza de la iglesia de piedra blanca de Portland del siglo XVI, enclavada entre la abadía de Westminster y el Parlamento. La música me calma los nervios hasta que el sonido metálico, estremecedor y masculino de la campana del Big Ben comienza a sonar para dar la hora. El sonido ahoga la sutil canción de Santa Margarita y por unos instantes me pierdo en la cacofonía de la competencia de las campanas y la persistencia de sus reverberaciones. Y después, de pronto, se hace un silencio inesperado, y una pausa extraña queda flotando en el aire.

—Llegó el momento, Clemmie —me susurra Bill.

Miro a mi hermano menor, resplandeciente en su uniforme naval, el único hombre que querría que me entregara en matrimonio, incluso aunque mi supuesto padre siguiera vivo, ya que lo conocí poco durante mi vida. El caballero alto y sereno sentado a mi lado apenas se distingue del joven muchacho, siempre el último de los hermanos Hozier en seguir la estela de mi madre mientras nos mudábamos de un lado a otro entre Inglaterra y Francia. Mientras que ella buscaba independizarse de las restricciones sociales y los acreedores con las constantes mudanzas, nosotros, los hijos, ansiábamos estabilidad y orden en cada nuevo hogar. Bill finalmente lo encontró en la Fuerza Naval, y me pregunto si yo la he encontrado por fin el día de hoy, con Winston.

Mi hermano está en lo correcto, por supuesto. Las campanas han dejado de repicar y nosotros debemos bajar del carruaje y atravesar la multitud de personas, fotógrafos y periodistas reunidos alrededor de Santa Margarita. Toda esta atención, que comenzó con el anuncio de nuestra boda, en un inicio fue terriblemente indeseable. Al principio me preocupaba que la atención fuera desagradable, que se señalaran las diferencias entre nuestra familia y otras familias aristocráticas. Las diferencias monetarias. Las diferencias en cuanto a la servidumbre. Las diferencias de las zonas en las que vivíamos y de las casas. Las diferencias de nuestros padres. Las diferencias de nuestras madres. Me aterraba lo que una mirada atenta e intrusa pudiese divulgar tras un escrutinio profundo. Pero con el paso de los días y el aumento de los artículos y las fotografías, comencé a entender que el público en general me veía a través de una lente del todo distinta a la que usaban mis pares. Para el mundo en general yo era hermosa y aristocrática, y provenía de un largo y antiguo linaje de la nobleza. Nadie parecía saber que alguna vez había vivido en un departamento sobre una pescadería de Dieppe, o que mi verdadera paternidad hubiera sido muy cuestionada. Los periodistas y la gente que se encuentra afuera de Santa Margarita solamente quieren echar un vistazo a la novia de la que ha sido llamada la boda más grande del año. Pero en este momento esa novia parece ser una persona distinta a mí, y yo soy incapaz de moverme.

—Clemmie, ¿me oíste? —dice Bill, un poco más alto.

Con lentitud, como si estuviera observándolo a través de una niebla, asiento.

—Muy bien. Yo saldré primero, después me daré la vuelta para ayudarte a salir del carruaje. —Me dirige la mejor de sus sonrisas mientras abre la puerta del carruaje—. No puedo permitir que la bellísima novia se caiga de bruces frente a todas estas cámaras, ¿o sí?

Su amable comentario quiere hacer que me despabile. Pero su ocurrencia está basada en un miedo real y siento el impulso de abofetear a Bill como si todavía fuera un niño pequeño. Pero en vez de eso alcanzo su brazo mientras salgo del carruaje, con los ojos entrecerrados por la luz del sol de la tarde de inicios de otoño y por los destellos de las incontables cámaras.

Una vez que piso el firme empedrado de la entrada de Santa Margarita, volteo a mi derecha para asegurarme de que mis damas de honor ya hayan bajado también de sus carruajes. Un alivio me inunda cuando veo el rostro sonriente de Nellie. Dudo que yo pudiera hacer frente a un solo minuto de este día sin que Nellie y Bill estuvieran a mi lado.

Detrás de Nellie están de pie mis otras cuatro damas de honor: la prima de Winston, Clare Frewen; mis primas, Venetia Stanley y Madeline Whyte; y mi querida amiga Horatia Seymour, cuyo padre había sido el secretario personal del primer ministro William Gladstone. En sus vestidos de satén ambarino, sombreros negros envueltos con rosas y camelias, y los ramos de rosas rosas, las chicas parecen piezas idénticas de un todo.

Mi estómago salta al ver a mi prima Venetia. Adoro a Venetia, pero su presencia me recuerda el drama que rodea a su mejor amiga, Violet Asquith, la hija de veintiún años del jefe de Winston, el liberal y nuevo primer ministro Herbert Henry Asquith. El año anterior a que Winston y yo nos conociéramos, él se había hecho amigo de Violet, quien había quedado cautivada por su intelecto y su astucia política. Dos días antes de nuestra boda, Violet, que se puso histérica al recibir la noticia de nuestro compromiso y mandó una carta a Venetia llena de vituperios contra mí, se había perdido durante un atardecer en el camino que bordea un peñasco de quince metros cerca del castillo Slain, que los Asquiths habían rentado para las vacaciones de verano. Cuando cayó la noche y seguía sin aparecer, su padre organizó un grupo de rescatistas con invitados, sirvientes y habitantes de la villa. Después de una búsqueda de cuatro horas en una noche sin luna, encontraron a Violet sana y salva en un terreno plano cerca del castillo, presta a dar una explicación de cómo se había resbalado y quedado inconsciente sobre las rocas filosas del peñasco. Desde que la noticia de este incidente llegó a Londres, la sociedad ha estado inquieta especulando si esta «caída» de Violet constituía un intento de suicidio, un accidente o un ardid intencional. No obstante, la presencia de Violet se cierne sobre nuestra boda, lo que, pienso yo, había sido su objetivo desde un principio.

Nellie se separa del resto de las damas de honor y camina a mi lado. Supongo que ha visto la expresión grave en mi rostro y creo que está a punto de darme un abrazo alentador y desearme lo mejor. En cambio, toma mi velo de tul y mi pequeña corona de capullos naranjas y me los acomoda. Me da un pequeño beso en una mejilla, justo antes de que el himno de bodas «Guíanos, Padre celestial, guíanos» empiece a sonar en el órgano de Santa Margarita. Es mi señal.

Sujeto los nardos blancos casi con tanta firmeza como con la que me aferro al brazo de Bill, y él y yo caminamos a través de las puertas de Santa Margarita. Cada banca de la vasta iglesia, adornada con flores blancas, como pedí, está repleta de invitados. Cuando Winston fijó nuestra boda un mes después de nuestro compromiso, casi pensé que había insistido en esa fecha —una época en que muchos aristócratas y miembros del Parlamento usualmente están fuera por vacaciones— para que sus detractores, aún dolidos por su cambio de partido político, no tuvieran oportunidad de desdeñar la invitación de forma rotunda. Sin embargo, por el gentío que llena Santa Margarita, parece que solo unos pocos decidieron no ir. Lo único que a mí me interesa es que Violet haya rechazado la invitación. No creo que yo fuera capaz de mantener un paso firme durante la marcha nupcial con sus ojos celosos y enfurecidos sobre mí.

Cuando entramos a la nave, los invitados estiran el cuello para vernos. Intento mantener la mirada fija en la ventana de vitrales detrás del altar enchapado en el extremo este de la iglesia —una verdadera obra de arte—, mientras Bill y yo avanzamos por el largo pasillo. Pasamos sin problemas por el primero de los muchos arcos góticos blancos que bordean el pasillo, hasta que reconozco entre la multitud al estimado ministro de Hacienda, David Lloyd George. Titubeo.

—Respira, Clemmie, respira —me susurra al oído Bill.

Como mi respiración no se hace más profunda ni mi paso más rápido, vuelve a susurrar, esta vez con una entonación que imita el tono escocés de mi abuela:

—Si no te apuras, te golpearé en las orejas.

Sus palabras llegan de manera tan inesperada y son tan poco apropiadas que comienzo a reírme. Me empiezan a temblar los hombros con el inicio de una gran y familiar carcajada, pero antes de que se me escape, Bill me pellizca el brazo.

—No te atrevas, Clemmie —susurra.

Recupero la compostura gracias a mi hermano. Continúo por el pasillo, asintiendo con la cabeza de manera ocasional hacia los invitados que reconozco. A medida que nos acercamos a la primera fila de bancas de la iglesia veo la mirada de la madre de Winston fija sobre mí. Su esposo, George Cornwallis-West, casi de la misma edad que Winston, y quien visiblemente se ausentó durante el fin de semana de mi propuesta matrimonial en Blenheim, no se ha molestado en voltear hacia mí. A diferencia de él, recibo una sonrisa cálida del hermano de Winston, Jack, guapo con su gran bigote, y de su nueva esposa, Goonie, cuyas facciones bellas y delicadas están enmarcadas por su cabello castaño oscuro y brillante. Mis familiares, un grupo pequeño en comparación con el de Winston, sonríen mientras me observan avanzar, incluyendo a mi augusta abuela, con su comportamiento usualmente imbuido de estoicismo inglés, y lady St. Helier, que me sonríe, encantada con el papel que desempeñó en todo esto. Incluso mamá, bellísima en su vestido de seda color púrpura adornado con un abrigo de piel blanco, está sonriendo, aunque pronto identifico una fuente de alegría mucho más probable que su hija. Ha reorganizado los asientos de la iglesia para que al lado suyo, en un lugar de máxima importancia, se encuentre Algernon Bertram Freeman-Mitford, el primer barón de Redesdale. Se trata del esposo de la hermana de mi madre, del que siempre se ha rumorado que es mi verdadero padre.

Bill aprieta mi brazo y entiende mi reacción sin decir una sola palabra. «No voy a permitir que mamá arruine mi día», me digo a mí misma mientras llegamos al altar. Y doy vuelta para mirar de frente a Winston.

A través de la nube de mi velo estudio a mi prometido. Al lado de su padrino de bodas de bigote prominente, lord Hugh Cecil, Winston luce más corpulento que alto, como lo veo en mi imaginación, pero eso no importa. El brillo de sus ojos y su media sonrisa están destinados exclusivamente para mí. Y con su ágil mente, sus ideales apasionados y el consuelo que encontramos el uno en el otro; él es mi hogar. El hogar que he buscado mi vida entera.

Nos sonreímos el uno al otro como dos niños golosos y la angustia del día se desvanece. Por un par de segundos somos solo él y yo.

Nuestro silencioso intercambio —el silencio de la iglesia completa— se interrumpe cuando el juez de paz, el obispo Welldon, se aclara la garganta intencionadamente. Como antiguo rector de Winston en Harrow, el obispo lo conoce bien y comienza un largo discurso sobre mi próximo esposo y la santidad del matrimonio. Me desespero al pensar que quizá ni siquiera me mencione en este discurso, el día de mi propia boda, pero al fin escucho mi nombre y la palabra *esposa*.

—La vida del hombre de Estado debe depender muchas veces del amor, de la sensibilidad, de la profunda comprensión y de la devoción de su esposa. La influencia que las esposas de nuestros políticos han ejercido en ellos para bien es un capítulo que aún está por escribirse en la historia de Inglaterra.

Winston y yo esperamos hasta que el obispo Welldon concluye su largo discurso, que parece más un monólogo que un sermón. Cuando Winston repite su compromiso con voz suave, veo lágrimas en el rabillo de sus ojos y tengo que controlarme para evitar lagrimear yo también. La ceremonia concluye con un beso breve que nos deja a mí y a Winston sonrojados y sonrientes el uno con el otro. Hasta que el obispo nos interrumpe una vez que decide que el altar de nuestro día de bodas es el lugar apropiado para tener una conversación con su antiguo estudiante.

Mientras yo espero cortésmente a que termine su inoportuna conversación, observo hacia la nave, sobre la cabeza de nuestros invitados, la ventana del vitral del lado oeste de Santa Margarita. Un retrato coloreado de la reina Isabel I me devuelve una mirada resuelta. La monarca más duradera del reino de Inglaterra nunca habría tolerado esperar de esta forma, y siento que casi me está regañando por permitirle al obispo restarme valor en mi día.

«Un capítulo no escrito» es como el obispo describe mi futuro, junto con «influencia… ejercida para bien sobre la vida de su esposo». ¿Será eso lo que todos esperan que sea en mi vida, una simple buena influencia para mi importante esposo? Puede que apenas cuente con veintitrés años y Winston tenga treinta y cuatro, pero mi vida no va a servir exclusivamente como fuente invisible de «comprensión y devoción» para mi esposo. En efecto, quiero escribir mi propio capítulo y ruego en silencio que Winston sea quien me entregue la pluma para hacerlo.

Capítulo cinco

14 de octubre de 1908
Londres, Inglaterra

A medida que nuestro coche cama se acerca a la estación Victoria, cuento los edificios que pasamos, esperando que su familiaridad me reconforte. Sin embargo, la ciudad parece gris y nublada, después de las semanas que pasamos bajo el sol abrasador de Italia. Este oscuro retorno a Londres es la señal de que nuestra luna de miel ha concluido y siento una oleada de tristeza porque nuestros lánguidos días y noches deben acabar.

Recuerdo cuando estaba sentada con Winston en el balcón de nuestra suite en el hotel del Palacio Lido, sobre las riberas del lago Maggiore, en Italia. Habíamos estado admirando la vista del lago azul zafiro y las montañas que lo rodean, que aún exhibían partes de la cima nevadas. Un silencio pacífico se había instalado entre nosotros y entrelazamos los dedos e inclinamos nuestros rostros hacia el sol de la tarde. Mientras los gruesos rayos del sol nos calentaban a través de nuestra ropa de lino blanco, experimenté una sensación trascendental de paz y pertenencia —y amor— como nunca antes. Ese es el momento que, ahora que estamos de vuelta, deseo preservar.

Las semanas de nuestra luna de miel, que pasamos de forma exclusiva en compañía del otro, fueron nuestro verdadero noviazgo. En la primera semana exploramos los esplendores del palacio Blenheim sin Sunny ni ningún otro miembro de la familia en la residencia y comencé a entender el impacto total de la negligencia en la infancia de Winston y la resultante adoración ferviente hacia el largo linaje Churchill. Le siguieron ocho días en el castillo del barón Arnold de Forest de Moravia en Eichhorn, Austria, en los que nos aventuramos entre los bosques color esmeralda y comenzamos a desentendernos de nuestras personalidades públicas cuidadosamente construidas. Un frenesí de seis días en Venecia, disfrutando las madonnas del Renacimiento, los *palazzos* y las brillantes góndolas negras ayudó a que nos deshiciéramos del resto de nuestras fachadas, pero no fue sino hasta la última y espléndida semana en el Lido cuando nos separamos de la última capa de nuestros caparazones hechos de palabras y nos rendimos el uno al otro. Ahí, de frente al otro, vulnerables y expuestos, nos convertimos en verdaderos esposos. Hice un voto en silencio para proteger nuestra unión. Pero a nuestro regreso a la brumosa Londres, con todas sus demandas y constructos sociales, me preocupa en quién me voy a convertir. ¿Cómo puedo salvaguardar esta fusión de personalidades que hemos logrado construir?

—¿Gatita? —me susurra Winston, despertándome de mi ensoñación.

—Dime, Pug mío —contesto a mi apodo con el suyo.

Habíamos disfrutado del amor físico durante nuestra luna de miel, la primera vez para ambos. Durante esos momentos íntimos, cierta inseguridad surgió entre nosotros, y se nos ocurrió llamarnos el uno al otro con nombres de mascotas, quizá como una referencia oblicua a nuestra naturaleza más animal.

Un gesto torcido aparece en los labios de Winston y, quizá inspirado en sus propios recuerdos de la luna de miel, se estira para tocar mi mano. Con mis dedos sin guantes toco cada uno de los suyos antes de deslizar mi mano entre la suya. Me atrae hacia él hasta que me siento en sus piernas, envuelta por completo en sus brazos. Nos besamos y yo siento surgir una calidez en mi interior. Mientras me alejo brevemente para respirar, me doy cuenta de que hemos llegado a la estación Victoria y hemos parado junto a un vagón completamente lleno y en espera, cuyos pasajeros nos están observando.

Soltamos carcajadas, pues nuestra felicidad extravagante hace que no nos sintamos avergonzados ante sus miradas. Nuestras risas persisten mientras alcanzo la chaqueta de lana gris de traje de viaje de Frederick Bosworth y descendemos del tren hacia el carruaje que nos espera para llevarnos con nuestro equipaje hacia el hogar de soltero de Winston. Los movimientos y las sacudidas del carruaje sobre las calles de la ciudad, abultadas por la mezcla de madera, macadán, granito y ocasionales adoquines, me provoca unas náuseas repentinas y el júbilo se desvanece. Solo cuando nos acercamos al número 12 de la calle Bolton y veo los brillantes ojos de mi esposo es que desaparece la incomodidad y me doy cuenta de que, por primera vez en mi vida, estoy en casa.

—¿Te cargo para cruzar el umbral? —me ofrece con los brazos abiertos cuando estamos frente a la imponente puerta delantera.

Una sonrisa reaparece en mi rostro ante tal idea, pero niego con la cabeza con una protesta burlona.

—Eso parece poco civilizado, ¿no? Después de todo, no es como si me hubieras raptado de mi pueblo y yo estuviera llegando a tu choza en medio de gritos y patadas. Nos hemos elegido el uno al otro con buena voluntad.

—De hecho así ha sido —me susurra al oído Winston.

Entonces vuelve a besarme y ríe. Sin hablar, nos tomamos de la mano y sin mencionar una palabra elegimos cruzar juntos el umbral.

Entramos al espacioso recibidor de su angosto pero alto edificio, conformado, como me ha dicho él, por cuatro pisos y un sótano. Mientras paseamos por el comedor y el desayunador de la planta baja y luego subimos al estudio y la biblioteca, me siento encantada con la sencillez de los muebles de madera y marfil, la sutil pintura de las paredes, los acentos de caoba en las escaleras, las repisas ornamentadas y los muebles del comedor que brillan bajo la luz eléctrica. Pero entonces noto que todas las superficies de las mesas de la biblioteca están atestadas con miniaturas relacionadas con guerra —soldados de metal, cañones, caballos y artillería, como si hubiéramos interrumpido una batalla—, y que cada silla tiene encima montones tambaleantes de libros. La biblioteca masculina, en particular, decorada en cuero y audaces colores navales, parece más que nada la habitación de un niño, y me pregunto cómo es que algún día podremos recibir invitados en estos espacios. Claramente, Winston comenzó su socialización en las casas de otras personas o en su club. Desearía que el protocolo permitiera que yo hubiese visitado su casa antes de casarnos, pues podría haber cambiado algo de la decoración.

Hace un gesto hacia de la biblioteca y dice:

—Como puedes ver, ha estado esperado un toque femenino.

Su expresión es avergonzada y como pidiendo perdón, y yo lo apaciguo con un beso.

—Es maravillosa. Y haremos de esto nuestro hogar. Solo espera a ver, Pug.

—Te ha estado esperando *a ti* todo este tiempo. Igual que yo.

Nuestros besos continúan en serio, hasta que escuchamos que alguien se aclara la garganta. Saltamos para separarnos, y me pregunto quién se atrevería a interrumpirnos. Cualquier sirviente sensato entendería cómo ausentarse en silencio de este momento privado.

Solo entonces la veo. Al pie del umbral de la biblioteca está la madre de Winston, resplandeciente en un vestido audazmente rayado de color verde pavorreal, a la última moda. Sonríe de manera beatífica, como si su mera presencia debiese llenarnos de alegría.

—¿Mamá? —dice Winston, su tono es una mezcla de sorpresa y placer.

—¿Lady Randolph?

—Ahora eres mi familia, Clementine. Por favor siéntete en libertad de llamarme Jennie —dice con una sonrisa serena.

«Con razón la sonrisa de lady Randolph —Jennie, quiero decir— tiene esa cualidad de *madonna*», pienso. Ha aprendido a esperar que su hijo sea dichoso simplemente por ella estar presente. Incluso en momentos inoportunos.

—¿Escuché a alguien decir «esperando un toque femenino»? —anuncia ella, y es claro que se siente bien consigo misma. Presiento que no hay remordimiento alguno por su intromisión en nuestra intimidad.

—¿En qué has estado metida, mamá? —pregunta Winston con un movimiento de su dedo, como si su madre fuera una niña que se hubiera portado mal.

Después de un breve interludio de besos y saludos que nos da, ella anuncia:

—Tengo una sorpresa para los recién casados. Estuve ocupada mientras ustedes socializaban por Europa.

Siento desconfianza. Durante el transcurso de nuestra luna de miel Winston me contó muchas historias de su crianza solitaria, y aunque nunca describiría con palabras peyorativas a su amada madre, escuché sobre las múltiples cartas que él le escribió, rogándole su atención, mientras ella viajaba por el mundo en compañía de sus amantes. Ella nunca contestó a sus ruegos ni lo defendió de las duras críticas que por su dislalia o su débil constitución le hacía su padre, quien mostraba una descarada y abierta preferencia por el hermano menor de Winston. Solo cuando Winston se convirtió en adulto y se forjó un nombre por sí mismo, fue cuando ella comenzó a mostrarle un afecto mínimo, e incluso entonces, solo lo hacía cuando podía beneficiarse de la situación. Yo podía identificar fácilmente sus comportamientos egoístas, pues los reconocía de mi propia madre.

—¿Qué es lo que has hecho? —El tono placentero de Winston no contiene ni una sola de las emociones mezcladas que yo estoy sintiendo. Como él había esperado tanto tiempo su atención, jamás haría algo que la pusiera en riesgo o la criticara. Siento que de parte de él solo existe satisfacción por la atención que ella nos presta.

—Vengan, déjenme mostrarles.

Nos lleva por las empinadas escaleras hacia una puerta al final del pasillo del tercer piso. La puerta está levemente abierta, y ella la empuja con un ligero golpe. Tras una rápida evaluación de la recámara percibo que se trata de la habitación principal y doy la vuelta para mirar a Winston, preguntándome cuál será su reacción al respecto de que su madre, y no él, sea la persona que me muestre la habitación que resguarda nuestra cama matrimonial.

Aunque su expresión sí es de asombro, entiendo rápido que se debe a la decoración.

—¡Qué sorpresa, mamá!

Una amplia sonrisa se forma en los labios de capullo de su madre, quien observa fijamente el rostro de Winston.

—¿Te gusta, querido? La habitación principal necesitaba una remodelación, con un poco de ese «toque femenino» que mencionaste. No podrías haber dado la bienvenida a casa a Clementine con ese gastado tema náutico que prevalecía en tu antigua habitación.

Nadie me pide mi opinión sobre la decoración. Este desaire por lo general me hubiera molestado —después de todo, se trata de la habitación que Winston y yo vamos a compartir como marido y mujer—, pero no en esta ocasión. Sé que *si me hubiesen preguntado*, no habría podido disimular mi horror ante la sobreabundancia de volantes, moños de satén, pliegues y fundas de muselina floreada. Parece un prostíbulo. O como me imagino que sería, en todo caso.

Siento como si no pudiera respirar en este ambiente empalagoso, pero por suerte una criada nos interrumpe llamando a la puerta abierta de la habitación. Winston da la vuelta y alzando una ceja le pregunta con tono inesperadamente cortante:

—¿Sí?

Una expresión de disculpa atraviesa las facciones de la mujer, y me siento mal por ella, que solo está cumpliendo con su deber.

—Lo lamento, señor, pero llegó un mensajero a dejar cartas del Parlamento. Dijo que eran urgentes.

Los ojos de Winston se iluminan; no aparece ni un dejo de decepción en su rostro.

—Ah, el deber y todo eso.

Sin la atención de su hijo, Jennie posa en mí su mirada calculadora. La miro a los ojos y veo lo que esta mujer es en realidad. Esta remodelación de nuestra habitación revela la enorme intención que tiene de insertarse en nuestras vidas, incluso en nuestros momentos de mayor intimidad. Sería yo un ratoncito tímido si me quedara en un rincón mientras ella manipula a Winston para sus propios fines. En nuestra luna de miel Winston y yo creamos un círculo de confianza y necesito reforzarlo en este momento. De no hacerlo así, será cuestión de tiempo que Jennie intente moldear no solo nuestra casa y la carrera de Winston, sino nuestro matrimonio e incluso a mí misma.

Ese círculo engloba la política. Durante nuestro noviazgo, Winston me escribió que su vida giraba en torno a la política, pero yo no había entendido qué tanto hasta nuestra luna de miel. Ahora sé que si quiero jugar un papel significativo en su vida debo involucrarme en su mundo político, construyendo un fuerte amurallado a nuestro alrededor. Y este es un papel que me viene bien, puesto que estoy profundamente interesada en los derechos y el trato hacia hombres y mujeres por igual.

Dejo a Jennie atrás y deslizo mi mano por el brazo de Winston.

—Ven, Winston. Veamos esas cartas juntos. Si el trabajo te llama, me llama a mí también.

SEGUNDA PARTE

Capítulo seis

15 de noviembre de 1909
Bristol, Inglaterra

Mi paso se siente ligero. Con cada movimiento hacia delante, el confinamiento del embarazo, el parto en sí mismo y la larga y a veces solitaria recuperación que le siguió, se van desprendiendo, como una piel no deseada. Por supuesto, ya había escuchado a otras mujeres describir estos desafíos, pero hasta que los sufrí en carne propia pude sentir lo transformadores que podían resultar. Ahora lo sé. Y a cada paso los dejo atrás en mi resurrección. Me vuelvo a reunir con Winston en el trabajo que abordamos juntos como parte de nuestro singular matrimonio.

Mientras camino por el pasillo y me acerco a las escaleras que descienden del tren hacia la estación en que nos reuniremos con políticos locales, hago que surja la esposa y la persona que Winston requiere de mí. Estoy decidida a regresar a la unidad en que nos habíamos convertido desde que nos casamos, tanto en la casa como en el trabajo. Hasta que mi embarazo se interpuso. Recuerdo las palabras de su carta de agosto, que recibí durante mi convalecencia en la propiedad de los Blunt, en Sussex, tras el nacimiento de Diana en julio: «Recupérate, mi querida Gatita, necesito que desempeñes un papel protagónico en las elecciones que vienen». Sus palabras reforzaron mi propósito, estimularon mi recuperación y ahora me impulsan hacia delante.

He aguardado largamente este momento. Después del nacimiento de Diana me tomé un tiempo a solas para recuperarme, primero en Sussex, en la propiedad de Wilfrid Scawen Blunt Newbuilding, y luego en la propiedad de mis primos en Stanley, Alderley Park, en Chesire, dejando a la bebé en Londres bajo el cuidado de una nana y la supervisión de Winston. Después de que regresé supuse que de inmediato volvería a ser la confidente y la compañera social de Winston. De hecho, me preparé para este papel durante mi convalecencia, manteniéndome al tanto de los asuntos contemporáneos y estudiando las docenas de libros de política que Winston me asignó —incluyendo el indescifrable *La vida de las abejas*—. Pero cuando volví a nuestra casa nueva en Eccleston Square, a finales de agosto, descubrí que Jennie se había ido entrometiendo en todos los aspectos de la vida cotidiana de nuestro hogar, así como en las rutinas de Winston y Diana, desde los menús diarios hasta los regímenes de limpieza de los sirvientes, la decoración de nuestro hogar, el horario de siestas de Diana, el guardarropa de Winston y su agenda social. Borrar su huella en nuestro hogar —y finalmente borrarla a ella— me llevó semanas, e incluso entonces solo logré mi cometido porque su esposo, George Cornwallis-West, la mandó llamar.

Pero entonces, la partida de Jennie coincidió con la de Winston. El káiser Guillermo II de Alemania mandó llamar a mi esposo para un viaje prolongado en el que inspeccionarían el ejército y visitarían los intercambios laborales del país. Justo después de su regreso del continente, su electorado demandó su presencia en Dundee. Cuando volvió a Londres después de sus viajes, lo consumieron asuntos parlamentarios largamente abandonados, y pronto escuché rumores de que Violet Asquith había comenzado a acompañar a su padre a las reuniones con la esperanza de encontrarse con Winston. Aunque yo estaba indefensa para detener los esfuerzos de Violet, sabía que debía reclamar mi lugar al lado de mi esposo.

En Londres había estado haciendo un calor sofocante —demasiado calor para la bebé—, así que hice una propuesta: yo me iría al hotel Crest en Sussex con Diana y la niñera, y él nos otorgaría su atención completa los fines de semana. El pintoresco paisaje que rodea el hotel, que recuerda Escocia, proveyó un seductor entorno para noches de afecto entre la Gatita y el Pug, así como días de discusión de asuntos políticos, exclusivamente entre nosotros dos.

Como presidente de la Cámara de Comercio, Winston había relevado a David Lloyd George en título y propósitos. Winston y yo estábamos de acuerdo en que los programas liberales de bienestar social de Lloyd George debían continuar. Revisamos planes para mejorar las condiciones de trabajo y proveer intercambios laborales y pensiones a los trabajadores, y cuando Winston protestó porque la única manera de financiar estos programas era poner un impuesto a los lujos y a las propiedades en detrimento de sus amigos aristócratas y miembros de su familia, yo lo animé a mantenerse fiel a sus convicciones. Estuvimos de acuerdo en que todos debían pagar su parte.

La única desavenencia política que tuvimos durante estas largas noches en Sussex fue a raíz del impacto que las recientes campañas de las sufragistas tuvieron en el apoyo público de Winston al voto femenino. Sus acciones militantes, impulsadas por la Unión Social y Política de Mujeres, incluían la destrucción de ventanas de oficinas de gobierno y de escaparates, la quema de casas, el asalto de estatuas gubernamentales e incluso el bombardeo de edificios públicos. Aunque yo no justificaba las actividades de las sufragistas, mi apoyo al voto femenino no titubeó, y a Winston le preocupaba decepcionarme en este campo. Yo entendí que, en su cabeza, apoyar a las sufragistas equivalía a apoyar sus tácticas, así que rescaté la promesa de reconsiderar el voto femenino cuando ellas hubieran desistido de sus maniobras actuales.

Pero cuando volví de tiempo completo a Londres con Diana y la niñera, en el otoño, los largos intervalos en que Winston viajaba o hacía trabajo parlamentario parecían interminables. Me dejó sola con la tarea de terminar nuestro nuevo hogar en Eccleston

Squarel y tuve que arreglármelas con la interferencia de Jennie y encargarme de Diana junto con la niñera o Goonie, que recientemente había tenido un niño, y al mismo tiempo me sentí agobiada con mis responsabilidades y alejada de Winston y del eje del trabajo político. Al fin entendí la necesidad de mi madre de mantener a sus hijos a distancia, incluso de mantener un hogar separado para nosotros y nuestra institutriz, cerca, pero claramente aparte. Comencé a preguntarme por qué nadie me había dicho que el instinto materno no era algo natural en todas las mujeres. No era que no amara a Diana. Sí la amaba, pero criarla me dejaba vacía. Cuando, a principios de noviembre, Winston por fin me mandó llamar para que desempeñara un papel específico en su campaña de reelección parlamentaria, lo sentí como un indulto.

Antes de bajar del tren, Winston me jala de la mano desde atrás. La rígida falda de mi traje de viaje raspa contra el suelo y volteo a mirar la familiar media sonrisa de mi esposo. Me acerca a él para darme un beso íntimo, mientras susurra:

—Este viaje es la primera ocasión en que hemos estado verdaderamente solos desde que viajamos a Italia. —Me río de su referencia al hecho de que quedé embarazada durante nuestra luna de miel italiana y, por lo tanto, ya éramos tres en el momento en que volvimos a Inglaterra.

Respiro sobre su cuello.

—Cómo ansío volver.

—Si no tuviéramos asuntos importantes que exigieran nuestra atención… —contesta él. Aunque su voz contiene una nota de melancolía, sé que en realidad él prospera gracias a los «asuntos importantes» y que siempre desea estar en el centro de las actividades de la nación—. Sin embargo, puesto que la requieren, me honra tenerte a mi lado. Serás de gran ayuda, Gatita, para asegurar esos votos. Será el primero de nuestros triunfos políticos.

Tomados de la mano, bajamos del tren hacia la plataforma de la estación de Bristol Temple Meads. El interior de la estación no conserva nada de la belleza señorial Tudor de su exterior, que observamos a la llegada de nuestro tren. La bulliciosa estación, que tiene quince vías, ocho de las cuales son para servicio de pasajeros, pulsa con gente que camina deprisa de un lado a otro. Entre la multitud, un grupo de hombres nos saluda.

—Ah, mira. Deben ser los representantes de la Anchor Society, que nos llevarán a Colston Hall —especula Winston. Saludamos a los votantes que nos transportarán al auditorio para el discurso de Winston y para mi primera charla pública, para la cual me he preparado extensamente. Una elección general en los meses próximos significa que está en juego el lugar de Winston en el Parlamento, y él planea develarme como parte de su campaña electoral en este evento. No solo debo apoyar su lugar en el Parlamento, sino también los planes de gobierno de Lloyd George, en particular el muy discutido presupuesto nacional.

Asiento y caminamos juntos hacia los caballeros. Con mi mano en el brazo de Winston me siento orgullosa de estar a su lado y de ser parte del importante trabajo de la nación. «Imagínate», pienso, embelesada por el momento. Mi esposo, a quien reyes y káiseres por igual llaman para oír sus consejos, busca *mi* consejo y confía en *mí* para su campaña y la elaboración de políticas. Cada vez me preocupo menos por el reclamo de atención de Violet, incluso cuando ella se acerca a él furtivamente en ocasiones sociales, pues es a mí —y no a ella— a quien recurre cuando necesita una guía.

Winston y los hombres se presentan y, después de un poco de conversación, digo:

—Siento un profundo respeto por el trabajo que su sociedad realiza para asistir a los pobres y a los viejos del área de Bristol.

Winston aprueba mis palabras, pero los hombres parecen sorprendidos. ¿Serán las palabras que dije o el simple hecho de que yo hablara? Las esposas de los políticos son vistas en pocas ocasiones y rara vez son escuchadas. Las esposas con las que me he encontrado parecen cultivar la invisibilidad, prefiriendo la compañía de sus semejantes sociales a la de las criaturas políticas con quienes trabajan sus esposos. Pero yo ansío un papel más sustancioso que el que han modelado mis predecesoras y contemporáneas, y Winston apoya —no, me exige— que yo asuma un cargo significativo, sin importar que no sea usual.

¿Qué clase de esposa política seré después del lanzamiento de hoy? Mientras medito las posibilidades y los hombres discuten de logística, veo a una joven mujer que camina con firmeza y decisión a través de la plataforma. Vestida con el uniforme sufragista de blusa blanca a la cintura, corbata y falda negra —una vestimenta que alguna vez yo misma usé cuando trabajaba como tutora de francés en Berkhamsted—, no parece dirigirse a ningún tren en particular, sino hacia nosotros. Tiene una especie de objeto largo y sinuoso en la mano derecha.

¿Qué diablos está haciendo? Seguramente no busca acercársenos, sino que quiere alcanzar un tren. Seguramente toda esta discusión sobre las sufragistas y sus amenazas está poniéndome nerviosa. Puedo sentir que me recorre el miedo, pero no quiero parecer la típica mujer histérica. Después de todo, al parecer los hombres ni se inmutan. Ni siquiera parecen notar a la mujer.

Antes de que pueda llamar la atención de Winston hacia la mujer, ella apresura el paso y se abalanza sobre él. Mientras lanza el objeto que lleva en la mano al aire, se escuchan sus palabras:

—¡Toma eso en el nombre de las mujeres insultadas de Inglaterra! ¡Te mostraré lo que podemos hacer!

Solo entonces entiendo que el objeto es un látigo. Lo chasquea contra el aire, blandiéndolo como una experta, y lo deja caer sobre el pecho de Winston. Mientras que ella lo recoge para volver a golpearlo, él cae hacia atrás.

¿Nadie va a ayudarnos? Se forma un gentío, pero nadie corre a ayudar a Winston. Los hombres de la Anchor Society no se mueven, salvo para abrir la boca. La conmoción al inicio me deja inmóvil también, pero luego veo que la mujer está empujando a Winston hacia la plataforma de atrás, hacia el camino del tren que llega. Entiendo que si no intervengo, mi esposo podría caer a las vías y ser aplastado por el tren.

El instinto me guía. Salto sobre un montón de equipaje amontonado junto a mí y me interpongo entre Winston y la mujer. La punta del látigo, el broche de presión, cae sobre el suelo de la plataforma en vez de sobre la piel de Winston. La sorpresa le hace perder el equilibrio, y en el momento en que comienza a caer hacia las vías tomo la solapa de su abrigo y lo jalo hacia mí.

Nos abrazamos el uno al otro mientras el tren pasa rápidamente junto a nosotros, y su viento hace que vuelen mechones de mi peinado. Cuando miro los ojos azul pálido de Winston, veo que me observa maravillado.

—Me salvaste, Clemmie.

Mientras abrazo agradecida a mi esposo, veo cómo se desarrolla mi futuro con Winston. Quizá este rescate no será el último. El ojo perspicaz de mi esposo percibe todo, salvo las amenazas que están enfrente de él, y parece ser que quizá yo tenga que servir como centinela en su ámbito personal y como guardiana de nuestros ideales compartidos y de nuestro matrimonio.

Capítulo siete

22 de junio de 1911
Londres, Inglaterra

La brisa levanta un solitario papel que flota con gracia hacia mi pierna. Distraigo mi atención del gentío que pasa y estudio el papel con márgenes rojos en mi mano enguantada de blanco. Leo rápidamente lo que lleva escrito, tanto lo que ha sido anotado a mano y lo que ha sido escrito a máquina, y entiendo que el viento se robó el pase del Ministerio del Interior que alguien se ganó con esfuerzo, un documento que otorga a quien lo porte un lugar especial en una de las cincuenta codiciadas gradas para observar, cercana al Admiralty Arch. «Pobre alma», pienso. «En vez de tener una vista privilegiada del desfile, esta persona estará entre los empujones de la multitud alborotada de londinenses reunidos para observar la procesión de la coronación».

Aparto la vista de la invitación y volteo de nuevo hacia la multitud, contenida por una valla de policías de sombrero redondo armados con bayonetas. Hay toda clase de londinenses detrás de esa valla, y todos esperan mirar brevemente al rey Jorge V y a la reina María en el Gold State Coach, un carruaje cubierto en oro que todos los reyes ingleses han usado para arribar a su coronación desde 1760. La gente ha observado con paciencia dos largas procesiones independientes —catorce carruajes de familiares reales del extranjero y otros cinco para la familia real de Inglaterra, cada uno separado del siguiente por comandantes a caballo,

Caballeros de Armas de la Guardia y del Cuerpo de Caballería de la Guardia—, antes de que llegara la tercera procesión, conformada por oficiales de Estado, la nuestra. Estos londinenses incondicionales y patrióticos tendrán que quedarse un poco más de tiempo y vernos a nosotros hasta que llegue el carruaje final, el vigésimo quinto.

Como nuevo secretario del Interior, el más joven en un siglo en obtener el puesto clave del gabinete que gobierna los asuntos más importantes de la nación, Winston viaja en un carruaje a cielo abierto, conmigo a su lado. Avanzamos por las vías públicas de Londres, conducidos por dos choferes resplandecientes y jalados por dos caballos impecablemente arreglados de pelaje alazán, hacia las grandes torres de la puerta oeste de la abadía de Westminster, donde tendrá lugar la coronación. La parte superior descubierta nos permite mirar a los cientos de británicos entusiasmados, y ellos pueden mirarnos a nosotros.

Aunque hemos estado en esta ruta por casi una hora, de pronto siento sobre mí las miradas de las personas. La sola idea de viajar en la procesión de la coronación me pone ansiosa, incluso me abruma un poco, y aprieto la mano de mi esposo. Él me sonríe, contento de haberme regalado esta experiencia. Cuando acepté casarme con Winston, sabía que estaba comprometiéndome con un ambicioso hombre que estaba en ascenso, pero no me había dado cuenta de las alturas a las que aspiraba... y a las cuales llegaría. El orgullo me inunda mientras miro a la gente, muchos de los que han sufrido como resultado del rápido crecimiento industrial que nuestra nación experimentó en el siglo pasado, y pienso en el importante trabajo que Winston está haciendo para ellos. Con mi aliento, él ha logrado proveer estándares de seguridad y condiciones de trabajo dignas para los obreros y ha propuesto una ley de seguros de salud y desempleo. Me gusta pensar que mi insistencia en que viéramos la obra de John Galsworthy, *Justice*, lo impulsó a luchar por reformas sociales más ambiciosas que las que quizá habría buscado en otro momento. Si tan solo el asunto de las sufragistas pudiese resolverse fácilmente, estaríamos en perfecta sintonía.

El viento se agita de nuevo, desarreglando las plumas de mi largo sombrero. Lo tomo del borde y Winston asegura su propio engorroso bicornio. Después de que el viento vuelve a calmarse, aliso la falda de mi vestido de seda azul pálido, cosido con hilo de plata, y evalúo el estado del uniforme de la Marina Real Británica que Winston usa en raras ocasiones, en el que se ve tan guapo como incómodo. No podemos permitir que una sola marca o arruga desordene nuestra apariencia en esta fecha crucial.

«Qué maravillosos nos vemos», pienso. Aun así, la majestuosidad del día oculta la realidad de mi vida cotidiana. Pensar que apenas hace tres horas estaba en Eccleston Square amamantando a nuestro nuevo bebé, el pequeño Randolph, o Chumbolly, como a Winston le gusta llamarlo, con mi cabello hecho un desastre y el vestido a medio poner. La pequeña Diana estaba gritando para llamar a su nana, pero tuvo que conformarse con una caricia en la cabeza, porque la falta de sirvientes significa que la nana cumple varias funciones, una de las muchas razones por las que nuestras niñeras nunca se quedan mucho tiempo. Diana ha terminado por llamarlas de manera genérica y sencilla Nana. Pensé muy poco en el dinero cuando acordé casarme con Winston; sabía que su fortuna sería mayor a aquellas de las que dependí en mi juventud y, por supuesto, estaba relacionado con los Marlborough y el palacio de Blenheim, así que nunca me preocupé. Tan solo después de casados supe que la sangre noble de Winston tiene un firme caudal de conexiones, pero no de fondos, y que, como ama de casa, se espera de mí que lleve el hogar de clase alta de un secretario del Interior, pero con las finanzas de uno de clase media. Nos mantenemos a flote —pero apenas— gracias a los libros y artículos que Winston escribe para completar nuestros gastos, ya que ninguno de los dos tiene la herencia familiar de la que goza la mayoría de los pares de Winston.

Mi cuerpo comienza a temblar por una risa contenida. La brecha entre mi estado en las horas tempranas del día y la majestuosidad de mi apariencia ahora es tan enorme que nadie la creería, en especial aquellos que me han visto dar discursos al lado de Winston y en su nombre en los eventos políticos. Pero no puedo permitir que se me escape una carcajada poco digna y, para distraerme, pienso en un sinnúmero de temas escabrosos.

—¿Qué ocurre, Clemmie? —me susurra Winston.

—Nada, querido. Los nervios están haciendo su inadecuada aparición, supongo.

Con una voz más alta y más severa, me recuerda una vez más:

—Clementine, mucho depende de ti el día de hoy. Confío en ti.

Su tono de reproche me hace enfurecer, y también que use mi nombre formal. No soy su hija. ¿De verdad cree que lo voy a defraudar? ¿Se le ha olvidado lo duro que he trabajado al lado suyo estos últimos tres años? A lo largo de mis dos embarazos y confinamientos he continuado estudiando las pilas de tomos políticos y periódicos que me dio para subsanar la defectuosa educación que recibí antes de asistir a Berkhamsted. En los periodos de mayor libertad entre ambos embarazos he ido tallando mi reticencia natural —el nerviosismo que a veces me paraliza, de hecho— gracias al perfeccionamiento de mis habilidades oratorias, primero haciendo campaña para Winston y luego reuniéndome con grupos de obreros de votantes liberales. Todo esto mientras hago de anfitriona con los modales esperados para el presidente de la Cámara de Comercio y más tarde secretario del Interior, sirviendo la cara champaña Pol Roger, por la que Winston siente un gusto particular, sin importar lo mucho que después deba ajustar nuestro ya apretado presupuesto por la mitad del ingreso que se promete para estos puestos, y una disminución en las regalías por los libros de Winston. He suavizado su participación en un sinnúmero de ocasiones en cenas, cuando su abrupta forma de ser ofendió a alguien, y he forjado conexiones cordiales que le servirán bastante. Violet, de rostro largo y ojos pequeños, de quien sé, por experiencia personal, que no tiene delicadeza alguna y que se conduce de manera berrinchuda, jamás habría logrado lo que yo en este breve tiempo, si es que hubiera podido lograrlo. He hecho todo lo que está en mi poder para convertirme en la compañera política de los sueños de ambos, y todo eso mientras gestaba a sus dos hijos y me recuperaba rápidamente de los partos.

¿Cómo se atreve a subestimarme?

La ira solo se apodera de mí de manera ocasional, pero cuando lo hace surge de forma repentina y casi incontrolable. Aunque estoy al tanto de los miles de ojos, comienzan a formarse palabras de enojo en mis labios.

Viendo mi rostro, Winston cae en cuenta de su error y con rapidez toma mi mano.

—Perdóname, Gatita. Sé que tú entiendes la importancia del día de hoy. Y lo importante de tu papel. —Su voz, que usualmente es firme y decidida, es ahora sumisa. Sabe que cruzó una línea.

Pero puedo ver que su remordimiento no le hace perder el dominio del lenguaje. Sabe que el uso de mi sobrenombre íntimo va a suavizarme. Quisiera aferrarme a mi indignación, pero hoy contribuimos a objetivos mucho más grandes. Aun así, no voy a recompensar su rudeza con un cariño. No hará que lo llame Pug.

—Me alegra oírlo, Winston. Por favor, no vuelvas a dudar de mí.

Hace un gesto de dolor al escuchar que uso su nombre. Aunque en público Winston parece un hombre que confía demasiado en sí mismo, y algunas veces hasta resulta contencioso, en lo privado anhela adoración y calidez incondicional. La falta del afecto de sus padres en su juventud ha dejado un hueco en su interior que necesita llenar de forma constante. Pero no puedo guardarle rencor por eso, pues supongo que yo soy igual y exijo lo mismo de él.

Le doy la espalda aunque me mire suplicante y observo que nuestro carruaje se acerca a la abadía de Westminster, donde tendrá lugar la coronación. Nos estacionamos en el anexo, diseñado específicamente para el evento, con el fin de que haga juego con la arquitectura de la abadía. Junto a los miembros de la familia real y otros dignatarios, bajamos de nuestro carruaje debajo del arco protector del anexo, lejos de la mirada de la gente.

Parejas de invitados notables hacen fila frente a nosotros, esperando su turno para entrar a la abadía. Un perfil distintivo atrae mi atención y aprovecho la oportunidad de estudiar a Violet sin que se dé cuenta; ha venido a la coronación como invitada de su padre. Lleva un vestido del color que evoca su nombre, su cabello castaño ondulante está echado hacia atrás en un estilo sorprendentemente favorecedor, mucho más atractivo que su peinado usual. Como si pudiera sentir mi mirada sobre ella, gira hacia mí con una mirada de desdén. Reprimo mi enojo por sus continuos esfuerzos de endilgarse a mi esposo, y en cambio elijo asentir con gracia en su dirección. Jamás me permitiré parecer alterada en público por su presencia.

Dejo de mirarla para ver hacia los otros invitados, intentando determinar quiénes serán los dignatarios franceses con quienes Winston quiere que hable. En tiempos recientes, a pesar de la naturaleza nacional de su posición, ha desviado su atención del frente nacional, en el que Gran Bretaña ha existido en un periodo prolongado de prosperidad y paz, hacia el escenario internacional. La tensión estalló esta primavera entre Francia y Alemania, cuando Francia, que había tenido un tratado con Alemania que reconocía el interés predominante de Francia sobre Marruecos, desplegó tropas en el interior del país hacia Agadir, donde hubo una rebelión, y en respuesta Alemania amenazó con una guerra a menos que recibiera una compensación territorial. Si bien Winston había estado preocupado desde hacía tiempo por el auge de Alemania y sus tendencias imperialistas, esta reciente agresividad lo alarmó y temió que la Triple Entente, una alianza entre Francia, Gran Bretaña y Rusia, quizá no fuera suficiente para hacer frente al expansionismo alemán. Él creía que cualquier conexión que pudiéramos forjar con actores franceses fundamentales podría ser indispensable en el refuerzo de esa relación, y por eso quería que hiciera un buen uso de mi excelente francés el día de hoy.

La inesperada aparición de lady St. Helier a la distancia me distrae de mi tarea. «¿Cuánto tiempo ha pasado desde la última vez que vi a mi benefactora?», pienso, «¿y cuánto ha cambiado desde los días en que actuó como mi mecenas para que ingresara a la sociedad?». Como si pudiera oír mis pensamientos, voltea hacia mí y me dirige una sonrisa que denota que está satisfecha consigo misma, como si estuviera a gusto con su trabajo de orfebre. Intercambiamos cumplidos y noticias.

Winston me aprieta la mano, lo que me trae de vuelta al presente, y asiente en dirección a una pareja elegantemente vestida que está entrando a la abadía, a unas seis parejas de distancia de nosotros. Mi tarea está frente a mí y no pienso fallar. Nunca me arriesgaría a que se me relegara a un segundo plano.

Capítulo ocho

14 de noviembre de 1911
Londres, Inglaterra

Subo corriendo las escaleras traseras, dejando a mi paso a las asombradas empleadas de la cocina. No tengo más opción que tomar esta ruta poco convencional hacia mi habitación; el uso de la escalera principal es imposible. Los invitados han comenzado a reunirse en el pasillo central —que, como el resto de la casa, está tremendamente adornado de manera formal con tapices de seda amarilla y alfombrado carmesí, inyectado con el obligatorio azul marino—, y no puedo permitir que me vean sin que esté preparada para la ocasión.

Mi habitación se localiza en el extremo más lejano del largo pasillo de la parte superior, y en este momento parece demasiado lejos. En octubre, después de que nombraran a Winston primer lord del Almirantazgo, un cargo crucial en un momento en que la flota británica es imprescindible para consolidar el estatus de potencia global de Inglaterra, dudamos antes de aceptar instalarnos en la Casa del Almirante, un edificio de ladrillo amarillo de cuatro pisos cerca del Parlamento, conformado por dos salas para eventos de diez metros cuadrados, una biblioteca y siete habitaciones. Aplacé la mudanza, pues sabía que el costo de mantener una casa así sería monumental y que excedería por mucho el monto que gastábamos en Eccleston Square, donde nuestro presupuesto ya estaba bastante apretado.

Cuando finalmente nos mudamos, elegí mi habitación —decorada en el omnipresente azul marino con muebles masculinos que algún almirante anterior consideró que eran los más indicados para su residencia oficial— por la distancia que la separaba de la guardería, donde Randolph, de siete meses, y Diana, de dos años y medio, duermen bajo la mirada atenta de Nana, y por su proximidad con la alcoba de Winston. Mi esposo requiere mi opinión a cualquier hora, un hábito que yo favorezco, aunque le he puesto el límite de que no me busque después de la medianoche. Poco después de nuestro matrimonio descubrí que si compartíamos una alcoba, sus nocturnos hábitos de trabajo harían que mi sueño sufriera constantes interrupciones. Una habitación para mí misma se convirtió en una necesidad.

Pero aunque tuviéramos alcobas separadas eso no significaba que nunca compartiéramos la cama. Muchas noches, justo antes de que él se aliste para cenar, dejo una nota sobre la cómoda de la habitación de Winston, invitándolo a que me visite después de la comida. Ocasionalmente, en esas noches, ya no regresa a su habitación.

Abro la puerta de mi habitación y me encuentro a Helen, lista con el vestido de seda color marfil y el collar de rubíes, un regalo de bodas de Winston, que he elegido para la cena de esta noche. Mi criada personal, que vino con la casa, sabe mejor que la mayoría la terrible presión que el evento de esta noche ha impuesto sobre mí. Incluso con el nuevo puesto y el consecuente aumento de salario nuestras finanzas son tirantes, y he tenido que mantener esta casa en marcha con servidumbre limitada. Para mantener los costos bajos actúo de ama de llaves, una gran tarea esta noche, puesto que es nuestra primera velada como anfitriones de la Casa del Almirantazgo. Ella se apresura a desvestirme, apretar mi corsé y vestirme de nuevo.

Mientras Helen y yo nos apresuramos en el ya familiar proceso de vestirme y yo comienzo a arreglarme el cabello, escucho los pasos de Winston como una estampida por el pasillo. ¿Qué diablos está haciendo en el piso de arriba? Debería estar en el salón central dando la bienvenida a nuestros invitados, impresionándolos con su locuacidad. Vamos a tener que solicitar mucho de ellos en los próximos días y es él quien hará estas solicitudes.

—¡Clemmie! —Su voz resuena en mi habitación antes de que la puerta se abra siquiera—. ¿Estás ahí dentro?

Primero lo ignoro, esperando que abandone lo que sea que lo haya traído hasta mi puerta y que regrese a su trabajo. Winston recibió el elevado cargo de lord almirante cuando la Marina no pudo proveerle al gobierno un plan coherente de acción británica en caso de que hubiera una guerra contra Alemania durante la crisis de Agadir. Como él había estado alertando al gobierno sobre el aumento del poder naval de Alemania y su sed de expansión —alertas que solo recibieron incredulidad y resistencia por parte de los líderes navales—, pareció el hombre perfecto para el cargo. Al menos así lo pensó Asquith, y le dio a Winston la tarea de poner a la flota en un «estado constante de presteza instantánea para la guerra en caso de que Alemania nos ataque», en sus propias palabras.

Aunque detestaba tener que alejarme de los asuntos sociales críticos a los que Winston se dedicaba en su papel de secretario del Interior, me apresuré a convertirme en lo que yo creía que era la esposa perfecta de un almirante. Ciertamente, me convertí en una como ninguna otra, teniendo en cuenta que mis predecesoras, como la mayoría de las esposas de políticos, en raras ocasiones se veían o se les escuchaba. Bauticé buques de guerra, visité astilleros, practiqué discursos con Winston, y por supuesto, asistí a un sinnúmero de fiestas y cenas planeadas con el fin de asegurar las relaciones de Winston con figuras cruciales para el éxito de nuestras metas. Solo estuve en contra de la mudanza a la Casa del Almirante.

—Clemmie —rogó Winston—, debemos mudarnos a la mansión a toda prisa. Así como un buque debe ser bautizado, así también debo ejercer mi cargo como lord del almirantazgo. Los hombres esperan eso.

—Winston —respondí con firmeza—, debemos detener la mudanza el mayor tiempo posible. ¿Cómo vamos a poder darnos el lujo de vivir en esa vieja casa enorme con corrientes de aire? Requerirá al menos doce sirvientes y nosotros solo podemos pagar nueve. Como mucho. Sin mencionar el costo de calentar esa monstruosidad. Apenas y podemos con los costos de Eccleston Square.

—Pero el salario será mayor, Clemmie. Sin duda podremos pagarlo —protestó él, siempre ignorando deliberadamente las finanzas del hogar.

—No seis veces más alto. Y eso es más o menos lo que nos costará vivir en la Casa del Almirante.

—Economizaré —proclamó él.

Su expresión era seria, pero yo no fui capaz de suprimir la risa.

—Ay, mi querido Pug, dudo que conozcas el significado de economizar.

—Te lo prometo, Gatita. —Se me acercó, susurrándome al oído—. No habrá más champaña. No más ropa interior de seda. Me conformaré con menos de lo mejor.

Sus promesas —que yo sé que es incapaz de cumplir— me hicieron reír aún más. Cuando volví a estar en control de mí misma, le pregunté:

—¿No es posible aplazar la mudanza un poco más de tiempo, hasta que realices tu fiesta inaugural en el *Enchantress*? —Creí que el yate de vapor de cuatro toneladas elegantemente amueblado que acompañaba el puesto podría con facilidad servir como locación para el evento, lo que significaría un costo mucho más bajo para nosotros. Y, más importante todavía, aplazaría la mudanza.

Pero incluso mientras hacía esta pregunta ya sabía la respuesta, y comencé a prepararme mentalmente para instalarme en la Casa del Almirante. Aunque Winston hiciera esfuerzos para reducir los gastos de la casa —arreglando que las grandes habitaciones de recepción privada se reservaran solo para fiestas oficiales y, por tanto, que no quedaran dentro de nuestro presupuesto—, las finanzas diarias eran las amas y señoras de mis días, un tema que él evitaba con frecuencia.

Winston no se molesta en tocar. La puerta de mi habitación se abre de par en par con un golpe y entra con paso firme, mientras yo apenas estoy a medio vestir. Helen da un brinco y el gancho y la presilla que ha estado colocándome con mucho trabajo caen al suelo. ¿Por qué está él aquí?

Mientras camina ruidosamente por mi habitación, lo estudio: el torbellino de cabello rubio y pelirrojo desacomodado que comienza a mezclarse con canas; la corbata sin hacer; el chaleco desabotonado; en las manos lleva un montón de papeles. Mi esposo no entiende el trabajo que yo he aceptado hacer —mucho más allá de lo que mis contemporáneas se dignarían a hacer— para organizar esta velada, y no tiene deseo alguno de conocer los detalles. Yo alimento esta falta de conocimiento, pues intuyo que si lo obligara a estar al tanto de los detalles y él me viera esforzándome tras bambalinas, pondría en riesgo la buena opinión que tiene de mí. Quizá me vería como una esposa típica y dejaría de pedirme que sirviera a su lado.

—Winston, ¿no deberías estar abajo con nuestros invitados? No añado «y terminar de vestirte», puesto que una cosa necesita de la otra.

—Pueden esperar quince minutos. Stewart está sirviendo la champaña.

—¿Champaña? —di instrucciones estrictas de que sirvieran solo vino, no la champaña exorbitantemente costosa que Winston prefiere y de la que prometió alejarse.

Ignora mi pregunta y en cambio él mismo hace una demanda:
—Necesito que escuches mi discurso.

Mientras Helen me ata el vestido, Winston inicia su presentación, centrándose en la orden que le dio Asquith. Ordena que la

Marina se aliste para las malignas ambiciones militares de Alemania. Esta instrucción, una desviación de la línea naval anterior, sin duda alguna pondrá nerviosos a los de por sí recelosos líderes, quienes, con justa razón, sospecharán que varios de ellos serán reemplazados. Winston ya me ha confiado que en los próximos días va a pedir la renuncia del primer lord del Mar, sir Arthur Wilson, y que lo reemplazará con sir Francis Bridgeman.

Mientras lo escucho hablar, resisto el impulso de corregir sus leves impedimentos de dicción enfrente de Helen. Él y yo hemos estado trabajando en la pronunciación de sus «s» —que tiende a pronunciar como una «sh», en especial cuando está ansioso—, pues demerita el poder de sus palabras. Pero debo ser cauta en este proyecto, y sin duda jamás le daría instrucciones enfrente de alguien más. Frente a los otros, su confianza en sí mismo parece inquebrantable, pero yo conozco bastante bien la débil base sobre la que esa confianza descansa.

Pero no siente aprensión alguna sobre mis sugerencias en cuanto al vocabulario de sus discursos. Al concentrarme en sus oraciones, me llama la atención su uso constante de instrucciones autoritarias.

—Pug —comienzo a decirle con su sobrenombre para suavizar mi mensaje—, este es tu primer discurso frente a los oficiales principales de la Marina, cuyo apoyo vas a necesitar en los días por venir. Es tu primera oportunidad de *liderar* a tus hombres en este nuevo terreno naval. Todas estas órdenes, en particular en el contexto de la nueva misión, quizá resulten un poco fuertes para ellos.

—Mmmm. —Estudia el papel que tiene en las manos—. ¿Qué sugieres?

Hago un comentario que sé que solo aceptaría de mí.

—Tienes todas las cualidades de un gran líder. ¿Por qué no inspirar a los hombres para que quieran seguir tu plan de acción? Si abrazan la nueva directiva y creen que ha sido una decisión de voluntad propia, tendrán una flota naval dispuesta y no una que está siguiendo tus órdenes a regañadientes.

—Sabio consejo, Clemmie —dice él con un gesto apreciativo. Me entrega su discurso y pregunta—: ¿Qué cambios harías tú?

Para cuando descendemos por la escalera principal de la Casa del Almirante para reunirnos con nuestros invitados, quienes ya están levemente borrachos, no solo hemos alterado las palabras de su discurso, sino que también, una vez que Helen ha dejado mi alcoba, practicamos su presentación. Siento confianza en que los pronunciamientos de Winston sobre Alemania llegarán a oídos ávidos y que sus hombres verán en mi esposo al inspirador líder que él puede ser.

Capítulo nueve

2 de enero de 1912
Londres, Inglaterra

Mientras me limpio las lágrimas de tanto reír, escucho la voz de Nellie:

—¿Recuerdas la vez que escondimos detrás de la cabaña del jardinero nuestro nuevo juego de cróquet de la abuela, para que ella no pudiera vernos jugar?

Venetia y yo nos carcajeamos con este recuerdo. Cuando logro componerme lo suficiente para hablar, respondo:

—¡Pobrecita señora Milne! ¡Tenía que lidiar con que nosotras jugáramos cróquet entre su ropa recién tendida!

—Todo porque la abuela creía que los aros de cróquet arruinarían la apariencia del terreno frente al castillo Airlie —añade Nellie—, sin mencionar su creencia de que era un juego poco recomendable para señoritas.

Una sirvienta entra al salón de la casa de Londres de la familia Stanley para rellenar nuestras bebidas después de la cena, el final perfecto de su suntuoso evento anual de celebración familiar. Pausamos la conversación para levantar nuestros vasos y que los vuelvan a llenar con los deliciosos licores de los Stanley. Después de que la sirvienta cierra la puerta, Venetia pregunta:

—¿También les prohibió andar en bicicleta?

Nellie y yo nos miramos divertidas, y ella responde:

—Claro. Mi madre nos dejaba traer nuestras bicis de Dieppe al castillo Airlie, porque la abuela pensaba que la sola idea de que las mujeres montaran en bicicleta era reprobable. Pero cuando llegábamos, mamá decidía que no tenía el estómago necesario para lidiar con la abuela sobre el asunto de las bicicletas. Así que teníamos que montar nuestras bicicletas en secreto los cinco kilómetros de viaje al lago de Lintrathen para pescar.

—Nos ausentábamos tanto tiempo e íbamos tan lejos que la abuela pensaba que éramos excelentes caminantes —agrego, sonriendo por el recuerdo.

Venetia, envuelta en largos hilos de perlas, suelta una risita.

—Nosotros hacíamos lo mismo en nuestras visitas de verano al castillo Airlie desde Alderley Park.

Mantengo la sonrisa, pero la referencia de Venetia a su gran casa familiar en el campo de Cheshire me recuerda la tremenda división económica entre la crianza de Venetia y la nuestra, entre la infancia de la mayoría de nuestros conocidos y la nuestra.

La alegre reminiscencia de nuestras visitas a la matriarca de la familia compartida, la abuela Stanley, parece un poco injusta teniendo en cuenta que ella no está presente para defenderse. Pero ya que decidió volver a pasar las vacaciones sola en el castillo Airlie con sus perpetuas corrientes de aire, concluyo que ella se hizo víctima de nuestros chistes por elección propia. Me rindo frente al júbilo y repentinamente siento un inesperado ataque de tristeza. Cómo habría disfrutado Kitty este momento. Aunque han pasado más de diez años desde que ella muriera de tifoidea, yo nunca me he recuperado por completo del luto, en especial porque nunca pude despedirme, pues mi madre nos envió lejos a Nellie, a Bill y a mí mientras ella cuidaba a Kitty.

Nuestras risitas se sosiegan y yo miro a Nellie, cuyo cabello castaño partido austeramente por la mitad hace ver más dura de lo que en realidad es su dulce naturaleza. Una sonrisa feliz se mantiene en sus labios, pero sus ojos traicionan una tristeza pasajera. ¿Este momento también le recordó a Kitty? Mientras que otros miembros de la familia se pierden esta cena anual con los Stanley —Bill y mi madre se disculparon por sus respectivos compromisos de trabajo y amantes—, cualquier reunión familiar resulta agridulce sin nuestra arrojada hermana, quien habría liderado estas ocasiones con su inteligencia y valentía. Es imposible creer que lleva muerta más de diez años. O pensar cuán distintas serían las cosas si ella estuviera aquí.

Cómo ha cambiado mi vida desde ese entonces. Un matrimonio, dos hijos, innumerables apariciones públicas al lado de mi esposo y maniobras políticas a favor de él. ¿Podría alguien haberme creído capaz de tales maquinaciones cuando caminé por el pasillo hacia el altar el día de mi boda? Miro de reojo a Nellie y a Venetia, pensando en cómo, en la superficie, sus vidas se han mantenido estáticas en los años que han pasado desde que fueron mis damas de honor en la boda. Pero sé que el cambio también ha marcado sus vidas.

Nellie encuentra mi mirada y puedo ver de nuevo ese dejo de melancolía, sin duda causado por la persistente sombra de Kitty. Pero no decimos nada. La presencia de Venetia, con sus ojos grises que parecen más duros de lo que normalmente son debido a sus pesadas cejas, se impone de forma extraña y nos impide ser íntimas la una con la otra.

Cambiamos la conversación hacia las renovaciones necesarias para el mantenimiento del castillo Airlie, pero los gritos de Randolph interrumpen nuestra conversación. Sé que Nana llevará a los niños a su habitación por un momento, y me preparo para la ira de Randolph.

Al ver a Nellie, el pequeño Randolph se aleja de los brazos de Nana y corre hacia mi hermana. ¿Cómo es que se conecta con tanta facilidad con mi hijo, a quien yo encuentro extremadamente sensible y voluble?

Los ojos de Nana encuentran los míos para rogarme que los deje irse y yo consiento que lo hagan.

—Sonaré la campana para que traigan el carrito, Nana. Quizá puedas llevarte a los chicos a la casa y prepararlos para dormir. No demoraré mucho.

—Gracias, señora. —Dijo mientras agradecía con ligeras reverencias. Entiendo el reto de mantener a los chicos en silencio y bien portados fuera de los confines de nuestro departamento en la Casa del Almirante.

Mientras ella se lleva de la habitación a Diana y a Randolph, Venetia bebe su trago y pregunta con un gesto de inocencia:

—¿Nos va a acompañar Winston?

Sé lo que está preguntando realmente. «¿Cuándo terminará el primer ministro la junta con mi esposo?». De pronto recuerdo que la relación que sostengo con las mujeres que están sentadas frente a mí no es una simple relación de hermanas o de primas, sino algo mucho más complicado que eso.

—Sí —interviene Nellie—, ¿nos acompañará Winston para el postre? Después de todo, es domingo. Y no lo he visto en muchísimo tiempo.

—Cómo desearía que pudiera aparecerse el día de hoy, pero como él mismo dice —adopto la voz estridente de Winston—: «El trabajo de un lord almirante nunca se acaba, dado que el sol nunca se pone en los océanos de Gran Bretaña». Tan solo espero que llegue a casa a tiempo para arropar a los niños. Odia perderse la hora de dormirlos los domingos, pues es su única oportunidad para leerles.

Casi todas las otras noches, sin importar qué tan agobiante sea mi día, intento leerles a los niños en voz alta una historia de buenas noches antes de que Nana se los lleve a sus respectivas camas y Winston y yo tengamos que asistir a alguna cena o compromiso. Adoro esos breves momentos con mis niños recién bañados y que huelen tan bien en sus piyamas. Al menos hasta que Randolph comienza a gritar, llorar y patear, sobrepasando a la dulce y silenciosa Diana, y nuestro encuentro se arruina. Incluso a esta temprana edad parece que Randolph está decidido a llenar todo el espacio en la habitación.

Venetia y Nellie se ríen con amabilidad frente a mi mala imitación de Winston y entonces Venetia revisa su reloj de pulsera. Me pongo rígida, sé que está contando las horas hasta que termine la reunión del almirantazgo y ella pueda salir a su cita clandestina. Mi prima está teniendo un amorío con el casado líder de nuestro país, el primer ministro, quien, además, resulta ser el superior de Winston, aunque nadie sabe si su relación es de naturaleza física o puramente emocional.

Nellie murmura:

—A veces temo que el trabajo de la esposa del almirante tampoco se acabe nunca.

La expresión de mi hermana revela preocupación, pero yo no deseo discutir esto frente a Venetia. Sé exactamente con quién compartiría ella este chisme y no puedo permitirme que esta conversación llegue a oídos de Winston.

—Todo es parte del trabajo, Nellie.

—Hermana, me preocupas. Temo que el viaje y ser anfitriona con frecuencia, sin mencionar todo el trabajo político que realizas, estén deteriorando tu salud. Sabes que adoro a Winston, pero es muy demandante.

—Tonterías, Nellie. Estoy tan sana como un roble. Últimamente hasta juego tenis y voy de caza —contesto con una mirada descarada. ¿No entiende que Venetia compartiría mis quejas con su querida amiga Violet Asquith, así como con el mismo primer ministro? ¿Y que uno o ambos le harían llegar la información a Winston?

—Escucho tus palabras, pero igual estaré al tanto de tu estado físico. —Me devuelve la mirada y entonces surge en ella una sonrisa espontánea.

Mientras le devuelvo la sonrisa a mi amable hermana menor, Venetia interfiere:

—Parece indecente.

¿Escuché bien a Venetia? ¿Qué, precisamente, le parece indecente? Siendo ella misma aficionada a los deportes, no creo que pudiera referirse al tenis y a la caza.

Volteo hacia mi prima y le pregunto:

—En el nombre del cielo, ¿de qué éstás hablando?

Ella suspira.

—Todo esto de hacer campañas y escribir discursos políticos. Es indecente, Clemmie. No me parece en absoluto femenino.

Estoy sorprendida y ofendida. ¿Cómo se atreve?

—Es lindo viniendo de ti, Venetia. Estos días difícilmente podrías ser juez de la *decencia*, ¿o sí?

Se sonroja y voltea a ver a Nellie. ¿De verdad cree que Nellie no sabe de su relación con el primer ministro Asquith? La mitad del Parlamento sabe que él le escribe tres cartas al día, incluso durante reuniones importantes.

—Al menos nadie me ve haciendo campañas políticas para candidatos. Ese es el trabajo de un hombre, Clemmie. El trabajo de un funcionario electo. Lo último que sé es que a ti nadie te ha elegido y que no eres un hombre.

¿Será que Venetia piensa que tomaré con ligereza sus crueles comentarios sin contestarle? Ha sido suficiente con eso de andar de puntillas alrededor de su relación ilícita.

—Qué interesante, Venetia. Lo último que yo sé es que tú ni siquiera estás casada con un funcionario electo, y aun así el primer ministro comparte contigo secretos confidenciales de Estado en las cartas de amor que te escribe para pedirte consejo.

Nellie parece sorprendida. Supongo que, después de todo, no sabía del público amorío de Venetia con el primer ministro.

—Henry me llama su estrella polar, ¿sabes? —dice Venetia mientras sus mejillas se sonrojan—. Y es una relación de la mente.

—Ningún sobrenombre cariñoso compensará el hecho de que tu Henry, el primer ministro, sea un hombre casado.

—Ya sé cómo te sientes al respecto. Eres tan correctita, Clementine. Henry y Margot ni siquiera se acuestan juntos ya. Eres la única en nuestro círculo que nunca consideraría tener una relación extramarital de ningún tipo, ni siquiera emocional. Tú y tu esposo mojigato.

—Y no tengo la intención de que ninguno de nosotros se inmiscuya en comportamientos tan libertinos. Puedes ir a contarle a tu querido Henry y a tu mejor amiga, Violet.

Una sonrisa sin regocijo escapa de los delgados labios de Venetia.

—Ah, nadie sostiene las riendas de Violet. Pero no necesitas temer sus ardides. Tu preciado Winston está perdidamente enamorado de ti.

No puedo soportar la presencia de Venetia ni un segundo más. Levantándome de la silla, alcanzo mi bolso y digo:

—Como debe ser, como lo estoy yo de él.

Capítulo diez

28 de marzo de 1912
Londres, Inglaterra

No permitiré que esta convalecencia me detenga. Cuatro semanas de descanso obligado en cama me han forzado a dejar a Winston y a estar de vuelta en el aislamiento de la casa y los gritos de Diana y Randolph, incansable en sus berrinches. Sin discursos, sin juntas y sin eventos sociales, insistió el doctor, y lo mismo Winston. Él ha seguido adelante solo, o eso dice.

¿Habrá sido el estrés del viaje a Belfast lo que causó el aborto y la subsecuente enfermedad que me confina en esta habitación? Sin duda, Nellie atribuye mis dolencias a Belfast. La idea me molesta, pero no cambiaría mi decisión de acompañar a Winston, incluso si entonces hubiera sabido lo que sé ahora.

Aunque mi poco ortodoxa participación en las labores de almirantazgo de Winston levantaron algunas cejas, no solo de Venetia, sino también de muchas otras mujeres de sociedad, el viaje a Belfast hizo sonar la alarma de mi hermana y de mi cuñada, Goonie. Belfast, dijo Nellie, es peligrosa y bastante lejana al deber de una esposa, y Goonie estuvo de acuerdo. Sabía que tenían razón, pero ellas no entendían la visión miope de mi esposo y su necesidad de que yo lo guiara, en particular desde las amenazas de los disturbios por la visita de Winston a Belfast.

La agitación había estado cocinándose en Irlanda por las propuestas de que el país debería autogobernarse, pero solo debido a los errores del Reino Unido. Los líderes del gobierno liberal querían que Winston, en su papel de miembro liberal del Parlamento, y no de lord almirante, visitara Belfast para hablar en favor de la autonomía. Llegamos a Belfast después de un pacífico viaje en transbordador desde Stranraer hasta Larne. Después de una parada en el hotel Grand Central para almorzar pescado local, salimos brevemente a una lluvia que caía a cántaros antes de abordar el auto que nos esperaba. Mientras avanzábamos por Royal Avenue me cubrí aún más con mi abrigo negro con ribetes de piel y nos sonreímos con alivio el uno al otro. Quizá la preocupación por los disturbios y las protestas de los sindicalistas, con la presencia de la policía y el ejército, había sido en balde.

Pero cuando nos acercamos más a los campos celtas de futbol donde Winston debía dar su discurso, el auto se detuvo. La calle se inmovilizó, no con autos y carruajes, sino con personas. Un rugido emergió del gentío cuando identificaron el auto que ocupábamos: el blanco que buscaban.

Por las ventanas entraron manos, y rostros de odio se apretujaron contra los vidrios. El auto comenzó a sacudirse mientras le arrojaban objetos encima y sentimos cómo se movía de un lado a otro mientras la gente se aventaba contra nosotros. El frente del vehículo se levantó del suelo y nuestro chofer comenzó a gritar. El terror me recorrió el cuerpo y yo también quería gritar. Pero vi a Winston a los ojos y supe que necesitábamos mantener una presencia fuerte e impávida.

—Por favor, quite las manos del auto, señor —dije gritando, pero con respeto, viendo a los ojos al trabajador del astillero que le gritaba obscenidades a Winston desde el otro lado de mi ventana.

Entrecerró los ojos y pareció verme por primera vez.

—¡Cuidado con la mujer! —le gritó al resto de los hombres que rodeaban nuestro auto. El movimiento de vaivén del auto cesó y los golpes a la carrocería se dispersaron. Posteriormente fuimos directo a las canchas celtas de futbol y dimos nuestros discursos como si nada hubiera ocurrido, pero por dentro seguía temblando. Solo después escuché a lord Pirrie, nuestro anfitrión, mencionarle el evento desafortunado a Winston, susurrando que de no haber yo encarado a la masa iracunda con una insistencia firme pero elegante, él creía que nuestro auto habría sido volcado, causándonos un daño grave.

Suenan golpes a la puerta, y el golpeteo distintivo revela que se trata de Winston. Aliso mi cabello, despliego mi bata de seda bordada, me pellizco las mejillas para obtener un rubor saludable y abro el libro que ha estado descansando sobre mi regazo. No sería bueno parecer inactiva. Solamente me quedan seis días más de descanso en cama y estoy decidida a reingresar a la refriega de manera inmediata.

—Adelante.

Winston, vestido en ropa formal, se asoma por la hendidura.

—Clemmie, ¿cómo estás, querida mía?

¿Por qué trae puesta ropa de gala? Yo llevo la agenda social y no recuerdo que haya un evento esta noche. Quizá planee pasar por el club para jugar a las cartas.

—Bastante bien, Pug. Por favor, siéntate.

Se sienta en el extremo de mi cama, como si yo sufriera alguna enfermedad contagiosa y no vagos problemas femeninos resultado de un aborto.

Con una sonrisa a medias, me dice:

—El color te ha retornado a las mejillas, Gatita. Me parece que ya vas de salida.

—Ah, eso espero, Winston. Odio abandonarte.

—No te preocupes, Gatita. El señor Pug puede cuidarse a sí mismo... aunque siempre está más contento y es más exitoso cuando su Gatita ronronea a su lado.

Sus palabras me reconfortan. Recargándome sobre mi montón de almohadas, le pregunto:

—¿Vas a salir al Otro Club?

Cuando Winston y su querido amigo F. E. Smith fueron excluidos del club debido a que se les percibía como unos alborotadores y, en el caso de Winston, por su salida del Partido Liberal, formaron su propio club: el Otro Club. Ahora cuentan entre sus asistentes a Lloyd George, veinticuatro miembros del Parlamento y una mezcla diversa de distinguidos elementos de la sociedad.

—No, esta noche no. F. E. no está disponible. —Luce avergonzado y noto que no respondió mi pregunta de forma directa.

—¿A dónde te diriges, entonces, vestido tan elegante?

—A casa de los Asquith.

Si está vestido de gala y se dirige a casa de los Asquith, sé lo que eso significa: Violet.

La furia y la irritación se apoderan de mí. ¿Cómo puede pasar la noche en casa de los Asquith cuando yo estoy apresada en cama? Él sabe cómo me siento al respecto y prometió que yo siempre estaría a su lado en los eventos sociales en que estuviera Violet. Me quedo en silencio, sin permitir que mi ira se desborde. Solo que mi silencio dice mucho.

—Gatita, no tienes por qué preocuparte.

—No eres tú de quien desconfío.

—Pero el primer ministro me ha requerido ahí.

—No por trabajo, Winston.

—El trabajo requiere relaciones, y esas relaciones solo pueden formarse sobre la solidez hospitalaria que trae el compartir experiencias fuera del trabajo.

—Quédate conmigo. Espera para socializar con los Asquith hasta que yo esté lo suficientemente repuesta como para ir contigo.

—Clemmie, tú sabes que no puedo. Me esperan ahí.

Mi vida con Winston conlleva muchas separaciones necesarias y ausencias, a las que me he acostumbrado. Pero esto es distinto; siento como si me estuviera dejando atrás de manera deliberada. Me besa en las mejillas y cierra la puerta en silencio detrás de él. Me deja a solas con una mezcla tóxica de ira y tristeza.

Apenas unos momentos después vuelvo a escuchar que tocan a la puerta, y esperando que quizá sea un Winston compungido, me limpio las lágrimas. Pero en cambio, Nana se asoma a mi habitación. Asiento y deja entrar a Diana y a Randolph para que vengan a mi lado a recibir un beso de buenas noches. Randolph, dichosamente, está tranquilo por una vez en la vida, y yo inhalo el aroma de su piel tibia y limpia.

Pero los niños no me apaciguan. Las imágenes de Winston y Violet solos en la calle Downing, mientras el primer ministro se ocupa de los momentos raptados a otra invitada, Venetia, me atormentan. Violet estará de acuerdo con todas las ideas de Winston sobre el sufragismo, entre otras cosas, para abrir un hueco en el que ella pueda insinuársele.

Sobre mi buró de noche descansa un ejemplar del *Times*, abierto en un artículo que planeaba discutir con Winston esa noche; la ofensiva carta en la que el eminente bacteriólogo, sir Almroth Wright, argumenta que las mujeres no deberían tener permitido votar o desempeñar un papel en la política, debido a nuestras supuestas deficiencias psicológicas y físicas. Pero si Winston insiste en asistir a casa de los Asquith dejándome a solas con mis pensamientos sobre este tema, entonces destinaré mi conversación a alguien que sí quiera escucharme. Estará forzado a notar que existo. Quizá esté impedida, pero no seré silenciada.

Capítulo once

30 de marzo de 1912
Londres, Inglaterra

El periódico descansa entre nosotros como una tercera persona sentada a la mesa. Me aliso el vestido verde celadón y doy un sorbo a mi té aún humeante; mi serenidad exterior oculta lo que ocurre en mi interior. El estómago se me contrae ante la expectativa de la reacción de Winston. Él aún no revela un solo sentimiento, ni siquiera sobre mi decisión de abandonar el descanso en cama cinco días antes de lo que dictó el médico.

Da un sorbo a su oporto vespertino mientras estudia sus cartas al jugar whist. Hemos asumido esta postura relajada en nuestra mesa de juegos, casi con una indiferencia estudiada frente al ejemplar doblado del *Times* que descansa al centro de la mesa desde hace casi media hora. Supongo que ha leído el periódico, pues es su hábito cotidiano leerlo de portada a contraportada antes de salir del Parlamento. E incluso si, por alguna razón extraña, se desvió de este ritual, sin duda sus colegas del Parlamento lo habrán leído.

Se aclara la garganta y da el trago final a su bebida. «Helo aquí», pienso.

—Sabes que no necesitabas escribir una carta editorial al *Times* para obtener mi atención, Gatita —dice él, manteniendo los ojos en sus cartas. Su tono es una modulación perfecta de serenidad y, aun así, puedo presentir otra nota en su voz. ¿Escuché una pizca de ira? ¿O es de diversión? En silencio, ruego que sea la segunda, pero no suavizo mi postura.

—¿No? —pregunto yo, haciéndome la inocente, mientras hago mi jugada.

—Claro que no. —Deja sus cartas sobre la mesa y alcanza mi mano libre.

—En estos días, una se lo pregunta —contesto, permitiendo que mis dedos descansen en su mano, pero sin apretarla. Y no lo miro a los ojos.

—Sé que esta convalecencia ha sido difícil para ti, y admito que no debí ir a casa de los Asquith sin ti. Pero no tienes ninguna razón para sospechar. Mi corazón te pertenece solamente a ti y yo nunca amaré a nadie que no seas tú —eleva las puntas de mis dedos hasta sus labios y las besa una por una—. De eso puedes estar segura.

—Ay, querido Pug, gracias por tranquilizarme. Algunas veces, la formidable historia familiar de infidelidad, de ambos lados, se aloja en mi consciencia.

—No tienes nada que temer conmigo, Gatita.

El alivio suaviza mis extremidades rígidas y ansiosas y me siento contenta de que mi mensaje haya sido recibido y comprendido: de que no soy capaz de tolerar la infidelidad, ni física ni emocional. Winston ahora sabe, por si no lo sabía antes, que haré hasta lo imposible por servir a su lado por administrar nuestro hogar, haciendo malabarismos para esconder nuestro estado financiero, pero que no le permitiré que se escabulla a ver a otra mujer cuando yo estoy impedida. Incluso cuando el padre de esa mujer sea el primer ministro.

—Tu artículo causó bastante furor en el Parlamento.

Siento cómo mis cejas se alzan inquisitivamente, y esta expresión lo anima a continuar.

—Ay, sí, Clemmie. De verdad sabes cómo enganchar al lector desde las primeras líneas. —Suelta mi mano y alcanza el periódico. Leyendo en voz alta, dice: —«Después de leer la importante y profunda exposición de sir Almroth Wright sobre las mujeres como las conoce él, la pregunta parece haber dejado de ser "¿deberían votar las mujeres?", para pasar a ser "¿no deberíamos abolir por completo a las mujeres?"».

Suelta una risita y yo me río con él. Las líneas que abren mi bombardeo del *Times* suenan irónicas y poderosas —no estridentes, como me preocupaba— cuando se leen en voz alta. Me pregunto si a los miembros del Parlamento les pareció bien el resto del artículo.

Continúa recitando el artículo:

—«He llegado a la conclusión de que las mujeres deberían ser detenidas. De él aprendimos que durante su juventud sufren una falta de equilibrio; que, de vez en vez, sufren de falta de juicio y de hipersensibilidad; y que su presencia es una distracción irritante en la vida cotidiana y las ambiciones de los hombres. Si ellas eligen una profesión, la falta de delicadeza de sus mentes las vuelve parejas indeseables de sus colegas masculinos. Más tarde en la vida sufren desórdenes mentales graves y prolongados y, si no es que se vuelven completamente locas, muchas deben ser encerradas».

Escapa de mis labios una gran carcajada, lo que sorprende a Winston. ¿De verdad escribí eso? «Qué valiente de mi parte», pienso. No me pareció tan audaz mientras redactaba el artículo, pero bueno, mi combustible fue la furia.

—Ay, Clemmie, el siguiente fragmento es definitivamente fulminante —comenta Winston con una alegría no disimulada, y sigue leyendo en voz alta—. «Ahora, siendo esto así, ¿no sería el mundo un lugar mucho más alegre si lo purgáramos de las mujeres? Es aquí donde volteamos hacia los grandes científicos. ¿De verdad el asunto no tiene esperanza alguna? Sin duda, en el pasado las mujeres han tenido su utilidad, de otro modo, ¿cómo hubiera sido posible que esta tribu detestable haya sido tolerada hasta nuestros días? Pero ¿estamos seguros de verdad de que serán indispensables en el futuro? ¿No puede darnos la ciencia alguna prueba, o al menos un poco de esperanza, de que estamos ante la víspera del más grande de los descubrimientos?, es decir, cómo mantener una raza solo de varones por métodos puramente científicos. ¿Y no podríamos voltear la mirada hacia sir Almroth Wright, para coronar sus múltiples logros al haber conseguido que la humanidad se libere de esta especie parásita, demente e inmoral, que ha infestado al mundo durante tanto tiempo?». Brillante y mordaz, Clemmie. El primer ministro también lo pensó así.

—¿De verdad? —Estoy sorprendida. Asquith no muestra ni la más leve simpatía por los derechos de las mujeres ni por el sufragio femenino, y pensé que Winston sufriría a causa suya cuando se enterara, como sin duda lo harían todos, de que la autora anónima del artículo, «CSC», era de hecho la esposa de su propio lord del almirantazgo. No pensé que su perspectiva sobre el sufragio llegara tan lejos.

—Uno no tiene que ser sufragista para saber que este tipejo de sir Almroth Wright es un maldito idiota y que se merece que lo regañen.

—Supongo que tienes razón.

—Aunque Asquith fue incluso más lejos, Gatita. Dijo que era lo mejor que había leído sobre «la cuestión femenina» desde hacía tiempo.

—¿De verdad?

—Oh, sí. Discutimos la auténtica inteligencia de tu línea de cierre: «Una de las condenadas».

—¿Sabía que yo era la autora?

—Una vez que se lo dije —dice él con un brillo malicioso en los ojos. Ahora comprendo que Winston aguardó la reacción del primer ministro y entonces le soltó su noticia personal.

Siento cómo se inflaman mis mejillas y me siento inundada de placer. Mi texto, escrito en medio de un ataque de rencor, tuvo incluso un impacto mucho mayor del que pretendía. Quizá si por fin el primer ministro me daba su aprobación, Violet se vería forzada a imitarlo y abandonaría sus insinuaciones hacia Winston de una vez por todas. Y no solo Winston, sino también Violet, entenderá que a mí no se me subestima.

Capítulo doce

12 y 18 de mayo de 1913
Buque de su Majestad Enchantress y Atenas, Grecia

Desde mi punto de observación sobre la cubierta miro lo que parece ser la tripulación completa, ciento noventa y seis hombres, cargar las maletas de nuestros invitados para meterlas al *Enchantress*. ¿De verdad trajimos todas estas valijas en los trenes de Londres a Venecia? Parece imposible que cupieran en los vagones, pero debieron hacerlo. Después de todo, las mujeres entre nuestros invitados han mantenido la convención social de cambiarse el vestido cuatro veces al día durante todo este tiempo, en Venecia, y juro que no ha habido una sola repetición en su vestimenta.

Protegiendo mis ojos contra el brillante cielo veneciano, estudio las rutas de los miembros de la tripulación hacia los diversos camarotes de lujo. Estoy tan absorta que brinco cuando siento que un brazo se desliza por mi cintura, cubierta con un corsé poco ajustado debido al calor. Volteo para ver a Winston, elegante en su uniforme de lord almirante de color azul oscuro, con sus zapatos de cubierta blancos y sus binoculares, sonriéndome. Como si intuyera mis pensamientos, dice:

—Gatita, no necesitas preocuparte de que la tripulación entregue las valijas equivocadas en los camarotes. Estos hombres son profesionales de cabo a rabo.

Le sonrío, burlona, y respondo:

—Pug, no es que dude de las habilidades de tu tripulación.

Mi preocupación tiene que ver con la resbalosa moral de nuestros invitados y su impresión en cuanto al arreglo de los cuartos.

Él suelta una risita.

—Venetia no está en este viaje, así que no creo que necesites preocuparte por ningún asunto turbio.

—Eso es verdad. Supongo que la vigilancia se me ha vuelto un hábito.

—Un hábito nacido de la necesidad —dice él, animándome, refiriéndose a las múltiples ocasiones en que Venetia y el primer ministro han intentado ocultar su relación usando como pretexto la amistad preexistente entre Venetia y Violet. Él sabe tan bien como yo que nuestros invitados en este crucero mediterráneo hacia Malta por Venecia y Atenas nos han dado razones para sospechar en viajes anteriores.

En este viaje del *Enchantress* seremos anfitriones de James Masterton-Smith, el secretario privado de Winston, los Asquith —el primer ministro, su esposa, Margot, y, por supuesto, su hija, Violet— y de Jennie. La madre de Winston se encuentra en un estado delicado, pues está en proceso de divorciarse de su esposo George Cornwallis-West, bajo la premisa legal de la deserción, aunque en realidad, el amorío que él tuvo fue el principal motivo. En los catorce meses desde que mi artículo del *Times* fue publicado, mi relación con los Asquith se ha vuelto casi amistosa y nos hemos encontrado para jugar juntos al golf o al bridge con algo de regularidad. Sin embargo, me mantengo cautelosa en su compañía, porque aunque sus palabras y miradas quizá parezcan amables y cordiales para la gente inocente, sé que son críticos y que siempre buscan algún error sobre el cual puedan abalanzarse. A Venetia siempre le complace comunicarme las opiniones que tienen los Asquith sobre mí —pues aunque me encuentran atractiva y dispuesta, creen que no soy lo suficientemente erudita y sofisticada para ellos—, pero evita decir lo que es evidente para el resto. Violet continúa consumiéndose por Winston, y aunque yo todavía desconfío de ella, su comportamiento últimamente no me ha dado ninguna razón para preocuparme.

Winston y yo unimos los brazos y miramos el brillante paisaje acuático. Señalamos la ruta de la góndola que tomamos hace dos noches y hablamos sobre un picnic que hicimos en el campo italiano. Comparamos la calidad de los rayos solares con la del lago Maggiore, donde pasamos nuestra luna de miel. Pienso en cómo estos momentos, poco comunes, en los que solo somos él y yo, me mantienen en pie. Satisfecha, aprieto su brazo con mi mano libre. En este viaje le dejé muchas notas de invitación a pasar la noche juntos, y en la mayoría de las ocasiones despertamos abrazados al día siguiente, una rareza en nuestra vida cotidiana.

Mi atención se distrae con la tripulación, que continúa transportando los objetos a bordo. Ya no cargan valijas, sino cajas de aspecto familiar.

—¿Qué hay en esas cajas, Pug? —pregunto, intentando mantener mi voz calmada.

Él duda.

—Tragos para el viaje.

—¿Pol Roger? —pregunto, aunque ya sé la respuesta.

—Sí —contesta avergonzado—. Pero no te preocupes, Gatita. No se pagó con nuestro presupuesto personal.

¿Cómo se atreve a pensar que solo nuestra situación financiera está en riesgo al comprar champaña tan costosa?

—Pug, sabes bien que miembros del Parlamento han cuestionado nuestro uso del *Enchantress* y su costo. ¿De verdad crees que sea sensato permitir estos lujos?

—Cada libra que gastemos en el *Enchantress* vale la pena. —Winston suena a la defensiva—. Desde que me convertí en lord almirante, este barco ha recorrido casi diecinueve mil millas y me ha llevado prácticamente a todos los puertos en las Islas Británicas que tienen conexión con intereses navales. De los viajes que he hecho en este barco, he inspeccionado entre sesenta y setenta buques de guerra y cruceros, así como destructores y flotillas submarinas, y he estado presente en casi cuarenta ejercicios de la flota. Y ahora, el *Enchantress* zarpa hacia Malta para que pueda realizar importantes inspecciones militares con Field Marshal Kitchener para asegurar la defensa del Mediterráneo. ¿De qué otra manera voy a asegurarme de que estemos construyendo la armada naval más fuerte del mundo?

Casi me río de esta elaborada justificación, pero entonces observo la expresión en su rostro. Está completamente convencido de sus argumentos. «Winston suena como un *Tory*», pienso. «En absoluto suena como el liberal que dice ser. ¿Qué está ocurriéndole al hombre con el que me casé?», me pregunto.

Me aparto de Winston y lo miro directo a los ojos.

—No soy un comité del Parlamento que investiga el uso del *Enchantress*. Soy tu esposa, y mi único interés es protegernos.

Su ceño se relaja, junto con su voz.

—Oh, Clemmie, claro que ese es tu interés. Tus intereses siempre son nobles.

—Quizá sea un halago exagerado, Pug.

Pienso en los niños, que están en Londres, con sus nanas y tutores e institutrices, pero sin sus padres. ¿Una madre más noble que yo se permitiría estos lujosos viajes, abandonando a su descendencia al cuidado de otros? ¿Se centraría, en cambio, en su esposo y en su carrera?

Toca mi mano.

—No, Gatita. Eres la más noble de las mujeres.

La cubierta truena con el sonido de las zapatillas de las damas y Winston dice:

—Ah, han llegado nuestros invitados. ¿Estás lista?

Hago a un lado mis preocupaciones e invoco una sonrisa.

—Lista como nunca.

Un gesto travieso aparece en su rostro.

—¿En cuanto al Pol Roger? Bueno, difícilmente podríamos servirle una champaña barata al primer ministro.

—¿Tenemos tiempo para ver el Partenón a la luz de la luna? —pregunta Jennie, con la voz engrosada por el vino que bebió en la cena de la legación británica en Atenas. Puesto que el viaje del *Enchantress* tiene propósitos militares, los oficiales británicos han abierto sus puertas de par en par, dándonos la bienvenida, y continuarán haciéndolo a lo largo de nuestra ruta: Atenas, Sicilia, Córcega y finalmente Malta.

—Debemos zarpar en la mañana, madre —contesta Winston, con una nota de duda en la voz. De nuestros otros viajes aprendí que tendrá que reunirse con el capitán a nuestro regreso al barco.

—Por favor, Winston —ruega Jennie, enroscando su brazo alrededor del de Winston—. La luna está muy brillante.

Ya hicimos una gira por el antiguo templo dedicado a la diosa Atenea, pero nuestros anfitriones en la legación británica declararon que «*debería* ser visto bajo la luz de la luna». Y Jennie siempre debe hacer lo que *se debe hacer*.

—Bueno, está bien.

Su voz contiene una nota de irritación, pero sé que él adora las oportunidades en que puede consentir a su madre, en particular en estos momentos. La prensa ha abordado la historia de cómo la abandonó su mucho más joven esposo —manchando su reputación de mujer irresistible—, y ella ha hablado bastante de su sufrimiento. Incluso yo he sentido compasión por mi usualmente vanidosa y entrometida suegra.

La Acrópolis se alza imponente frente a nosotras como una mujer esquiva. La caminata hacia allá no tomará mucho tiempo, pero me pregunto por la resistencia de Jennie y Margot, en especial por todo lo que hemos caminado y subido el día de hoy.

—¿Nos llevamos los carruajes, Winston? —pregunto.

—No hay necesidad. Podemos con esto, ¿o no, damas y caballeros? —dice al resto del grupo en una pregunta que suena mucho más a una orden.

Asquith, del brazo de Violet, inusualmente callada, contesta:

—Claro que podemos.

Nadie presta atención a la queja de Margot sobre las escaleras derruidas de la Acrópolis, que debemos subir para llegar al Partenón.

Mientras caminamos por la vía Panatenaica por el lado oeste de la Acrópolis, hacia el Partenón, escucho que Winston responde las preguntas de Asquith sobre el *Enchantress*. Mi esposo aprovecha cualquier oportunidad para alabar las virtudes de su querido barco, desde el trabajo artesanal de sus propulsores gemelos hasta el peso de sus cuatro mil toneladas y su habilidad de navegar a dieciocho nudos. Solía mencionar que fue construido por la famosa Harland & Wolff, pero dado que esa empresa de construcción de barcos también fue responsable de la creación del *Titanic*, ha dejado de hacer referencia a su origen.

Su conversación se detiene de manera abrupta cuando Winston se encuentra con las pilas de columnas dóricas colapsadas en la base de la Acrópolis.

—Por Dios, ¿cómo es posible que los griegos dejaran este tesoro caer en la ruina?

Asquith expresa descontento.

—Una lástima, la verdad.

Yo evito recitarles a los caballeros un hecho que ellos ya deberían saber: que es poco probable que la administración griega contemporánea sea responsable del estado de la Acrópolis y el Partenón. La destrucción que observamos fue realizada hace varios siglos. Quizá el gobierno ha dejado intacta la evidencia del saqueo y de la contienda de forma intencional, como advertencia sobre los caprichos de la historia. Después de todo, algunos de los tesoros portables más increíbles del Partenón —sus estatuas de mármol y sus frescos— fueron removidos por el conde de Elgin hace cien años y ahora son resguardados en el Museo Británico.

—Yo digo que enviemos un grupo de chaquetas azules de la Marina para enderezar las columnas —propone Winston.

—Ay, Winston, ¿quién podría saber cómo tomarían los griegos ese gesto? Mejor no empecemos un incidente internacional simplemente porque no eres capaz de soportar la vista de antigüedades derruidas —contesta Asquith, y comienza el largo ascenso hasta la cima de la Acrópolis con Violet de su brazo derecho y Jennie del izquierdo.

Margot es dejada a su suerte para subir a solas por los escarpados y desiguales escalones de mármol. Aunque se le conoce por sus comentarios mordaces y era probable que se mofara de nuestros esfuerzos para ayudarla si se lo ofreciéramos, Winston y yo caminamos despacio a su lado para asegurarnos de que esté a salvo. Hoy me siento agradecida de que los estilos de vestimenta de las mujeres hayan cambiado recientemente de las siluetas voluminosas en forma de «S» a faldas más angostas y manejables. De otro modo, yo también estaría batallando con la subida.

—Estos malditos escalones —murmura ella, dejándose caer sobre uno y sacando un abanico de la pequeña cartera de cuentas que lleva atada a la muñeca. El accesorio es el único elemento refinado de la mujer—. ¿Cómo se supone que una persona civilizada suba con este calor?

Winston toma asiento a su lado y se quita el sombrero para echar aire a los dos. Cuando Margot lo hace a un lado con un gesto irritado, Winston lo deja sobre el escalón al lado de ellos. Lo levanto y lo coloco sobre mi cabeza en un ángulo que me hace ver graciosa, y para aligerar el malestar les sonrío ampliamente a ambos.

Margot me concede una débil sonrisa, pero Winston me lanza una mirada de desaprobación y alcanza su sombrero con un gesto brusco. Retrocedo frente a su hostilidad, primero herida y luego furiosa. ¿Cómo se atreve? Le he servido como buena esposa y como recurso político por años. ¿Cómo es que no se me permite un poco de simpleza, un momento de ligereza? ¿De verdad cada acto que realizo y cada declaración que hago deben estar marcados por la rúbrica de su éxito político y las exigencias de su comodidad personal?

Sin decir una palabra camino alejándome por los escalones restantes hacia el Partenón. Necesito espacio para separar mis propios pensamientos y sentimientos de los de él. Mientras camino por la cima de la Acrópolis, sin prestar atención al paisaje de Atenas y la muy alabada simetría de las columnas del Partenón, reflexiono sobre mi papel y mi lugar en el mundo. ¿Cuánto tiempo ha pasado desde que yo haya tomado una decisión o mencionado siquiera una palabra sin considerar primero la reacción de Winston? Sus necesidades son como un ruido constante en el fondo de mis días.

Al entrar a la *cella*, la estructura interna del Partenón, escucho pasos detrás de mí. Es Winston, iluminado desde atrás por la luna, que en este momento parece todo menos romántica.

—¿Estás bien? Te alejaste de nosotros sin decir palabra.

Suena simultáneamente preocupado y de algún modo inocente. ¿Cómo puede ser así? Me pregunto si su tono es falso o si se ha acostumbrado tanto a que mi mundo gire alrededor de él; que de verdad sea así de ignorante.

—¿No sabes por qué me fui? —pregunto, evaluando su reacción. Es una habilidad que he perfeccionado, para bien o para mal.

—No, no lo sé —parece genuinamente perplejo.

—¿No recuerdas la expresión de tu rostro cuando me puse el sombrero? ¿El desprecio que me mostraste por actuar con un poco de simpleza y, después, tu impulso grosero de arrebatármelo? No fue solo irrespetuoso hacia mí y mi esfuerzo, sino también increíblemente vergonzoso enfrente de Margot.

Parece en verdad desesperanzado.

—Clemmie, lo siento mucho. Ni siquiera recuerdo haber hecho un gesto de ningún tipo, pero jamás querría ser irrespetuoso contigo. Por favor, acepta mis disculpas.

Se acerca para abrazarme y yo le permito que me envuelva en sus brazos. Por lo general los abrazos de Winston me reconfortan y me proporcionan un descanso a todas mis dudas. Pero esta noche la agitación persiste. Y, además, pienso que este problema no es uno que yo pueda resolver con facilidad.

A nuestro regreso al *Enchantress* me mantengo silenciosa. Mi mutismo pasa inadvertido, enmascarado por la conversación exuberante producto de la inspiradora vista del Partenón iluminado por la luna. Cuando llegamos a nuestro muelle, uno a uno cruzamos la cubierta del barco y nos instalamos en el lujoso salón, una maravilla de latón reluciente y madera pulida.

Observo cómo Violet se desliza hacia el aparador y llena su copa de cristal hasta el borde con vino color rubí. Su acción tiene algo de curiosa. Es poco común que se sirva ella misma; le encanta que le sirvan.

Las mangas de su diáfano vestido verde se mueven de un lado a otro mientras ella bebe el contenido entero de la copa y alcanza un mazo de cartas. El vestido desafía el estilo del momento, y aun así le queda bien. Después de todo, ella misma tampoco entra en una categoría definida.

—¿Jugamos al bridge? —dice al resto de las personas en la habitación, sosteniendo en la mano el mazo de cartas.

Todos salvo yo, Winston y Jennie declinan su invitación y se disculpan por abandonarnos el resto de la noche. Yo quisiera irme con ellos. El agotamiento me ha inundado; los problemas de salud que me han aquejado después del aborto me han quitado toda reserva de energía. Pero hay un brillo en los ojos de Violet que me disgusta, y no quiero dejar a Winston a solas con ella.

Los cuatro caminamos hacia la mesa de juegos y me aseguro de que Winston y yo nos sentemos el uno frente al otro para que podamos ser pareja de juego. Mientras que él comienza a repartir las cartas, Violet pregunta:

—¿Quieres que hagamos equipo, Winston?

Él no escucha la insinuación en su voz, pero yo sí.

—Creo que la costumbre es que uno sea pareja de la persona sentada frente a ti, Violet —digo yo antes de que él pueda responder, y hago un gesto en dirección a Jennie. Violet es una ávida jugadora de bridge y conoce las reglas mejor que nadie sobre la cubierta. ¿Cuál es el juego que está jugando en realidad?

—Qué lástima —dice ella, y se escucha la decepción en su voz.

Comienza el juego de bridge. Apostamos o pasamos, dependiendo del palo, pero Violet no se irrita con el estilo poco convencional de Winston de jugar, como por lo regular le ocurre. En cambio, parece encontrar todo movimiento que él realiza bastante entretenido y muy ingenioso. Y está bebiendo bastante.

Sin alzar la mirada de sus cartas, Violet levanta su copa de vino vacía para que los miembros de la tripulación la rellenen. Esta es su tercera copa de vino desde que empezamos a jugar al bridge, la cuarta que ha bebido si cuento el trago que se sirvió cuando acabábamos de subir al *Enchantress*.

De pronto Winston brinca en su lugar. Los miro de reojo a él y a Violet y alcanzo a ver que el pie desnudo de ella serpentea de vuelta a su zapato vacío debajo de la silla de Winston. En ese instante comprendo precisamente qué clase de juego está jugando ella. También entiendo por qué piensa que tiene oportunidad de ganar.

Me pongo de pie.

—Winston, creo que tu madre luce cansada. ¿Podrías por favor acompañarla a su cama?

Jennie escupe una objeción.

—Clementine, yo no...

Ignoro su protesta e interrumpo.

—No podemos permitirnos que ningún otro invitado se enferme antes de llegar a Córcega y Malta, ¿o sí? —Le lanzo a Winston una mirada mordaz.

Él comienza a tartamudear pero yo no puedo soportar más resistencia.

—Por favor, Winston —digo, con mi tono más firme, el que por lo general reservo exclusivamente para los berrinches de Randolph. El timbre que recuerda a mi abuela.

Él asiente.

—Vamos, madre. —Se pone de pie y se estira para tomar la mano de su madre.

Espero hasta que ya no puedo escuchar sus pasos. Entonces levanto a Violet para que quede de pie y le hablo directamente a la cara.

—No voy a soportar esto, Violet.

—Pero *tú* no decides, Clementine —dice mi nombre de forma lenta y deliberada, aunque arrastra las palabras—. Es la decisión de Winston.

—Ahí es donde te equivocas, Violet. Supongo que tu madre te informó que ocurrió un incidente entre Winston y yo esta noche.

No espero a que Violet conteste. Puedo ver en su mirada que estoy en lo correcto.

—Supongo que imaginaste que al fin tenías una oportunidad para insertarte en medio de mi relación con Winston. —Doy un paso más cerca de Violet. Puedo sentir el calor de su aliento en mi mejilla y oler su acidez—. Entiende, por favor, que no voy a dejar que nada ponga en riesgo mi matrimonio.

—A riesgo de repetirme —da un trago largo a su copa de vino y me lanza una sonrisa petulante—, no es decisión tuya.

—Es una decisión que ya se tomó. Todos esos años atrás, cuando Winston tuvo la oportunidad de elegirte a ti, me eligió a mí. ¿O ya se te olvidó, Violet?

La sonrisa petulante desaparece de su rostro y su gesto decae. Le corren lágrimas por el rostro y comienza a sollozar. Intuyo que no son solo mis palabras las que la han herido. Al voltear hacia la puerta del salón, veo a Winston de pie en el umbral.

Camina hacia mí y me toma de la mano. Encarando a Violet, dice:

—Por favor, entiende, elegiría a Clemmie una y otra y otra vez.

Capítulo trece

26 de julio y 15 de agosto de 1914
Overstrand, Inglaterra

Ante la amenaza de guerra que se extiende por Europa, se desvanece cualquier residuo de preocupación que tuviera sobre mi dinámica con Winston. Mis inquietudes sobre el impacto a largo plazo de las exigencias de Winston en mi vida parecen insignificantes; en particular desde que las necesidades de Winston son críticas para la supervivencia de nuestro país. Conforme las hostilidades alemanas toman fuerza, Winston, usando su sombrero de primer lord del almirantazgo, finaliza las preparaciones que le permitirán a la Marina de Gran Bretaña imponerse en la guerra que se avecina. Así que renuncio a mis aprensiones para que Winston y yo formemos una unidad inexpugnable, una unidad que ya resistió los embates de la tempestad de Violet y que resurgió más fuerte que antes.

La guerra es inevitable. El disparo que el 28 de junio asesinó al archiduque Francisco Fernando, heredero del trono austro-húngaro, ha inaugurado una cadena de eventos catastróficos que, Winston me ha advertido, sin duda desembocarán en una guerra, por lo menos en el continente. Al entender que la normalidad de la vida podría desaparecer tan rápido como el disparo solitario de ese rifle —el tipo de vida normal que nunca tuve en mi huérfana juventud—, quiero convertirme en un manantial de recuerdos del que nuestros hijos puedan beber en los días que se avecinan. Días en que su padre quizá se ausente durante meses, trabajando en circunstancias peligrosas; días de los que quizá no vuelva jamás.

Rentamos una cabaña de playa en la costa de Norfolk, en un pueblo turístico llamado Overstrand. Con Nana y una criada a cuestas, los niños y yo nos acomodamos en la cabaña de seis habitaciones de Pear Tree, así llamada por el árbol de peras que se recarga en una de las paredes, que abraza un peñasco pequeño y escarpado y que observa hacia el mar como si fuera la esposa de algún pescador. Arreglé que Goonie y sus dos hijos rentaran otra propiedad en esta zona, una dulce casa llamada Cabaña Beehive, que se encuentra en el extremo opuesto del terreno. Sé que serán otra persuasión para Winston, cuando la situación política le permita acompañarnos, en especial cuando Jack también tome sus vacaciones de la milicia.

Estoy limitada en mis actividades, porque de nuevo estoy embarazada. Las restricciones, a decir verdad, fueron autoimpuestas. No podría soportar otro aborto y sus consecuencias, así que, en vez de seguir mi ritmo usual, paso días largos y perezosos en la playa con mis hijos, y me sorprendo a mí misma con lo mucho que disfruto este tiempo. Durante los días de la semana escarbo en la arena, les señalo a los niños los barcos de pesca y las gaviotas e insisto en que sumerjamos los pies en las vigorizantes aguas del Mar del Norte. Por primera vez saboreo con mis pequeños y me deleito con su afecto. Pero los fines de semana esta celebración materna languidece y comienzo a anhelar las noticias y el toque de mi esposo.

—En marcha, niños —Winston, con los pantalones enrollados hasta las rodillas, le dice a Diana. Ella, diligente, lleva en sus hombros más equipo del que su cuerpo de cinco años debería cargar. Randolph, de tres años, por el contrario, se colapsa en un berrinche por la sola sugerencia de que se haga responsable de su propia pala de arena. Me gustaría que tal disparidad se explicara por la diferencia de edades, pero temo que sea más bien atribuible a las diferencias entre sus temperamentos.

Yo tomo la retaguardia de esta ocupada brigada, caminando fatigosamente detrás, no solo de mi esposo y de mi hija, sino también de Goonie y de sus hijos. Pienso en la expresión de sus rostros cuando Winston llegó esta mañana. Al observar el enorme navío atracado en la costa, con su pipa de vapor soltando nubes de un gris ondulante hacia el cielo azul celeste, de otra forma desprovisto de nubes, Goonie, los chicos y yo simplemente nos quedamos observando, maravillados frente al tamaño del barco en comparación con el de las barcazas de pesca, que oscilaban cerca como juguetes de bañera.

Solo cuando un pequeño barco de remos bajó de un extremo del barco hacia el caudaloso mar y dos hombres comenzaron a remar con furia hacia la orilla, todos lo reconocimos y gritamos de dicha. El barco era el *Enchantress* y uno de esos hombres era Winston.

Observo mientras mi esposo construye un fuerte con los niños. Una vez que el castillo, las murallas, las torres y la fosa están completos, los niños gritan y corren en círculos alrededor de su creación, haciendo varias poses de guerra. Winston da un paso atrás para admirar su trabajo y me abraza por la cintura, que comienza a hincharse, envuelta ligeramente con una bata sobre mi modesto traje de baño.

Con una mano acaricia mi panza y pregunta:

—¿Cómo te va, querida mía?

Volteo contra su pecho.

—Lo sobrellevo, Pug. Pero te extraño terriblemente. Y, por supuesto, me preocupo.

Me besa en la frente. Cuando vuelve a hablar, su voz está llena de remordimiento:

—Pasará algo de tiempo antes de que pueda volver a Overstrand, Gatita. Si es que puedo volver.

—¿Qué quieres decir? Rentamos la cabaña Pear Tree por el verano completo y prometiste que nos visitarías cada fin de semana que no ocurrieran misiones críticas.

—Parece ser que hemos llegado al momento de las misiones críticas.

Me alejo de él lo suficiente como para mirarlo a los ojos.

—¿Tan pronto? ¿Qué está ocurriendo?

Sé que la mayor parte del verano nuestro secretario de Relaciones Exteriores ha estado trabajando para prevenir que Gran Bretaña entre a la guerra. Esto ha requerido una diplomacia inusualmente complicada, dado que Gran Bretaña es parte de la Triple Entente, y las tensiones entre Alemania, por un lado, y Francia y Rusia, por el otro, han ido en aumento. Pero pensaba que se había alcanzado un equilibrio y que la entrada de Gran Bretaña a la guerra podría evadirse durante el resto del verano.

—Gatita mía, temo que la próxima semana los eventos llegarán a un punto crítico. Pienso que, pese a los esfuerzos por negociar, Austria-Hungría declarará la guerra a Serbia, lo que sin duda llevará a que Rusia movilice su ejército para ayudar a los serbios, y a que Alemania declare la guerra a Rusia para ayudar a los austro-húngaros.

—¡No! —exclamo.

Vuelve a abrazarme.

—Lo lamento mucho, Gatita, pero eso creo. Y no va a parar ahí. Alemania probablemente querrá atraer a Francia, aliada de Rusia, a la refriega, atacando la neutralidad de Bélgica. E incluso aunque el gabinete esté dividido en cuanto a la aceptación de una guerra con Alemania, creo que no podremos ignorar la invasión ni negociar para salirnos del asunto.

—¿Es sólida tu información?

—Es impecable.

Sé que tiene razón, tal como sé con tanta seguridad que ayudar a defender a Francia de la invasión alemana es la decisión moralmente correcta. Si la información de Winston resulta cierta y Alemania en efecto ataca Bélgica —lo que significará para los alemanes una ruta directa a Francia por medio del campo y también a Inglaterra a través de los puertos cercanos—, entonces nuestro país también tendrá que declarar la guerra. Y mi esposo debe estar entre quienes lideren el ataque.

Me empiezan a temblar las piernas. Intento controlar los temblores, pues no quiero que piense que soy incapaz de soportar el peso de esta decisión. Winston no puede evitar sentirlo. Me abraza con más fuerza y susurra:

—Saldremos adelante, Gatita. Estos últimos treinta meses me he asegurado de que tengamos la flota más fuerte, seremos capaces de derrotar a los alemanes. La escaramuza habrá terminado para cuando llegue la Navidad.

Sus palabras no me reconfortan. No importa que la Marina de Gran Bretaña sea feroz, sino que mi esposo estará en su centro. Pero sé lo que Winston necesita de mí en el ámbito de lo privado: una fe inquebrantable en su habilidad para liderar. También conozco el rostro público que necesita mostrar al mundo la esposa del lord almirante: el de la confianza en sí misma. Y él obtendrá lo que necesita.

Cierro los labios y le sonrío.

—Lo sé, amor. Tal como sé que llevarás a la Marina a la victoria.

Asiente con la cabeza y puedo ver la chispa de emoción en sus ojos frente a la controversia que se avecina. ¿Imagina que a través de esta guerra alcanzará a competir con las habilidades militares de su querido ancestro, el primer duque de Marlborough?

—Exacto.

—Los niños y yo regresaremos a Londres contigo. Como muestra de nuestro apoyo. —Pese a mi estado de embarazo y mis temores, siento una emoción creciente de volver a Londres y verme envuelta por la marea de la guerra. Estaremos en medio de la fabricación de la Historia.

—No, querida. Tú y los niños deben quedarse aquí. Necesito que le demuestren al pueblo de Inglaterra que podemos continuar nuestras vidas, que no debemos temer. —Me suelta, viéndome a los ojos—. Debo irme ahora, Gatita. No hay necesidad de llorar. El triunfo es inevitable. —Entonces, me besa.

Es el turno de Diana y Randolph de recibir abrazos, y después el de la familia de su hermano. Nos reunimos en la costa, riendo y vitoreando mientras rema de vuelta al *Enchantress*. Después, nos mantenemos en silencio, bajo el entendimiento de que esta partida es distinta al resto. Esta podría ser la última.

En apenas unos días las predicciones de Winston prueban ser exactas, y para el 4 de agosto Gran Bretaña ha entrado a la guerra. Crece en mí la desesperación y experimento el impulso de abandonar la costa y correr al lado de Winston para ofrecerle el apoyo y consejo que sé que necesita en estos tiempos. De forma inexplicable, también imagino que Londres es un bastión de seguridad, más que este desvencijado pueblito de la costa, y temo por mi hermano, Bill, quien se alista para el conflicto sobre la cubierta de un buque de guerra, y por el hermano de Winston, Jack, que está en un puesto de segunda división.

Una noche inquieta, por poco ignoro la orden de Winston de quedarme en Overstrand y comienzo a preparar las maletas para nuestra partida, pero entonces vuelve el ama de llaves de su noche fuera con noticias curiosas. En un corto de una sala de cine local aconsejan a los vacacionistas que no entren en pánico y que no abandonen sus vacaciones en Norfolk, pues «Lady Winston Churchill y sus hijos residen en este vecindario. Y si para ella es lo suficientemente seguro, ¡sin duda alguna lo es también para ustedes!». Devuelvo la ropa a los armarios. ¿Cómo puedo irme cuando cada movimiento que hago es observado como si yo fuera alguna clase de barómetro de la fortuna de nuestra nación?

Me resigno a quedarme en Overstrand, pese al hecho de que nos encontramos en un litoral abierto, potencialmente vulnerables a un ataque, y siento que es incorrecto dejar a mi madre expuesta en la costa francesa en Dieppe, a donde ella misma se ha retirado para pasar el verano. Como Bill no está disponible para ayudar, y yo estoy limitada por el embarazo, Nellie ha acordado rescatarla en Francia y traerla a la cabaña de Pear Tree. Pero en vez de acompañar a mi madre hasta Overstrand, como habíamos acordado, la deja en una estación de tren de la costa el 13 de agosto, mientras ella corre a Buckinghamshire para ayudar a los Astor a transformar su mansión en un hospital militar y después unirse a los cuerpos de enfermeras en Bélgica. Me quedo a solas con mis dos hijos ansiosos y mi desesperante madre, mientras mi esposo dirige la guerra desde el corazón del acontecimiento, Londres.

—Juro que vi a alguien —insiste mamá, apuntando al peñasco a nuestros pies. Apenas lleva aquí dos días y ya es ella quien dicta la agenda.

Estamos de pie sobre el borde del peñasco que sostiene la cabaña de Pear Tree. Unas nubes muy grises cubren el cielo, como lo han hecho por espacio de casi una semana, y los días soleados de olas altas y juegos de arena parecen haberse esfumado hace mucho tiempo. Este clima, junto con las noticias, nos ha puesto nerviosos a todos. Mis nervios comienzan a desmadejarse como una bola de estambre.

Observo la longitud del peñasco y estudio la playa de arena en su base. Puedo imaginar una flota alemana en la superficie —el tipo de barcos por el que Winston ha estado previniendo al gobierno— cubriendo el mar gris azulado, pero solo veo olas espumosas y nuestras sombras que se alargan sobre la playa. ¿Será que mamá en serio vio a alguien? ¿O es que ha quedado envuelta en la obsesión por los espías que comienza a esparcirse como un virus por los pueblos de la costa e imaginó a enemigos alemanes escalando por los peñascos de Overstrand?

—¿Estás segura, mamá? —Mi voz delata mi escepticismo. Sé que si la costa en verdad estuviera amenazada Winston nos llamaría de regreso a Londres más rápido de lo que late un corazón. Pero su carta de esta mañana no anunció nada de tales preocupaciones, solo detalles de sus planes navales y de su amor por mí.

—Absolutamente. Lo juro. Vi una figura. —Sus palabras resuenan con fuerza, pero su tono titubea. Aunque dudara de sí misma, nunca lo admitiría. Mi madre siempre cree en la infalibilidad de sus opiniones personales.

Me pregunto si pudiera haber un agente enemigo en la cabaña Pear Tree. ¿Podría ser que los niños y yo fuéramos un blanco? Como somos familiares del primer lord almirante, supongo que es posible, aunque no vea pruebas de una amenaza.

—Bueno, esa «figura» parece haberse escabullido sin siquiera dejar una huella sobre la arena —decido.

Ella asume una pose arrogante, como si aún mantuviera control sobre mi vida.

—¿Cómo puedes dudar de mí, Clementine? ¡Y en tiempos como estos!

Antes de que pueda responder, siento que Diana y Randolph jalan de mi falda.

—¿Qué miras? —pregunta mi hija.

—Nada, queridos, solamente miro hacia el océano. Su padre no ha vuelto por barco —contesto, pues no quiero que ellos piensen que algo anda mal.

—¡Papi! ¡Papi! —aplaude Randolph con ambas manos, emocionado ante la posibilidad de que vuelva su compañero de juegos favorito.

No debí haber mencionado a su padre. Me acuclillo para quedar a la altura de sus ojos e informarles la noticia poco placentera.

—Lo lamento, queridos míos. Pero su papá deberá quedarse en Londres. El país lo necesita.

—¡Pero *yo* necesito a papá! —grita Randolph y se deja caer sobre el suelo. Sus sollozos hacen que Diana llore y, en segundos, ambos niños están gritando. Me acerco para reconfortarlos, pero Diana se acuclilla y Randolph golpea mi mano para apartarla. Al ver mi reacción de asombro vuelve a golpear, esta vez de forma intencional.

Las sienes me punzan con los inicios de un dolor de cabeza. «¿Dónde diablos está Nana?», pienso. Vuelvo a levantarme, pero mi panza de embarazada me hace perder el equilibrio y caigo sobre mis manos y rodillas. En vez de ayudarme a levantarme, mi madre refunfuña.

—¿Qué diablos haces allá abajo, Clementine?

—¿Piensas que *quiero* estar aquí abajo, madre? —le contesto. Batallo para ponerme en pie y encarar a mi madre, y mi disgusto es evidente.

Al escuchar nuestro intercambio abrupto, los gritos de los niños suben de nivel. Cuando Nana por fin abre la puerta trasera de la cabaña y corre hacia Diana y Randolph, camino de vuelta a la casa sin dirigirle una palabra ni a ella, ni a mi madre, ni a los niños. Subo por las escaleras corriendo hasta mi habitación, me enrosco en el diván y apoyo la cabeza contra el muro frío.

Preferiría estar en Londres, enfrentando el estrés de la guerra, que aquí, en la costa desolada, lidiando con mi madre y los niños. ¿Por qué me parecen más sencillas las maniobras de los buques de guerra y la flota naval que la tarea de lidiar con dos pequeños niños y una mujer mayor? Quizá no esté hecha para el trabajo usual de una mujer.

Mi respiración se acelera. Me mezo sobre el diván, golpeándome la cabeza contra el muro. Agradezco el dolor, pues me proporciona un alivio inexplicable del caos que llevo en el interior. ¿Qué está ocurriéndome?

Aunque sé que es autocompasión —más que eso, es egoísmo—, quiero a mi esposo. Solo él me entiende y me ayuda a centrarme. Pero no sé cuándo será la próxima ocasión que lo vea, así que busco papel y pluma.

Capítulo catorce

7 de octubre de 1914
Londres, Inglaterra

Las contracciones son fuertes, pero soportables, me digo mientras sofoco un grito.

—¿Está bien, señora? —me pregunta la enfermera, pero no puedo responder. No tengo aliento.

Asiento con la cabeza mirando al doctor, a la partera y a la enfermera que están en mi habitación en la Casa del Almirante, todos asignados para resguardar a la esposa y al hijo por nacer del lord almirante, y a Goonie, quien aceptó quedarse con nosotros en la Casa del Almirante. Es extraño cómo la tristeza lastimosa y el aislamiento que experimenté en Overstrand desaparecieron en el momento en que Winston nos llamó a mí y a los niños de vuelta a Londres, lo cual ocurrió semanas después de recibir mi carta histérica de agosto. Aunque sospecho que muchas mujeres habrían preferido vivir en una playa remota al ajetreo de tiempos de guerra de Londres, incluso con la vaga amenaza de espionaje en la costa, a mí me deleitó volver a sumergirme en el meollo de las cosas. Los riesgos del conflicto nunca me abrumaron, solo el temor de quedarme al margen de los hechos.

Tengo otra contracción y dejo de pensar por completo. Mi cabeza solo puede procesar el dolor. El dolor desgarrador y el urgente deseo de pujar se apoderan de mí.

Una vez que el dolor se sosiega como una ola que se retrae, vuelve a mi consciencia lo que ha ocurrido en las últimas semanas.

¿He dado a mi esposo la ayuda que él requiere con tanta desesperación para navegar las turbias aguas navales? Inmediatamente después de mi regreso a la Casa del Almirante vi que el descarado entusiasmo de Winston por sus planes militares —junto con la inquebrantable confianza que siente por sus propias ideas— le estaba ocasionando problemas entre elementos clave del servicio naval y su habilidad para liderar. Entendí que estas dificultades podrían obstaculizar su capacidad para vencer el plan de Alemania de luchar en dos frentes, atacando a Francia por el oeste a través de Bélgica y confrontando a Rusia por el este. Aunque yo estaba de acuerdo con él en que el renuente jefe de la Gran Flota, el almirante sir George Callaghan, debía ser reemplazado, sabía que despedirlo con una medalla por su esfuerzo sería un golpe a la moral del hombre. Sugerí que un asiento en la Junta del Almirantazgo no solo aliviaría sus sentimientos, sino también los de sus hombres. También le ofrecí a Winston una perspectiva fresca acerca de sus tratos con el combativo secretario de Estado para la Guerra, lord Herbert Kitchener. Aunque no aceptaría el desacuerdo de otras personas, aceptaba mis propuestas. Pero ahora no estoy a su lado, y me preocupa.

Las oleadas de dolor son ahora más rápidas y apenas me dan oportunidad de respirar entre una y la siguiente. La única palabra que se desliza entre la agonía es «Amberes». Cuando la contracción se desvanece, surge la ira. ¿Por qué Winston tendría que estar en Amberes en este momento en vez de estar en Londres?

La invasión alemana de Bélgica ha avanzado con un éxito desafortunado hasta la ciudad portuaria clave de Amberes, último bastión del ejército belga. El 2 de octubre, el mismo día de la fecha de parto del bebé, Winston recibió la noticia de que Amberes estaba al borde de la caída. Pese a mis ruegos, se ofreció a navegar hasta la ciudad asediada para asistir a las fuerzas belgas, aunque ningún oficial mayor le hubiese ordenado tomar acción alguna. Para el 4 de octubre la fiebre de la guerra lo había abatido con tal fuerza que telegrafió al primer ministro desde Amberes para pedirle que aceptara temporalmente su renuncia a su posición como lord almirante para guiar a las fuerzas británicas hasta el puerto de Amberes. Aunque Winston no era un hombre de carrera militar, su solicitud fue aceptada por Asquith, aunque yo podía imaginarme que las habladurías dirían que su acción era un obvio intento de acaparar la gloria militar.

Pero los esfuerzos de Winston fueron en balde. Incluso con las tropas y flotas adicionales bajo sus órdenes, Amberes cayó hoy en manos de los alemanes. Las fuerzas británicas fueron evacuadas, y Winston volverá esta noche a Londres. ¿Será que la caída de Amberes se atribuya al fracaso de sus esfuerzos de último minuto? Regresará a Londres sobre las olas del primer gran fracaso británico en esta guerra.

Winston jamás debió salir corriendo a Amberes. Debió dejar la defensa de la ciudad belga a un oficial de carrera y permitir que ese hombre cargara con aquel fiasco. Debió quedarse aquí en vez de dejarme sola y limitarse a susurrarme:

—Debes ser fuerte, Gatita.

Las contracciones son ahora cada vez más frecuentes y terminan por mezclarse en una sola agonía interminable. No puedo evitar gritar. El dolor quema como un continuo acuchillamiento que me parte en dos. El sudor se me escurre por el ceño y la enfermera me limpia la frente con un gesto inútil de consuelo. Quito su mano y aúllo de agotamiento y tormento. La urgencia de pujar me controla y, repentinamente, cesa.

Entonces escucho un grito.

De reojo veo que la enfermera y la partera se juntan. Gonnie está sentada a mi lado, toma mi mano y alcanzo a susurrarle:

—¿Está todo bien?

Al principio nadie me contesta. Siento pánico, pero entonces la enfermera camina hacia mí con un paquete envuelto en una sábana de algodón blanco.

—Tiene usted un bebé bellísimo y saludable, lady Churchill.
—¿Es un niño? —pregunto con voz ronca.
—Es una bellísima niña —dice ella, y me entrega el bulto.
Goonie se levanta para asomarse entre las sábanas.
—Es preciosa, Clemmie.

No es un niño, como estoy segura de que a Winston le hubiera gustado, pero me siento aliviada. Randolph es suficiente niño para mí. Es bellísima, tiene el cabello pelirrojo de su padre, lo que le dará un inigualable placer. Me aferro al pequeño bulto, acercando a mi hija recién nacida a mi pecho.

Aparto un poco la sábana y observo sus perfectos labios de capullo y sus ojos tranquilamente cerrados. Le sonrío a mi hija, a quien llamaré Sarah. La amaré y me aseguraré de que la cuiden bien, pero ella tampoco va a detenerme.

Capítulo quince

3 de enero de 1915
Londres, Inglaterra

Observo la larga mesa, adornada con una vajilla marcada con iniciales y cristalería multifacética, como si una elegante cena estuviera a punto de iniciar y no una reunión extraoficial del gabinete. El exquisito servicio para doce no contiene las usuales tarjetitas con nombre, pero, de nuevo, las reglas habituales no se aplican en tiempos de guerra. Esto hace que desconozca mi lugar en la mesa; sin embargo, ello se debe particularmente a que, como siempre, soy la única mujer.

A diferencia de muchos de los hombres que son anfitriones en estas cenas, el nuestro, el secretario del Interior, Reginald McKenna, parece sensible a mi situación. Hace un gesto hacia mí y hacia Winston para que nos sentemos al lado del secretario de Relaciones Exteriores, y yo tomo asiento, sumamente agradecida. Los sirvientes aparecen de inmediato para verter cucharones de sopa de berros en nuestros platos hondos, y mientras lo hacen, los hombres a la mesa me miran de reojo. Sé que piensan que mi presencia entre ellos es irrespetuosa; después de todo, ellos ni siquiera soñarían con traer a sus esposas. Pero yo no estoy presente para obtener su aprobación ni causarles placer alguno. Estoy aquí porque tengo un papel que cumplir.

Mientras tomo mi sopa, escucho con atención. Los hombres a mi alrededor están contando sus últimas escaramuzas. Poco después de que los Aliados comenzaran a ganar terreno contra los alemanes en ambos frentes, tanto el occidental como el oriental —lo que descarriló las aspiraciones alemanas de una victoria veloz—, las potencias se dieron cuenta de que la guerra probablemente llegaría a un callejón sin salida, una especie de juego del gato y el ratón, en que cada lado tomaría turnos para ser el gato. Solo una gran victoria inesperada podría resolver este ojo por ojo.

Mientras discuten las maquinaciones de los frentes, el tono de los hombres suena muy casual, y quiero sacudirlos a todos para que comiencen a trabajar. ¿Cómo pueden ser tan mediocres con la estrategia y la esperanza, cuando noventa mil militares y civiles ya han perdido la vida; cuando mujeres y niños están siendo bombardeados en los pueblos costeros; cuando el gobierno tiene información de que Alemania quizá muy pronto volará sus zepelines sobre Londres para bombardear a nuestros ciudadanos desde el aire? La autocomplacencia no puede ser la emperatriz de nuestros días. Observo que lo único que los anima son las declaraciones de ayer del gran duque Nicolás de Rusia, quien hizo un llamado para ser asistido en contra de los otomanos en el Cáucaso, una idea con la que ellos juegan como si se tratara de una pelota de tenis. ¿Será que Winston es el único en esta habitación con una idea nueva?

Respiro profundo, recordando que Winston tiene un plan y que yo estoy aquí para apoyarlo. Pese a saber que este es mi lugar, aún me pesan las palabras que me dijo Nellie durante las vacaciones.

Nellie vino a quedarse con nosotros en la Casa del Almirante por una temporada, en las vacaciones, después de un giro espantoso por parte de los alemanes. Durante el verano Nellie había recibido un entrenamiento básico y apresurado de enfermería para que pudiera quedarse en el frente. Asignada a una unidad en Bélgica para atender a los soldados británicos caídos, su unidad de enfermería fue tomada cautiva a finales de agosto, cuando los alemanes ocuparon el pueblo belga en el que había estado trabajando. Estuvimos muy preocupados, y Winston estuvo al pendiente de su estatus. Se enteró de que en general a las enfermeras se les trataba bien y que los alemanes permitieron que su unidad cuidara de los heridos británicos del área. A finales de noviembre, cuando las enfermeras recibieron la orden de tratar a los soldados alemanes y ellas se negaron, fueron repatriadas. Tener a mi hermana menor de regreso en casa con nosotros fue un gran alivio, considerando nuestra preocupación compartida por su gemelo, Bill, que ocupaba un puesto en un destructor naval de torpedos. Winston nos mantenía bien informadas de su situación, pero hay muchas variables en el océano.

Una noche, después de cenar, ella y yo nos tiramos en el sofá del salón privado, riéndonos de algo que mi madre había mencionado durante la cena justo antes de su partida. Nellie se volteó y me dijo:

—¿Te has dado cuenta de que esta es la primera vez en las tres semanas que llevo aquí que te veo sentarte y relajarte?

—Sin duda no he estado de pie en la mesa de la cena y comiendo, Nellie —le contesté bromeando.

—Siempre estás corriendo, Clemmie —comentó Nellie. Su tono era entre juguetón y serio—. Incluso cuando estás quieta eres así.

—Winston me necesita, Nellie. Nuestro país está frente a la más grande amenaza de su historia y él es un elemento clave del éxito de Inglaterra —contesté a la defensiva—. Tú, entre todas las personas, deberías comprender eso. Acabas de ser prisionera de los alemanes.

—Sí, Clemmie, el trabajo de Winston es importante, pero tienes tres niños pequeños y un vasto hogar del cual encargarte. —Su voz sonaba imperativa, pero sus ojos revelaban una súplica—. Me preocupa que acabes hecha polvo por hacerte cargo de todo eso y además atender estas reuniones y cenas interminables con Winston.

—El apoyo que le doy a mi esposo es único, y Nana puede atender las necesidades cotidianas de Diana, Randolph y Sarah tan bien como lo hago yo. O mejor.

Ella hizo una pausa.

—Sí sabes que *tú* no eres el lord almirante, ¿verdad, Clemmie?

Sentí como si me hubiera dado una bofetada. Estaba acostumbrada a los susurros y a las caras boquiabiertas de quienes criticaban mi involucramiento, pero no lo esperaba de mi querida hermana.

—Suenas como Venetia.

—Quizá ella tiene un argumento a favor suyo. —Se acercó para alcanzar mi mano—. Pero solo en cuanto al costo que esto está causándote, Clemmie. Aunque lo niegues.

Winston vuelve a aclararse la garganta y yo regreso al presente. Reconozco ese sonido como un intento suyo por lograr que los otros hombres terminen de conversar. Le aconsejé cautelosamente que no lanzara su plan desde el inicio de la velada, sino que escuchara las discusiones de los hombres hasta que se abriera un espacio oportuno. «Si puedes presentar tu estratagema justo después de los lamentos por el estado actual de la milicia», le dije, «tu plan será mejor recibido». Pero Winston es incapaz de detenerse y su boca comienza a abrirse para interrumpir las charlas. Arqueo las cejas y le dirijo una mirada mordaz. Cierra la boca y aguarda el momento indicado.

El secretario de Estado para la Guerra, Earl Kitchener, murmura:

—Escuché que las canciones de Navidad hicieron surgir una tregua improvisada en las trincheras. Se reunieron la «Silent Night» alemana con la británica «First Noel», por así decirlo.

—Me llegaron los mismos rumores. Aparentemente, después de cantar hubo un intercambio de felicitaciones navideñas entre las trincheras —añade McKenna.

—En algunos lugares, intercambios de whisky y cigarros —concuerda el lord canciller, el vizconde Richard Haldane.

—Entiendo que se jugó un conmovedor partido de futbol en tierra neutral entre alemanes y británicos —dice Asquith.

—¿Futbol? No es posible —interviene Walter Runciman, el presidente de la Cámara de Comercio.

—Todo en las trincheras de Bélgica. Treguas espontáneas y juegos de futbol improvisados —insiste Asquith.

Los hombres sacuden la cabeza, incrédulos, y Winston empieza a hablar. No es capaz de quedarse en silencio ni un solo segundo más.

—¿Por qué les sorprende el anhelo de paz de nuestra gente? Ya es suficientemente malo que hayamos dejado a nuestros hombres en las trincheras belgas durante la Navidad, infectándose de disentería y piojos, con el suelo húmedo y la nieve. Quieren volver a casa, y nosotros debemos encontrar una forma de hacer que no se queden en esas interminables trincheras.

«¿Qué hay de las mujeres y de los niños que perdieron la vida?», pienso. Pero guardo esa idea para otro día y otra discusión.

—Supongo que tienes una propuesta —contesta Asquith al llamado a la acción de Winston después de darle una calada a su pipa.

Los hombres ríen, como si la imagen de Winston *sin* una idea arriesgada fuera inimaginable. Pero en su risa puedo escuchar también mofa. La ira comienza a crecer en mi interior, pero la aplaco para que Winston se plante en el centro del escenario. Este es su momento, el que hemos estado construyendo en nuestras discusiones nocturnas.

Winston da una calada al puro que recientemente está siempre presente en su boca.

—De hecho, así es.

—Escuchémosla entonces —ordena Asquith con un suspiro.

—Se nos ha pedido ayuda urgente por parte de Rusia para lidiar con los otomanos, que traman algo con los alemanes. ¿Qué tal si desplegáramos nuestro poder naval en Dardanelos? Si tomamos control del estrecho de Dardanelos entre la tierra firme de Turquía y la península de Galípoli, podríamos capturar la capital turca de Constantinopla. Esta maniobra tendría dos impactos clave: debilitaría a Alemania al eliminar a Turquía como uno de sus aliados y nos abriría una ruta marítima entre nuestro país y Rusia para ayudar con suministros.

Mientras Winston despliega los detalles de su plan, observo los rostros de los hombres a la mesa. Sus ceños se fruncen y sus ojos lucen recelosos, e incluso veo cómo Asquith le lanza una mirada cínica a Kitchener. ¿Me equivoqué al animar a Winston a proponer esta arriesgada idea? ¿He creído demasiado en su visión y en la importancia que tiene en el esfuerzo bélico de nuestro país? Ruego en silencio a un Dios al que he ignorado mucho que Winston haya sugerido el camino indicado para los soldados; para el bien de todos, el de ellos y el nuestro.

Capítulo dieciséis

20 de mayo, 26 de mayo y 3 de junio de 1915
Londres, Inglaterra

Cuando llega el golpe final, creo estar lista. El caudal de cartas de Winston me ha preparado, o eso creía. Pero apenas reconozco el rostro demacrado de mi angustiado esposo cuando al fin regresa de la catástrofe de Dardanelos y entra por la puerta principal de la Casa del Almirante.

—Seré culpado, Clemmie —me susurra Winston en el cabello.

Nos abrazamos el uno al otro en el vestíbulo, ignorando la presencia de la servidumbre en el fondo. Pienso, pero no digo, que también es mi culpa. Yo fui quien le dio ánimos para perseguir la estrategia de Dardanelos, incluso cuando no fue bien recibida por los oficiales de gobierno de los rangos superiores.

La campaña de Dardanelos comenzó con el fervor entusiasta que caracteriza a Winston. Trabajó día y noche con miembros de la Marina y del Ejército para convencerlos de su plan y organizar la arremetida. El éxito del plan requería tanto de una fuerza naval abundante para tomar el estrecho de Dardanelos, como de un contingente militar considerable para conquistar la península de Galípoli posteriormente. Winston zarpó con bastante algarabía, y yo seguí cada movimiento suyo por medio de las cartas y las noticias.

El bombardeo naval comenzó el 19 de febrero, pero poco después Winston me escribió que los esfuerzos del vicealmirante Carden parecían poco entusiastas. Esta suposición se confirmó a mediados de marzo, cuando Carden renunció por enfermedad y el contralmirante De Robeck lo reemplazó. A De Robeck no le atraía mucho el ataque y canceló el plan naval entero después de que unas minas hundieran un buque de guerra francés y dos británicos. Sin una oposición adecuada desde el mar, la flota turca pudo reabastecer a sus tropas en tierra con municiones, así que cuando se inició en abril el plan militar del secretario de Guerra, lord Kitchener, y del general sir Ian Hamilton, sus tropas sufrieron pérdidas terribles en tierra; un horror: treinta mil hombres británicos, diez mil franceses y más de trece mil australianos, neozelandeses e indios.

En un esfuerzo por restablecer las operaciones y darle un sentido al horripilante sacrificio de esos hombres, Winston pidió refuerzos navales, primero a Asquith, quien lo defirió a almirantes locales. Mi esposo, entonces, tornó sus súplicas al volátil almirante de la flota, lord Fisher, quien habiendo apoyado la misión en un inicio, dio la espalda al plan de Dardanelos y bloqueó los esfuerzos de Winston.

«Si tan solo no le hubiera dado ánimos con el plan de Dardanelos, la terrible pérdida podría haberse evitado», pienso. «Si tan solo hubiera aceptado que Winston recibiría el mismo apoyo deslucido que obtuvo del gobierno a lo largo de la campaña entera, quizá podría haberlo disuadido de la idea de tomar Dardanelos». Pero no enuncio nada de esto; también hay otros responsables, que tienen las manos en el timón de este desastre.

—¿Cómo pueden culparte a ti, Winston? El plan era sensato. Si te hubieran dado un apoyo marítimo adecuado, la captura de Dardanelos habría sido un éxito y los turcos nunca habrían obtenido víveres para sus tropas. Habríamos asegurado la península de Galípoli y eliminado a los turcos. Pudimos incluso haber acortado la guerra. Asquith, Hamilton, Kitchener y —casi no puedo decir el nombre, pero me esfuerzo por escupirlo— Fisher se rehusaron a enviarte la ayuda prometida. Ellos son los culpables.

—Tú y yo sabemos que eso es verdad. Pero yo fui el líder de campaña principal, y ha sido la pérdida más sangrienta de toda la historia militar británica... —Se le enredan las palabras y sé que está conteniendo las lágrimas—. Y la gente, se entiende bien, quiere sangre a cambio.

—¿Pero por qué tiene que ser *tu* sangre? ¿No puede echarse la culpa a todos los involucrados?

—Parece ser que ya se ha hecho de mí el chivo expiatorio, mi querida Gatita.

Mi corazón late tan fuerte que temo que Winston lo escuche.

—¿Qué quieres decir?

—Hay rumores de que el líder conservador, Andrew Bonar Law, se acercó a Asquith y lo amenazó con deshacer la tregua en tiempos de guerra entre liberales y conservadores si no rodaba alguna cabeza por el fiasco de Dardanelos. Tú sabes que desde que cambié de partido los conservadores me han odiado, y Asquith lo sabe también. Sé, por una fuente confiable, que para salvar su propio pellejo Asquith hizo el trato con los conservadores de formar una colisión gubernamental para removerme del gabinete. Y Lloyd George estuvo de acuerdo.

—¡No! —Me llevo la mano a la boca.

—Desearía que no fuera verdad, Gatita. Pero lo es —exhala, un sonido que parece emanar de muy dentro—. Estoy acabado.

¿Cómo es que Asquith se atreve a hacerle esto a Winston? Después de todo su trabajo. Toda su lealtad. Toda su genialidad.

Mis lágrimas se detienen repentinamente para hacerle espacio a la ira.

—¿Cómo se atreve? ¡Esta es una afrenta no solo contra ti, sino contra la gente que conforma este país! Tú eres el único en el gabinete que tiene el poder y la imaginación para acabar con los alemanes. Y estarías bien encaminado a lograrlo si hubieras tenido el apoyo de tus pares. —Echo humo—. De haberte apoyado los que estuvieron de acuerdo con el plan, aun cuando no se hayan mostrado muy entusiastas cuando lo consintieron.

Para mi asombro, mi furia no enciende a Winston. Él tan solo besa mi cabello y susurra:

—No importa, mi querida Clementine. He sido aniquilado del poder. Y sin poder, nada puede hacerse.

Al decir esas palabras, sé que mi esposo se ha resignado a su destino.

Por espacio de casi una semana no recibimos la notificación del despido de Winston, sino hasta el día 26 de mayo. Aunque estoy desacostumbrada al ritual, me veo a mí misma rogando a Dios constantemente; rogándole que Asquith no fuerce la salida de mi esposo. Sé lo que esto va a significar para Winston. Pero el vapuleo que Winston recibe en la prensa diaria, combinado con los abusivos apelativos que yo recibo de la gente cuando salgo a la calle —me llaman «Dardanelos» y «Galípoli»—, dejan en claro que, aunque Asquith no hubiera hecho un trato con los conservadores, la salida de Winston es inevitable.

Cuando llega la noticia de su despido dejamos la Casa del Almirante en el lapso de una hora, puesto que ya había empacado nuestras pertenencias al inicio de la semana. Nuestra casa alquilada para el verano, Hoe Farm, todavía no está disponible, y rentamos nuestra casa en la calle Eccleston cuando Winston se hizo lord almirante, así que nos dirigimos a una casa en la calle Arlington, cuyos dueños son la tía Cornelia de Winston, y su hijo, lord Wimborne, en la que pasamos largas horas sentados en amplios sillones frente al fuego, contemplando nuestro futuro, frecuentemente en silencio. Después de cinco días persuadiendo a mi esposo para que platicáramos, recibimos un sobre de la calle Downing. Mientras que Winston se pregunta en voz alta por qué le escribiría Asquith, yo permanezco en silencio. Temo que la misiva se refiera a la mordaz carta que garabateé y envié a Asquith sin el conocimiento de Winston, justo antes del despido, en la que elogié las virtudes de mi esposo —junto con su importancia para el esfuerzo bélico—, y critiqué fuertemente a Asquith por siquiera pensar en despedir a Winston. De hecho, le llamé la atención al primer ministro sobre su verdadera motivación para despedir a Winston, basándome sobre todo en la opinión que la gente tenía de él.

Pero cuando Winston, esperanzado, abre el sobre con el filoso cuchillo de plata sobre el escritorio de lord Wimborne, la carta que contiene no menciona nada de mi envío. En cambio, de modo inexplicable, el primer ministro y su esposa, Margot, nos han convocado para cenar en la calle Downing. Y yo debo llegar temprano para tomar el té vespertino con Margot.

Me aliso el vestido de muselina gris sin adornos que considero lo suficientemente sobrio para la ocasión, cuando estoy frente a la puerta de la calle Downing y toco el timbre. Una sirvienta que me parece familiar me deja entrar, pero no me mira a los ojos. ¿Sabrá algo que yo desconozco? ¿O también es como toda la gente con la que me cruzo por la calle, que me juzga por una catástrofe que ha sido atribuida exclusiva e injustamente a mi esposo?

Me dirijo hacia la sala de estar de Margot, un espacio al que nunca antes se me había invitado. Antes había atribuido mi exclusión de su recámara privada a su decepción frente al hecho de que Winston se había casado conmigo en vez de hacerlo con Violet; pero ahora me pregunto si tiene que ver más bien con mi vínculo familiar con Venetia. Hasta hace muy poco, la relación entre mi prima y Asquith continuaba sin problemas, y estoy segura de que Margot siempre lo supo.

«¿Cómo irá a saludarme?», me pregunto mientras subimos los tres pisos de escaleras que llevan a la residencia privada del primer ministro. ¿Irá a ridiculizarme por mi severa carta a su esposo? ¿Irá a disculparse por la terrible penitencia que han hecho pagar a Winston?

Cuando finalmente llegamos a la sala de estar, Margot está esperándonos. Su gesto es severo y la mirada de sus ojos grises es fuerte, pero finge suavidad. Se acerca a mí para darme un abrazo sin cariño, diciendo:

—Ay, Clementine, he estado pensando en ti. Qué tiempos tan difíciles.

Sus palabras —elegidas con cuidado para parecer simpáticas sin admitir culpa alguna— me hacen enfurecer. Mantengo el cuerpo rígido en la jaula de sus brazos, pero como esto no hace que Margot desista, termino por alejarla yo misma.

—¿Cómo te atreves? —maldigo.

—Espera, Clementine, ¿no debería ser *yo* quien te haga esa pregunta a *ti*? —me responde tranquilamente, su gesto pasa de suave a irritado.

—¿De qué demonios hablas, Margot? Tu esposo sacrificó al mío por lo de Dardanelos. Cuando tú y yo sabemos que la culpa no es de Winston. —Mi tono es tan severo como el suyo.

—Hablo de la carta que le enviaste al pobre de Henry. —Hace una pausa y, por un momento, me pregunto de quién está hablando. Pero luego recuerdo que llama «Henry» a Asquith—. Él ya ha recibido una paliza por el desastre de Dardanelos. Te perdono por escribir palabras de tanto odio, por supuesto. Fue el calor del momento y todo eso. Pero pienso que estás en una posición muy difícil para dejar salir más ira.

—¿*Tú* me disculpas a *mí*? —estoy gritando, prácticamente—. ¿Por decirle la verdad al «pobre Henry»? Yo no quiero tu condenado perdón, y no he hecho nada que merezca tu perdón, de cualquier manera.

Margot mira alrededor del cuarto.

—Por favor, Clementine, toma asiento y cálmate. —Mientras me dirijo resuelta hacia la puerta, murmura—: Eres una tonta por actuar de este modo. Estás por quemar cualquier puente que Winston tenga todavía.

Sus palabras me hieren en lo más hondo, pero no me doy la vuelta. Antes de que pueda alcanzar el picaporte, la puerta se abre. El mismo Asquith entra a la habitación.

—Escuché voces —comenta, claramente disgustado.

Sé, por Winston, y en menor medida por Venetia, que el primer ministro busca la adoración de las mujeres —no que lo retenen—, y prefiere que sus «acuerdos» tengan una moralidad maleable. En el pasado encontró en mí posiciones morales inflexibles, algo que le parece poco atractivo; e incluso fue tan lejos como para decir que era una pesada por haberme rehusado a recibir como regalo un vestido de alta costura, porque venía de la amante del rey Eduardo VII. Ahora, por su tono, supongo que mis gritos poco femeninos son una molestia para sus sensibles oídos.

Quiero arrojarme sobre él, pero la reprimenda de Margot resuena en mis oídos. ¿Será que en verdad dañé el resto de la carrera de mi esposo? Dudo, aun si anhelo amonestarlo por su falta de lealtad y por su relación actual con Venetia mientras miles de soldados jóvenes están siendo asesinados. «Aunque supongo que esos disparates han terminado ahora que Venetia ha acordado casarse con el subsecretario Edwin Montagu», pienso con cierta alegría.

Antes de que elija mis palabras, Asquith habla:

—Desearía que hubiera otro modo, Clementine. Necesitábamos demostrar que el país de Inglaterra es una nación unida.

¿Cómo se atreve a sugerir que se le forzó a despedir a Winston? No voy a apaciguarlo. Me quedo en silencio, forzándolo a atrincherarse aún más en esta posición indefendible.

Sé que parecerá una consolación menor en este momento, pero puedo prometerte esto, Clementine. Protegeré a Winston lo mejor que pueda para que, en el futuro, pueda interpretar el papel para el que nació.

Mientras me complace el reconocimiento que hace Asquith del potencial de Winston y de su inminente genialidad —aunque dudo de su promesa de proteger a mi esposo—, me pregunto cómo es que el aletargado y egoísta Asquith sabe justo cómo manipularme. Creía que estaba completamente desconectado de los sentimientos y las motivaciones de cualquiera que no fuera él mismo.

Pero estaba equivocada. Sabe que haré lo que sea necesario para proteger a mi esposo. Incluso aunque equivalga a callar por un tiempo.

Capítulo diecisiete

22 de septiembre y 4 de noviembre de 1915
Surrey y Londres, Inglaterra

—¿Crees que puedas darles buen uso? —digo, intentando calmar la irritación de mi tono de voz mientras le entrego a Winston la caja de pinturas y los pinceles de la colección de Goonie, que los niños también usan de vez en cuando. Cuido que la pintura no se riegue sobre mi vestido. El dinero nos falta en estos días y mi ropa debe durar, incluso la más sencilla.

—De verdad están haciendo un adefesio de esta guerra. Durante casi seis meses he sido forzado a sentarme ociosamente en estos días largos y tediosos de descanso involuntario, mientras esos demonios en Londres desechan cualquier oportunidad de obtener una victoria. —Hace un gesto hacia el paisaje de las montañas de Surrey que nos rodea—. Ni pensar en las miles de vidas que se pierden por sus egos y su ineptitud.

—Winston, ¿me escuchaste? —interrumpo su crítica con una pregunta; mi mano sigue extendida. Esta vez no me preocupo por enmascarar mi molestia. He escuchado esta diatriba miles de veces, y aunque estoy por completo de acuerdo con su visión de la situación, no puedo concederlo una sola vez más. Dar voz a estos sentimientos solo ayuda a hacerlo enojar aún más.

—Sí, sí te escuché —refunfuña, sin una palabra de disculpa. Últimamente su humor se ha vuelto muy oscuro. Lo llama su «perro negro», como si fuera algo separado y aparte de sí mismo. Pero creo que es su reacción visceral al hecho de haber sido expulsado del centro del poder.

Solo que Winston no ha terminado de sacar sus sentimientos amargos. Prácticamente me grita:

—¿De verdad crees que embadurnar un poco de pintura traerá de vuelta a esos soldados?

Mi mano libre pasa a mi cadera para hacerle frente a su tono.

—¿De verdad crees que es apropiado hablarle a tu esposa de esa forma? Yo no soy uno de tus subordinados, Winston.

Me molesta el volumen de su voz y los modales de tirano con que ha comenzado a tratar al servicio y, cuando estaba en la oficina, a aquellos que se reportaban con él, aunque yo nunca tuve control en ese reino. En *este* reino, sin embargo, no voy a quedarme en silencio mientras me grita a mí o a los sirvientes, sin importar lo frustrado que esté con su condición actual.

Sus ojos se abren más al darse cuenta del impacto de sus palabras.

—Lo siento, Clemmie. Son esos malditos encabezados los que de verdad me molestan. —Se acerca para alcanzar la caja de pinturas y me dice—: Dame las pinturas. Déjame ver qué lío puedo crear con ellas.

Los suaves días de verano en el paisaje bucólico que rodea a Hoe Farm en Hascombe, cerca de Godalming, en Surrey, al principio sirvieron para apaciguar el orgullo herido de Winston, en especial las visitas de la recién comprometida Nellie, ocasionalmente en compañía de su prometido, Bertram Romilly, un muchacho silencioso de una respetable familia militar. Junto con Goonie y nuestra pandilla de niños, exploramos los bosques cercanos en el día, y en la noche cenamos nuestras comidas preferidas en la pintoresca mansión de piedra del siglo xv. Pero las comodidades de Hoe Farm terminaron por ser efímeras.

Apenas pasadas unas semanas, encuentro a Winston sentado frente a su escritorio, completamente desanimado, en vez de socializar con los niños, a quienes estos días encuentra abrumadores, en particular a Randolph, quien está haciendo muchas travesuras. Aunque todavía es miembro del Gabinete y del Consejo de Guerra, lo han marginado, y su nueva posición como canciller del ducado de Lancaster, un puesto sin poder que se les otorga a los políticos destituidos, no tiene demanda alguna y no puede tolerar su ostracismo del centro del poder en este momento crítico de la historia de nuestra nación. Es un castigo inimaginable para un hombre que se concibe a sí mismo como esencial. Cuando examino su mirada vaga y su expresión vacía, siento que estoy viéndolo pasar por el duelo de haber perdido algo de sí.

El pincel y la pintura le brindan una distracción. Le pido a nuestro amigo John Lavery, un retratista y paisajista talentoso, y a su esposa, Hazel, quien también es una increíble artista, que le den unas lecciones a Winston y guíen sus esfuerzos. Y cuando su interés parece desvanecerse, le ofrezco a mi esposo más distracciones en forma de visitas a la National Gallery, para su inspiración artística. El bombardeo de titulares negativos sobre las pésimas decisiones militares que ha tomado la nueva coalición del gobierno, sin embargo, mina cualquier placer que pudiera hallar en sus lienzos, y las personas que pensamos que eran nuestros amigos nos abandonan —incluso Violet abandona a Winston de una vez por todas y se compromete con sir Maurice Bonham-Carter—. Pronto entiendo que nada le dará paz a mi esposo, salvo un regreso a la acción. Y si la política ya no puede ser su camino, le encontraré otro.

Con unas copas en la mano, nos sentamos frente a la chimenea de la casa de Londres junto con Jack y Goonie, donde hemos ido a quedarnos un tiempo como una medida económica para ambas familias. Siempre sensible a los humores de los demás, Goonie ha asumido la tarea de ver que los niños se vayan a la cama, pues entiende que Winston y yo necesitamos tiempo a solas. Hoy su humor ha sido negro desde que regresó a casa del Parlamento.

—He sido excluido del Consejo de Guerra recientemente reorganizado —dice, con los ojos fijos en el fuego.

La noticia no me sorprende. Su lugar en el gabinete de guerra previo había sido un vestigio de sus viejos días como lord almirante, y el poder que tenía se reducía al título de su cargo. Yo había percibido que las esperanzas de inclusión de Winston en el nuevo Consejo de Guerra eran disparatadas a la luz de lo ocurrido en Dardanelos, y no le seguí la conversación sobre sus esfuerzos. He terminado por creer que el tiempo y los actos notables fuera del gobierno son la única manera de sanar su deteriorada reputación. Pero Winston, típicamente impaciente, no quiere jugar al juego de la paciencia.

Asiento con simpatía.

—Qué desafortunado, Pug. Pero quizá haya otras maneras de restaurar tu posición.

—Ah, ¿de verdad lo crees, Clementine? ¿Sugieres que no he pensado en todo? —me contesta con altanería, y yo me quedo en silencio, encerrándome en mí misma como una ostra alrededor de su perla. Espero una disculpa que sé que va a llegar, puesto que su angustia creciente ha causado muchos arrebatos y ha requerido múltiples disculpas.

—Lo lamento, Gatita. Este maldito asunto del aislamiento está volviéndome loco. Por favor, comparte tus ideas conmigo —me ofrece.

Respiro profundo. Tengo una propuesta poco ortodoxa para él, que, en verdad, viene de una semilla que él mismo plantó. Hasta ahora yo no me había permitido conversación alguna sobre esta idea, pero sé que debo enterrar mis propias necesidades y ansiedades por la seguridad de Winston para ofrecerle este camino hacia la esperanza.

—De hecho, es una idea tuya sobre la que al fin he recapitulado.

—¿Qué idea? —Frunce el ceño, confundido, una expresión que solo veo ocasionalmente en su rostro.

—Que te ofrezcas como voluntario en el frente. —Me obligo a sonar fuerte y confiada. No puedo permitir que mi voz tiemble con el terror que siento en mi interior.

—¿En... el frente? —Escucho su tartamudeo, que regresa en momentos de mucho estrés. ¿Lo habrá provocado la idea de pelear junto a soldados en el peligroso lodo de las trincheras? ¿O será la sorpresa de que, tras rehuir la idea durante meses, ahora sea yo quien lo sugiere?

—Sí, Pug. Como es habitual, tu propuesta era sensata. —Uso la palabra «propuesta», aunque sus diatribas regulares sobre renunciar a su posición y enlistarse en el ejército no eran realmente un plan formado. Eran más bien amenazas vacías. Pero ahora creo en sus palabras. Debo hacerlo.

—¿Irme al frente? ¿De verdad, Clemmie?

«¿Está haciéndome esta pregunta a mí, o se la plantea a sí mismo?», me pregunto.

—He acabado por pensar que es la única manera de salvar tu reputación y restaurar tu poder. La política no te hará llegar ahí.

—¿Pelear en el frente?

—Sí —contesto sin dudarlo, aunque el espectro de que sea herido o muera se cierna sobre mi consciencia.

Se pone de pie y da vueltas por la habitación, dando caladas a su puro.

—Podría funcionar, Clemmie. Les demostraría al primer ministro y a la gente que, si se me prohíbe dirigir la guerra desde lejos, estoy dispuesto a pelear con los hombres en las trincheras. Que mi dedicación al país es sólida.

—Y que tu valentía no conoce límites. —Me levanto de la silla y me pongo de pie frente a él.

—Sí —dice asintiendo con la cabeza—, demostraría valor y autosacrificio. Una cualidad poco frecuente en la mayoría de los hombres de mi clase. Escribiré una carta a Asquith hoy, renunciando a este ridículo puesto como canciller y ofreciendo mis servicios en el frente. —Me abraza, susurrando—: ¿Qué haría sin ti, Gatita?

—Nunca tendrás que saberlo, Pug —le contesto en un susurro.

Capítulo dieciocho

16 de noviembre de 1915 al 6 de abril de 1916
Londres, Inglaterra

En diferentes momentos de mi matrimonio creí que Winston estaba poniéndome a prueba. Hubo esos largos días en la Casa del Almirante en los que hacía malabares con el mantenimiento de la casa y nuestros tres hijos, cumplía con los compromisos sociales necesarios y daba el consejo constante que mi esposo demandaba. Las semanas en que se me obligó a estar en cama, en las que convalecí por el aborto, mientras Winston cenaba con Violet, fueron un reto particular. Percibí los meses oscuros después de que se culpara públicamente a Winston por Dardanelos como los peores de mi vida de casada. Pero estaba equivocada al pensar que ya había experimentado todas las pruebas.

Desde el momento en que Winston se pone el uniforme y se dirige a la frontera franco-belga en Ploegsteert, como comandante de grado menor en los Húsares de Oxfordshire, mis responsabilidades alcanzan nuevas alturas. Su constante caudal de correspondencia muestra un optimismo admirable frente a las condiciones salvajes, el regular fuego cruzado y los persistentes chubascos, con un récord de tan solo dieciocho días secos en un lapso de cinco meses. Pero también exige una serie de objetos imposible de obtener, como sacos de dormir de piel de oveja, una bañera de latón con un calentador de agua de cobre que lo acompañe, abrigos de piel, cestas de cigarros y chocolate e incluso periscopios. Yo realizo búsquedas interminables y después los envío al frente. Todo mientras me encargo de los niños y de la casa que comparto con Goonie, quien dispone de apenas una pequeña fracción de su antiguo salario de lord almirante.

Sin embargo, buscar esos objetos que me pide es una tarea mucho más sencilla que las metas intangibles que me destina. Quiere que pelee en nombre suyo aquí en Inglaterra, mientras él lucha por la libertad de Inglaterra en Francia. Mi tarea es aplanar el terreno para su regreso al poder.

Emprendo cualquier actividad que pueda reparar su dañada reputación y darle una oportunidad a su regreso de las trincheras y se lo reporto en nuestro intercambio postal cotidiano. Cortejo a periodistas que puedan plantar ideas favorables para Winston en los periódicos. Me abalanzo sobre figuras gubernamentales que podrán proponerlo para ciertos puestos. Me encargo de tareas constituyentes urgentes, pues Winston nunca renunció a su lugar en el Parlamento. Me reúno con Lloyd George, pues pensamos que quizá algún día él sea el sucesor de Asquith. Incluso me digno a cortejar a los Asquith, invitándolos a jugar bridge o partidos de golf, como un seguro en contra de nuestra apuesta, en caso de que Lloyd George no consiga el puesto al final.

Pero Winston no me alaba por este esfuerzo. Me presiona para apuntalar aún más el apellido «Churchill». Decido iniciar mis proyectos personales, enfocándome en aquellos más cercanos a mi corazón: las mujeres y los trabajadores. El frente tiene una necesidad extrema de conseguir máscaras de gas, así que diseño una campaña en la que recluto a amas de casa para confeccionarlas. Me uno al Comité Auxiliar de los Trabajadores de Municiones para manejar nueve comedores en el norte de Londres, en los que ofrecemos comidas día y noche para los trabajadores del área de municiones, pues los administradores de las compañías a menudo no proporcionan suficiente alimento en los cambios de turno de veinticuatro horas. Mientras lo hago, insisto en que las mujeres de esa industria

—que cada vez son más— tengan los mismos derechos que los hombres.

Trabajo casi el mismo número de horas que los obreros del armamento, lo cual es muy criticable para las mujeres que conozco, pues encuentran desagradable mi labor entre la clase trabajadora. Pero en vez de hallar en los largos días y el trabajo físico una fuente de desgaste —en particular después de que renuncio a nuestro auto, por motivos financieros y me transporto a los lejanos comedores en rutas en las que combino el tren con transbordos en el metro o los tranvías—, descubro que es excitante y gratificante estar en el meollo de las cosas, aun cuando mi tiempo con los niños sea cada vez menor. El esfuerzo también me ayuda a distraerme de mi constante preocupación por el estado de Winston.

—Ha llegado una carta del señor Churchill, señora. —La vivaz sirvienta joven, cuyo nombre nunca puedo recordar, me entrega un sobre cuando llego a casa a la medianoche, después de una larga jornada sirviendo a los trabajadores de municiones en el comedor.

Le doy las gracias y tomo la carta mientras ella me quita el abrigo.

Salvo por el sonido que produce la prenda cuando la sirvienta la cuelga en el armario y el tictac de las manecillas del reloj del pasillo delantero, la casa está en absoluto silencio. Bajo la eficiente supervisión de Goonie —mucho más capaz que yo—, los chicos han recibido su cena, un baño y han sido arropados en sus camas. «¿Cuánto tiempo ha pasado desde que les leí una historia de buenas noches a Diana, Randolph y Sarah?», me pregunto. Alguna vez ese fue mi ritual favorito, una luz brillante entre las fatigosas tareas de criar niños. Mientras pienso si los niños habrán notado mi ausencia, un pensamiento me estremece. «¿Alguna vez le habré leído a Sarah, ahora de dieciocho meses de edad, una historia de buenas noches?».

¿En qué clase de madre me he convertido? ¿Son Winston y la guerra los responsables de que yo me haya vuelto tan distante? ¿Es una consecuencia desafortunada de mi propia crianza? ¿Una falla en mi naturaleza?

Me sirvo un poco de brandy y me recuesto en el sofá del estudio. ¿Qué contendrá la carta de hoy de Winston? ¿Descripciones detalladas del frente, con trincheras inundadas y batallones de piojos? ¿Listas de objetos difíciles de conseguir que deberé proveer pese al racionamiento de los tiempos de guerra? ¿Una descripción detallada de cómo apenas logró esquivar un proyectil, donde añade además que no debo preocuparme? Al menos me ahorrará la diatriba sobre si deberían otorgarle el mando de un batallón o de una brigada, ahora que ese asunto se ha resuelto. Mis preocupaciones sobre su bienestar me molestan como un mosquito en el fondo de cada uno de mis pensamientos y acciones, y aunque algunas veces no puedo evitar escribirle que desearía que volviera a casa, intento mantenerme fuerte y desterrar mis miedos al fondo de mi consciencia.

Antes de leer la carta, recojo la fotografía borrosa que descansa en el centro de la mesa junto al sofá. Extraída del *Daily Mirror* el día que se fue a la guerra, muestra a Winston en su uniforme. Recuerdo el esfuerzo gigante que tuve que hacer para mantenerme estoica ese día entre el sollozo melodramático de Jennie y los gritos de los niños. Sabía que Winston necesitaba un rostro valeroso, no mis lágrimas, así que esperé a que se fuera para entregarme al llanto. Beso la foto difusa; ninguna otra imagen de él me ha enorgullecido tanto.

Mientras abro el sobre, páginas llenas de la letra garabateada de Winston caen al suelo. Salta a mis ojos una frase, mientras las ordeno. «Es momento de mi regreso». Seguramente saqué sus palabras de contexto. Después de todo, aunque sus cartas anteriores enumeraron su descontento con las decisiones gubernamentales, siempre ha escrito que no volverá a menos que sea herido o que pueda regresar al control del gobierno.

Inicio con la primera página. «Mi frustración crece diariamente, Clemmie, mientras observo las consecuencias de las políticas gubernamentales a las que me opuse, desenvolviéndose frente a mis ojos en Francia», leo su conocida diatriba. «Este gobierno débil e irresponsable ha forzado a nuestros chicos a esta guerra imposible de ganar y llena de contriciones en las trincheras», continúa con más frases con las que estoy familiarizada. «Cuando pienso en mi energía y las habilidades y planes que efectuaría a favor de estos soldados, crece mi rabia contra Asquith y Kitchener». Mis ojos se detienen en la frase final de la penúltima página: «He terminado por creer que, si estamos destinados a ganar esta guerra, Inglaterra me necesita, puesto que mi labor más importante está por venir».

Me da un salto el estómago. Paso a la última página, pero ya sé qué palabras voy a encontrar ahí. «Es momento de mi regreso». Eso mismo ha sido simultáneamente mi deseo y mi temor.

Coloco la carta bocabajo en mi escritorio con una mano temblorosa. Quiero a mi esposo a salvo y en casa, a mi lado. Claro que deseo eso. Quiero eliminar las preocupaciones sobre él que inundan mis horas de trabajo. Pero aún no ha llegado la hora. Ni siquiera ha estado seis meses en el frente, mientras que la mayoría de los soldados jóvenes ha sufrido un año o más tiempo. Y ninguno de esos hombres vive con el lujo relativo que Winston disfruta, con sus baños regulares de agua caliente, su brandy y su chocolate, su saco de dormir de piel de oveja y un suministro de botas frescas y ropa a la orden. Ruego que sea reservado y que no hable de estos privilegios, pues seguramente molestaría a sus compañeros soldados y arruinaría todos los mensajes que ha estado enviando por telégrafo al gobierno.

¿Cómo puede siquiera atreverse a pensar en un regreso tan prematuro del frente? Sé, por mis conversaciones con los líderes gubernamentales y los hombres del ejército comprometidos con el mandato de Winston, que debe quedarse más tiempo para enmendar su reputación. Incluso, quizá deba esperar a que la Comisión de Dardanelos de la que tanto se rumora se reúna para exonerarlo. Necesita hacerle honor a los meses que he estado preparando el camino y esperar a que la gente y el gobierno le rueguen que vuelva.

De otra manera, sus riesgos y los sacrificios de nuestra familia habrán sido en vano.

¿Pero cómo puedo hacer lo que debo? ¿Cómo viviré conmigo misma si algo le ocurre? Me hago la fuerte para realizar lo que es impensable, pero necesario.

Me levanto del sofá y me siento frente al escritorio. Sumerjo mi pluma en la tinta; me tiemblan las manos mientras comienzo a escribir las palabras que harán surgir la ira de mi impaciente esposo. Pero también sé que va a escucharme como no lo haría con nadie más.

TERCERA PARTE

Capítulo diecinueve

2 de enero y 21 de marzo de 1921
Londres, Inglaterra, y El Cairo, Egipto

Como esperaba, Winston escaló bastante en los días siguientes a su regreso de las trincheras. Comenzó como ministro de Armamento y después lo ascendieron a secretario de Estado para la Guerra y el Aire, luego de que Lloyd George reemplazó a Asquith como primer ministro. Pero con cada escalón que subía, sus exigencias conmigo también eran mayores. El final de la Gran Guerra no fue un alivio temporal, porque nuestra cuarta hija, Marigold, la pelirroja, nació a los cuatro días de haber concluido, el 15 de noviembre de 1918. Su nacimiento y el final de la batalla fueron una alegría, desde luego, y cuando Winston ayudó a negociar y atestiguó la firma del Tratado de Versalles, en mayo de 1919, sentí un orgullo increíble. Pero mi orgullo no redujo mis responsabilidades, en particular porque nuestra vida itinerante y los insuficientes fondos requirieron que organizara mudanzas de una morada temporal a la siguiente, cada pocos meses, hasta nuestra mudanza más reciente, en Sussex Square. Este constante cambio de casas, que me recordaba demasiado mi infancia infeliz, desgastó aún más mis ya cansados nervios. Batallé por varios años, intentando desesperadamente ignorar mi situación, hasta que de pronto ya no pude más.

No puedo recordar cuándo fue la primera vez que perdí la compostura. No recuerdo un suceso particular que me hubiera hecho retraerme hacia mi interior. No creo que una explosión severa de Winston hubiera causado mi ensimismamiento. Solo recuerdo un vacío oscuro dentro de mí, adonde me retiré cuando me abrumó la ansiedad.

«¿Cómo me atrevo a quejarme cuando otros tienen un destino peor?», me decía a mí misma. «Miren a mi pobre hermana Nellie, cuyo esposo fue severamente herido durante la guerra y que ahora se ve forzada a mantener a su familia —incluyendo a dos hijitos— con una pequeña pensión de discapacidad. ¿Cómo sobrevivirían sin la pequeña ayuda que les damos cuando podemos? ¿Por qué debería sentir derecho a sufrir?». Pero el sufrimiento llegó, sin importar si era o no digna de él.

—Debemos tener extremo cuidado —le dice a Winston el doctor Gómez. Puedo escuchar un ligero temblor en la voz del médico, que usualmente da órdenes. Más que nadie, puedo entender lo abrumador que puede ser darle instrucciones a mi esposo, en especial unas instrucciones que no le gustan.

Winston mastica el extremo de su puro, un hábito asqueroso que ha adoptado pese a que le he rogado que lo deje.

—¿Qué quiere decir con «cuidado»? —pregunta.

El doctor Gómez mira rápidamente de reojo hacia la cama donde descanso. Ya hemos ensayado este discurso. El doctor sabe que debe elegir sus palabras con cuidado. Es posible que yo esté enferma, pero mis sentidos y mi habilidad para manejar a Winston están intactos.

—Necesita descanso, señor Churchill —contesta por fin el doctor Gómez.

—¿Descanso? ¿Quiere decir vacaciones? —Winston deja de mascar su puro y le da una calada débil—. Puedo arreglar un viaje familiar al Mediterráneo si cree que algo de sol podría servirle. Ahora que lo pienso, nos han pedido que vayamos a visitar a sir

Ernest Cassel, en Niza, aunque Francia en esta época del año no es muy calurosa, por supuesto.

—Eso no es lo que tenía en mente. —El doctor se aclara la garganta—. La enfermedad de su esposa es grave. Va a necesitar un descanso *absoluto*.

—¿Enfermedad? —pregunta Winston frunciendo el ceño. ¿Será que de verdad se le ha escapado mi estado de salud? ¿Cómo ha podido ignorar las obligaciones que he cancelado y los largos días que he pasado en cama? ¿La tarde que pasé ausente salvo por los ataques en los que me golpeaba la frente contra la pared del dormitorio? ¿Las notas de ira que dejaba para él en la mañana, solo para después mandarle instrucciones de que las quemara sin siquiera abrirlas? ¿La cena en que tuve que disculparme en el primer tiempo, y que me encontró, horas después, sentada en el suelo de mi vestidor? ¿O será que desea que nada de esto sea cierto y elige el olvido?

Me encojo debajo de las capas de cobijas que cubren mi cama. ¿Cómo describirá el doctor el agotamiento físico y mental que he experimentado? ¿Cómo definirá los vaivenes de una actividad frenética —siempre por órdenes de Winston— a un cansancio tan pesado y absoluto que no soy capaz de salir de mi habitación?

El doctor Gómez se aclara la garganta antes de volver a hablar y yo siento las manos enroscadas debajo de las sábanas. ¿Contestará como lo discutimos? ¿Evitará términos como «crisis nerviosa» o «neurastenia», palabras cargadas de una connotación tan fuerte que temo que Winston nunca volverá a percibirme de la misma manera? Aunque quiero que Winston entienda que mi necesidad de recuperación es real, no quiero que jamás piense que soy incapaz de ser su compañera de tiempo completo. Los momentos que paso con Winston haciendo trabajo para servir al país son los momentos en que más viva me siento; sin embargo, también me vacían, así que estoy caminando sobre una cuerda floja.

—Señor Churchill, su esposa sufre un agotamiento nervioso. Es una enfermedad muy real que requiere descanso y tiempo lejos de los niños, del cuidado del hogar y de sus tareas.

Me relajo y dejo salir el aire que de manera inconsciente había estado reteniendo. El doctor Gómez utilizó la frase que le rogué que usara y evitó mencionar la causa más obvia de mi estrés. No dijo lo que el resto del mundo cree —que estar casada con Winston debe ser un desafío terrible. «Solo algunas semanas», pienso, «y después puedo sobrellevar cualquier tormenta que Winston provoque».

—No me di cuenta, doctor Gómez —la voz de Winston está desprovista de su bravuconería usual. Por primera vez, siento que entiende.

—Tendrá que estar lejos de casa por algún tiempo. Solo así podrá descansar de verdad, en la forma en que es absolutamente necesario que lo haga.

—Claro, doctor Gómez. Lo que sea necesario para que mi esposa se recupere, eso es lo que se hará.

—Perfecto. Si es así, tengo confianza en que mejore.

El doctor Gómez se va y Winston camina hacia mi cama, arrastrando una silla consigo. Una vez que consigue que quepa su cuerpo en la delicada pieza, se acerca para tomar mi mano.

—Ay, Gatita, lo lamento mucho.

—Mi querido Pug, ¿por qué lo lamentas? Soy yo quien va a abandonarte a ti y a los niños. —Los viajes que he hecho en el pasado siempre han sido de corta duración. Este será un viaje de naturaleza completamente distinta.

—Siento que son mis exigencias las que te han puesto así.

«Ah, entonces, sí lo sabe», pienso. Pero, aun así, nunca ha omitido ninguna de sus solicitudes. Aprieto sus manos con fuerza, pero no le contesto. Aunque no quiera admitir que él es el causante de mi angustia, no voy a negar que su confesión sea verdad. Esta victoria me costó mucho.

—Yo me encargaré de los niños y de las últimas renovaciones de la casa en Sussex Square. En lo único que tienes que concentrarte es en tu recuperación —dice.

Aunque aprecio su propuesta, a decir verdad, tres de los cuatro niños estarán en la escuela la mayor parte del tiempo. Randolph ha estado internado en la Sandroyd Preparatory los últimos años y Diana y Sarah asisten a la escuela Notting Hill durante el día, donde ansío que tengan la misma clase de educación que yo recibí en Berkhamsted. Me preocupo por Marigold, que solo tiene dos años y a quien cuida otra niñera. Constantemente sufre resfriados y fiebres y la niñera necesitará supervisión.

—¿También de Duckadilly? —le pregunto, usando nuestro apodo de cariño para Marigold.

—En especial de Duckadilly —contesta con una sonrisa débil—. Necesito una Gatita saludable a mi lado. Sin mencionar que necesitaré tu consejo cuando asuma mi nuevo puesto como secretario de Estado para las Colonias.

Le devuelvo la sonrisa, pero con dificultad. No se me escapa que, con el mismo aliento con el que anhela mi recuperación, me recuerda mis obligaciones. Mis obligaciones con él.

¿Habré tomado la decisión correcta al acompañar a Winston a Egipto?

Los casi dos meses que pasé en hoteles de costas francesas —solo en compañía de mi sirvienta, Bessie— relajaron mis nervios y mi mente, y al final, cuando me miré en el espejo, comencé a ver a una mujer de treintaiséis años saludable, con cierta vivacidad en los ojos, y ya no a la mujer exhausta de piel gris en la que me había convertido. Comencé a creer que el dinero que destinamos para este distanciamiento temporal estuvo bien gastado.

Me preocupó renunciar a una parte de mi tiempo a solas cuando Winston me escribió para pedirme que lo alcanzara en El Cairo para la Conferencia de Medio Oriente, en la que se discutirían asuntos importantes para los intereses británicos en la región y se tomarían decisiones sobre asuntos políticos de posguerra. Durante un tiempo no respondí, sino que simplemente consideré la invitación. Cuando decidí que estaba lo bastante fuerte, planeé mi viaje a Egipto. La tentación del sol y mi curiosidad por las pirámides eran demasiado grandes y Winston me prometió un descanso continuo. Además, los costos serían asumidos por el gobierno y, por ende, la carga financiera de lo que quedaba de mi «cura» no pesaría sobre nosotros.

Fue cuidadoso conmigo desde el momento en que nos instalamos en el opulento hotel Casa Mena, donde se quedaba la delegación británica. Como nuestra habitación estaba lista y nuestras maletas desempacadas, nos sentamos a tomar el té en la veranda. A través de las hojas de las palmeras que rodeaban el suntuoso hotel, en un oasis de color verde sobre la vasta expansión arenosa del desierto, nos dio la bienvenida una espectacular vista de la Gran Pirámide.

—El Pug extrañaba a su Gatita —dijo Winston suavemente después de que le otorgamos la debida atención a la famosa estructura—. Y lo mismo sus gatitos.

—Y la Gatita extrañaba a su Pug —contesté acariciando su mano despacio—. Y también a los gatitos —añadí, aunque, al decir las palabras reparé en el poco tiempo que había pasado pensando en los niños durante mis dos meses lejos, salvo cuando les escribía sus cartas diarias. Incluso había pensado poco en Marigold. ¿Qué estaba ocurriéndome? ¿Será que de manera inconsciente evité pensar en ellos por las preocupaciones que me provocaban? ¿No debería una madre preocuparse por sus hijos cuando está lejos de ellos?

—Prometo que este viaje será tan relajante como lo recomendó el doctor Gómez —dijo él, sosteniendo mi mano con fuerza, como si estuviera dándome la mano para sellar un trato. No sabía si podía confiar en esta promesa. En los años pasados, muchas veces había prometido suavizar sus demandas y sus explosiones cuando mis nervios estaban tan débiles que incluso él lo notaba. Pero nunca fue capaz de cumplir esas promesas.

Fiel a su palabra, sin embargo, los días siguientes no trajeron nada que no fueran cenas maravillosas con políticos y arqueólogos y ligeros juegos de tenis con las esposas de los oficiales de la embajada. Winston solo requería mi presencia y no mi ayuda, y yo sentí mucho placer cuando conocí al famoso coronel T. E. Lawrence, de quien había escuchado bastante. Cuando Winston me presentó con Lawrence mientras nos embarcábamos para una visita a Saqqara, no pude creer que el pequeño hombre desconfiado que tenía de pie enfrente de mí fuera el líder carismático que había evitado que las fuerzas árabes se alinearan con Alemania durante la Gran Guerra. Pero esta timidez dejó de ser tal mientras viajábamos y pude ver su profunda conexión con el pueblo árabe y su valiente convicción. «Nadie es lo que parece al principio», me recuerdo a mí misma. Después de todo, detrás de mi compostura exterior nadie es capaz de ver que mis nervios son frágiles al punto de romperse.

Después de años de sentirme aplastada por el peso de las pequeñeces cotidianas, nuevamente comienzo a sentirme ligera y parte de algo más grande que yo misma y mis propias preocupaciones. «El viaje a Guiza refuerza esa sensación», pienso mientras entorno los ojos para ver los famosos monumentos egipcios color arena, casi incapaz de creer que sean reales. Claro que en la escuela y en periódicos había visto dibujos de la Gran Esfinge de Guiza y de la Gran Pirámide que resguarda. Pero la representación no le hace justicia a la realidad de estos testamentos de piedra de la destreza de la antigua civilización egipcia.

—Hace que uno se sienta minúsculo, ¿no, Clemmie? —me comenta Winston.

Apenas puedo escucharlo por encima de los berridos de los camellos, así que vuelve a repetirlo, y yo le contesto:

—Así es, Winston.

Hace un gesto para que el nativo que funge de guía acerque su camello al mío y yo contengo la respiración, con la esperanza de que no se deslice de la escuálida criatura como lo hizo ese día más temprano.

—También hace que las contribuciones de uno se sientan pequeñas. Después de todo, solo Dios sabe cuántos miles de años llevan aquí estos tipos. Dudo que alguno de mis esfuerzos dure algo parecido siquiera —añade, cuando está lo suficientemente cerca para que pueda escucharlo con claridad.

Sé que Winston ha hablado en voz alta de su temor más grande: que su vida no tenga un impacto duradero para el país. Le aterra que el presagio que ha tenido desde la infancia sobre el papel crucial que jugará en el futuro de Inglaterra terminará siendo nimio. Abro la boca para ofrecerle una palabra de aliento, pero vuelvo a cerrarla rápido cuando veo que Lawrence se acerca en su camello. Winston jamás querría que revelara su temor secreto frente a él.

Mientras observo a mi esposo conversar con Lawrence y luego con Gertrude Bell, la famosa arqueóloga e importante consejera política, tengo una inesperada sensación de calma. No he perdido nada de mi paz recién encontrada durante los días que he pasado con Winston en Egipto. Él ha continuado su trabajo ayudando a establecer el gobierno y las fronteras de Irak y de otras porciones del Medio Oriente sin demandar mi ayuda, solo me ha preguntado si quiero participar.

El polvo vuela en el aire mientras se juntan los otros miembros de nuestro grupo y yo envuelvo mi mascada de color marfil alrededor de mi nariz y boca. Observo mientras Winston, su secretario privado, Archie Sinclair, Lawrence, Bell y un grupo de políticos y diplomáticos ingleses forman una línea con la Gran Esfinge y la Gran Pirámide como telón de fondo, y entonces entiendo que están alineándose para tomarse una foto.

—¡Clemmie! —me grita Winston, sonrojado por estar bajo el rayo del sol—. ¡Ven con nosotros! Aquí, a mi derecha.

Le hago una seña para declinar la invitación. Este es un retrato oficial, no el recuerdito clásico de unos turistas. Y ningún otro de los políticos y diplomáticos trajo a su esposa. Mi presencia en la imagen sería inapropiada, tomando en cuenta que soy tan solo una testigo de este momento crítico del futuro de la región.

—Ven, Clemmie —vuelve a gritarme Winston—. Te necesitamos aquí, tú también eres parte de este momento histórico.

¿De verdad era parte de esto o tan solo un testigo de los sucesos que darían la forma al mundo? Probablemente la Historia solo recordará a mi esposo, aunque yo haya jugado un papel significativo en sus asuntos. Supongo que solo el tiempo podrá decidirlo.

Mientras montamos los camellos de regreso a El Cairo, Lawrence nos informa que un grupo de estudiantes ha estado protestando afuera de nuestro hotel. Sus fuentes le dijeron que los estudiantes habían estado vociferando maldiciones en contra de Winston y de mí por el involucramiento de Gran Bretaña en lo que ellos piensan que es un asunto exclusivo de Egipto: cómo las tierras de esta región deberán administrarse en los efectos colaterales de la Gran Guerra.

—Debemos tomar todas las medidas de precaución —nos advierte Lawrence, pero aun así, la ansiedad que durante tanto tiempo he tratado de apaciguar comienza a crecer.

Sé que Winston no tomará las precauciones necesarias ni acatará ninguna de las que se establezcan. Sale adelante en la vida hacia sus metas, sin importarle su propio cuidado ni el impacto que puedan tener en otros. Aunque yo solo he sido parte del paisaje de este viaje, entiendo que debo dar un paso al frente en mi papel usual o arriesgarme a que nos causemos un daño a nosotros mismos o a otros.

—¿Qué recomienda, coronel Lawrence?

Mientras Lawrence y yo revisamos las medidas de seguridad, Winston platica con la señorita Bell sobre los asuntos que van a discutirse en la conferencia, si Líbano y Siria deberían mantenerse bajo el control de Francia, y si Inglaterra debería mantener Palestina y apoyar la conformación de una nación judía, entre otros temas.

Cuando nos acercamos al Casa Mena nos intercepta sir Herbert Samuel, el alto comisionado británico para Palestina, quien ha venido a El Cairo para prevenirnos de un plan para asesinarnos.

¿Winston y yo somos los objetivos de un plan de asesinato? Me cuesta trabajo respirar y se me acelera el corazón. Pero no puedo demostrarlo; debo mantenerme en calma para asegurarme de que Winston siga los protocolos de seguridad. En anteriores situaciones de peligro, él ha sido indiferente, incluso imprudente, y si yo no mantengo la vigilancia, quién sabe qué pueda ocurrir.

Como esperaba, Winston se mofa:

—Estamos molestándonos demasiado por nada. Siempre hay habladurías y amenazas vacías, sobre todo de aquellos a quienes nuestra agenda no les interesa.

Estoy cansada de su actitud temeraria, no solo hacia su propio bienestar, sino también hacia el de nuestra comitiva. Respiro profundo e intento detener el temblor en mi voz. Echando mano de un tono que él sabe que no admite contestación, digo:

—Winston, debemos tomar las advertencias de sir Samuel con seriedad. Coronel Lawrence, ¿podemos hacer que las precauciones de las que hablamos se efectúen de manera inmediata?

—Sí podemos, señora —me contesta.

El coronel Lawrence dirige el auto a través del laberinto que son las calles de El Cairo para que lleguemos al hotel Casa Mena por detrás en vez de por la puerta principal. Un gentío denso se ha reunido en el perímetro completo del hotel, incluso en la parte posterior. El conductor decide abrirse paso entre la gente, pero los manifestantes se suben a los estribos del auto y comienzan a golpear las ventanas. Al ver a un buen número de personas descender sobre nuestro auto, la masa se mueve hacia nosotros, como si fuera una sola entidad. Esta escena me es muy familiar y siento terror.

—¿Deberíamos esperar a que llegue la policía montada? —pregunto, intentando controlar mi respiración. La situación es muy parecida a la que enfrentamos en Belfast, y en esa ocasión apenas escapamos.

—Creo que no hay tiempo suficiente —contesta el coronel Lawrence, volteando a vernos—. Y hemos perdido a los hombres de sir Samuel.

—¿Qué hay de enviar a nuestros guardias de seguridad a caminar al lado del auto mientras cruzamos el gentío? No quisiera que estuvieran directamente en peligro, pero no están impidiendo el peligro en el interior del auto —digo.

—Vale la pena intentarlo.

Lawrence da órdenes a los guardias de seguridad y, mientras salen del auto, la mano de un manifestante se desliza al interior de la cabina y me toma del sombrero y el cabello. No puedo evitar gritar. Con manos temblorosas zafo los dedos que tengo encima y expulso las manos de la puerta. El auto comienza a andar lenta pero continuamente por entre el gentío hasta que alcanzamos la puerta trasera del hotel. Los guardias rodean nuestro auto, impidiendo que los manifestantes ingresen al edificio. Una vez dentro, me recargo contra la pared con los ojos cerrados e intento componerme.

Con una mirada encendida, Winston voltea hacia mí con su sonrisa a medias y dice:

—Lo logramos, ¿no, Clemmie? —como si el gentío y la amenaza de muerte y los dedos del manifestante en mi cabello hubieran sido un chiste. Y entiendo que, pese a que prometió lo contrario, nada ha cambiado.

Capítulo veinte

13 y 14 de abril y 29 de junio de 1921
Londres, Inglaterra, y Dieppe, Francia

Respiro profundo cuando se abre la puerta principal de nuestra nueva casa de Sussex Square, un lugar en el que espero que nos establezcamos de por vida, después de rentar innumerables casas en Londres para los días de la semana y numerosas cabañas de campo para los fines de semana en los últimos años. ¿Qué bienvenida encontraré entre sus muros? ¿Qué merezco, siquiera, después de tantos días lejos de mis hijos y mis obligaciones?

«¡Bienvenida a casa, mami!», dicen los letreros escritos en tinta roja y azul con garabateos infantiles, más adorables que cualquier caligrafía elegante. Cuelgan de las escaleras a las paredes.

—Ay, queridos míos —dejo caer el bolso y el abrigo al suelo y abro los brazos para envolver a mis expectantes hijos. Diana, de once años, Randolph, de nueve, y Sarah, de siete, corren hacia mí, y casi me tiran al suelo con su fuerza. Antes de irme, perder el equilibrio me habría irritado, pero ahora saboreo el abrazo de mis hijos. Parece que han perdonado mi ausencia.

Paso un momento estudiando el rostro de cada niño y besando sus mejillas, despeinando el cabello de Randolph. No menciono que me parecen muy altos —o maduros, como es el caso de Diana—, para no llamar la atención sobre la duración de mi ausencia. Las cualidades que más relaciono con cada uno de ellos —los modales cuidados y silenciosos de Diana; el sentido de privilegio de

Randolph y su desesperada necesidad de atención; y la sensibilidad de Sarah, mezclada incongruentemente con su estilo dramático—parecen haberse acentuado. Cada vez son más ellos mismos.

Sarah extiende con cuidado la mano para tocar mi cabeza.

—Ahora usas hilo plateado en tu cabello.

En un principio me pregunto a qué se refiere, y después lo entiendo. Yo también he cambiado durante el tiempo que hemos estado separados. Coloco una mano sobre la de ella y digo:

—Parece ser que me han salido algunas canas desde la última vez que nos vimos.

—¿Qué te parece la casa? —pregunta Winston, interrumpiendo mi momento con los niños.

¿Cómo puedo resentirme con él? Observo el pasillo de la entrada de la casa de Sussex Square, en el que puedo ver una sala de estar, muy bien organizada, y un comedor remodelado.

—Winston —digo al voltear a verlo—, has llevado las renovaciones magníficamente.

Siento alivio por los proyectos de los que no necesitaré encargarme, por la comodidad financiera de la reciente e inesperada herencia de un primo hermano, alguna vez distante, lord Vane Tempest. No llevaré a cuestas preocupaciones monetarias, al menos en el futuro inmediato. Y por primera vez después de años de lidiar con alquileres, rentas y la coincidencia de ambas, puede ser que tengamos el número indicado de casas —una—, en vez de demasiadas o ninguna.

—No tan bien como lo habrías hecho tú, pero las necesidades están resueltas —dice, aunque puedo ver que está satisfecho por mi cumplido.

Veo a una tímida Marigold en los brazos de Nana, de pie en la entrada. Camino lentamente hacia la niña pelirroja, pero no me mira a los ojos, y tiene sucia la nariz. ¿Será que no me recuerda? Supongo que los tres meses que he estado ausente son una porción significativa de sus 29 meses de vida. O quizá esté enojada por mi prolongada ausencia.

—Mami está en casa, Duckadilly —le digo, inclinándome hacia su rostro de dulce aroma, pero con cuidado de evitar los mocos.

—¿Mami? —pregunta por fin, viéndome a los ojos.

—Sí, mami —contesto, y me emociona que me reconozca.

—¡No! —grita, enterrando el rostro en el pecho de Nana. Se pone a llorar.

Siento la mano de Winston sobre mi brazo.

—No te preocupes, Gatita. Quizá lleve algo de tiempo. Ven con el resto de los gatitos al comedor. —Su voz se vuelve un susurro—. Te prepararon un pastel de bienvenida.

A la mañana siguiente me siento en el borde de mi nueva cama, mientras busco mi pequeño neceser de viaje. Está escondido entre bufandas y sombreros desperdigados sobre la cama, en espera de volver a sus repisas. Quiero encontrar los regalitos que les traje a los niños de Egipto, Sicilia y Nápoles, a donde Winston y yo nos aventuramos después de que terminara su conferencia, para entregárselos en el desayuno.

Estoy concentrada en mi tarea cuando por fin me percato de que alguien llama a mi puerta. El sonido es muy fuerte, poco familiar, y cuando abro la puerta me encuentro con una sirvienta nueva muy nerviosa.

—Hay… hay un telegrama para usted, señora. Está marcado como urgente.

—¿De quién es? —pregunto, escéptica ante tal urgencia. De vez en cuando Winston me ha enviado telegramas «urgentes» del otro lado de la ciudad cuando quiere mi opinión inmediata sobre algún asunto. Esas comunicaciones ni una sola vez fueron de verdad urgentes.

—No puedo decirle, señora. Solo sé que es de Francia.

Francia solo puede significar una persona: mi madre, que recientemente se mudó de regreso a Dieppe. «¿Por qué, en el nombre del cielo, está enviándome un telegrama?», me pregunto. Su método preferido de comunicación es la redacción de cartas, usualmente aderezadas de juicios y reproches. Algunas cosas nunca cambian, sin importar las alteraciones de la vida cotidiana.

Recibo el sobre de la sirvienta y cierro la puerta. Saco el abrecartas, me siento en la silla del escritorio y abro el sobre. Sostengo el telegrama hacia la luz de la ventana más cercana.

«Bill ha muerto. Ven a Dieppe de inmediato».

¿Bill? ¿Mi hermano? No es posible que mi bello y gentil hermano haya muerto —solo tiene treinta y cuatro años y sobrevivió a incontables ataques en la Marina durante la Gran Guerra. Imágenes de su sonrisa contagiosa en mi boda y otras reuniones familiares me pasan por la cabeza. Seguramente leí mal sus palabras debido a la fatiga de mi viaje. Vuelvo a sostener el telegrama hacia la luz y lo releo. No cometí un error.

Me tiembla el cuerpo. ¿Qué debo hacer? Estoy dividida entre la desesperanza y la acción. La segunda toma las riendas y me siento a escribirles cartas tanto a Winston como a Nellie, para informarles las terribles noticias y explicarles la necesidad de que Nellie y yo partamos a Dieppe en el tren de la mañana. Sueno la campana para que las sirvientas vuelvan a empacar mi ropa, pero esta vez solo vestidos negros. No he dejado de temblar cuando me reúno con Diana, Randolph y Sarah en el comedor —Marigold sigue dormida—; sin embargo, intento esconder mi tristeza con un espectáculo de la presentación de los regalos. Aun así, una vez que se calma su alegría por recibir exóticas bufandas bordadas y pantuflas, no tengo más alternativa que contarles sobre mi inminente partida.

—Pero acabas de llegar —dice Sarah, con lágrimas en el rostro. Más audaz que Diana, es también más apta para decir lo que piensa.

—Yo lo sé, queridos. Pero la tía Nellie y yo debemos apresurarnos a Dieppe para ver a la abuela y al tío Bill. He recibido una nota de la abuela diciendo que el tío Bill está enfermo.

—¿Por qué no puede ir sola la tía Nellie? Tú te ausentaste mucho tiempo —continúa Sarah.

Camino hacia ella y me arrodillo a su lado.

—Prometo volver tan pronto como me sea posible. Lo siento mucho.

Al mirar a Randolph y Diana para observar su reacción, veo que el rostro de mi hijo se oscurece con una ira que sin duda estallará en algún punto del día. Con el paso de los años sus berrinches solo han aumentado en vez de disminuir, como es normal. Solamente la expresión de Diana permanece tranquila. ¿Es este otro ejemplo de su naturaleza pacífica, o es que se ha acostumbrado tanto a mi ausencia que una partida más no le impacta en lo más mínimo? No merezco más, lo sé, y es una realidad que deberé enfrentar a mi regreso.

Tan pronto como abordamos el barco a Dieppe, Nellie y yo nos abrazamos y lloramos. En el trayecto nos atormentamos con teorías sobre lo que pudo ocurrirle a nuestro hermano. Bill había montado un negocio después de retirarse de su escabrosa carrera naval, pero su adicción al juego lo llevó a enfrentar dificultades financieras. Winston y yo le prestábamos dinero periódicamente para pagar algunas deudas de juego y apenas hacía tres meses logramos que nos prometiera que pararía, pero me pregunto si volvió a sus viejos hábitos. La clase de tipos con los que apostaba se fue deteriorando con el tiempo. Y Nellie y yo especulamos que quizá ellos habían herido a nuestro querido hermano.

Desembarcamos de la nave con los familiares sonidos de las campanas de los barcos y graznidos de gaviotas. La distancia del puerto a la casa de mi madre en el centro de Dieppe es corta y nuestras maletas son pocas y pequeñas, así que decidimos caminar. Nellie y yo nos abrimos paso por los apretados callejones, oliendo el fuerte aroma del agua de mar y el pescado, hasta que llegamos a la casa amueblada que renta mamá. Es formal, pero modesta, pues su costumbre de ir al casino afecta mucho sus finanzas. Como también su creciente hábito de beber.

—Mamá —llamo, una vez que su única sirvienta nos deja entrar a la casa.

—Aquí —responde una minúscula voz ronca.

Tomadas de la mano, Nellie y yo entramos al salón. Ahí, sentada en un sillón, se encuentra la usualmente formidable lady Blanche. Mi madre luce tan apagada y minúscula que es difícil reconocerla. Sé que está en la agonía del luto, así que quizá mi evaluación sea un poco injusta, pero no puedo evitar pensar que el final de su búsqueda bohemia de toda la vida por el romance y la independencia es terriblemente triste.

—Usó un arma —dice mamá a modo de bienvenida, y cierra los ojos—. Una maldita arma.

Si Nellie y yo no habíamos comprendido la naturaleza de la muerte de Bill, ahora entendemos. Nuestra teoría de que personajes desagradables del mundo de las apuestas hubieran atacado a Bill estaba equivocada. Él mismo lo había hecho.

Nellie se deja caer en el suelo, al lado de mi madre.

—¡No! —Se lamenta—. ¡Bill no!

Mi madre le acaricia la espalda ligeramente, como si su propia tristeza la distrajera demasiado; no es capaz de reconocer la tristeza de otros. Después, observa fijo a Nellie, como si de pronto lo recordara, y dice:

—Era tu gemelo.

Se apoyan una en la otra, sollozando. Yo me quedo a solas con mi tristeza. No soy madre ni gemela, solo hermana. Vuelvo a sentir la pérdida de Kitty. Solamente quedamos Nellie y yo.

Intento entender las razones del suicidio de Bill. ¿Estaba profundamente endeudado por sus apuestas y demasiado avergonzado para pedir dinero de nuevo? Las conversaciones con sus conocidos no prueban que estuviera apostando de nuevo; de hecho, supe que hace poco había depositado diez mil francos en su cuenta de banco. Si las deudas no provocaron este acto terrible, ¿habría sido el fracaso en algún tipo de relación lo que causara su depresión?

Nadie parece saber nada de su vida personal, menos aún su familia. ¿Qué más conocía de mi hermano, además del personaje cuidadosamente construido que había elegido compartir con nosotros? Siento como si lo hubiera decepcionado de un modo terrible.

Me concentro en el funeral. En Francia el suicidio es un pecado, no un acto criminal, pero el clérigo local se resiste a permitir un entierro en forma para Bill. Presiono al cura a recapacitar, usando el peso completo del apellido de Winston, y arreglamos que haya un funeral el lunes en la tarde, para que Winston pueda asistir. Permito que me consuman la planeación y la investigación y no me rindo a mi tristeza sino hasta que veo el rostro preocupado de mi esposo entrar en la iglesia para el funeral. Al sentir su compasión y su preocupación por mí, la culpa, la pérdida y la devastación que he estado reprimiendo surgen a la superficie. Me hundo en los brazos de Winston y dejo salir el llanto que he contenido desde que llegué a Dieppe.

Una tristeza profunda me sigue a casa desde Francia. Intento romper su velo gris y concentrarme en el bullicio alegre de Diana, Sarah y Marigold, una vez que Randolph ha vuelto a la escuela. Pero las niñas sienten la desesperanza latente. Preocupadas de que mi tristeza vuelva a provocar una separación, se pegan a mí de manera incómoda en cada oportunidad que tienen. Lucho contra mi impulso usual de huir y dejarlas con la niñera, y con Winston distraído por los asuntos de las colonias y los problemas con los irlandeses, las chicas y yo caemos en una rutina regular. Me descubro a mí misma disfrutando de las niñas y pienso que los peores momentos —mi crisis y el dolor de perder a Bill— han quedado atrás.

Debí tener presente la naturaleza fugaz de la vida. Cada vez que escuchaba el sonido del bastón de Winston contra el suelo —el bastón de Malacca con puño de oro que Bill le había heredado—, debí recordarme a mí misma que el regalo de la existencia puede retirarse sin previo aviso. De haberlo hecho así, quizá habría estado preparada para Jennie.

A finales de mayo, la mujer de 67 años, que todavía se hace llamar «lady Randolph» a pesar de que está en su tercer matrimonio —con el servidor público mucho más joven, Montagu Porch—, estaba quedándose en la casa de campo de su amiga, lady Horner Mells, cuando se tropezó con sus tacones demasiado altos al bajar un piso de escaleras. El doctor le diagnosticó un tobillo roto y Jennie regresó a su casa de Bayswater para recuperarse.

Como los asuntos del gobierno irlandés resurgen en el periodo de posguerra y preocupan a Winston, y el esposo de Jennie se encuentra de viaje por África, yo la visito casi todas las tardes de junio, mientras ella está convaleciente. Su casa está cerca de la nuestra en Sussex Square y desarrollo el hábito de visitarla a la hora del té. Frente a frente, sin la presencia de Winston, su joven esposo o los niños, que compiten por nuestra atención, descubro que la hostilidad latente que habíamos sentido la una por la otra en los últimos años ha desaparecido y que la ha reemplazado una creciente admiración. Mi respeto hacia Jennie solo aumenta cuando su doctor aparece durante una de mis visitas para tomar el té y, tras inspeccionar su tobillo, le informa que su pie ha desarrollado una infección gangrenosa y que debe amputarlo. Este sería un trago amargo para cualquiera, pero supongo que para Jennie, que durante toda su vida ha alabado la belleza y la forma de sus tobillos, lo tomará especialmente mal. Sin embargo, acepta la noticia sin histrionismo y quedo impresionada con su elegancia.

Diez preocupantes días después de su cirugía, cuando Jennie parece estar en vías de recuperación, Winston y yo regresamos a nuestros hábitos usuales. La noche del martes 28 de junio me retiro a dormir después de varias horas de revisar propuestas políticas relacionadas con la legislación de Irlanda con Winston, a sabiendas de que él trabajaría un par de horas más en su correspondencia. Cuando escucho un tremendo golpe antes del amanecer supongo que Winston continuó escribiendo durante toda la noche y que finalmente cayó sobre su cama en la habitación de al lado. Bastante literal.

Me doy vuelta en la cama para intentar volver a dormir cuando mi puerta se abre de par en par. La silueta de Winston, en piyama, está de pie recortada por las luces de gas que iluminan el pasillo entre nuestras habitaciones.

—Es mi madre.

Me siento sobre la cama.

—¿Qué ocurre, Pug?

—El doctor dice que empezó a sangrar. Voy directamente a su casa. —Y sale apresurado.

Me levanto, me pongo la bata y salgo corriendo detrás de él. Mientras da tumbos por las escaleras, le digo:

—Winston, sigues en piyama. Deberías cambiarte al menos. O déjame arreglar un carruaje.

—No hay tiempo que perder —me contesta, cerrando la puerta tras él una vez que ha salido a la calle.

La caminata a la casa de Jennie en la calle Westbourne es corta, de apenas unos diez minutos. Pero Winston solo lleva su piyama y su bata, lo cual quiere decir que quizá también va en pantuflas. Me pregunto si debo salir detrás de él o enviar a un sirviente, pero las calles están completamente a oscuras, así que decido esperar.

Me siento sobre el sillón bordado del salón. No me atrevo a retirarme a mi alcoba y cambiarme por miedo a perderme el regreso de Winston. El tictac de las manecillas del reloj de la entrada parece ensordecedor, pero mientras me acostumbro a él se desvanece e imagino que puedo escuchar que los niños dan vueltas en sus camas y los sirvientes abren las alacenas de la cocina.

Después de tres cuartos de hora el amanecer comienza a emitir una luz muy pálida y se abre la puerta de la entrada. Winston entra sin ninguna de sus torpezas de costumbre. El sudor cubre su frente y la bata está completamente abierta, revelando su piyama azul.

—Se ha ido —dice con una voz plana.

—No quieres decir que se ha ido para siempre, ¿verdad? —pregunto de manera estúpida. Entiendo el eufemismo, por supuesto, pero parece una palabra espantosa para referirse a la indomable Jennie. ¿No querrá decir que se ha ido de casa? ¿Quizá haya ido al hospital?

—Sí, Clemmie. Para cuando llegué al borde de su cama, ya se había ido.

—Parece imposible. —Abrazo a mi esposo—. Ay, Winston, lo siento tanto.

—Siento como si hubieran cercenado una parte de mí. —Se abraza a mí y puedo sentir sus manos sobre mi espalda. Mi hombro está húmedo por sus lágrimas.

—Entiendo, Pug. Es como me sentí con Bill. Y con Kitty.

Nos aferramos el uno al otro y pienso en lo poco que sabemos sobre el futuro. Pensaba que la fuerza que había reunido durante mi estancia lejos de mi familia me ayudaría a soportar la tormenta de Winston y sus exigencias. No había entendido que necesitaría esa fortaleza desesperadamente para que me ayudara a sobrevivir a otras tempestades.

Capítulo veintiuno

18 a 23 de agosto y 14 de septiembre de 1921
Broadstairs y Londres, Inglaterra

Estrecho la mano del señor Burden antes de salir de las canchas de tenis de Eaton Hall. El invitado estadounidense de mis anfitriones —el duque y la duquesa de Westminster—, ha sido un feroz contrincante en el torneo de tenis que me trajo a Chester de camino a nuestras vacaciones familiares. Winston y yo habíamos planeado una estancia prolongada lejos de Londres para agosto, y los cuatro niños iban a pasar las primeras dos semanas en una casa llamada Overblowen Broadstairs, en la costa de Kent, con una nueva niñera francesa, *mademoiselle* Rose, y luego los tres mayores nos alcanzarían en Lochmore, Escocia, mientras que Marigold se quedaría con *mademoiselle* Rose en Broadstairs, ya que es demasiado pequeña para las actividades escocesas. Teníamos la esperanza de que las vacaciones le darían a nuestra familia un alivio de las pérdidas terribles de Bill y Jennie. Y yo esperaba restaurar la paz interna que había conseguido en mi tiempo a solas.

Cuando compartía con lady Burden mi sorpresa por haber ganado el partido —después de todo, ya habían pasado meses desde la última vez que había jugado un partido de tenis—, un sirviente que esperaba en el borde de la cancha me hizo una seña. Me entregó un sobre en una bandeja de plata. «¿Será otra carta de Winston sobre la muerte de Thomas Walden, su leal criado personal?», me pregunto. Winston había estado terriblemente triste por una pérdida más, la de un sirviente que se había dedicado a él desde su juventud solitaria, cuando ninguno de sus padres cuidaba mucho de su hijo. No supe cómo consolarlo.

Me despido, examinando el sobre mientras camino a mi habitación de invitada. La dirección del remitente del sobre es de Broadstairs, lo que me hace pensar que la carta debe ser un informe sobre los niños, de cómo reman en la costa, de los castillos de arena que construyen y de los camarones que pescan, así como un recuento de las usuales quemaduras de sol. Pero cuando miro de cerca, veo que la letra no es de *mademoiselle* Rose, quien escribe la dirección en las cartas de los niños.

Al cerrar la puerta de la habitación abro el sobre. Dentro hay un telegrama de *mademoiselle* Rose. Marigold está muy enferma. El doctor dice que es septicemia y sugiere que el señor Churchill y yo acudamos enseguida.

«No, no, no septicemia», pienso. Seguramente es otra de sus terribles infecciones de garganta y resfriado. Muchos niños que conocemos nunca se recuperan de la infección en el torrente sanguíneo, que con tanta frecuencia se vuelve mortal. Dejo que el telegrama caiga al suelo y la habitación da vueltas a mi alrededor. Me aferro al poste de la cama para no desvanecerme y me obligo a recuperar el equilibrio. Debo llegar con Marigold lo más rápido posible.

Me pongo en acción. Le digo a Bessie que empaque nuestras cosas. Juntas tomaremos el tren a Broadstairs, en donde correré al lado de Marigold, y Bessie preparará a los niños más grandes para el viaje a Escocia. Le escribo un telegrama a Winston, pidiéndole que abandone todo el trabajo y se encuentre conmigo en Broadstairs.

Esa tarde, para cuando llego al lado de Marigold, su piel se siente ardiendo. Tiene el cabello pelirrojo empapado de sudor, como la almohada en que descansa su cabeza, y ella está lánguida. Le digo a Bessie que le escriba a Winston para que envíe un especialista a Broadstairs de inmediato.

Después de que Bessie acompaña a Randolph, Diana y Sarah fuera de la habitación, volteo hacia *mademoiselle* Rose y la casera, quienes se han quedado en la habitación.

—¿Cuándo se puso tan mal?

La nana mira a la casera.

—Tenía la garganta inflamada cuando llegó aquí, señora.

—No me refiero a la garganta inflamada, por Dios. Marigold siempre tiene la garganta inflamada. ¿Cuándo le dio esta fiebre terrible?

Mademoiselle Rose no habla y las lágrimas comienzan a correr por sus mejillas. Ahora contesta la casera.

—Cerca del 14 de agosto, señora.

No puedo creer que hubiera oído correctamente.

—¿El 14 de agosto? —Eso fue hace cuatro días.

—Sí, señora —me contesta la casera mirando al suelo.

—¿Por qué nadie me dijo hasta hoy?

La niñera comienza a llorar.

—Yo de... debí hacerlo, pero no quería que usted se enojara.

La furia se apodera de mí, pero rápidamente la reemplaza la desesperación. Pude haber estado aquí hace cuatro días para ayudarle a mi pobre bebé. Cuatro días en que pude haber conseguido un médico experto para cuidar de Marigold y mantener al margen los peores efectos de la septicemia.

La casera lleva a la niñera fuera de la habitación y yo tomo un trapo húmedo. Doy un baño de esponja a la frente abrasadora y las mejillas de mi bebé y luego recuesto mi mejilla junto a la de ella. Debí haber estado aquí con ella. Nunca debí dejar el cuidado de Marigold —de ninguno de mis niños— a una niñera joven e inexperta. Todo esto es mi culpa.

Los golpes del característico andar de Winston resuenan en el pasillo, afuera de la habitación de Marigold. No miro hacia arriba cuando escucho que la puerta se abre. Después de todos los días y meses que he pasado lejos de mis hijos, sé que ahora no puedo quitarle los ojos de encima a mi hija.

—Ah. —Se le atraviesa un sollozo en la garganta—. Pobre Duckadilly.

La silla a mi lado cruje bajo el peso de Winston. No me atrevo a apartar la mirada de Marigold.

—¿Cómo pude haber estado jugando tenis en Eaton Hall mientras nuestra hija sufría? —susurro, más bien para mí.

—Gatita, ¿cómo ibas a saberlo?

—Una madre debería saber. No soy apta para ser madre.

Las letras talladas, negras, lucen muy frescas y claras contra la lápida de mármol. No luce vieja ni desgastada en absoluto, como todas las lápidas cercanas del viejo cementerio de Kensal Green. Me acuclillo para pasar los dedos sobre las primeras tres letras: «Aquí yace Marigold». ¿Cómo es posible que esta sea la tumba de mi pequeña, de mi preciosa hija de dos años?

Las lágrimas me escurren por las mejillas, pero me las limpio. No quiero que Diana, Randolph y Sarah vean mi tristeza por la muerte de su hermana menor. Llorar, incluso gritar, fue aceptable en el funeral, hace casi tres semanas, pero uno debe sobrellevarlo después. Después de todo, todos hemos sufrido pérdidas inimaginables, especialmente durante la Gran Guerra. No estamos solos.

¿Será que el orgullo que sentí por el resurgimiento de Winston entre las cenizas tras su regreso de las trincheras hizo enojar a Dios? ¿El orgullo que sentí porque Winston asistiera a la firma del Tratado de Versalles, el acuerdo que terminó con la Gran Guerra, fue descarado? ¿Perdimos a Marigold por la soberbia que demostré en el papel que desempeñé al restaurar su reputación? ¿O fue simplemente por mi ausencia como madre y la indulgencia que concentré en mí misma, por mis propios problemas nerviosos? Sin importar la razón, la culpa es mía.

Escucho a Sarah cantando una canción y muy tarde entiendo que es «I'm forever blowing bubbles». Los últimos momentos de Marigold regresan a mí y siento que no puedo respirar.

Winston y yo no nos habíamos apartado de su lecho desde la mañana. El especialista de Londres nos dijo que no había nada que hacer por la pobre Marigold; no había tratamiento para la septicemia que resultó de la infección que se había apoderado de su garganta irritada desde su llegada a Broadstairs. Lo único que había que hacer, nos dijo, era ayudarla para que estuviera lo más cómoda posible.

Había estado lánguida durante horas hasta que de pronto se levantó y dijo: «Cántenme "Burbujas"». La popular cancioncilla, bastante melancólica por cierto, era su favorita, así que canté con voz poco firme:

> Siempre estoy haciendo burbujas,
> bonitas burbujas en el aire.
> Vuelan muy alto,
> casi alcanzan el cielo.
> Después, como mis sueños,
> se desvanecen y mueren…

La voz se me corta con la palabra «mueren», entre mis sollozos, pero Winston toma mi mano y me impulsa a seguir con su propia voz. Juntos continuamos la canción:

> La fortuna siempre se esconde,
> la he buscado por todos lados.
> Siempre estoy haciendo burbujas,
> bonitas burbujas en el aire.

Los párpados de Marigold se abrieron y sus ojos azul claro se fijaron en nosotros por un momento luminoso. Por un breve instante me llené de esperanza. Después extendió su manita para tomar las nuestras y susurró:

—Ahora no… terminen la canción después. —Y dejó de respirar. No recuerdo nada de lo que ocurrió posteriormente, salvo el ruido de un animal aullando. Winston me dijo después que yo era la que había hecho ese ruido.

—Mamá, ¿dónde ponemos las flores de Duckadilly? —dice Sarah.

Mientras los guío a ella, a Diana y a Randolph para que dejen sus ramos a los lados de su tumba, Sarah dice:

—Desearía que papá estuviera aquí con nosotros.

—Yo también —añade Diana, mientras vemos las mariposas blancas que aterrizan sobre las flores. Es la primera vez que habla en todo el día; de alguna manera, parece haber tomado la muerte de Marigold peor que sus hermanos.

Pienso, pero no digo, que Winston debería estar aquí con su familia. No debió dejarnos en Escocia para asistir a la fiesta del duque y la duquesa de Sutherland en su propiedad de Dunrobin, sin importar si el invitado de honor era el príncipe de Gales. Debió haber viajado con nosotros a Londres, debió quedarse con nosotros mientras llorábamos por Marigold y visitar su tumba con nosotros el día de hoy.

Pero me reservo la fuerza completa de mi ira para mí misma. Yo debí ser más cuidadosa para proteger a mi hija. No debí permitir que Winston tomara el primer lugar, el segundo e incluso el tercero en mi vida. Debí haber escuchado las advertencias de que cuidara a mis seres queridos, que iniciaron el día que regresamos de nuestro viaje a El Cairo.

Capítulo veintidós

23 y 24 de diciembre de 1930
Westerham, Inglaterra

Abro «la alacena del genio», como la llaman los niños. Mientras se acerca la Navidad, especulan qué delicias estarán guardadas en sus profundidades, esperando a recibirlas esa mágica mañana. Algunas veces me pregunto qué pensarían de mí si supieran qué se esconde en mi propia alacena del genio: la oscura maraña de creencias de que, aunque soy veneno para mis hijos, si puedo brindar orden para Winston y nuestra familia, quizá nada malo vuelva a ocurrir; nada parecido a la pérdida de Marigold. Pero nunca permitiré que abran esa puerta.

Los nueve años que han pasado desde la muerte de Marigold no han aliviado en nada mi sensación de culpa. Winston y yo intentamos continuar con nuestra vida cotidiana, pero la horrible cabeza de la tristeza se levantaba en los momentos más inesperados y nosotros teníamos que luchar contra ella. Lo mismo que Diana, Randolph y Sarah, que atestiguaban nuestra tristeza y ellos mismos experimentaban la suya. Ahora creo que, de manera inconsciente y sin hablarlo de forma abierta, ambos creíamos que un niño más podría ayudar a aliviar esta desesperanza, y en menos de un año nació la pequeña Mary, llamada Baby Bud casi de forma inmediata. Y la bella, serena, incluso templada Mary de verdad fue un bálsamo.

Pero después de la muerte de Marigold ya no confío en mí misma para el cuidado cotidiano de los niños y ya no me siento segura con ninguna de las jóvenes institutrices que habían pasado por nuestras vidas. Sabía que tenía que encontrar un alma leal y resuelta que asegurara el bienestar de mis hijos. Cuando me enteré de que mi prima hermana Maryott Whyte, la hija de la hermana de mi madre, lady Maude, había terminado su entrenamiento como educadora en cuidados infantiles y enfermería en el prestigioso colegio Norland, le pedí a la empobrecida dama —quien, como yo y Nellie, siempre supo que debía ganarse el pan— que se encargara de cuidar a mis hijos. Gracias a Dios, ella aceptó, porque a pesar de que siempre cuidó su posición profesional, se ha convertido en mucho más que una institutriz en los años que ha estado con nosotros. Se ha vuelto parte de nuestro íntimo círculo familiar y amistoso y, más importante aún, se ha vuelto la madrina de Mary y la protectora de todos mis hijos. Se convirtió en nuestra Moppet. Los cuida mejor de lo que yo soy capaz de cuidarme a mí misma.

Pero incluso la comodidad y el alivio que Moppet nos da ciertos días no es suficiente. En esas ocasiones, cuando las obligaciones son abrumadoras y Winston requiere mi atención una y otra vez, la necesidad de salir corriendo —al extranjero o al interior—, toma el control. Me aferro a la estructura que he creado para prevenir que vuelva a caer en el agotamiento nervioso. Me digo a mí misma que debo mantenerme fuerte, que tengo el poder de crear una barricada contra el desastre. Y la Navidad forma una parte clave de mi fortaleza.

La verdadera alacena del genio está atiborrada de regalos de Navidad que he estado coleccionando desde el verano, ahora ya envueltos, adornados con cintas y listos para la mañana de Navidad. Solo debo terminar el resto de las decoraciones y los menús para asegurarme de que sea la mejor celebración familiar de la que hayamos sido anfitriones en Chartwell. Simplemente *debe serlo*.

Bajo las escaleras en busca de mi confiable prima Moppet —o Nana, como algunas veces le llaman los niños—. Cuando llego a la base de las escaleras casi choco con la mujer de treinta y cinco años y aspecto amable. Pese a su creciente corpulencia, camina de prisa desde la puerta principal con su paso entrecortado, sin duda reflexionando profundamente sobre las necesidades de los niños.

—Ah, Moppet. Justo la persona que estaba buscando. ¿Sabes si la encina y la hiedra están listas para colgarse?

Las decoraciones de la casa no son parte de sus labores, pero nadie conoce la mecánica de Chartwell mejor que Moppet, y ella disfruta ser el resguardo de todo el conocimiento sobre la casa, así que la pregunta no le molesta. Winston compró Chartwell en septiembre de 1922, en los días que siguieron al nacimiento de Mary. Siempre habíamos hablado de comprar una «canasta de campo», como me gusta llamarla, y habíamos buscado bastante la casa perfecta y el terreno, pero él compró la propiedad sin decirme o acordarlo conmigo, en el único acto de traición que alguna vez hubiera cometido contra mí. Al principio estuve muy furiosa y me rehusé a visitar el lugar. Una vez que me calmé y acepté hacer una visita, mi enojo solamente creció más. Sí, estaba de acuerdo con Winston en que era el prototipo del paisaje inglés sobre el Weald de Kent, hacia las colinas South Downs y las verdes pendientes al norte de la casa, que llevan a un manantial, el Chart Well, que alimenta un arroyo, pero la casa era un desastre. Se rumoraba que los planos originales databan de tiempos de Enrique VIII y que alguien en algún momento había superpuesto una espantosa estructura victoriana. Cuando iniciamos —y ahora que continuamos— las renovaciones para hacer habitable el espacio para una familia de seis, más el equipo de trabajo y los requerimientos de entretenimiento, descubrimos un severo problema de humedad, además de hongos, y el gasto de dinero y energía que Chartwell nos ha costado es impresionante.

Aun así, a pesar del trabajo que representa, he sido indulgente con Winston en este proyecto de Chartwell, con todas sus frustraciones, porque entiendo algo de la casa que él no comprende. Después de enormes esfuerzos de ambas partes, Winston por fin cayó del poder —parece ser que para bien— en 1929. Había estado entrando y saliendo de las bancas del Parlamento, hasta que, para consternación mía, regresó al Partido Conservador en 1924, un movimiento que le otorgó varios años en el Parlamento y un cargo en el gabinete del secretario de Hacienda en los importantes años de la posguerra, en los que se reestructuraron y reconstruyeron las economías de nuestro país y de otros países también. Pero entonces, pese a su cambio de partido, su poder era endeble, y cayó de la gracia de los conservadores y de sus votantes, en parte porque objetó darle a India un estatus de dominio, lo que les permitiría gobernar sus propios asuntos en algunos años. Sin poder gubernamental, Chartwell se convirtió en el lugar donde Winston podía llevar a cabo todos sus sueños sobre una Inglaterra ideal. Ahora, en vez de construir políticas nacionales sobre economía, trabajo y relaciones internacionales, crea muros, lagos, complejas casitas de árbol para los niños e incluso una cancha de tenis y una alberca. El sueño es el mismo; solo son diferentes la escala y el enfoque.

Este exilio nos deja cortos de dinero, por supuesto, ya que Winston ya no tiene un salario. Así que mientras yo economizo, él nos apoya a todos con su escritura, ya que 1929 no solo trajo una pérdida de poder, sino también una pérdida de herencia y de todos nuestros ahorros, debido a la caída del mercado. A decir verdad, es un alivio no tener que estar detrás de él en todos sus eventos políticos, juntas y cenas en las que exalta las virtudes de los valores del partido conservador, que yo no apoyo. La sinergia de opiniones que alguna vez compartimos en casi cualquier área —basada en los valores centrales del liberalismo, el apoyo al comercio libre y en una interferencia gubernamental mínima en la economía, mientras que apoyábamos la reforma social, la libertad personal y la reducción del poder monárquico— ha dejado de existir. Nuestro desacuerdo sobre la cuestión del gobierno autónomo de India fue solamente una diferencia de opinión entre muchas otras. Solo permanece nuestro compromiso con el otro y con nuestra familia.

Pero sus exigencias no han disminuido con la reducción de su poder, ni tampoco sus explosiones de ira y sus arrebatos. En todo caso, su necesidad de comodidad, orden y *de mí* se ha incrementado, de manera que su atención no se centra en el exterior, en la nación, sino en el interior, en su escritura y en Chartwell, y me he dado cuenta de que, si su horario se cumple con precisión, entonces está menos inclinado a portarse mal, y no quiero que nadie en esta casa sufra por ello, ni los niños, ni el servicio, ni yo.

Por eso, centro una considerable porción de mi tiempo y energía en las necesidades de Winston. Hago los arreglos para que sus baños largos se realicen exactamente al mediodía y a las siete de la noche, a una temperatura entre 33 y 39 grados centígrados. Después de su ritual de descanso del baño, me aseguro de que su ropa esté desplegada con una camisa color crema para la mañana y blanca para la noche, que sus periódicos estén planchados, apilados y doblados de la manera correcta, y que sus seis cepillos de dientes estén acomodados de manera correcta para que los use en su estricta rotación. El almuerzo se sirve a la 1:15 y la cena en punto de las 8:30, aunque Winston no se aparezca sino hasta una hora después. Me coordino con el cocinero para crear menús que contengan los alimentos ingleses que Winston prefiere, aunque me molesten, incluyendo el roastbeef y el pudín de Yorkshire, la sopa aguada y el lenguado con petisús de chocolate, el faisán y el cangrejo. Y me esfuerzo por estar completamente disponible para él cuando sea que me mande llamar para jugar un partido de besigue por la tarde, como suele hacerlo, o para debatir un asunto de política. Todas nuestras fortunas y alegrías empiezan y terminan en Winston, así que yo lo complazco, sin importar los caprichos de sus humores. A raíz de su cambio de perspectiva en asuntos políticos encuentro que es más sencillo centrarme en las pequeñeces de nuestras vidas, y sé que soy afortunada de tener al servicio para que me ayude. Cuando mis esfuerzos son en balde y su ánimo se vuelve opresivo, me distraigo concentrándome en el jardín, siguiendo el consejo de mi prima Venetia, quien es una excelente jardinera, haciendo apicultura o viajando a algún lado. Estoy decidida a que mi familia y nuestro matrimonio sobreviva —aunque no siempre florezca—, y no terminaré mis días como mi madre, quien murió en 1925 y tuvo una etapa final triste, solitaria, más bien desamparada y con frecuencia dominada por su alcoholismo.

En respuesta a mi pregunta, Moppet asiente con la cabeza.

—Creo haber visto a Grace con dos jardineros y un montón de hierbas caminando por el primer piso, Clementine.

Le aprieto el brazo para darle las gracias.

—Sabía que tú tendrías la respuesta.

Moppet me sonríe con calidez, pero se va caminando con rapidez. Es claro que su prioridad son los niños —en particular su obligación más pequeña, Mary, con quien tiene un vínculo extraordinario—, y eso es precisamente lo que deseo que sea. La igualdad de nuestra posición social significa que ella puede hacer a un lado el servilismo y centrarse en sus tareas. No imagino mi vida sin ella.

—Grace —llamo a la alegre y eficiente hija del jardinero, quien se ha convertido en otra parte integral del equipo; desde que llegó tiene diferentes cargos, incluyendo el de secretaria. Winston y los niños insisten en llamarle Hambone, en referencia a su apellido Hamblin, y un punto a su favor es que nunca le molesta ni se queja de ello. Incluso cuando a mí me molesta en su lugar—. ¿Estamos listas para decorar?

La chica, larguirucha y narizona, con los lentes sobre la nariz, camina hacia la entrada.

—Sí, señora. El número apropiado de ramas ha sido dispuesto en el salón, el comedor y el pasillo de la entrada. Solamente estamos esperando sus instrucciones para que nos diga en dónde las quiere.

—Ah, claro. —Camino hacia el salón con Grace y dos jardineros detrás de mí—. Vamos a decorar la repisa de la chimenea con varias ramas de encino y a envolver las columnas con la hiedra. ¿Tienen el laurel y el pino?

Grace mira a los jardineros, que asienten con la cabeza. Les da demasiado miedo hablar directamente conmigo, o eso me dice Winston.

—Sí, señora.

—Añadamos el laurel a la hiedra y el pino al encino. Y luego repetiremos la secuencia en el comedor y en el pasillo de la entrada.

—Los hombres harán lo que usted desee, señora —dice Grace—. ¿Examinamos el pino?

Nos situamos frente al árbol de hoja perenne, cortado de los bosques que rodean Chartwell por la parte posterior.

—Es perfectamente triangular, Grace. —Me volteo hacia los jardineros y les digo—: Este año se han lucido.

Asienten con la cabeza, pero siguen sin decir palabra. Quizá sí soy tan intimidante como dice Winston.

Continúo:

—Bien, pienso que las ramas aguantarán las cien velas usuales, ¿ustedes creen que sí?

—Sí, señora —contesta Grace.

—¿Y los hombres saben cómo colgar con precisión la placa del niño Jesús de della Robia en lo alto del salón de la entrada?

—Sí, señora. Lo colgarán en el mismo lugar que el año pasado.

—Excelente. Entonces voy a ver al cocinero para revisar los menús para la Nochebuena, la Navidad y el día siguiente. Seremos quince, contándonos a nosotros seis, Jack, Goonie y sus tres hijos, y Nellie y su compañía. —Salgo de la habitación, pero de pronto me siento inundada por el aroma fresco del árbol de Navidad. Inhalo profundamente y, por un momento, siento que todas mis preocupaciones se desvanecen.

Doy la vuelta para ver a Grace.

—El aroma del pino es glorioso. Pienso que esta será la mejor de nuestras Navidades.

Por el espacio entre las puertas dobles que separan el salón y la biblioteca observo la fila de los niños: nuestros tres mayores, Diana, Randolph y Sarah; los hijos de Jack y Goonie: Johnny, Peregrine y Clarissa; los niños de Nellie y Bertram: Giles y Esmond; y, al final, nuestra pequeña Mary, por supuesto. Impresionante, en realidad, cómo cada año se acomodan solos en un orden aproximado de edades sin que nadie los instruya. Aunque, cuando lo pienso, supongo que el orden es probablemente acción de Randolph, para que pueda entrar a la habitación casi al frente de la línea y guiar a quienes vienen detrás de él.

Los niños están silenciosos, casi revientan de emoción. Agradezco este momento, hace que todo el trabajo que pongo en crear una Navidad memorable valga la pena.

—¿Están listos? —pregunto a través de la puerta entreabierta.

—Sí —dicen al unísono.

Abro de par en par las puertas dobles entre el salón y la biblioteca para que vean el árbol de Navidad, encendido con la luz de cien velas de cera blanca. Los niños entran a la iluminada habitación color dorado, con Winston por delante y el resto de nuestra familia inmediata, que consiste solo en nuestros hermanos y sus familias, ahora que nuestros padres han fallecido. Observamos mientras los niños platican emocionados sobre la decoración y la abundancia de regalos debajo del árbol.

—Te luciste —susurra Winston. Tenemos cuidado de no revelarle la verdad sobre los engranajes de la maquinaria navideña a Mary, de ocho años de edad, que sigue creyendo en San Nicolás.

—¿Tú crees? —le pregunto.

—Sí, lo creo. Solamente mira la expresión en el rostro de los niños.

Hago una pausa por un momento y veo cómo disfrutan nuestro hijo y nuestras hijas el espectáculo dorado. La pequeña e inocente

Mary, con sus ojos luminosos, grita de placer por las velas del árbol, pero Moppet está a la mano para prevenir que toque la cera caliente y chorreante. Mi prima siempre elegiría la compañía de los niños por encima de la de los adultos de su familia. La joven Diana, de veintiún años y estudiante de la Real Academia de Arte Dramático, aunque no tenga intenciones reales de convertirse en actriz, deja de lado sus ademanes sofisticados para reírse de su hermana menor, que sacude los regalos para adivinar el contenido. La terca, dramática Sarah, todavía en la escuela North Foreland Lodge, de dieciséis años, ha renunciado a su mal humor por un par de minutos y puedo ver que una familiar expresión infantil aparece en su rostro. Incluso Randolph, de diecinueve años —cuyo comportamiento incontrolable y sibarita en Oxford, sin duda debido a lo mucho que Winston lo consintió y a mi falta de supervisión, es una constante fuente de preocupación—, parece jovial.

—Sí parecen felices, ¿no? —digo sorprendida. Estoy acostumbrada a que sus rostros muestren angustia, ansiedad o ira; un reflejo, sin duda, de sus emociones hacia mí.

—Tienen a su noble madre para agradecer esta alegría —dice, quizá demasiado alto, con un tono que recuerda más a un discurso que a un cumplido amable.

Sé que el halago debería complacerme, pero no lo hace. Winston quiere sepultarme en mi nobleza para hacerme parte de la mismísima estructura de Chartwell, su versión miniatura de la Inglaterra ideal. Le sirve bien ignorar mis puntos débiles y verme como la escultura de la esposa y madre perfecta, porque una escultura no tiene necesidades ni deseos. Una escultura no pide nada de él.

Capítulo veintitrés

30 de agosto de 1932
Blenheim y Múnich, Alemania

—Mira hacia allá, Randolph —Winston le dice a nuestro hijo, deseoso de atraer a Randolph hacia el culto insaciable de su ancestro, el primer duque de Marlborough—. Ese es el mismo campo en el que tu ancestro peleó su batalla más importante, la batalla de Blenheim, por la cual nuestro palacio familiar recibe su nombre.

Randolph no contesta; está haciendo su mayor esfuerzo por fingir que se encuentra en cualquier lugar que no sea un campo del Danubio. ¿Por qué insiste Winston en llamar su atención cuando él responde tan groseramente? ¿Y por qué mi esposo no le da la reprimenda propia por su comportamiento? En cambio, consiente sin cesar a Randolph —incluso les dice a nuestros augustos invitados en la cena que se callen cuando Randolph parlotea—, aun cuando nuestro fracaso de Oxford, de veintiún años, no tiene logros que le merezcan un trato preferencial. Los mimos de Winston hacia Randolph son una fuente constante de tensión entre nosotros, quizá más que nuestra divergencia de perspectivas políticas desde que Winston se volvió conservador otra vez. Sé que mi reacción no es exagerada, como a Winston le gusta decirme, porque puedo ver que el coronel lugarteniente Pakenham-Walsh mira asombrado a su esposa ante la indiferencia de Randolph.

Tomo a Winston del brazo y camino a otra sección del campo, lejos del malhumorado Randolph. Por lo general, mencionaría el comportamiento poco apropiado de nuestro hijo y discutiría mejores acercamientos, pero con la presencia de los Pakenham-Walsh, simplemente quiero cambiar la dinámica.

—¿Podrías contarme más sobre el papel de este campo en la batalla de Blenheim? —pregunto, aunque he escuchado suficiente de la legendaria batalla para una vida entera. En este momento, con el fin de alejarlo de Randolph, incluso le preguntaría su opinión sobre el enojo de Alemania por las restricciones en el Tratado de Versalles y el impacto que él cree que va tener en Europa en las siguientes décadas, un tema del que puede hablar durante horas con cualquiera que lo escuche, aunque cada vez son menos las personas que lo hacen.

Junto con Randolph, Sarah, el teniente coronel Pakenham-Walsh y su esposa, Winston ha estado viajando por los Países Bajos y Alemania, en busca de campos de batalla para su biografía sobre Marlborough. Ha sido un trabajo tedioso y difícil, pero no soñaría con permitirle a Winston hacerlo sin mí. Tomando en cuenta su actitud despreocupada por su bienestar personal, calamidades constantes caen sobre él cuando realiza investigaciones o viaja por cuenta propia y, de hecho, apenas a finales de diciembre del año pasado, cuando estaba dando unas conferencias por Estados Unidos, fue golpeado por un auto cuando cruzaba la Quinta Avenida en la ciudad de Nueva York, porque no volteó a ver, hecho que yo atribuyo a su insistencia en visitar al consultor político y financiero Bernard Baruch, mientras Diana y yo permanecimos en el hotel. Tiemblo al pensar en lo graves que pudieron haber sido sus heridas de no haber estado yo presente. Acompañarlo es una de mis múltiples defensas contra el desastre familiar. Eso y obligarlo a mantener un horario estricto para evitar su «perro negro», que se cierne sobre nosotros ahora que está lejos del poder.

Cuando dejamos el campo de batalla y regresamos a Múnich pasamos por una larga franja de campo. Batallones de soldados de uniforme café marchan a través del campo plano, practicando maniobras militares. Nada más con ver el número de hombres quedo sorprendida; pensé que el Tratado de Versalles impedía que los alemanes reunieran grandes grupos de soldados.

Dando la espalda a la ventana para preguntarle a Winston sobre esa reunión, me sobrecoge la expresión en su rostro.

—¿Qué ocurre? —le pregunto.

—Por Dios, son demasiados militares. Y son soldados de las SA... muchachos de Hitler.

—¿Ese arribista? —Aunque estoy bastante familiarizada con Hitler y su partido nazi, percibía en sus ataques resentidos sobre el Tratado de Versalles la depresión económica, el desempleo masivo, así como en su ferviente orgullo nacional, las emociones de un caso especial de locura. Uno oye que sus discursos públicos suenan como los delirios de un lunático. Nunca pensé que la mayoría del pueblo alemán lo escucharía. Ahora, al observar este despliegue de rabiosos soldados de las SA, estoy preocupada.

De pronto, inclinándose sobre mí y Sarah, quien se sienta entre nosotros, Winston se acerca a la ventana abierta.

—¿Qué rayos haces? —le pregunto.

—Shhh... —Se pone un dedo sobre los labios. Un momento, me indica—. Están cantando «Horst Wessel Lied».

—¿Qué es eso?

—Es el himno del partido nazi.

La civilidad europea del mundo antiguo del hotel Regina Palast es un respiro amigable de los campos de Blenheim y de los soldados de las SA. Los seis nos sentamos a beber el té de la tarde, abanicándonos como locos en el empalagoso aire viciado del restaurante del hotel. Solo después del té y de un trago un poco cargado podemos relajarnos y refrescarnos, todos salvo la dramática Sarah, que repite a cada instante que ella «nunca había sentido tanto calor en su vida». Los Pakenham-Walsh han de estar terriblemente agotados de nuestros hijos en este punto y han de lamentar su decisión de habernos acompañado en este viaje.

—Oigan. —El rostro de Randolph parece inesperadamente animado después de un largo día de exagerado aburrimiento—. ¿Ese de allá es Putzi?

—¿Qué estás diciendo? —pregunta Winston, siempre listo para entablar conversación con su hijo pródigo.

Randolph saluda a un hombre de rasgos duros, vestido con un traje gris bien confeccionado, que está sentado a solas en el bar del hotel. El hombre sonríe, le devuelve el saludo y se levanta de su silla. Mientras camina a nuestra mesa, pregunto:

—¿Quién es él, Randolph?

—Un tipo que conocí en Boston cuando estaba en mi gira de oratoria. Se hace llamar Putzi, pero su nombre real es Ernst Hanfstaengl.

—¿Un joven alemán? —interviene Winston.

—Sí, pero estudió en Harvard. Eso era lo que estaba haciendo en Boston, reuniéndose con alumnos, si bien recuerdo.

Randolph se levanta para dar la mano al hombre y nos presenta a todos. Invitamos a Putzi, como insiste en que lo llamemos, a que nos acompañe con un trago y a cenar, si es que tiene tiempo. Me pregunto cómo este hombre, un caballero culto y bien hablado de unos cuarenta años, terminó por conocer a Randolph y qué cosas tienen en común. Parecen un par extraño, dos hombres que no se cruzarían jamás.

Tras una descripción somera de la investigación de Winston y de nuestro viaje a los campos de Blenheim, Randolph pregunta:

—Así que, ¿en qué andas en estos días? Me avergüenza admitir que no lo recuerdo.

—Bueno, esa noche en Boston habíamos bebido bastante —dice Putzi con una risa de satisfacción.

Randolph ríe también.

—En efecto. —No lo dudaba, Randolph ha estado ingiriendo más alcohol del debido desde la adolescencia. Sarah parece tentada a hacer un comentario mordaz respecto de la forma de beber de Randolph, pero la callo con una mirada del mismo tipo. Los Pakenham-Walsh han padecido suficiente el comportamiento malcriado de los jóvenes Churchill por un día.

Putzi contesta:

—El negocio familiar es la edición, pero desde hace unos años he trabajado en distintas cosas para el partido nazi y ahora soy su secretario de Prensa.

—Ah. —Randolph palidece—. No lo sabía.

La expresión de Putzi se mantiene amable e inescrutable.

—No creo que saliera en nuestra conversación.

El mesero llega a nuestra mesa y todos pedimos otro trago y los menús. Sé quién se encargará de esta conversación una vez que el mesero se vaya… Winston. La oportunidad de interrogar a un íntimo del partido nazi es demasiado tentadora para dejarla pasar.

—Nos dice Randolph que eres un hombre de Harvard —dice Winston dando una calada a su puro. Para un extraño, esta pregunta parece un simple anzuelo de conversación. Pero yo sé que se trata del inicio de un interrogatorio.

—Sí, asistí a la universidad y de hecho fui uno de los miembros del club de Hasty Pudding.

—Ah, los buenos muchachos del Hasty Pudding. ¿Viviste en Estados Unidos después?

—Sí, en Nueva York. Me encargué de la rama del negocio familiar en Estados Unidos, la editorial de humanidades de Franz Hanfstaengl, y me casé con una mujer estadounidense.

—Mi madre era estadounidense, y supongo que no necesito decirte qué clase de fuerza de la naturaleza son esas mujeres —dice Winston con una casi imperceptible lágrima en el rabillo de los ojos. Aún extraña demasiado a Jennie. Ella surge con frecuencia en nuestras conversaciones, y aunque no es precisamente que yo la extrañe, siento cierta tristeza por su muerte, pues me encariñé con ella en sus últimos años.

Putzi ríe.

—No, no es necesario.

Yo también intervengo. Sé hacia dónde va Winston y podría ayudarle a tener éxito si variamos el cuestionario.

—¿Cuándo se mudaron tú y tu esposa a Alemania?

—Nos mudamos de vuelta hace unos diez años.

—¿Y a ella le gusta? Es muy distinto de Estados Unidos —pregunto, como si me preocuparan sus hábitos de compra.

—Disfruta bastante la vida cultural alemana.

—¿Así que no estuvieron en Europa durante la Gran Guerra? —interrumpe Winston, su tono es mucho más compasivo ahora que sabe que Putzi no peleó contra él.

—No, pasé esa época en Nueva York.

—Supongo que al final la añoranza del hogar fue muy fuerte.

—De hecho, un colega miembro del Hasty Pudding que trabajaba en la embajada de Estados Unidos me pidió que le hiciera un favor cuando estuviera aquí visitando a mi familia.

—Ah, ¿de verdad? —Winston se ocupa de encender otro puro, como si estuviera poco interesado en seguir la conversación.

—Sí, quería que le hiciera un reporte de un mitin nazi. Creo que él no esperaba que yo quedara tan favorablemente impresionado con Herr Hitler y su habilidad para unir e inspirar al pueblo alemán. Tanto así que me mudé de vuelta a Alemania —contesta Putzi.

—¿Así comenzaste a trabajar para el partido nazi?

—No, así fue como me hice amigo de Adolf. Solo después de conocerlo durante un tiempo y de terminar por creer en su habilidad para energizar Alemania con un espíritu nacional que creí perdido después de la Gran Guerra, formalicé mi relación con su partido.

Me siento simultáneamente fascinada y repelida por la falta de congruencia entre la sofisticación de este hombre y su apoyo a Hitler. No tiene sentido. Aunque sé que el partido nazi aumentó sus filas en el parlamento alemán, había supuesto que quienes lo apoyaban eran de una naturaleza más áspera, a quienes apelaba la demagogia de Hitler. No esta clase de hombre, que llama a Hitler por su nombre.

—¿Cómo es que Hitler va a mitigar el reclamo de Alemania por el Tratado de Versalles? —Winston brinca al aspecto más alarmante del extraño líder.

—No pretende en absoluto iniciar una guerra de agresiones, si eso es lo que le preocupa.

—Creo que eso es lo que nos preocupa a todos —susurra Winston.

—Vimos a un gran número de soldados de las SA realizando maniobras militares cuando volvíamos a Múnich de los campos de Blenheim. Pensé que esa clase de actividad no estaba permitida —añado, sin mencionar la prohibición del Tratado de Versalles con todas sus letras. Sal a la herida y esas cosas…

La sonrisa de Putzi nunca titubea. «Debe ser un excelente secretario de Prensa», pienso mientras él dice:

—El Tratado de Versalles, entre otras cosas, prohíbe que Alemania forme un ejército de cierto tamaño, pero no dice nada de que los partidos políticos formen grupos militares para protegerse.

«Ah. Es así como Hitler está manipulando la ley», pienso. Winston me sonríe con una media sonrisa en los labios. Seguro hice una pregunta particularmente buena.

Inclinándose hacia nosotros con una expresión entusiasta, Putzi dice:

—Señor y señora Churchill, creo que si conocieran a Herr Hitler, se convencerían.

—Estaría encantado de tener esa oportunidad. —Winston no hace ningún esfuerzo por esconder su emoción por el ofrecimiento de una presentación.

Putzi se pone de pie.

—Si habla en serio, puedo traer a Herr Hitler para que se encuentre con ustedes para el postre y el café esta noche.

Winston da una calada profunda a su puro y dice:

—Hablo terriblemente en serio.

Cuando el señor Hanfstaengl sale deprisa del restaurante del hotel, el mesero regresa para tomar nuestra orden. Un nerviosismo silencioso cae sobre nosotros seis, hasta que el teniente coronel Pakenham-Walsh dice:

—Bueno, eso fue un encuentro inesperado.

—¿Lo fue? —dice Winston—. No estoy tan seguro. Parece una tremenda coincidencia que el señor Hanfstaengl conociera a Randolph y casualmente estuviera aquí a solas, en el bar del hotel, cuando nos sentamos a pedir nuestros tragos.

—En serio, papá. Ves conspiraciones por todas partes. Él solo es un joven que conocí en la gira de oratoria… —dice Randolph.

Winston lo interrumpe.

—¿Por qué crees que hizo un esfuerzo por conocerte en la gira, en primer lugar? ¿Por qué crees que hizo un esfuerzo por estar aquí el día de hoy? Por mí, por supuesto.

El rostro de Randolph se pone rojo de furia y se levanta, causando que su silla caiga al suelo con un ruido que sacude a los comensales cercanos.

—¡No todo se trata de ti! —grita, y sale corriendo del bar del hotel.

Winston da una calada a su puro y el mesero llega con nuestro primer tiempo. Todos nos quedamos en silencio por la vergüenza de haber presenciado esta confrontación demasiado personal y hago un esfuerzo por crear una plática amable sobre los planes para el siguiente día. Revisamos nuestro itinerario para viajar por el terreno alrededor de los campos de Blenheim, y Pakenham-Walsh habla sobre los mapas que está haciendo para la investigación de Winston. Sarah no ha dicho una palabra, intimidada por la latente llegada de Hitler o por la amenaza de la ira de su hermano, o por ambas cosas. Es un comportamiento que esperaría de la dócil Diana, no de la audaz Sarah.

Cuando retiran los platos del primer tiempo, pido disculpas y me levanto. Camino en dirección al baño de mujeres, pero doy una vuelta por el pasillo trasero, hacia el bar del hotel, donde sé que Randolph se ha refugiado. Quiero asegurarme de que no se pase de copas.

Como sospechaba, Randolph está sentado en un rincón oscuro del bar, bebiendo una cerveza. Por el número de vasos vacíos sé que va en la tercera.

—No creo que tu padre quisiera insultarte, Randolph —digo suavemente.

—Por primera vez estoy de acuerdo contigo, mamá —contesta sin mirarme—. No creo que fuera su intención. Pero como cree que el mundo entero gira a su alrededor, no puede evitar hacerlo. Tú, entre toda la gente, deberías comprender eso.

Me pongo rígida.

—¿Qué quieres decir?

—Toda tu existencia gira en torno a él y sus necesidades. Exige todo de ti y no sobra espacio para las necesidades de tus hijos.

Lo sé, por supuesto; siempre lo he sabido. Pero una cosa es entender una terrible verdad de las profundidades de tu oscuridad personal, y otra que alguien más lo diga en voz alta. En especial cuando te lo dice tu hijo, que está pagando el precio de esta terrible verdad.

Sus palabras me hacen vacilar y me tropiezo al salir del bar. Me apoyo contra un muro afuera del restaurante, inhalo profundamente e intento componerme. Siento como si me hubieran dado un bofetón e incluso me pregunto si podré recuperarme, pues sé que debo interpretar mi papel. ¿Qué otra cosa puedo hacer? Randolph tiene razón.

Cuando me acerco a nuestra mesa, veo que han servido nuestros platillos principales y que el señor Hanfstaengl ha vuelto. Pero no veo señales de Hitler.

—Ah, Clemmie —me saluda Winston—, parece que Hitler no pudo venir después de todo.

—Qué lástima —digo, aunque me alivia saberlo. Después de lo dicho por Randolph, no sé si podría manejar el estrés de un encuentro con el infame e intenso Hitler.

—Sí —dice el señor Hanfstaengl—, creo que si conocieran a Herr Hitler se aliviaría su angustia. ¿Quizá podría arreglar una reunión para un momento posterior de su viaje?

—Quizá. Mientras tanto, probablemente quiera hacerle una pregunta que podría ser la base de la discusión cuando nos encontremos —propone Winston.

—Desde luego —contesta el señor Hanfstaengl, siempre amable.

—Él siempre está despotricando sobre el Tratado de Versalles, una molestia que puedo entender y que quizá pueda discutirse en un futuro. Pero, al mismo tiempo, siempre está despotricando contra el pueblo judío. Por favor, pregúntele por mí: ¿por qué está en su contra? ¿Qué tiene de malo haber nacido judío?

Observo a mi marido, resistiendo el impulso de reír por su manera de retar las ideas de Hitler, el arribista desagradable desesperado de poder. Este es el hombre con el que me casé, el que está dispuesto a tomar riesgos y hacer declaraciones poco usuales —aunque sean poco ortodoxas o no populares—, si ello sirve a un propósito mayor.

Capítulo veinticuatro

8 de diciembre de 1934
Westerham, Inglaterra

—¿Así que piensas que India estaría mejor gobernada por un nativo inexperto que por un experimentado oficial británico? ¿Solamente por ser indio? —Winston me arroja el anzuelo. Su tono es agudo, como la punta de una espada usada por su ancestro infernal, el primer duque de Marlborough, de quien continúa escribiendo aquella biografía. Intento no estremecerme con sus palabras y, en cambio, miro hacia la ventana del cuarto de bridge de Chartwell, al que Winston y yo nos hemos retirado para jugar una ronda de besigue vespertina.

«¿Cómo es que el hombre liberal con el que me casé puede decir tales cosas?», me pregunto. «¿Cómo es que el hombre que retó la visión antisemita de Hitler puede tener opiniones tan horribles sobre el pueblo indio?». Cada día hago un esfuerzo por esquivar la discusión de asuntos políticos que nos dividen y que podría causar otro enojo de Winston. La lista es larga, y mientras Winston se arraiga más a la perspectiva conservadora, se alarga aún más. Desde la autonomía irlandesa y el gobierno indio, hasta su obsesión por el rearmamento alemán, nuestras ideas no coinciden. Solo en un asunto, el que más me importa, estamos de acuerdo y, por ende, está fuera de discusión: el sufragio femenino.

Pero debo ser igual de cuidadosa para no ahondar en una discusión sobre los niños. Diferimos tremendamente en cuanto a su educación. Mientras que Diana y Sarah nos causan pocas angustias —la primera ya está divorciada, después de un desafortunado matrimonio de un año con un tipo que resultó ser un sinvergüenza, y la segunda, convencida de perseguir una improbable carrera en actuación, centrada en el baile y la música más que en trabajo escénico serio—, Randolph es quien realmente nos divide. Nuestro extraordinariamente orgulloso hijo que ahora trabaja como reportero después de su fracaso en intentar conseguir un título de Oxford, porque se fue a esa desacertada gira de oratoria en Estados Unidos, aparece de forma constante en los periódicos, debido a sus peleas de briago y sus devaneos románticos. Aunque sus esfuerzos periodísticos tienen algo de mérito, Randolph anda prepotentemente por la ciudad en un automóvil con chofer y no gana suficiente para pagar sus cuentas, en particular porque es un jugador regular, lo que me pone nerviosa porque me recuerda a Bill y su hábito insaciable. Apenas hace dos semanas, aunque Winston prometió tratarlo con mano firme, cubrió las deudas de apuestas de Randolph de mil quinientas libras, una fortuna que apenas podemos pagar. «Pero, ¿cómo puedo objetar cuando mi negligencia ayudó a crear a la bestia?», pienso a menudo. Solo mi niña de doce años parece saludable, y estoy casi segura de que se debe a la crianza de Moppet.

Esperando que la tarde sea pacífica, regreso la mirada a nuestro juego de besigue y decido no responder a su provocación, que es lo que quiere, lo sé. Extraña los debates y las tribunas del Parlamento, y aunque yo soy un pobre sustituto, me va a utilizar cuando le sea necesario. Como sus dos compinches favoritos —Brendan Bracken, un soltero solitario expulsado de su familia irlandesa que probablemente esté usando a Winston para obtener alguna ganancia personal que aún no se descubre, y el canadiense magnate de los periódicos, lord Beaverbrook, cuya reputación es tan oscura como su negocio— no han estado disponibles para escuchar sus diatribas políticas, supongo que me considera un blanco adecuado para el debate.

Mientras escucho a medias sus argumentos sobre la cuestión del gobierno indio, observo de tanto en tanto por la ventana el paisaje de Chartwell, mientras pienso que este año cumpliré cincuenta años y que lo más probable sea que los días que me quedan van a alargarse frente a mí en esta precisa forma, caminando constantemente en la cuerda floja de las necesidades de Winston mientras sufro el torbellino de sus emociones. ¿Cuántas veces he llorado con Goonie después de una reunión familiar? Mi único consuelo es que él no entiende cómo me hieren sus comentarios crueles, porque a fin de cuentas aún lo amo y creo en él la mayoría de las veces, y eso me hace vulnerable a sus ataques violentos.

—¿No tienes nada que contestar a eso, verdad, Clemmie? —dice con una nota triunfante en su voz—. Eso te deja sin palabras en este tema, ¿no?

Su boca vuelve a abrirse, lo suficiente para que pueda ver pedazos de bizcocho sobre su lengua y entre sus dientes. Por suerte, alguien toca la puerta del cuarto de bridge. El valet de Winston entra con una charola plateada colmada de sobres, todos para él, sin duda. Incluso en el exilio político solicitan su opinión, aunque los mismos que le suplican no dudarían en cruzárselo en la calle y no dirigirle ni una palabra. Pienso cómo, en nuestros primeros años de matrimonio, usaba el desaire social como una medalla de honor, un indicador de que estábamos persiguiendo las causas liberales justas que despeinaban las plumas de nuestro arrogante círculo; pero por ahora, nuestra marginación, en gran parte, no se debe a la persecución de metas tan nobles.

Comienza a abrir sobres con el cuchillo de untar. Me levanto y me excuso para descansar un momento en mi habitación, pero me dice con brusquedad:

—Clemmie, aquí hay una carta de Moyne.

—¿Cómo? —contesto despreocupada mientras continúo caminando por la habitación. No entiendo qué tiene que ver conmigo esa carta. El heredero de Guinness, lord Moyne, había sido el secretario financiero de Hacienda cuando Winston fue canciller en la década de 1920, y seguía siendo su amigo. No es tan odioso como Beaverbrook y Bracken, pero el cariño público que muestra a su amante, la señorita Vera Broughton, no me resulta placentero. Aparte de eso, Winston y yo pasamos unas deliciosas semanas en un crucero suyo, el *Rosaura*, visitando el Líbano, Siria y Palestina en octubre del año pasado.

—Sí. Nos invita a acompañarlo en una expedición para capturar una lagartija gigante conocida como dragón de Komodo. Quiere que el zoológico de Londres tenga un espécimen.

—Ya veo —digo, aunque no es cierto. El porqué alguien con fondos tan vastos como lord Moyne dedicaría su tiempo y atención a coleccionar un reptil, sin importar lo raro que sea, va más allá de mi entendimiento. No es como si la herpetología fuera el trabajo de su vida. ¿Qué no habrá causas más loables o gente con más necesidad a las cuales pueda prodigar su dinero? Supongo que un hombre como Moyne está en constante necesidad de búsqueda, y su dragón de Komodo debe ser del tamaño de su necesidad actual.

—Una búsqueda extraña, pero se dirigen a las Indias y pasarán ahí cuatro meses.

Me siento a la mesa.

—¿A las Indias, dices?

—Suena como una gran aventura.

—¿Piensas ir? —pregunto con cautela, sin saber qué esperar. ¿Cuatro meses de dichoso silencio mientras Winston navega a solas por el océano Índico? ¿O cuatro meses de sol, viento cálido y de explorar culturas exóticas con Winston a mi lado? De cualquier manera, anhelo un cambio, lejos de la carga que es Chartwell y del demandante, algunas veces polémico, personaje en que Winston se convierte estando aquí.

—¿Cómo podría, Clemmie? —Me dirige ese tono altanero de nuevo—. Mi fecha de entrega está cerca. Y debo mantener el dedo en el pulso de los desarrollos políticos. —Piensa que proteger a Inglaterra es su labor pública, aunque no tenga poder alguno.

—Ah, claro —digo, esperando que mi voz no traicione mi decepción.

—Apuesto a que la Gatita amaría sentarse al sol y ronronear —comenta, y me pregunto si está burlándose de mí. Pero cuando continúa, puedo escuchar ternura en su voz—. La carta dice que te invita a ti si yo estoy muy ocupado.

—¿Eso dice? —me gustaría pedirle que la leyera en voz alta, pero debo ser cuidadosa. Si siente que tengo un fuerte deseo de hacer este viaje sin él, sin importar si ese deseo viene nada más de un anhelo por sentir calidez en este diciembre frío, se sentirá lastimado. Somos parecidos en nuestra sensibilidad.

—Seguramente no pensarías aceptar un viaje tan largo sin mí. —Su voz raya en la petulancia, y entiendo de golpe que soné demasiado entusiasta.

—Claro que no, Winston. La idea jamás se me habría ocurrido si no hubieras mencionado la invitación de Moyne justo ahora. Escuchaste sorpresa en mi voz, nada más.

Winston estudia mi rostro.

—Sé que soy difícil, Gatita, y los próximos meses serán de puro trabajo para mí. Quizá deberías ir. Quizá una gran aventura sea justo lo que necesitas.

Es divertido cómo se tambalea entre una insólita conciencia de sí mismo y su incapacidad de pensar en alguien que no sea él mismo. Aunque aprecio y, en verdad, estoy sorprendida por su oferta, no sé si está siendo honesto.

No contesto, sino que recorro con la punta del zapato el patrón de la alfombra azul debajo de mis pies. Quiero pensar en su propuesta, por muy falsa que sea, a solas. Jugamos una ronda de besigue inusualmente silenciosa y me retiro a mi habitación para mi descanso vespertino cotidiano, aunque siento todo menos ganas de descansar. El domo azul cielo de mi habitación me proporciona un refugio acogedor y me recuesto en mi colcha de seda roja muaré con la esperanza de que, cuando cierre los ojos, mi mente deje de dar vueltas. Como me enseñaron los expertos en mis «curas», respiro para calmarme. Siento curiosidad por cómo Winston siempre está hablando de su depresión de «perro negro», pero soy yo quien en realidad tiene una enfermedad nerviosa. De la cual él, convenientemente, se ha olvidado.

Abro los ojos y mi mirada cae sobre el retrato de Marigold que siempre he mantenido sobre el escritorio de mi alcoba. Aunque casi nunca la menciono —tan es así que, tan solo hace dos años, Mary me preguntó por la identidad de la pequeña niña de la foto—, nunca está ausente de mis pensamientos, en realidad. Con frecuencia me inunda su recuerdo poderoso. Imágenes de Mary y de Marigold pueblan mi mente junto con la habitual autocrítica de mi maternidad. El corazón me late más rápido y la ansiedad y un deseo familiar de salir corriendo se apoderan de mí.

¿Me atreveré a ir a las Indias? He tomado vacaciones a solas, que usualmente son «curas» para mis nervios, ante la insistencia de algún doctor. Vivir con Winston significa que con frecuencia necesito vivir sin él. Pero una excursión de cuatro meses al otro lado de la Tierra es un asunto diferente y apenas en octubre regresamos del crucero *Rosaura*. Odiaría parecer autocomplaciente. Otra clase de madre, una mucho mejor, quizá se preocuparía por el impacto que su ausencia prolongada tendría en su hija, Mary en este caso, pero no soy esa clase de madre. Tiene a Moppet, que la cría mucho mejor que yo. Me preocupa más el efecto en Winston, los enredos en los que podría meterse sin mi estructura e influencia.

Me levanto de mi cama, camino a mi baño y me miro al espejo. ¿Por qué la gente me dice que a medida que envejezco me hago más atractiva? Cuando examino mi rostro de casi cincuenta años, solo veo líneas de preocupación, arrugas provocadas por miedos, la flacidez por haber dado a luz y una cabellera que alguna vez fuera castaña y que ahora tiende al color plata. Es verdad, he mantenido mi figura, y he aprendido a vestirme para sacarle provecho, pero veo una mujer asolada.

De pronto, tomo la decisión. Volviendo a ponerme los zapatos, camino escaleras abajo, hacia el estudio de Winston, que de alguna manera es a la vez cómodo e imponente, con sus techos altos y sus travesaños de madera, donde me reciben hilos de humo de puro a modo de saludo. Alza la mirada del escritorio, sorprendido de verme a esta hora del día.

—He tomado una decisión —anuncio con más confianza de la que siento.

—¿Sobre qué? —Frunce el ceño, confundido. ¿Será que de verdad está perplejo? Entiendo que nunca esperó realmente que aceptara y por eso sacó el asunto de la aventura del dragón de Komodo de su cabeza tan pronto como empezamos a jugar besigue.

Su indiferencia refuerza mi determinación.

—Voy a ir a las Indias.

Capítulo veinticinco

24 de febrero de 1935
Bahía de las Islas, Nueva Zelanda

El viento me despeina el cabello y el sol relativamente suave de la mañana calienta mis mejillas, aun bajo la sombra de mi sombrero de ala ancha. Me pregunto qué estará ocurriendo en Chartwell y cómo se las habrán ingeniado estas ocho semanas que he estado ausente. Apenas una semana antes de Navidad, la familia entera me despidió en la estación de Victoria y me subí al tren a Messina, donde abordé el yate de Moyne, el *Rosaura*. En un principio, subirme al *Rosaura* me recordó cuando abordé el adorado *Enchantress* de Winston, pero ahí se detuvieron las comparaciones. Un festivo y despreocupado ambiente inundaba a todos y a cada ocasión a bordo del *Rosaura* —sin que pudiese insinuarse siquiera un olorcillo a charla política—, y me rendí a ello. Una ligereza que nunca antes había experimentado; sin duda, no la había experimentado en mi propia juventud ansiosa e itinerante. Incluso la culpa de perderme la Navidad se desvanece.

Abro los ojos, entornándolos frente al delicioso sol. La luz al principio me ciega, y con el movimiento de la embarcación mientras sigue su curso por el océano Pacífico, me toma un momento orientarme. Cuando lo logro, veo a Terence, con una gran sonrisa cruzando su bello rostro.

—¿Por qué sonríes? —pregunto, sonriendo yo misma. Encuentro imposible mantener el rostro serio cuando veo sonreír a Terence. Su sonrisa es contagiosa.

—¿No puedo sonreírle a una hermosa *brama*? —Su expresión de asombro se torna maliciosa.

—¡Ay, tú! —Le tiro una toalla encima por decirme en jerga que soy una mujer bella. Es una referencia oblicua a Brahma, la suprema diosa en la mitología hindú y, aunque es geográficamente apropiada, tiene un dejo de lascivia. Hace ocho semanas, cuando abordé el *Rosaura*, me habría marchado enojada e indignada por un comentario de ese tipo. Cómo me ha cambiado el tiempo a bordo de este crucero con Terence.

De pronto camina al barandal y se asoma a la distancia.

—Ven aquí, Clementine, creo que estamos acercándonos a la costa —me llama.

Me levanto de la silla de cubierta y rápidamente me envuelvo la bata alrededor del traje de baño para pararme junto a él. El aire huele a mar y sal, así como a algo nuevo y fragante. Quizá a la flor parecida a la magnolia que he visto que crece en las playas de Nueva Zelanda.

Sin pensarlo, lo tomo del brazo.

—¡Esa es la isla!

Pone su mano sobre la mía.

—Lo es, en efecto.

Nuestras miradas se encuentran y pienso en el momento en que lo conocí. Después de cambiarme en mi camarote tras mi arribo a bordo, entré al comedor para acompañar a mi anfitrión, lord Moyne, y a su amante, lady Vera Broughton, o eso pensé. Cuando entré al salón, no fue Moyne quien me dio la bienvenida, sino el primo más simpático de Moyne, Lee Guinness, y su esposa, Posy. Parecía que lord Moyne no podría acompañarnos por espacio de tres semanas, hasta que llegáramos a Singapur. Supuse que los Guinness y yo seríamos un trío durante esas semanas, y aunque tres puede ser un número incómodo, me consolé con el hecho de que quizá tendría el tiempo a solas que tanto anhelaba. Entonces, un hombre alto, atractivo, entró a la habitación. Mi vieja timidez hizo presa de mí, y cuando me lo presentaron como «Terence Philip, director de la rama de Londres del galerista neoyorkino de arte Knoedler», no supe qué decir. Ya no me ocurre eso.

—¿Deberíamos alistarnos? —Me emociona tomar el bote inflable a la isla desierta, de la que se rumora que tiene playas de arena rosa, creadas por décadas de olas que molieron los exquisitos corales que formaban un anillo alrededor de su costa. La Bahía de las Islas en la que navegamos contiene más de ciento cuarenta islas, y se dice que cada una es más bella que la anterior.

Terence alcanza una botella de champaña de la mesa entre nuestras sillas de cubierta.

—¿Qué tal una copa antes? Tenemos suficiente tiempo y Dios sabe que no necesitaremos los mismos sobrios poderes de concentración que requeriríamos si no hubiéramos sabiamente abandonado la pesca.

La Clementine que zarpó en el *Rosaura* hace más de ocho semanas habría declinado la champaña con el argumento de que es demasiado temprano, y por lo tanto incorrecto. O de estar en Chartwell, habría evitado la champaña porque es muy costosa y por ende un derroche para mi apretado presupuesto. Pero ya no soy esa Clementine. Tomo mi copa de cristal y se la entrego a Terence para que la llene.

«¿Cómo nos hemos acomodado uno con el otro con tanta rapidez?», me pregunto. Normalmente me toma años vencer la barrera de mi naturaleza reservada, e incluso así, solo me he permitido un grupo selecto de amigos. ¿Será que ambos Guinness sucumbieron a las náuseas tan pronto como salimos de Messina y nosotros dos nos quedamos a solas las tres semanas antes de llegar a Singapur? De cualquier manera, para cuando Lee y Posy Guinness desembarcaron en Singapur y lord Moyne se nos unió, así como su amante, Vera, Terence y yo ya éramos tan unidos como dos cómplices de robo. Habíamos pasado un sinnúmero de horas a solas, nadando en la alberca ensamblada sobre la cubierta, cenando en el salón y hablando mientras mirábamos pasar la vasta extensión de océano. Cuando nuestros anfitriones por fin se encontraron con nosotros —y generalmente se pasaban el día en sus búsquedas personales—, exploramos, por cuenta propia, Borneo, Nueva Guinea, el río Eilanden aún no mapeado, la costa este de Australia, donde todos los puntos geográficos hacen referencia al capitán Cook, y los géiseres de Rotorua. Terence, nacido en Rusia y criado como inglés, era un culto sibarita con una vasta red de conocidos y amigos y ningún interés en la política. Por primera vez en décadas escuché cuentos entretenidos sobre la cultura y la sociedad contados por un hombre de corazón ligero, que me inspiró a ser de la misma forma.

Tras terminar nuestra champaña y arreglarnos para nuestra excursión, en la que decididamente no vamos a pescar, Terence y yo nos encontramos en el bote inflable del *Rosaura*. Más temprano, cuando atracamos en un punto diferente de la costa, el buque nodriza más grande partió para llevar a los entusiastas pescadores, Moyne y Vera, de vuelta a Deep Water Cove, una extensión de costa en la Bahía de las Islas conocida por su abundancia de tiburones mako, una presa a la altura de nuestros anfitriones. Después de nuestra experiencia con ellos ayer —en la cual Terence y yo no solo fracasamos en pescar cualquier cosa mayor a una sardina, sino que también sufrimos una náusea paralizante con el bamboleo del bote—, juramos no volver a pescar por el resto del viaje.

Nos subimos a bordo del bote inflable y saludamos al copiloto del *Rosaura*, quien nos conduce a la isla sin nombre. El pequeño bote está lleno de canastas de comida para nuestro almuerzo, sillas de cubierta dobladas, cobijas y dos paraguas, y Terence y yo debemos apretarnos para caber sobre el banquillo. El motor hace demasiado ruido para que hablemos, pero, de cualquier forma, no estoy segura de que pudiera hablar. En el pequeño espacio del bote inflable nuestros muslos se rozan, y como la tela de mi vestido es delgada, puedo sentir su piel contra la mía. Experimento una ola de deseo.

Mi cuerpo retrocede de forma instintiva frente a esta oleada de emoción y necesidad física. ¿Cómo puede ser que reaccione con tanta fuerza por Terence y al mismo tiempo condene a aquellos culpables de tener aventuras extramaritales? Quizá he sido demasiado dura al juzgar el comportamiento de otros. Me siento confundida, angustiada y culpable cuando esos pensamientos cruzan por mi cabeza, aunque no haya tomado acción alguna. Pero me pregunto: ¿solo se cruza la línea de la infidelidad cuando uno participa en sus fantasías?

Molesta, me alejo de Terence y me acerco al borde del bote inflable. Me aferro a uno de sus lados, mientras nos acercamos a la isla y observamos nuestro destino, como si estuviera buscando una mejor perspectiva. Cuando se materializa la manchita en medio de la vasta bahía azul celeste, la isla le hace justicia a su reputación. Playas rosadas rodean una montaña solitaria alfombrada de terciopelo verde, circundada por agua de un azul tan vibrante que su color desafía la descripción.

El motor de la barca se detiene, aunque todavía estamos a una distancia considerable de la playa. El copiloto nos observa.

—Señor, señora, esto es lo más cerca que podemos llegar en estas aguas superficiales.

Mientras nuestro piloto llena el barquito portable en el que podemos arrastrar nuestro picnic y nuestras herramientas para la costa, Terence se dobla los pantalones y brinca fuera de la barca. Está metido hasta las rodillas en agua de mar cristalina y puedo ver el vello de sus piernas tan claramente como si tuviera una lupa encima. Extiende la mano hacia mí, y dice:

—Acompáñame, Clementine. ¡Está más tibia que una bañera!

Me quito los zapatos, los meto a mi bolso, le hago un nudo a mi falda y tomo su mano. Brinco hacia el agua turquesa, y su cualidad balsámica hace que me carcajee ruidosamente. ¿Cómo es posible esta temperatura? Es como si el valet de Winston hubiera hervido agua y la hubiese dejado caer al Pacífico.

Vadeamos el agua superficial hasta que alcanzamos la costa. Para cuando nuestros pies tocan la suave arena, el picnic ya está instalado en una manta debajo de una sombrilla, y las sillas de cubierta han sido arregladas debajo de la sombra de la segunda sombrilla.

Cualquier tentáculo de ansiedad y preocupación que me hubiera seguido hasta acá desde Londres, se desvanece. Inhalo profundo, pensando cómo este santuario etéreo parece una realidad, mientras que Chartwell, Winston, los niños y la política parecen solamente un sueño. Si tan solo pudiera residir en este espacio para siempre.

Susurro:

—Así ha de ser el cielo.

Debo haber hablado más alto de lo que quería, porque el copiloto, sudando por el esfuerzo de acomodar nuestro picnic, responde:

—Así es, señora. Así es. Regresaré por ustedes en tres horas.

Tres horas no son suficiente tiempo en este paraíso. Dejo caer mi bolso sobre la silla y me siento frente a la comida. De pronto estoy vorazmente hambrienta y comienzo a comer la papaya rebanada. Terence se deja caer a mi lado y se acerca para tomar un pedazo de la fruta tropical.

—Luce deliciosa.

—Lo está —contesto, con jugo resbalando por las comisuras de mi boca. No me molesto en limpiarla. Pronto se encargará de ello el agua del mar.

Sin esperar a que Terence termine me quito el vestido, lo coloco en la silla al lado de mi bolso y regreso al agua en mi traje de baño. En minutos está nadando a mi lado y comenzamos un juego divertido de clavarnos a buscar conchas. El agua es casi invisible si se le ve de cerca, y fácilmente encontramos un montón de berberechos, caracoles, lapas, conchas circulares, moluscos y mejillones. Nuestras manos se llenan y decidimos tomar un descanso para organizar nuestros tesoros.

El sol brillante nos seca en minutos mientras construimos un gran montículo de conchas que llevaremos de vuelta al barco. Damos un paseo por la arena color pastel, levantando ramas delicadas de coral blanco seco, mientras que los albatros vuelan por encima de nosotros.

—¿Cómo comparas esta isla con las otras que hemos visto en nuestro viaje? —me pregunta Terence.

—Sin duda, por mucho, esta es la más gloriosa. —Me detengo un momento, preguntándome si debería decir en voz alta lo que estoy pensando—. No quisiera irme nunca.

El siempre amable Terence se ríe.

—Pienso que sin el *Rosaura* mandándonos provisiones nos quedaríamos sin comida. Y el *Rosaura* no se quedará aquí para siempre.

Por primera vez no me río con él. Sé que mi deseo es imposible, y aun así desearía quedar congelada en este momento. Vivir con estos parámetros exquisitos eternamente, con Terence a mi lado. Me hace sentir amor y respeto por mi propia persona; no por lo que soy capaz de hacer por él ni por lo que quiere que yo sea. Es una clase de amor y admiración distinta a la que Winston siente por mí. Y bajo su mirada me siento una nueva persona.

Camino de vuelta a las sillas, me pongo mi sombrero de ala ancha y me recuesto. ¿Cómo será posible volver a mi antigua existencia después de esta dicha, por muy irreal que sea? ¿Pero cómo sería posible abandonar a Winston jamás?

Unos minutos después, Terence se sienta en el borde de la silla y me observa.

—Si fueras una escultura, podría venderte por una fortuna —murmura, haciendo que me tiemble el cuerpo.

Una respuesta inteligente comienza a formarse en mis labios, pero en cambio, me inclino hacia él. Nunca antes he pensado en otro hombre de esta forma. Solo en Winston. Cerrando los ojos, inclino mi rostro hacia el suyo para besarlo.

Recibo a cambio una caricia sobre mis mejillas y no sus labios sobre los míos. Mis ojos se abren. ¿Está rechazando mi propuesta? Pensé que la conexión entre nosotros era fuerte y mutua, pero ahora me siento enferma, y no solo porque no es recíproco. ¿Cómo pude haber pensado en iniciar algo con Terence? Me he convertido en la gente que odio.

—Ay, querida Clementine. —Acaricia mi mejilla con ternura, como si fuera un niño—. No soy el tipo de hombre que se casa.

«El tipo de hombre que se casa». ¿Qué quiere decir eso? Ya sé que es un soltero empedernido. Creo que entiendo su eufemismo de golpe. ¿Podría significar que prefiere como compañeros a los hombres que a las mujeres? Nunca sintió por mí lo que yo sentí por él. ¿Cómo pude estar tan ciega? Soy una tonta.

Mi rostro seguramente traiciona confusión, angustia y humillación, porque, con un fuerte tono de disculpa, me dice:

—Pensé que sabías.

—No lo sabía. —Las mejillas me arden como si estuviera parada directamente debajo del sol australiano, más que bajo la sombra de un paraguas—. Hiciste que me gustaras, Terence.

—Y tú hiciste que tú me gustaras. —Su sonrisa es cálida y abierta, como si nada vergonzoso hubiera ocurrido entre los dos—. Y no es difícil, Clementine. Eres hermosa, ingeniosa, divertida y valiente. Y te amo, a mi manera. Si fuera del tipo de hombre que se casa, tú serías la mujer con la que me casaría.

Sus palabras son un pequeño consuelo a su falta de habilidad para ser completamente recíproco con mis sentimientos. Y, aun así, mientras me sonríe, la calidez de su admiración se esparce en mi interior, y entiendo que quizá lo que más adoro de Terence es la mujer audaz y exuberante en que me convierto en su compañía, una mujer que no está atrapada en las necesidades de otros y no se apresura a juzgar a los demás. Y eso es algo que puedo llevar conmigo a casa.

Capítulo veintiséis

30 de abril de 1935
Westerham, Inglaterra

A través de la ventana del auto empapada de lluvia puedo ver la excavadora mecánica. ¿Qué diablos está haciendo aquí? Su presencia incongruente entre el familiar paisaje verde de Chartwell me asombra hasta que recuerdo un detalle engorroso. ¿No lo mencionó Winston en uno de sus «boletines de Chartwell» que envió durante mi viaje? Estudié el primer boletín con interés, pero para cuando el segundo boletín llegó, apenas lo leí. La magia combinada del *Rosaura* y de Terence ya me había transportado a otro reino para ese entonces y no quise que las ataduras del hogar me restringieran.

«Qué increíble me parece el viaje ahora, contra el paisaje lluvioso del Londres grisáceo», pienso. Casi tan poco real como Chartwell me pareció mientras cruzaba los océanos Pacífico e Índico. ¿Cómo voy a lograr regresar a casa y continuar siendo de forma genuina la persona en que me convertí?

El sonido de llantas sobre la grava aumenta mientras nos acercamos a la puerta delantera de Chartwell. Me había preparado para sentir ansiedad creciente mientras nos acercáramos, pero luché con ese viejo demonio con respiraciones para calmarme y recuerdos del sol brillante. Para cuando el chofer abre mi puerta del auto y Winston y una Mary mucho más alta salen corriendo de Chartwell para saludarme, mis nervios y mi voluntad son lo suficientemente fuertes para sobrevivir el ataque y todo lo que tal vez le siga.

Cuando mi bellísima hija de doce años corre hacia mí, tengo un recuerdo horrible del momento en que regresé a casa de Egipto y Marigold no me reconoció, y me siento enferma. ¿Qué he hecho al dejar a mi dulce hija durante cuatro meses, por razones puramente egoístas? ¿Cómo se sentirá con respecto a las frecuentes ausencias de su madre? ¿Me irá a abrazar siquiera?

—Mami, mami, ¡regresaste a casa! —grita Mary, con lágrimas de alivio en los ojos.

—Por supuesto, mi amor. Claro que volví. —Las lágrimas caen por mis mejillas y estoy inmensamente agradecida por su afecto continuo frente a mi abandono. ¿A qué precio compré mi paz mental?

Mientras retiro mis brazos de su cuerpo nervioso, Mary se vuelve hacia Moppet, con quien cruzo un gesto de agradecimiento, aunque no puedo negar la punzada de celos. Si bien tomé la decisión de poner a Mary al cuidado de Moppet, no puedo evitar sentir un poco de envidia por su vínculo. ¿Tendré algún día esa clase de conexión con mis hijos? ¿Por qué no pude ser el tipo de madre satisfecha con la crianza? ¿En qué punto me elevaré por encima de mi propia infancia sin madre y daré lo que yo no recibí?

Winston se apresura a alcanzarnos y me envuelve en sus brazos.

—Ay, Gatita, no puedes imaginar cómo te he extrañado. Me preocupaba que nuestra vida doméstica pudiera parecer pálida a la luz de tus viajes exóticos, y… y… —tartamudea las palabras finales— temí que quizá no volvieras.

—Ay, mi querido señor Pug, anhelaba estar entre tus brazos. —Al decir esto caigo en cuenta de que es verdad. Este sentimiento me alivia. No estaba segura de que así me sentiría.

Exhala aliviado y dice:

—Estaba esperando que dijeras eso.

—¿Cómo están Randolph y las niñas?

Apunta a una ventana en el segundo piso, donde puedo ver una silueta desgarbada.

—Randolph todavía está recuperándose de la tuberculosis. La tos permanece y tiene poca energía, pero estará bien. —Baja la voz—. Por lo menos, cuando se enferma no hace desastres.

—Pequeñas bondades —me río—. En un momento más subo a verlo. ¿Qué hay de Sarah y Diana? —La ausencia de las niñas es notoria. Winston me dijo durante mi viaje que al fin se completó el divorcio de Diana, y no soy tan ingenua como para pensar que mi presencia le habría ayudado a sobrellevar ese momento difícil. Su personalidad pasiva siempre ha chocado con la mía, y estoy segura de que Moppet, cuya presencia siempre ha servido como cobijo reconfortante para mis hijos, proveyó un apoyo superior para Diana en los juzgados y en los días que le siguieron.

—Sarah debería volver de su clase de baile en cualquier momento. Quería faltar para recibirte, pero no sabíamos exactamente a qué hora llegarías, así que le dije que fuera. Diana está en la ciudad con un amigo. —Vuelve a bajar la voz cuando menciona el amigo de Diana, pero por ahora ignoro el asunto. ¿Este amigo es un joven? ¿Subestimé las razones detrás del divorcio de mi hija cuando las atribuí exclusivamente a la personalidad voluble del exesposo? Habrá suficiente tiempo para que Winston y yo discutamos esto después.

Mary nos mira atentamente con los ojos bien abiertos. Dejo la mano de Winston, camino hacia ella, suelto sus dedos de los de Moppet y los uno a los míos. Debo reclamarla de regreso, al menos por este momento.

—Estoy muy feliz de estar en casa contigo de nuevo. No puedo esperar a escuchar todo lo que has hecho. —Quizá este sea el momento de comenzar a forjar un vínculo más cercano con mi hija. ¿Qué estoy esperando?

Winston nos guía al interior de la casa y yo pienso en el telegrama que le envié en la última parada del *Rosaura*, en Bali. No quería gastar más de un minuto del tiempo que me quedaba escribiéndole una carta, así que redacté un telegrama apresurado sobre que estaba perdida en el Pacífico. ¿Cómo pude ser tan frívola en mis intercambios, tan insensible a las necesidades de estas almas expectantes, Mary y Winston? «Y aun así», pienso en silencio mientras Winston me da una vuelta por la casa y la propiedad para exhibir sus proyectos, «son las incesantes necesidades de Winston las que me orillaron a hacer este viaje». Me recuerdo de ser cautelosa al reingresar a mi antigua vida.

Pensar en Bali me aparta de lo que me rodea. Después de la emoción de capturar cinco dragones de Komodo —la aparente razón detrás del viaje de Moyne— hicimos una última parada en la legendaria isla de Indonesia. El interior de terracería color esmeralda estaba lleno de templos como pagodas, o *pura*, y rodeado de aguas turquesas y arena dorada; le hizo justicia a su reputación encantadora. La única decepción fue que, aunque aún estaba relativamente intacta, los turistas habían «descubierto» la isla hace poco, y el idioma inglés podía escucharse incluso en las villas más remotas.

Nuestra última noche, Terence y yo nos sentamos junto a Moyne y Vera para mirar un baile balinés tradicional. Contra el paisaje de hombres bien esculpidos, a medio vestir, tocando la percusión balinesa llamada gamelán, bellísimas jóvenes nativas comenzaron una serie de tradicionales bailes intrincados, con movimientos exóticos que al mismo tiempo arrullaban y estremecían. Pero la cabaña ceremonial estaba lejos del aire de la costa y los cuerpos y el fuego hacían que la habitación fuera sofocante. Terence notó que estaba abanicándome y me preguntó si quería salir a tomar aire.

Salimos de la cabaña y seguimos las antorchas hasta el angosto barandal del peñasco que lleva a la playa. La brisa era refrescante y me quité el sombrero, dejando que el aire me alborotara el cabello y enfriara mi frente. Olas gigantescas se estrellaban en la playa y una luna casi llena iluminaba la escena. Era un paisaje inimaginablemente romántico para caminar con un hombre con quien el romance no era posible. Casi me reí en voz alta por la incongruencia, pero no me lo permití. Terence y yo habíamos superado nuestro momento incómodo para llegar a una amistad más auténtica, pero no sabía cómo se sentiría sobre una referencia tan franca hacia sus preferencias sexuales.

—¿Te gustaría caminar? —me preguntó.

—Me encantaría. —De hecho, anhelaba meterme a las frescas aguas del Pacífico, pero quitarme el vestido y nadar en ropa interior era poco apropiado, incluso con Terence. Aun así, no había nada de malo en dar un paseo descalza por la orilla, donde el océano se encuentra con la arena, así que pregunté: —¿Caminamos por la orilla del agua?

—Siempre tienes las mejores ocurrencias —dijo él, y nos quitamos los zapatos.

Caminamos por un rato en un silencio cómplice, hasta que dijo:

—¿Puedo hacerte una pregunta personal?

Casi me carcajeo por su pregunta. No hablamos más que de temas personales. Las últimas quince semanas compartí historias sobre mi juventud, así como sobre mis preocupaciones al respecto de mis hijos, temas que por lo general solo compartiría con Goonie o Nellie. La única excepción en nuestras conversaciones fue Winston; nunca mencioné a mi esposo, y Terence nunca me preguntó por él.

Reduje mi reacción a una risita y respondí:

—Siento que hay muy pocos temas de los cuales no hayamos hablado.

Sonrió y dijo:

—Tomo eso como un «sí», entonces. ¿Por qué hiciste este viaje?

—Para capturar dragones de Komodo, por supuesto —dije mi respuesta con un rostro serio, pero en segundos estábamos riéndonos histéricamente frente al recuerdo de la larga y agotadora espera a que el dragón saliera de su cueva hacia el cadáver de cabra en la trampa que desplegamos sobre un paso alto y espinoso, bajo el sol caliente. Después, nos confesamos el uno al otro que el infame dragón de Komodo había sido la última de las razones para hacer este viaje, incluso antes de saber lo asqueroso que sería el proceso para capturarlo.

—En serio —insistió con un tono serio que nunca antes había escuchado en él.

Me pregunté cómo responderle. No me molestaba discutir con Terence el tema de mi matrimonio, pero no estaba segura de querer ahondar en la idea de Winston y sus demandas con tan solo unas cuantas semanas más de libertad.

—En mi vida real, a veces la presión crece de manera desmesurada.

—¿Y quién o qué causa esa presión?

—Con frecuencia, yo misma. Tengo estándares inalcanzables, como creo que ya te has dado cuenta.

—Estándares que admiro —contestó, pero no dudó en seguir su interrogatorio—. Creo que sabes lo que estoy preguntando, Clementine.

—Eres persistente, Terence —suspiré—. Aquí, contigo, encontré la paz para escuchar mi propia voz. No está ahogada por el rugido de las exigencias de otros. —Una vez que abrí la puerta para hablar de Winston, encontré que no sabía cómo cerrarla. Y todas mis batallas maritales y de crianza comenzaron a desbordarse.

Cuando hube acabado, Terence me tomó de los hombros gentilmente y dijo:

—Clementine, eres una mujer sabia y bella con mucho que ofrecerle al mundo. Puedes hacer tu propio camino; no necesitas quedarte en el que estás. No es un castigo por tus pecados imaginarios de negligencia. Puedes ser feliz.

Mientras me envolvía en sus brazos en un despliegue de apoyo, susurré:

—Ay, Terence, no creo que vaya a tener un final feliz a menos que sea yo misma quien lo escriba.

Subimos por la empinada escalera alumbrada por antorchas hacia la cabaña ceremonial. En la cima, una mujer trigueña y arrugada estaba de pie con un pájaro gris en la mano. Varios pájaros similares en jaulas de mimbre rodeaban sus pies. Supuse que estaban en venta y esta era su tienda improvisada.

Terence se acercó al pájaro y lo acarició suavemente con un dedo.

—Bellísimo, ¿no crees? —me preguntó.

La criatura no relucía como otros pájaros tropicales que nos habíamos encontrado, y primero me pregunté por qué Terence se sentiría tan atraído hacia él. Pero al caminar hacia el pájaro, noté que sus patas eran de color coral brillante, sus plumas gris plata, la panza coloreada de carmín, y que tenía un sutil parche de plumas negras y blancas que rodeaba su garganta como si fuera un collar.

—Sí, lo es —le respondí—. ¿Qué clase de pájaro es?

—Una paloma. ¿Sabías que en el Cercano Oriente y en el Mediterráneo las palomas se usan en las obras de arte como símbolos de varias diosas, como las diosas romanas Venus y Fortuna? Pero en la iconografía cristiana, la paloma representa al Espíritu Santo o a la paz —dijo, recordándome que Terence tenía una vida fuera de esta, y que en ella era un renombrado consejero de arte entre la gente rica. Algunas veces me olvidaba de esa vida, justo como a veces me olvidaba de la mía.

Antes de que pudiera responder, metió la mano a su bolsillo y sacó algo de dinero para la mujer. Ella intentó darle una de las palomas enjauladas, pero él negó con la cabeza y apuntó al pájaro que tenía en la mano. Ella dudó por un momento, hasta que él le ofreció más monedas y ella cedió. Mientras la mujer colocaba la paloma a regañadientes en una de las cajas vacías, me pregunté si sería su mascota personal.

—No me parecías un amante de los animales, Terence —dije mientras nos alejábamos caminando.

—No es para mí, Clementine, sino para ti.

—¿Para mí?

—Sí, quiero enviarte a tu hogar en Londres con un recordatorio de la paz que has alcanzado en este viaje. Un recordatorio de la persona que eres en realidad.

—Clemmie, ¿escuchaste lo que dije sobre la excavadora? —me pregunta Winston.

Estamos de pie frente a la excavadora, metidos en un gran hoyo cerca del lago y por un momento me desoriento y me pregunto cómo llegamos aquí. Entonces entiendo que mientras paseábamos por Chartwell y sus alrededores mi mente estaba en otro lado, en mis recuerdos de Bali.

De pronto recuerdo la paloma de Bali, a la que me esforcé en cuidar en su jaula de mimbre mientras hacíamos el largo viaje a casa. Pero la última vez que recuerdo haberla visto fue en el tren. ¿O la tenía conmigo en el auto que abordé en la estación? «Ay, no, ¿dónde la dejé?».

Sin decir una palabra a Winston, Mary o Moppet, corro a través de la propiedad hacia el camino circular frente a la casa. Para mi gran alivio, el auto sigue en la entrada, pues el servicio sigue desempacando mis maletas. Al abrir la puerta del pasajero suspiro al ver a la paloma de Bali sentada en su jaula en el asiento trasero.

Me sigue un sonido de pasos y zapatos sobre la grava, y volteo para ver a Winston, Mary y Moppet corriendo por el acceso.

—¿Qué ocurre, Clemmie? —me grita Winston, tomando aire.

Sostengo en lo alto la jaula de mimbre, como si fuera un trofeo.

—Pensé que la había perdido.

Mary corre hacia el pájaro, que bajo a su altura para que pueda verlo. La paloma canta cucurrucucú, y ella suelta una risita.

—Le caes bien —le digo.

—Es preciosa, mami —dice Mary, y veo recelo en la mirada de Moppet. Tiene todo el derecho de dudar de mis despliegues de cariño hacia Mary, pero no puedo evitar resentirlo un poco.

Winston se acerca a la jaula y se asoma. Para mi sorpresa, la paloma se inclina hacia él.

—Mira, he ahí un animal educado —declara con una risita.

Winston, Mary y Moppet caminan hacia el interior de la casa y yo los sigo susurrándole a la paloma entre las delgadas barras de la jaula de mimbre:

—Creo que me ayudarás a escribir mi final feliz.

CUARTA PARTE

Capítulo veintisiete

1º de septiembre de 1939
Londres, Inglaterra

Miro hacia abajo por encima del barandal de madera tallada, hacia los procesos en la planta baja de la Cámara de los Comunes. Estoy sentada justo enfrente de la Galería de los Extraños, destinada a aquellos que están viendo hacia la planta baja, pero que no son miembros ni equipo del Parlamento. Me pregunto por este peculiar nombre para el recinto de visitantes. ¿Cómo puedo ser extraña a estos procesos cuando gran parte de los cuatro años que han pasado desde que estuve a bordo del *Rosaura* he estado concentrada en la trascendencia de los asuntos que se debaten en el piso de los Comunes, debajo de mis pies?

Winston se aclara la garganta y cala su puro. Aunque lleva años fuera del poder y sin posición política alguna —excluido y vapuleado por sus opiniones, de hecho—, parece bastante calmado mientras los miembros de la Cámara lo miran y esperan respetuosamente a que hable. Soy yo quien desborda energía nerviosa mientras esperamos que se desenvuelvan los eventos de la planta baja. El acto que Winston lleva años prediciendo por fin ha empezado: Hitler ha congregado a las fuerzas que en secreto estuvo reuniendo para conquistar y asolar Polonia. Qué distinta es esta recepción de las burlas y los abucheos que recibió del primer ministro Chamberlain y sus compinches los últimos dos años, y del primer ministro Baldwin y su séquito los años antes de eso. Estaban determinados a apaciguar a Hitler sin importar el costo, incluso cuando Alemania violó el Tratado de Versalles y demostró con descaro su agresión contra Austria y después Checoslovaquia. No querían escuchar la verdad que Winston desnudó y desplegó frente a ellos.

Uno pensaría que a estas alturas me habría acostumbrado a las burlas, tras tantos años con un esposo que abogó por posiciones poco populares —su rígida postura de mantener a India bajo el mandato imperial, por ejemplo, o su apoyo al derecho del rey Eduardo VIII de mantener el trono aunque planeara casarse con la doblemente divorciada Wallis Simpson, como un igual—. Pero nunca ha sido sencillo ver a mi esposo ridiculizado, en particular cuando estoy por completo de acuerdo con las perspectivas que tiene Winston hoy aquí sobre el mal de los nazis y su llamado a un rearmamento. Desde que yo misma atestigüé el alzamiento de los soldados de las SA de Hitler fuera de los campos de Múnich, me ha parecido incomprensible la postura de pasividad británica. No puedo entender cómo, en la reunión de Chamberlain con Hitler y Mussolini en septiembre pasado justo después del *Anschluss*, el primer ministro sacrificó Checoslovaquia a cambio de la promesa de Hitler de no volver a exigir territorio alguno —solo para ver las tropas de Hitler invadir Checoslovaquia seis meses después y a los ejércitos de Mussolini tomar Albania en seguida—. ¿Cómo es que esto no le demostró al pueblo de Inglaterra la agresividad de las intenciones de Hitler? ¿Qué otra prueba necesitaban?

Viendo hoy la Cámara de los Comunes, parece ser que necesitaban que el tirano invadiera Polonia —que Gran Bretaña estaba obligada a defender por un tratado—, para que pudieran entender por fin el punto de vista de Winston. Incluso, recientemente, tan reciente como la semana pasada, cuando se anunció el pacto de no agresión entre alemanes y soviéticos y se hicieron planes para evacuar a los niños de Londres, el gobierno no estaba preparado para tomar acción. ¿Qué han estado haciendo estos supuestos líderes los últimos años mientras Winston y yo reuníamos información sobre Hitler, además de hacerse los ciegos ante los incansables esfuerzos de Winston para que pudieran ver la verdad? Después de que Mussolini invadió Abisinia en octubre de 1935, y después de que Hitler desafió el Tratado de Versalles en marzo de 1936, Chartwell se convirtió en un refugio para quienes compartían nuestra perspectiva. Winston reclutó al profesor Frederick Lindemann de la Universidad de Oxford para proveer la información necesaria para sus discursos y artículos; y Ralph Wigram, un adorable joven cuya desilusión al respecto de estos terribles momentos lo llevó a la muerte hace casi dos años, nos proporcionó información con un gran riesgo para sí mismo y su puesto en la oficina de Relaciones Internacionales. Incluso recluté a mi prima, la periodista Shiela Grant Duff, para que nos enviara información importante desde su puesto en Praga. También invitamos a gente que pensara igual: oficiales militares, servidores públicos, periodistas y empresarios, todos telefoneaban, llegaban y se encontraban con nosotros a cualquier hora como parte de nuestro esfuerzo por demostrar los planes nazis a nuestros reticentes compatriotas. Cuando la situación se tornó demasiado agobiante —o el estrés de los chicos creció demasiado o la depresión «perro negro» de Winston (como él mismo la llamaba) por los sucesos internacionales y su impotencia hizo que crecieran mis angustias personales—, me excusé para tomar unas vacaciones o hacer un viaje restaurador en las montañas, en Zürs, Austria, al menos hasta que ocurriera el *Anschluss*. Haría todo lo que fuera necesario para evitar volver a caer en el agotamiento nervioso de los años anteriores. Una vez más, había demasiado en riesgo.

Sin embargo, sin importar con cuánta frecuencia y ahínco Winston hubiera recordado estas amenazas en la Casa de los Comunes los líderes ingleses se habían rehusado a escuchar. Frente a las crecientes pruebas de las intenciones de Hitler, ellos insistían en mantener una firme «amistad» con los monstruosos alemanes.

Y no solo el gobierno sostenía esta perspectiva, sino también nuestros supuestos amigos. Apenas este último enero, mientras yo estaba en un viaje muy distinto a bordo del *Rosaura*, atravesando las hermosas pero pobres Antillas Francesas —lo que incentivó mi sensibilidad liberal—, las opiniones de Winston fueron fervientemente atacadas por lady Broughton, quien dijo que instigaban a la guerra, y muchos otros invitados estuvieron de acuerdo con su postura. Yo no soporté estar un momento más a bordo con esos idiotas miopes, así que tras informárselo a mi anfitrión, Walter Moyne, fui a la costa de Barbados y compré un pasaje a casa en el *SS Cuba* al día siguiente.

¿Será que este apaciguamiento por fin cambiará ahora que Hitler ha metido su nariz en Inglaterra al invadir Polonia de forma tan descarada?

Devuelvo mi atención a la habitación a mis pies. Los murmullos crecen en volumen y las miradas a Winston a través del mar de sillas y banquillos de asientos verdes se hacen más numerosas. Aun así, como planeamos, no se levanta a hablar. Winston va a esperar a que Chamberlain dé su discurso. Mientras más tiempo pase y más crezca la inquietud, más claro será que Chamberlain no tiene lo necesario para hacer el trabajo. Esa es precisamente nuestra intención.

Desearía poder apretar la mano de Mary mientras espero. Es curioso cómo me siento conectada a mi hija más pequeña, pese al hecho de que Moppet la ha criado en mi lugar. Quizá sea por eso. ¿Será que el esfuerzo que hago para hacer un viaje anual para esquiar con ella haya contribuido a esta sensación? Pese a la tensa atmósfera a mi alrededor en la Casa de los Comunes, y el conflicto que se acumula en mi estómago, me sonrío a mí misma, pensando en Mary, de ojos grandes, y en mí esquiando en las brillantes colinas alpinas, a mil quinientos metros de altura entre las nubes.

Algunas veces la hija única de Jack y Goonie, Clarissa, o Judy, la hija de mi prima Venetia, nos acompañan —o incluso, ocasionalmente, Diana y su esposo, Duncan Sandys, o Sarah—, pero la mayoría de las veces solo somos nosotras dos, deslizándonos por las montañas o relajándonos frente al fuego en el cómodo alojamiento.

Sin importar la razón, siento un vínculo con Mary que nunca sentí con los pobres Diana, Sarah o Randolph, quienes continúan en sus problemáticos estados: Diana, inclinada hacia lo doméstico, la única que parece apenas contenta en su segundo matrimonio, pero cuya naturaleza delicada requiere una constante atención que el horario parlamentario de Duncan no permite; Sarah, aspirante a actriz, infelizmente casada con el actor austriaco Vic Oliver, con quien se fugó tres años atrás, cuando Winston y yo condenamos la unión con el actor ambulante, dieciocho años mayor que ella; y el siempre problemático Randolph, que aun bebe de más y cuya actitud orgullosa no ha sido apaciguada por sus tres intentos fallidos en un cargo político, ni por su posición marginal y mal pagada como periodista. Estoy cosechando lo que sembré.

Al fin el primer ministro se levanta y dice:

—No propongo decir muchas palabras esta noche. Ha llegado el momento en que se requiere más acción que discurso… En los albores de esta mañana, el canciller alemán emitió una proclama al ejército alemán, que indicó que estaba por atacar Polonia. Nadie puede decir que el gobierno pudo hacer más para intentar mantener abierto el camino a un acuerdo honorable y equitativo en la disputa entre Alemania y Polonia. Tampoco hemos sido negligentes de ninguna forma en dejar claro como el agua al gobierno alemán que, si ellos insisten en usar la fuerza de la manera en que la han usado en el pasado, estamos resueltos a oponernos con el uso de la fuerza.

Mientras Chamberlain continúa, escucho un rumor que cada vez se hace más alto. Lo reconozco por el sinnúmero de discursos poco populares que Winston ha dado; es el sonido del descontento. Se preguntan, como lo hago yo, por qué Chamberlain no está haciendo un llamado a la guerra. ¿Por qué estamos escuchando más explicaciones y excusas?

Chamberlain regresa a su lugar y los líderes de los dos partidos opositores, el del trabajo y los liberales, cada uno da un discurso en apoyo a la acción gubernamental. Incluso después de que se propone una moción especial a la Cámara de los Comunes para que se autoricen quinientos millones de libras para la guerra y la moción queda votada de manera unánime, el primer ministro no declara la guerra. «¿Qué está esperando Chamberlain?», me pregunto.

Crecen las miradas veladas en dirección a Winston. Estos políticos charlatanes están habituados a que mi igualmente locuaz esposo diga lo que piensa. No pueden creer que siga sentado. Pero mi esposo se mantiene en silencio, calando su puro. El silencio es calculado —y difícil de mantener, conociendo a Winston—, y está pensado para evidenciar con audacia la debilidad de Chamberlain.

Habíamos decidido que esperara a que estuviera a punto de cerrar el piso, sin importar qué tan tarde o qué tan hambriento estuviera, antes de salir. Pero no debería esperar a que Chamberlain llamara a finalizar la reunión. Debe caminar justo antes de que la reunión termine —muy lentamente pero resuelto—, para demostrar el fracaso del primer ministro. Observo cómo, por primera vez, Winston sigue las instrucciones al pie de la letra.

—Por Dios, ¿no tiene valor este hombre?

—Tras ser indulgente con Hitler durante tantos años, le está costando cambiar la dirección.

—¿Incluso tras el ataque a Polonia? ¿Cómo puede ser tan cobarde?

He estado escuchando este tipo de discusión por espacio de una hora. Tras terminar la sesión en la Cámara de los Comunes, los miembros del Parlamento, Anthony Eden, Alfred Duff Cooper, Bob Boothby, Brendan Bracken y el esposo de Diana, Duncan, se han reunido en nuestro departamento en Morpeth Mansions, un espacio de ladrillos y dos pisos, cerca del Parlamento. Aunque algunas veces batallamos para mantener el departamento con el dinero que Winston recibe de sus libros y artículos, ambos continuamos rentando el domicilio de tres habitaciones de Londres, completo con comedor, salón, cocina, estudio y cuarto de secretario, desde 1930, y los últimos años se ha convertido en un lugar de reunión para la gente que piensa como nosotros.

El escándalo de los hombres aquí reunidos hoy es igual al mío. Winston ha estado presentando pruebas de la agresividad de Hitler por espacio de años, y una cosa había sido que Chamberlain las ignorara entonces, ¿pero cómo podía no declarar la guerra ahora? Estoy agotada de toda esta discusión.

Me levanto de la mesa y miro por la ventana la lluvia que cae sobre la catedral de Westminster. Mi ira hierve y se derrama. Al voltear hacia los hombres, digo:

—Chamberlain es un maldito tonto y tomará el camino de la cobardía hasta que la vergüenza lo obligue a actuar. Si no ponemos sus pies sobre la hoguera se mantendrá en la seguridad de la calle Downing hasta que los nazis marchen por las calles de Londres y barran los campos de Inglaterra. —Le dirijo a mi esposo una mirada firme—. Winston, ya es hora de que pongas la pluma sobre el papel.

—Estoy de acuerdo —dice Duncan, y los otros hombres le hacen eco.

Winston también se pone de pie y camina a su pequeño estudio. Los hombres se miran unos a otros y luego se levantan y siguen el camino que ha dejado el humo de su puro. El estudio de madera que parece un pequeño club se inunda con los miembros del Parlamento, y el aroma a cigarrillos, puros y sudor pronto se acumula y vicia el aire.

Yo me mantengo en el umbral de la puerta del estudio, escuchando a los hombres animar a Winston. Ofrecen sugerencias de frases, pero sé que Winston elegirá las palabras más precisas y poderosas. Pero está acostumbrado a mis sugerencias y escucho duda en su tono. Cuando lo oigo hablar de la herida causada al pueblo británico por «el evidente desgaste de la determinación nacional», camino entre el círculo de hombres y digo:

—Eso es adecuado, Winston.

Cuando termina la carta, los hombres compiten por el honor de entregarla en persona en la calle Downing. Sin poder elegir a uno, determinan que todos harán el corto viaje de Morpeth Mansions a la residencia y oficina del primer ministro. Todos salvo Winston, quien se disculpa, diciendo que quiere que ellos compartan el reconocimiento. Pero sé que está absolutamente exhausto.

Cuando se cierra la puerta, tomo la mano de Winston y lo llevo hacia la gran ventana que da a la calle. Una red de paraguas negros cubre a los hombres mientras marchan hacia la calle Downing bajo el diluvio. El sonido de un trueno no provoca siquiera un titubeo de duda en sus filas; proceden sin pausa.

Cuando miro a Winston a los ojos puedo ver una chispa familiar, pero hace mucho tiempo extraviada. «Esto no es el inicio de otra guerra, sino el inicio del resurgimiento de Winston», pienso, «justo cuando él comenzaba a creer que sus días de líder habían terminado». Y empiezo a pensar qué papel interpretaré.

Capítulo veintiocho

3 de septiembre de 1939
Londres, Inglaterra

Nos reunimos ansiosos alrededor de la radio. Tras recibir la carta de Winston, Chamberlain emitió un ultimátum contra Alemania, exigiendo que detuviera el ataque a Polonia en las próximas dos horas. Recibimos noticia de parte de una fuente leal y cercana al primer ministro de que Hitler no se comprometió a ello, y por ende Chamberlain haría una declaración por radio. Pero después de observar el movimiento del reloj los últimos veinte minutos, todavía no hemos escuchado nada de la calle Downing.

—Clemmie. —Winston interrumpe mi ensimismamiento ansioso con un discurso que está elaborando anticipándose al anuncio de Chamberlain. Se siente seguro de que el primer ministro pronto va a rendirse—. ¿Qué piensas de esto? «No solo luchamos por Polonia. Luchamos para salvar al mundo entero de la pestilencia de la tiranía nazi en defensa de todo aquello que es sagrado al hombre».

Pienso en las palabras.

—La segunda oración es muy poderosa, Winston. Pero qué tal pulir la primera: «Esto no es cuestión de pelear por Polonia», o algo así. Para dejarlo un poco más claro.

—Bien, bien. Haré ese cambio.

La radio negra cruje. Nos inclinamos hacia ella, como si pudiéramos apresurar las palabras de Chamberlain solo con nuestra proximidad.

—¿Crees que por fin declare la guerra? —pregunto.

—¿Después de mi carta? ¿Cómo podría evitarlo? —dice Winston.

La voz recortada y aristocrática de Chamberlain nos llega claramente por la radio.

Esta mañana el embajador británico entregó al gobierno alemán una nota final que declaraba que, a menos que antes de las once horas del día escucháramos que estaban preparados para retirar inmediatamente sus tropas del interior de Polonia, iniciaría una guerra de Estados entre nosotros. Debo decirles que tal promesa no fue recibida y que, en consecuencia, nuestro país está en guerra con Alemania.

—Chamberlain finalmente lo hizo —digo con un poco de alivio. No me di cuenta de que había estado conteniendo el aliento.

—Casi demasiado tarde. Si me hubiera escuchado hace un año quizá no habría escalado tanto. Aunque no me da placer alguno tener la razón en esta instancia particular. —Winston se levanta de su silla—. ¿Será que desde esta terraza veremos a Londres prepararse para la guerra, Clemmie?

Caminamos sobre charcos de agua de lluvia y lo sigo sin decir palabra por las escaleras, hasta la terraza sobre nuestro departamento del quinto y sexto piso, un espacio al que solo podemos acceder por una puerta cercana a la habitación del secretario. Después de la lluvia tempestuosa de la noche anterior, el día es claro e inesperadamente brillante. Me cubro los ojos para ver el londinense paisaje citadino de Westminster y la Casa del Parlamento, preguntándome qué espera Winston ver allá arriba. Con el cielo azul celeste y el sol brillante haciendo muy vívidos los colores de la ciudad, parece difícil que sea un día de guerra. Para mi asombro, veo tres dirigibles flotando por encima de los techos y las torres de las iglesias de la ciudad, como si fueran nubes bajas.

—¿Tan pronto? —pregunto, el corazón se me acelera frente a esta evidencia de guerra.

—Estamos en guerra, Clemmie. —Suena sorprendido de mi reacción—. Y estamos brincando al centro de la corriente. A menudo, las batallas se librarán en el aire. Debemos estar preparados y debemos iniciar ahora —dice esto con un tono realista, pero a mí el salto de la declaración a la acción me parece demasiado corto. Me siento vulnerable y expuesta y aun así extrañamente emocionada. Una vez más, como lo hicimos en la Gran Guerra, Winston y yo estamos al borde la historia.

De pronto, un sonido ensordecedor inunda el aire y en automático me cubro los oídos con las manos.

—¿Qué diablos es eso? —grito.

—La primera sirena de ataque aéreo, si no me equivoco —grita él.

—Los alemanes son tremendamente puntuales —observo. Parece fijo en el horizonte, así que lo jalo del brazo—. Hay una razón por la que es estridente, Pug. Alejémonos. —Pero él está inmóvil. Cruzo mi brazo con el suyo y lo jalo hacia las escaleras—. No vas a dejar que tu Gatita esté en peligro, ¿o sí?

La referencia a mi bienestar despierta el sentido del deber de Winston y comienza a moverse hacia las escaleras. Al pasar la puerta de nuestro departamento entro un momento y saco una botella de brandy y dos vasos.

—Un remedio medicinal reconfortante —digo, haciendo un gesto hacia él—. No sé cuánto tiempo estaremos obligados a permanecer en el refugio contra ataques aéreos recién erigido en la calle, y sé que Winston llevará mejor la situación con un brandy para pasar el tiempo. ¿Debería cambiarme? Me pregunto si mi vestido-gabardina azul pálido es indicado para el refugio. «Qué tonta», pienso, «preocuparme por un atuendo en tiempos como estos».

Cerca de un paso a desnivel se ha improvisado un refugio. Mientras nos acercamos al grupo de gente del vecindario que espera a ingresar, escucho un susurro que atraviesa al grupo:

—Los Churchill están aquí.

Entiendo que de este punto en adelante, cada decisión y acción que tomemos servirá de ejemplo para la gente que solo ahora reconoce que las advertencias que Winston ha estado haciendo por años son verdad.

Siempre impaciente, Winston está tentado a correr al frente del grupo, como si una pronta entrada equivaliera a una salida del mismo tipo. Coloco mi mano sobre su brazo, reteniéndolo.

—Todos están observándote. Debes modelar un comportamiento propio frente a estas personas.

Apaciguado, aguarda el momento hasta que alcanzamos la entrada. Justo cuando estamos a punto de ingresar al espacio abovedado, entre una mezcla peculiar de gente dentro y fuera, atestada de toda clase de londinenses —madres jóvenes y niños, dependientes, vendedores, sirvientas, abogados—, el hombre frente a nosotros en el grupo duda y se aleja caminando. Lo llamo mientras lo veo alejarse:

—Señor, debe ingresar adonde estará a salvo.

—No creo que las personas ahí dentro me querrán a mí, señora. —Tiene un fuerte acento alemán y entiendo de pronto.

—¿Por qué? ¿Porque es usted alemán?

—Sí. —No me mira a los ojos.

—Pero usted no es parte del ejército alemán, ¿o sí?

Parece horrorizado.

—No, señora, claro que no.

—Y usted es un ciudadano naturalizado, ¿cierto?

—Claro.

—Entonces venga. Todos los ciudadanos británicos merecen protegerse de la amenaza nazi.

Horas más tarde el sol declina y el automóvil plateado se pasea por la calle Downing mientras Winston se reúne con Chamberlain. Mi reloj de pulsera, que no puedo evitar revisar con frecuencia, muestra que ha pasado justo media hora. Me envuelvo en mi abrigo de tweed en la inesperadamente fría tarde de otoño y deseo que Winston hubiera permitido que pasara estos largos minutos en Morpeth Mansions, donde podría distraerme con una pila de cartas que debo escribir, pero no lo permitió.

—Esta es nuestra guerra, Clemmie, y esta será nuestra posición, y la hemos esperado casi una década. Debes estar cerca cuando se nos restaure.

Aunque aprecio el sentimiento —y creo que mi asistencia cuidadosa le ha permitido sobrevivir estos largos años de módico éxito y respeto—, no pienso que cualquier posición que asegure será menos mía si en vez de estar afuera, en la calle, me alejo un poco. Me pregunto si me ve como alguna clase de talismán, algo que le trae suerte en su reunión con Chamberlain. Pero ¿cómo podría creerlo así? No le he dado buena suerte en estos años en la naturaleza, lejos del centro de poder. De hecho, hubo varios puntos en los que consideré dejarlo a solas en su bosque, como bien lo sabe.

Sin duda alguna, Chamberlain, némesis de Winston y el opositor de sus advertencias, no lo habría mandado llamar a menos que quisiera restaurar su poder. Sin duda el primer ministro entiende que debe reconocer la verdad en las posturas largamente sostenidas por Winston.

Pasa otro cuarto de hora y Winston aún no aparece. Estoy tentada a instruirle al chofer que me deje de vuelta en casa y que regrese por mi esposo, cuando escucho en la ventana el golpe del bastón que Winston siempre lleva consigo, un legado de mi hermano hace tanto tiempo muerto. «Pobre Bill y pobre Kitty», pienso. «¿Cómo habrían sobrevivido en este mundo lleno de caminos bélicos?». Veo a Winston sonreír a medias a través del cristal empañado.

Abre la puerta de par en par antes de que el chofer pueda venir a abrírsela y dice:

—Por favor, llévanos a la Casa del Almirantazgo. —Su media sonrisa se convierte en una sonrisa completa y voltea a verme. Sin importar las mejillas caídas, las líneas de preocupación, la calvicie, puedo ver al joven Winston con el que me casé en su sonrisa jubilosa.

—Eres el primer lord del almirantazgo, *de nuevo* —digo, con una mezcla de impresión y reverencia. Había esperado y rogado que Chamberlain le diera un puesto importante a Winston; era una elección pragmática que le funcionaba bien al primer ministro, después de todo, pero nunca creí que le daría este acomodado cargo por segunda vez en su vida. No es que Winston no lo mereciera. Merece eso y más.

—Así es, Clemmie. —Me sonríe, la sonrisa de un hombre finalmente reivindicado—. Y tenemos trabajo que hacer de inmediato. Tenemos que inspeccionar campos navales, evaluar buques de guerra y una flota completa que revisar. Todo ha sido dejado de lado demasiado tiempo, mientras que Hitler no se ha enfocado en otra cosa que en amasar su poder militar. Debemos apuntalar nuestro país en el mar.

—Sí, por supuesto. —Le devuelvo la sonrisa. ¿Cómo podría no hacerlo? No he visto a mi esposo así de vibrante en casi una década y por fin estoy a punto de embarcarme en el trabajo para el que me he estado preparando casi toda mi vida.

—¿Estás dispuesta a la tarea, Gatita?

—Creo que sabes que sí, Pug.

—Gracias a Dios. Sabes que no podría hacer esto solo.

Entrelazamos nuestros dedos. Cualesquiera que hayan sido los problemas domésticos que tuvimos y nos dividieron, cualesquiera que sean los desacuerdos familiares, cualquiera que sea el precio de los años en que Winston apuntaló su sueño en Chartwell —su Inglaterra a escala—, estamos unidos en el trabajo por nuestro país. Juntos estaremos sirviendo de nuevo en el almirantazgo, solo que ahora en tiempos de guerra. Hemos dado la vuelta entera al círculo.

Capítulo veintinueve

6 y 10 de mayo de 1940
Londres y Hertfordshire, Inglaterra

—Ven, Clemmie, tenemos una embarcación que lanzar —me llama Winston.

Estoy terminando de dictar mis instrucciones a un secretario, así que levanto un dedo en señal de silencio. Una exhalación colectiva, silenciosa pero aun así audible, emana de los miembros del equipo que corren por la habitación, llevando a cabo las órdenes de Winston. Nadie más que yo se atrevería a callar al lord almirante.

Entrego la lista de donantes seleccionados para reunir dinero para dragaminas —barcos de civiles que han sido requisados y adecuados con propósitos militares— y miro a Winston. Me espera cerca de la puerta de la oficina en la que ahora hay varios escritorios, aunque antes fuera una sola vasta oficina destinada exclusivamente al lord almirante.

Desde el momento en que la guerra fue declarada y Winston asumió el papel de lord almirante, el país entero caminó de frente, a nuestro lado, con un sentido de urgencia y propósito. Apenas cuarenta y ocho horas después de nuestra cita, nos habíamos mudado de vuelta a la Casa del Almirantazgo con Mary a cuestas y nos habíamos incorporado a un trabajo de rutina de jornadas de dieciséis horas diarias, siete días a la semana, rodeados por un equipo de gobierno habituado a trabajar solo cinco o seis horas al día bajo la lasitud de la administración de Chamberlain. Pero ¿cómo podían quejarse? Su nuevo líder mantenía este paso, como yo lo hacía, y parecía que los alemanes se moverían a un paso similar. Desde que Winston tomó el cargo, los nazis han bombardeado naves británicas y hemos perdido el portaviones *HMS Courageous* en el Mar del Norte, el trasatlántico *SS Athenia* y el *HMS Royal Oak*, en las islas Orkney, así como sesenta mil toneladas de cargas navales británicas. Y todos entendemos que esto es solo el inicio, incluso aunque se instauró la calma después de la inicial ola de ataques.

Inmediatamente después de mudarnos de nuestro departamento en Morpeth Mansions supe que necesitaríamos un centro de control moderno con una oficina apropiada para un lord almirante que trabajaba duro, no un bastión del entretenimiento del viejo mundo. Convertimos el espacio del camarote de lujo y varias de las habitaciones personales y de entretenimiento en un centro de operaciones naval, mudando nuestro hogar a los últimos dos pisos del edificio. Lo que solía ser nuestro departamento se dividió en dos habitaciones de trabajo. En vez de la frívola decoración naval y los colores náuticos con que la esposa del anterior lord almirante, Duff, había engalanado la Casa del Almirantazgo, simplificamos las telas y los muebles en un estilo más sobrio, más apropiado para los laboriosos tiempos de guerra. Cerramos Chartwell, dejando solo abierta la Orchard Cottage para Moppet, Diana y sus dos hijos, Juan y Edwina, que fueron evacuados de Londres. Winston y yo estaremos en Londres una larga temporada, sin importar cuán brutal se ponga la situación, y por ahora tendremos a Mary con nosotros, asistiendo a la escuela y a su trabajo en un comedor, así como a la Cruz Roja.

El contagioso sentido de urgencia que permea la nación incluso hizo que Randolph tomara acción, aunque no del tipo que Winston y yo habríamos querido. Después de renunciar a su trabajo para unirse al viejo regimiento de Winston, el Fourth Hussars, centró su atención en asegurarse una novia y un heredero en caso de que fuera asesinado en la guerra. Ofreció propuestas matrimoniales por todo Londres a cualquier chica apropiadamente marginal que se encontraba —se rumoró que fueron ocho propuestas a ocho mujeres distintas en un lapso de dos semanas, para vergüenza nuestra— y recibió una ronda del sonoro «no», hasta que conoció a Pamela Digby. La voluptuosa pelirroja, hija mayor de lord y lady Digby, había crecido en el mundo más bien aburrido del campo de Dorset, y aunque profesaba amar la vida ecuestre, desde nuestro primer encuentro me di cuenta de que estaba emocionada de estar en el epicentro del poder. Incluso durante la boda que arreglamos apresuradamente —junto con muchas otras familias británicas cuyos hijos estaban a punto de partir—, en la iglesia de St. John, en Smith Square, con una posterior fiesta en las habitaciones de lujo de la Casa del Almirantazgo, en la que la novia usó un vestido azul oscuro, una boina y una piel teñida del mismo color, pues no hubo tiempo de conseguir un vestido, vi que lo que la intrigaba era convertirse en una Churchill, no necesariamente convertirse en la señora de Randolph Churchill. Aun así, la chica me parecía adorable y me propuse apoyar a este nuevo miembro de nuestra familia, lo que yo sabía que ella necesitaría estando casada con Randolph. Y yo ya tenía suficientes problemas con Randolph como para que encima no fuera amable con su novia.

—Clemmie, la fragata no va a esperar —me reprende Winston, aunque suavemente. Estoy acompañándolo en el lanzamiento de un nuevo zepelín, que él aún insiste en llamarlo con el arcaico nombre de «fragata».

—¿Entonces ya están listos? —le pregunto a la secretaria.

—Sí, señora. Contactaré a estos posibles donantes hoy mismo —contesta asintiendo con la cabeza, y yo espero estar dejando este importante proyecto en manos de alguien capaz.

Cuando Winston recibió su puesto yo decidí que no esperaría más a que él me incluyera en su trabajo, sino que buscaría proyectos clave por cuenta propia. Por cada buque de guerra que inspecciono a su lado y cada barco que inauguro junto a mi esposo, tomo proyectos para los que Winston no tiene tiempo, pero que yo creo que merecen atención: la administración de hospital de maternidad Fulmer Chase para las esposas de los soldados, por ejemplo. Avanzo con determinación en tareas meritorias, sin permitirme ser solamente ceremoniosa, trabajando con Winston en las reuniones difíciles con familiares que han perdido a sus hijos y arreglando recintos especiales para familias desconsoladas en el Horse Guards Parade, por ejemplo. El legado duradero del *Rosaura* significa que no voy a aguardar a que alguien me invite a ser parte de la Historia.

Comprendo que esta bien puede ser nuestra última oportunidad de servir a las maquinaciones internas del poder de Gran Bretaña, y no quiero perder la oportunidad. Al asumir este papel —y convertirme de nuevo en la esposa del lord almirante después de treinta años— experimento una sensación de excitación y calma que casi me hace sentir vergüenza. Es extraño cómo florezco bajo el estrés de las crisis y titubeo bajo el peso de una existencia normal.

—Clemmie —dice Winston de nuevo, su voz suena más impaciente.

—Voy —le contesto y camino resuelta hacia mi esposo, que me espera.

Limpio las lágrimas de Nellie con mi húmedo pañuelo blanco. «Qué bien aguanta mi pobre hermana el peso de su doble pérdida», pienso. Su esposo Bertram, que llevaba mucho tiempo sufriendo, y que durante décadas aguantó los dolores de sus heridas de la Gran Guerra, murió de cáncer apenas hace cuatro días; luego, dos días después, recibió la noticia de que su hijo, Giles, había sido capturado en Noruega por los nazis. Aunque Winston no quería que me apartara de su lado, mi hermana merece consuelo y apoyo, así que voy a su casa en Hertfordshire tan pronto como es posible después de la captura de Giles.

—¿Winston se enteró de algo más con respecto a la situación de Giles? —me pregunta Nellie; sus cejas gruesas y oscuras proyectan una sombra sobre sus ojos, haciendo que sus ojeras luzcan aún más oscuras. Tan pronto como llegué a Hertfordshire me rogó que Winston investigara sobre el estado de Giles, y la sirvienta acaba de entregarme una carta del correo de la mañana.

—La nota que recibí esta mañana no contenía información nueva. —No le digo a Nellie que la misiva ni siquiera mencionaba a Giles, solo una serie de tareas de las que debo encargarme y una pregunta sobre la mejor manera de manejar las dudas del conservador Leo Avery sobre la capacidad de Chamberlain para servir a la nación. ¿Debería unirse al coro de miembros del Parlamento que piden que Chamberlain renuncie, se preguntaba él, o mantenerse inusualmente silencioso? Estos son los asuntos que presionan a Winston; tristemente, no el de Giles.

«Solo es cuestión de tiempo que Chamberlain sea obligado a retirarse», le advertí a un Winston impaciente antes de irme. Los murmullos sobre el primer ministro se convirtieron en rugidos y Winston necesitaba permitir que ese rugido se hiciera aún más fuerte por cuenta propia, sin impulsarlo. Pero la tolerancia nunca ha sido el fuerte de Winston.

—Giles ni siquiera era soldado. Solo era un reportero del *Daily Express*, por Dios —dice Nellie. Los últimos dos días he escuchado este lamento muchas veces.

—Yo sé, Nellie. —La abrazo—. Lamentablemente, pienso que para los nazis era suficiente con que Giles fuera británico. Lo único que sabemos es que Giles está clasificado como «prominente» por su relación con Winston. Eso debería valerle un mejor trato y algo de protección, por lo menos.

Suena el teléfono y ambas saltamos.

—Podría ser información sobre Giles —dice Nellie.

La joven sirvienta de Nellie, una chica bonita de cabello castaño ondulante que me recuerda a mi nuera, Pamela, entra al salón.

—Señora Churchill, la llamada es para usted. Es el lord almirante.

Mi hermana me dirige una mirada de esperanza mientras salgo de la habitación, hacia el pasillo donde se encuentra el teléfono. Coloco el auricular en mi oreja.

—¿Pug? ¿Eres tú?

—Gatita. —Winston respira agitado. ¿Por qué suena así? —Gracias a Dios que eres tú.

—Claro que soy yo. ¿Todo en orden?

—Los nazis iniciaron una ofensiva a través de Holanda, Bélgica y Francia, su objetivo es invadir el canal. Solo es cuestión de días o de semanas antes de que los alemanes puedan derribar nuestra puerta.

—Ay, Dios —siento náuseas. Con toda la información militar secreta que yo tenía, sabía, por supuesto, que esto era posible. Pero nunca imaginé que podría ocurrir tan pronto—. ¿Qué podemos hacer?

—Acabo de regresar de la calle Downing. Chamberlain nos mandó llamar a Halifax y a mí.

Se me acelera el corazón y no puedo hablar. Winston y Halifax son los dos contendientes naturales para el puesto de Chamberlain, así que supongo que esa es la razón de que los mandara llamar. ¿Será este el momento que hemos estado construyendo toda nuestra vida? ¿Han llamado a Winston a salvar a su país, como predijo hace décadas, el día que nos comprometimos?

—¿Clemmie, estás ahí?

Me obligo a hablar.

—Sí, Winston, aquí estoy.

—Chamberlain nos dijo que renuentemente había decidido renunciar al puesto de primer ministro. Nos preguntó a Halifax y a mí quién pensábamos que debería ser su legítimo sucesor. Mi instinto natural fue proponerme a mí mismo, subrayar mis longevos argumentos sobre la amenaza nazi y los peligros de la conciliación, pero me acordé de ti. En todas tus advertencias sobre permitir que el murmullo se convierta en rugido y todo eso. Así que me quedé callado.

—¿Y qué ocurrió?

—Halifax habló en favor mío. Reconoció que el líder de la guerra debía ser miembro de los Comunes. Los ojos de Chamberlain cayeron sobre mí. La tarea de salvar la nación, parece, ha caído sobre mí. —Ahora es notorio que su respiración está agitada—. Siento como si todo lo que he imaginado desde hace tanto tiempo finalmente comienza a realizarse.

—Oh, Winston, yo sabía que eso ocurriría. Solo tú puedes hacer el trabajo.

—Cómo habría adorado mi madre verme asumir este papel, aunque yo descaría que no hubiera llegado a este costo —dice con un suspiro—. Pero solo puedo hacerlo si tú estás a mi lado. El llamado para asistir al palacio ante el rey, y transferir el poder, llegará pronto.

—Me subiré en el próximo tren a Londres. Estaría llegando allá al final de la tarde.

—Apúrate, Gatita. Te querré junto a mí en el palacio. Tu Pug te necesita. Y también nuestro país.

Capítulo treinta

17 y 18 de junio de 1940
Londres, Inglaterra

¿Cómo debe una mujer apoyar a su esposo cuando es el guardián de la libertad de tu país? Desde el momento mismo en que el rey Jorge VI invistió a Winston con los títulos de primer ministro y ministro de Defensa, pienso en esta cuestión, una que consideré por primera vez hace muchas décadas, cuando Winston inició su ascenso durante la Gran Guerra. Aunque sé que la guía que yo le proporciono en la redacción de sus discursos, así como la ayuda para preparar la presentación de esos discursos será ahora más importante que nunca antes, entiendo también —como lo hice durante los primeros días de Winston en el poder— que la brillante habilidad de mi esposo de ser objetivo y de diseñar estrategias políticas y militares con frecuencia lo ciega frente a las poderosas necesidades de los individuos que le sirven, así como a las necesidades de aquellos a quienes él sirve. Decido que, con el fin de que él acabe con los nazis, yo debo servir como la lente a través de la cual él vea y trate a la humanidad, casi como si yo fuera su conciencia y su barómetro social. Sin considerar a todas estas almas, sus esfuerzos no darán frutos. No puede, de hecho, no debe, luchar a solas.

—El primer ministro pide que usted revise este discurso en menos de una hora, señora. —Una de las mecanógrafas de Winston, la señorita Hall, deja los papeles sobre mi escritorio en el Salón Blanco, en la calle Downing. Como hicimos durante nuestra breve estancia en la Casa del Almirante, hemos convertido la residencia del primer ministro y su espacio de trabajo en un centro donde se concentren los esfuerzos bélicos. Pese a su modesto exterior, el número 10 es un edificio gigante. Mantuve el comedor de la planta baja, la sala del gabinete y la oficina del primer ministro, porque son absolutamente necesarios, pero el salón del primer piso ahora es un improvisado y sobrepoblado espacio de trabajo para muchos de los miembros del equipo, militares, operadores telefónicos y mensajeros del despacho, entre otros. He limitado el espacio familiar a la habitación en la que Winston y yo cenamos a solas o con Mary —que la mayor parte del tiempo sigue viviendo con nosotros, así como con nuestros hijos y sus familias de vez en cuando—, y a las recámaras, con sus muros azules, alfombras carmesíes y ventanas guillotina que dan a los jardines. El White Drawing Room, que era usado como una recepción privada para invitados, ahora es una oficina para mis propias responsabilidades, esas tareas clave que Winston no tiene tiempo para atender. Pero he decidido que mi prioridad más importante es hacerlo consciente de su pueblo.

La señorita Hall, de cabello castaño, parece nerviosa e intimidada, sin duda por los gritos y regaños que Winston suelta a todos los miembros de su equipo. Mientras más presionado esté, mayores son las represalias sobre ellos. Y no hemos tenido nada más que presión en el mes en que él ha estado en el puesto, empezando por la ofensa alemana a la Europa occidental, y después con el éxito de los alemanes en los Países Bajos, Bélgica y ahora Francia. Como primer ministro y ministro de Defensa, Winston tiene el futuro de Gran Bretaña en sus manos y no está manejándolo con elegancia. No es que alguna vez haya manejado algo con elegancia, en realidad.

La chica claramente necesita calmar sus nervios antes de volver con mi esposo o se arriesgará a recibir otro regaño. Winston odia la reticencia y el nerviosismo, incluso aunque él sea el causante.

—Señorita Hall, ¿por qué no me acompaña por una taza de té? Le ayudará a calmarse. —Hago un gesto simultáneo hacia la silla opuesta a mí y aliso la falda de mi vestido color carbón. Desde que Winston asumió el puesto y nuestros días se han vuelto inimaginablemente agitados e impredecibles, he optado por usar uniforme —un vestido de buen corte, en un tono serio pero no funerario, con un doble collar de perlas—, pero me pongo encima un abrigo más alegre cuando salimos a darle aliento y una sonrisa a la gente... Un abrigo de piel de leopardo se ha vuelto mi favorito.

—Oh, no. No puedo, señora. El primer ministro podría requerirme. Necesita que termine de revisar los documentos confidenciales del día antes de hacer alguna modificación final a su discurso. —Las manos le tiemblan visiblemente con solo pensar en decepcionar a Winston. Pero sé que Winston y yo le daremos una y otra vuelta más al discurso antes de concluirlo, así que hay tiempo. Después de todo, no va a darlo sino hasta mañana, y no lo hará hasta que ambos estemos satisfechos con él. Yo reviso y edito todos los discursos de Winston y los ensayo con él; deben unificar e inspirar al pueblo británico, en especial ahora que estamos solos. Es un papel que he asumido muchas veces, pero nunca antes había sido tan decisivo.

—¿No está ahí la señorita Watson? —Winston mantiene a un estable grupo de mecanógrafas en rotación constante. Ha anunciado que ninguna orden salida de la calle Downing debe acatarse a menos que él mismo la redacte y la firme. Este paso, indispensable para mantener el tipo de control absoluto que él piensa que es necesario en tiempos de guerra, ha incrementado bastante el trabajo de las mecanógrafas.

—Sí, señora —contesta con recelo.

—El estado de sus nervios es importante para nosotros, señorita Hall. Todos estamos desempeñando el trabajo crucial de proteger a nuestro país. Usted se asegura de que los importantes discursos del primer ministro estén listos para su entrega.

Me sonríe con cautela y se sienta al borde de la silla, enfrente de mí.

—Sí, señora.

—No puede dejar que el primer ministro la altere.

En un ritual que he repetido ya con varios miembros del equipo que exhiben muestras de estrés por el trato que les da Winston, comienzo a servirle el té. Estos individuos clave merecen reconocimiento por su esfuerzo y una oreja que los escuche, más que una boca que les grite, como generalmente les pasa. Sé lo que mi esposo exige de estos miembros del equipo, pero también sé lo importantes que son ellos para el éxito de Winston y, por ende, para el éxito de los esfuerzos bélicos de nuestro país. Hago una nota mental de hablar con Winston sobre la manera como trata al equipo, en particular desde que Jock Colville, su secretario privado, recientemente me dijo que estaba en peligro de perder los mejores resultados de aquellos con quienes trabaja, debido a su comportamiento. Mi esposo, tan perspicaz cuando se trata del amplio espectro del desarrollo político, siempre ha tenido un punto ciego para aquellos que lo rodean y el impacto que les causa. Debo asegurarles que tienen nuestro apoyo.

No es que yo le guarde resentimiento al equipo, pero mi tarea sería más sencilla si tuvieran la insensibilidad de Grace Hamblin, a quien invité desde Charwell para fungir como mi secretaria. Cuando Grace acababa de llegar, el equipo urbano de la calle Downing, más experimentado que ella, subestimó a la modesta y humilde mujer de campo y llegué a escuchar burlas sobre ella. Después de un breve periodo en el que se dieron cuenta de su eficiencia y perseverancia se ganó su respeto y ahora buscan su consejo. Me deleité observando a esta pálida rosa de campo florecer en el viciado aire londinense para asombro de todos, salvo el mío.

—Algunas veces, señora —la voz de la señorita Hall tiembla—, no es lo que dice, sino el lugar desde el que lo dice.

No necesita ser más clara. Sé que algunas veces él dicta cartas a sus mecanógrafas desde la puerta cerrada de su largo baño vespertino, un ritual que no ha alterado desde que regresamos de la tierra salvaje de Chartwell al centro del poder.

—Hablaré con él al respecto. Pero, por favor, recuerde esto: sin importar qué diga al calor del momento, la aprecia. Como lo hago yo —continúo, dándome cuenta de que, si queremos evitar un motín, debo tener conversaciones como esta con cada miembro del equipo.

Sus ojos azules brillan. Observo mientras endereza sus hombros y fortalece su determinación, lista para encarar cualquier regaño de Winston. En su expresión, ahora incondicional, veo los ojos de los británicos, que necesitan inspiración para las batallas que vienen, pero que aun así se levantarán al escuchar el llamado.

—Winston, tus palabras deben ser más sencillas —le devuelvo los papeles cuando llega al Salón Blanco después de dos horas en vez de una, como había amenazado. Pese a tener un estándar de puntualidad inquebrantable para todos los demás, él nunca ha llegado a tiempo. La diferencia es que ahora, literalmente, lleva a cuestas el destino de nuestra nación, así que ¿cómo puedo quejarme? ¿Cómo puede quejarse cualquiera de nosotros?

Cuando tomó el puesto discutimos el poder de sus discursos, una de las pocas maneras como podía llegar a cada uno de los británicos y empoderarlo. Winston a menudo se enamora de sus propias habilidades oratorias y se «olvida» de nuestra plática.

—¿Qué tienen de malo mis palabras? —Comienza a elevar la voz y me recuerdo a mí misma que debo mantenerme firme. Se casa con su propio lenguaje y hay que sacudirlo para deshacer el vínculo.

Me levanto para encararlo.

—Debes mantener a tu audiencia en mente.

—¿Qué quieres decir? —Su voz es burlona, un fingimiento, por supuesto.

—Tu trabajo es decir la verdad, incluso aunque las noticias sean funestas, y al mismo tiempo debes inspirar a *toda* la población británica, no solo a quienes se beneficiaron de la educación pública, como tu usual audiencia parlamentaria. Si dices cosas como «nuestros correligionarios en conciencia y origen del otro lado del amplio océano Atlántico», en vez de algo más sencillo y comprensible como «Estados Unidos», perderás a toda la gente común que no usa esa clase de palabras. —Hago una pausa para asegurarme de que siga escuchando—. ¿Recuerdas cómo la gente respondió a tus primeros dos discursos? El excitante discurso que diste en mayo, tres días después de tomar el puesto, justo después del inicio de la ofensiva alemana...

Me interrumpe.

—Sangre, sudor y lágrimas, ¿quieres decir?

—Ese mismo. ¿Cuál fue el tipo de reacción que obtuviste de la gente?

—Absoluta emoción —contesta, con los ojos brillándole. Winston se deleita en esos momentos.

—¿Y qué me dices del discurso del 4 de junio, cuando tuviste que congregar a la gente al mismo tiempo que informarles que los alemanes habían tomado los Países Bajos, Bélgica y Francia, al norte del Somme; cuando tuviste que impulsarlos a mantenerse fuertes y pacientes mientras evacuábamos a miles de hombres de Dunkirk, sus esposos, hermanos y padres?

Yo me había pasado casi medio día escuchando versiones del discurso del 4 de junio y revisando el lenguaje con Winston. En ese entonces creí, y sigo haciéndolo, que la simple mención de todos los lugares en donde las fuerzas británicas seguirían luchando —los mares, los océanos, el aire, las playas, los campos, las calles, las colinas—, creaban una imagen poderosa en la mente de la gente, fortaleciendo su determinación a seguir adelante.

—La gente pareció incentivada.

—Exactamente. ¿Y cuál es el común denominador de esos discursos?

—La calidad sencilla e inspiradora del lenguaje. Veo tu punto, Clemmie. No hay necesidad de hacer más grande la herida. —Papeles en mano, merodea por la habitación, dando una calada distraída a su puro—. ¿Qué te parece «Estados Unidos»? ¿Podría eso sustituir a «nuestros correligionarios en conciencia y origen del otro lado del amplio océano Atlántico»?

¿No acababa yo de sugerir ese cambio? No importa. Recito la oración con la nueva frase.

—Es poderoso, Winston. Es precisamente la clase de retórica que comprometerá a la gente con tu causa.

—La gente se sentirá abatida por la noticia de que Francia ha caído en manos de los nazis, pero esto debe inspirarlos a no rendir su voluntad. —Winston y yo nos sentimos devastados frente a la caída de Francia, y no solo porque Gran Bretaña se quedó sola en la pelea contra los nazis. No queremos que el abatimiento del pueblo británico por la caída de Francia afecte su voluntad de seguir adelante.

Winston toma una pluma del bolsillo de su chaqueta. Sus hojas ya están tachadas con cambios en azul, pero ahora hace los cambios con tinta roja, señal de que comenzamos a acercarnos al borrador final.

Se endereza, un indicio de que está a punto de recitar el discurso desde el inicio. Este se ha convertido en nuestro ritual previo a cada discurso público y cada emisión de radio. Me preparo para volver a escucharlo. Una y otra vez.

Al día siguiente, cuando Winston se pone de pie en la Cámara de los Comunes para dar su discurso, yo lo observo desde arriba, en la Galería de los Extraños, como tantas veces he hecho antes. No fijo la mirada en Winston, sino en las filas de los miembros del Parlamento que lo rodean, sentados al borde de sus butacas verdes. Mi tarea es observar atentamente a quienes lo escuchan para evaluar si logramos nuestro cometido, para funcionar como una especie de veleta. Mientras aumenta la cadencia de su discurso y cae con dramatismo, noto que ha cambiado ciertas palabras, pero que por lo demás enuncia el discurso como lo practicamos.

Cuando alcanza el clímax, el volumen de su voz aumenta. Las últimas palabras resuenan en la Cámara de los Comunes:

> Lo que el general Weygand llamó «la Batalla de Francia» ha terminado. Espero que la Batalla de Gran Bretaña esté por comenzar. De esta batalla depende la supervivencia de la civilización cristiana. De ella depende nuestra propia existencia británica y la continuidad de nuestras instituciones y nuestro imperio. Toda la furia y habilidad del enemigo pronto se volcará contra nosotros. Hitler sabe que tendrá que quebrarnos en esta isla, o perder la guerra. Si podemos hacerle frente, quizá toda Europa quede libre y la vida del mundo podrá moverse hacia caminos más amplios y luminosos. Pero si fallamos, entonces todo el mundo, incluyendo Estados Unidos, incluyendo todo lo que conocemos y queremos, se hundirá en un abismal nuevo Oscurantismo, uno más siniestro, y quizá más extenso, a las luces de la ciencia pervertida. Por lo tanto, preparémonos para cumplir nuestras tareas y así nos comportemos, de manera que, si el Imperio Británico y su territorio autónomo dura mil años, los hombres digan «este fue su mejor momento».

Aunque escuché estas frases un sinnúmero de ocasiones en los últimos días, me siento animada cuando Winston las enuncia de manera tan poderosa en este contexto. Puedo ver en los rostros de los hombres que lo rodean que ellos también están motivados. Ruego por que los hombres de nuestro país se sientan de la misma manera, pues este momento es tan suyo como lo es de Winston. Como lo es mío también.

Capítulo treinta y uno

2 al 6 de julio de 1940
Londres, Inglaterra

—No es muy dócil, ¿o sí?

Escucho que dice un hombre en voz baja mientras camino por el abochornante pasillo del primer piso de la calle Downing. Estoy buscando a Grace, pero me detengo para escuchar la respuesta detrás de la puerta más cercana de un vestíbulo que sale del pasillo. ¿Quién diablos habla y, me pregunto, de quién? Siento lástima por la chica de la que chismean de manera tan grosera; solo puedo imaginar la clase de docilidad de la que hablan. Espero que nadie nunca hable de mis hijas de una manera tan repugnante.

—No, no es en absoluto como la esposa de Chamberlain —contesta un segundo hombre en voz baja.

—Esa era una esposa de primer ministro como debería ser; raras veces vista y menos oída —comenta el primer hombre.

Los desconocidos sueltan una risita y el primer hombre continúa:

—Ahora tenemos una raza completamente distinta. Una esposa de primer ministro que siempre es vista, siempre escuchada y que incluso le da órdenes al primer ministro.

Estos hombres están hablando sobre *mí*. Sé que no les gusto a los hombres que recibieron educación pública que trabajan en la calle Downing como consejeros del equipo de mi esposo, pero nunca imaginé que serían tan sinvergüenzas con su crítica. No tengo que caerles bien, pero deberían respetar mi papel y la virtud de mis metas para el pueblo británico. ¿Cómo se atreven a ser tan mezquinos en momentos como estos? ¿Cómo se atreven a hablar de las mujeres de esta manera? ¿De cualquier mujer, en cualquier momento?

Los hombres bajan el volumen de voz a un nivel inaudible y siento la tentación de entrar sin anunciarme, pegarles un regaño y luego mandarlos con Winston, quien probablemente los despediría. No hay cosa que incendie más la ira de Winston que el asunto de cómo me tratan, a menos que sea el trato que me da él, por supuesto. Tomo la manija de la puerta y, cuando estoy a punto de abrirla, uno de los hombres se ríe en voz alta. En ese momento me doy cuenta de que reconozco la voz del segundo. Es Jock Colville, el secretario privado de confianza de Winston. Pese a su juventud, veinticinco años, el hombre ambicioso y bien vestido —el hijo menor de un hijo menor— es quien dicta el paso al resto del equipo. Si Winston se entera de los comentarios de Colville se sentiría devastado y, en este precario estado de la guerra, ni yo ni el país podemos correr ese riesgo.

Pero llega otra idea a mi cabeza. Quizá pueda usar esta conversación y a Jock como ventaja en mi plan para incluir a las mujeres en la guerra de una forma mucho más significativa.

Llevo puesto un abrigo azul oscuro y mantengo un paso firme mientras camino hacia el escenario improvisado que la Marina construyó con rapidez en el puerto para este evento. Como Winston no puede atender la inauguración de esta nave, me pidió que yo lo hiciera en su representación. En vez de revisar mi horario para ver si estaba disponible, aproveché la oportunidad cuando lo mencionó y luego le sugerí a Winston, en una cena privada, que Jock podría ser la persona perfecta para acompañarme en las apariciones públicas cuando él tuviera otro compromiso. Winston estuvo de acuerdo.

Jock, vestido elegantemente, como siempre, con un traje color gris carbón de raya diplomática, se apresura para seguirme el paso, como yo esperaba. Soy consciente de que esto lo hace parecer incapaz de mantener mi ritmo, pero disfruto escuchar su respiración agitada. Mientras subo las escaleras al escenario, los oficiales de la Marina y sus hombres vitorean, gritos que crecen hasta casi ensordecer mientras rompo la botella de champaña sobre la proa. Me volteo para asegurarme de que Jock esté escuchando a la multitud.

En el camino de vuelta a la calle Downing, Jock está furioso por la tarea que se le ha solicitado realizar hoy. Con tan solo mirar su expresión confirmo lo que sospechaba: cree que ser el chaperón de la esposa del primer ministro es una tarea insignificante para un ayudante experto como él. No hice que me acompañara para castigarlo por las palabras que le escuché decir sobre mí, aunque estuve tremendamente tentada a hacerlo, sino para tener un apoyo valioso, que voy a necesitar en los días venideros.

—Winston y yo hemos decidido que me acompañarás a esta clase de eventos cuando él no esté disponible —digo, aunque no sea precisamente verdad. Después, espero pacientemente la reacción que sé que llegará.

El joven casi bufa, como burlándose, y después, tras una pausa, anuncia:

—Creo que ese trabajo es más adecuado para su propio secretario, señora, pues quizá sea capaz de proveerle del tipo de conversación que a usted le gustaría, centrado en temas más apropiados, como las artes. —Se endereza y dice, como si mi género no me permitiera recordarlo—: Yo soy, de hecho, el secretario privado del primer ministro, y mi enfoque es la guerra. No tengo tiempo para mantenerme al tanto de los eventos culturales con los que usted quizá esté más familiarizada.

Esta es la reacción que esperaba. De hecho, es la reacción exacta de la que dependía.

—Te crees superior, Jock, si objetas asistir a la esposa del primer ministro. Todos estamos haciendo trabajo importante para el país —digo tranquilamente, y luego añado—, y en caso de que no lo hayas notado, prefiero discutir política y las complejidades de nuestros retos bélicos por encima de lo demás.

—En ese aspecto es usted una mujer inusual. Supongo, señora, que eso se debe a que su esposo es el primer ministro —concede despectivamente.

La fachada serena que he estado manteniendo con cuidado comienza a quebrarse, y mi voz sube de volumen como si se rebelara a mi voluntad. Debo mantenerla bajo control si quiero tener éxito.

—Estarías en un error si creyeras que la única razón por la que estoy bien al tanto de la política y los acontecimientos militares es por la posición de mi esposo. Todos y cada uno de los ciudadanos de este país, incluyendo las mujeres, están necesariamente inmersos en esta guerra. Y ganarla requiere de cada uno de los ciudadanos de este país, incluyendo las mujeres.

—Perdóneme que le cuestione eso, señora, pero ¿no son nuestros soldados quienes ganarán la guerra por nosotros, junto con los líderes, como su esposo, que dirigen a esos soldados en la batalla?

—Ah, ¿en serio, Jock? ¿Quién va a realizar todo el trabajo necesario para la guerra mientras los hombres pelean como soldados? —Estoy tan enojada que podría dar una bofetada a este joven arrogante y creído, pero eso no funcionaría con la esposa del primer ministro, aunque estuviera completamente justificado. Además de que minaría mi plan—. ¿Quién va a manufacturar el armamento que estos soldados requieren para la batalla? ¿Quién va a labrar los campos para conseguir la comida que los soldados van a necesitar para alimentarse? ¿Quién construirá los barcos, los tanques, los aviones mientras los hombres pelean? ¿Quién va a atender a los heridos para que puedan volver al campo?

Se queda callado y su expresión arrogante se desvanece. Cuando baja la mirada de mi rostro al piso del automóvil, parece terriblemente joven. Y no habla.

—¿No tienes una respuesta para mis preguntas, Jock? Qué raro en ti, no tener lista una respuesta. Te ayudaré. Por supuesto, serán las mujeres. —Inhalo profundo para mantener la compostura—. Pero supongo que no debería sorprenderme tu postura, Jock. Después de todo, escuché tu opinión sobre mí y tu opinión sobre las mujeres en general en una conversación que tuviste hace tres días.

Lo escucho aspirar aire con fuerza cuando se da cuenta de a qué me refiero.

—Señora, no fui yo quien hizo esos comentarios.

Me rehúso a mirarlo cuando contesto.

—No, pero tampoco te escuché defenderme.

Al mirar por la ventanilla me sorprende ver que ya hemos llegado a la calle Downing. El chofer corre a abrir mi puerta, y sin voltear a ver a Jock salgo del auto. No necesito ver su rostro para imaginar su expresión, que sin duda será una mezcla de conmoción y terror. Una gran sonrisa se extiende por mi rostro mientras entro al número 10. He pavimentado la base de mi plan.

Más tarde, ese mismo día, espero a que Winston llegue con Jock. Nuestra junta está planeada para las dos de la tarde, y de forma anticipada, quizá como un anzuelo, le pedí a nuestra cocinera que preparara un suntuoso té vespertino. Porque entiendo la importancia de la comida para el bienestar de Winston he invitado a la indomable señora Landemare a la calle Downing y su anexo; ella fue entrenada por su esposo, el antiguo chef francés del Ritz, y lo que preparaba para nosotros en las fiestas caseras de Chartwell era exquisito. Grace está sentada a mi lado y estamos pendientes del reloj cuando revisamos los documentos que hemos preparado.

Con el fin de que esta encomienda tenga éxito es imperativo que le dibuje a Winston una imagen clara y convincente de mi postura, y que la complemente con la documentación adecuada. Desde los primeros años en que el asunto del sufragismo nos dividía, sé que tal vez tenga que enfrentar su resistencia, así que debo presentarle una posición sólida que no tenga más opción que aceptar.

Tras un beso en la mejilla, Winston se sienta en una silla frente a mí y Grace y Jock toman los asientos que sobran. Jock tiene a la mano papel y pluma, listo para tomar notas, como es usual, pero se muestra visiblemente incómodo, y me pregunto si espera que revele la conversación que oí. No hago nada por mitigar sus miedos infundados.

La sirvienta sirve el té y ofrece los pasteles que la señora Landemare logró preparar con los racionados ingredientes de tiempos de guerra, con provisiones de nuestra granja en Chartwell. Pasamos unos momentos silenciosos disfrutando esta indulgencia cuando Winston interrumpe:

—Así que ¿a qué se debe todo esto, Clemmie?

—Me alegra que preguntaras, Winston. —Hago un gesto a Grace, que distribuye los planes que hemos elaborado.

Antes de hablar sigo una estrategia del propio Winston para dar discursos y hago una pausa dramática. Solo después, empiezo.

—Winston, si queremos ganar esta guerra contra los abominables nazis, tendremos que enlistar a todos los ciudadanos británicos. No estoy sugiriendo que las mujeres estén codo a codo con los hombres en las trincheras, ni que vuelen a su lado en el aire. Pero necesitamos vastos números que sirvan de apoyo en tareas de administración y manufactura, y no hay suficientes hombres para llenar los miles y miles de empleos que serán necesarios. Sin embargo, podríamos alcanzar esos números si usamos a las mujeres. Pueden servir como administradoras de las unidades de lucha, como trabajadoras en las fábricas de armamento, ayudando a construir equipo, administrando las granjas y, algunas cuantas, podrían asumir puestos militares como la operación de las baterías antiaéreas.

De inmediato empiezo a hablar del siguiente punto antes de que Winston pueda objetar algo.

—Sé que varias partes del gobierno han comenzado a llenar ciertos empleos con mujeres, como hicieron durante la Gran Guerra. —Señalo los papeles que Grace desplegó para él—. En esas páginas expongo el gran vacío que tenemos en los números necesarios, un abismo que crecerá cada vez más mientras esta guerra siga y mandemos más y más hombres al frente. Podemos llenar ese hueco si llamamos a las mujeres. Están tan preocupadas por la guerra como los hombres y tienen tanto que perder como ellos. Winston, tú mismo dijiste que todo mundo aplaude y anima a la mujer que defiende a sus hijos de los lobos. Bueno, Winston, los lobos están en la puerta, y las mujeres deben ayudar a defendernos. No quiero que solo ayudes a plantar la semilla con los poderes del gobierno y que apruebes las súplicas dirigidas a ti en este asunto, sino también que comiences el proceso de invitar a las mujeres a unirse a la guerra.

Winston se queda en silencio. Sé que esto significa que o se siente impresionado por mi presentación o está a punto de explotar. Tomo un breve sorbo de mi té y espero. Si no explota en los próximos minutos, entonces habré ganado. Levanta los papeles y les echa un vistazo mientras observo el reloj.

Pasan los minutos y él sigue sin decir nada. Solo estudia las páginas.

—Clemmie, ¿cómo puedes estar segura de que las mujeres británicas reaccionarían favorablemente a mi invitación?

—Winston, si haces este llamado a la acción, las mujeres van a responder. Prometiste a la gente la victoria, y la victoria depende de la inclusión y la fuerza de las mujeres. —Dirijo una mirada a Jock—. ¿Estás de acuerdo, Jock?

Este es el momento decisivo. ¿Me apoyará Jock? Sabe que tengo información sobre él que podría dañar su relación con Winston de forma irreparable. Y quizá he logrado convencerlo de mi perspectiva.

Jock me mira a los ojos:

—Absolutamente, señora Churchill.

Capítulo treinta y dos

25 de octubre a noviembre de 1940
Londres, Inglaterra

El atardecer cae sobre el cielo londinense con un audaz alarde de color rosa y me recorre un sentimiento de satisfacción mientras examino los papeles desplegados en mi escritorio. Mis planes se desenvuelven a un ritmo veloz. Tan pronto como recibo el visto bueno de Winston comienzo a dar a conocer mi evaluación de los distintos departamentos, y luego el reclutamiento y la colocación de las mujeres en estos puestos clave que previamente habían sido desempeñados por hombres, lo que liberará a hombres británicos para que puedan ir al frente y combatir. Mi plan, no ejecutado de forma directa, sino a través de conversaciones con Winston o de correspondencia bien planeada, reuniones y almuerzos con oficiales de gobierno de importancia fundamental, implica que haya mujeres y niñas trabajando en labores más tradicionales, como secretariado, codificación, asistencia, contaduría, taquimecanografía, operatividad telefónica, señalización del trabajo y labores agrícolas, pero también en posiciones menos tradicionales, como descifrado, mecánicas de radio y aviones, mantenimiento, tripulación de torpedo y barcos, detección de radar, operadoras de cine, operadoras de domos de artillería, maestras de operadores de ataques submarinos, meteorólogas, señaladoras del alcance de bombas, examinadoras de visión y operadoras de objetivos de cañones antiaéreos. Incluso la Dirección de Operaciones Especiales, que se estableció en julio para llevar a cabo tácticas menos ortodoxas de espionaje, tiene libertad de acción para emplear mujeres en sus filas. Algunas de las organizaciones ya habían concebido la idea de incluir a las mujeres y solo necesitaban asistencia para llevar sus ideas con la gente indicada, y otras habían utilizado a mujeres en la Gran Guerra y solo necesitaban un estímulo para volver a hacerlo. Yo los mantendré a buen ritmo para crear nuestro propio frente femenino nacional. No estoy sola en este deseo, y tengo las relaciones adecuadas para efectuar el plan.

Mientras trabajo con el fin de asegurarles estos lugares a las mujeres, me doy cuenta de que el arco de mi vida se parece al de muchas de ellas. Con ambos pies damos el salto hacia la vida en común con nuestros esposos, listas para ofrecer todas las habilidades que tengamos al matrimonio y comprometernos con el mundo, solo para enfrentar la marginación en algún punto del camino. En mi caso, la puerta al mundo de los propósitos volvió a abrirse cuando terminaron los años de exclusión de Winston, y creo que no hay razón por la cual esa puerta no pueda reabrirse para *todas* las mujeres. Se había abierto de par en par para ellas durante la Gran Guerra, ¿y por qué en esta guerra no habría de hacerlo también? Una vez abierta, no veo razón por la que deba cerrarse nuevamente nunca más.

Estoy buscando los papeles que describen las actividades de las mujeres en la Dirección de Operaciones Especiales cuando escucho una explosión. Dejo caer los papeles y salgo corriendo hacia la oficina de Winston. «Por favor», ruego, «por favor, que Winston esté a salvo». Si resultara herido no solo perdería a mi esposo, sino que también el pueblo perdería a su líder. Pero cuando abro la puerta su habitación está vacía, como lo están los pasillos. A continuación corro hacia el salón, donde sé que planeaba beber un trago y tener una discusión privada con sir Archibald Sinclair, Oliver Lyttelton y John Moore-Brabazon antes de cenar con ellos, pero también está vacío. ¿Dónde está el gentío que normalmente ocupa cada rincón de la calle Downing?

Los bombardeos nocturnos sobre Londres y el campo británico comenzaron en serio el mes pasado, después de que los nazis no pudieron derrotarnos en la Batalla de Gran Bretaña. Winston dice que la meta de estos bombardeos aéreos, *Blitz*, como la gente comenzó a llamarlos, es irrumpir en la producción militar y aterrar a nuestros ciudadanos, y después de un par de semanas de incesante ruido y destrucción puedo ver que los alemanes quizá logren su meta si no mantenemos en alto el espíritu de la gente. Por supuesto, estamos al tanto de que el número 10 es un objetivo de esas redadas y hemos tomado las medidas necesarias: postigos de acero, refuerzo de travesaños y un refugio antiaéreo en el jardín; pero ni Winston ni yo creímos que abandonar la calle Downing beneficiaría la moral del país. No aún, de cualquier manera.

—¡Winston! —grito, pero nadie contesta. El terror me invade, ¿significa este silencio que no queda nadie que pueda responder?, y por un momento soy completamente incapaz de moverme. Me obligo a gritar el nombre de mi esposo de nuevo y el hechizo de la inmovilidad se rompe.

Corro de una habitación a la siguiente, buscando a alguien, quien sea, que me diga qué ocurrió. El tiempo se mueve de una forma extraña, como si de manera simultánea fuera dolorosamente lento e incomprensiblemente rápido. Paso por habitaciones de trabajo por lo regular atestadas, que ahora vacías, con papeles desperdigados como si se hubieran caído en medio de la prisa, y también paso corriendo por espacios más formales y por los aposentos familiares. No encuentro a nadie. Todas las oficinas, pasillos y vestíbulos están vacíos. Ni siquiera encuentro a Pamela, muy notoria por su avanzado embarazo, y ella por lo regular es omnipresente desde que comenzó a vivir con nosotros, una vez que las labores militares de Randolph —de tipo de bajo riesgo, ante la insistencia de Winston— requirieron que saliera de Londres. Agradezco a Dios en voz alta que Mary esté a salvo en el campo, visitando a familia y amigos.

Entonces, repentinamente, escucho el sonido de cristales rompiéndose. Corro hacia el ruido y desciendo al nivel de la cocina, en donde el sonido se hace cacofónico y el gentío comienza a crecer. Atravieso entre la gente del servicio y personal de gobierno que está de pie en la periferia de la cocina y veo a Winston mirando por la habitación. A su alrededor hay montones de cristales rotos apilados, montículos grandes de yeso blanco caído, puertas separadas de su montura y pedazos de muebles de madera rotos.

—Winston, ¿estás bien? —Miro al equipo que se alinea del pasillo a la cocina—. ¿Alguien está herido?

—No, no, Clemmie, no te preocupes. —Da una profunda calada al puro, que sé que algunas veces le ayuda a enmascarar sus nervios—. Estaba bebiendo unos tragos en el salón con nuestros invitados cuando una bomba cayó cerca, afuera, en el campo de Horse Guards Parade, y un impulso me llevó a revisar la cocina y evacuar al personal. Apenas los había hecho salir cuando una segunda bomba cayó más cerca, causando el impacto y el daño que ves aquí. —Hace un gesto hacia los escombros—. Pero nadie está herido. Al menos aquí no.

Lo abrazo y susurro:

—Gracias a Dios por tu premonición.

El bombardeo estuvo cerca; mató a tres servidores públicos que estaban cumpliendo su turno en Horse Guard Parade. Por eso nos movemos hacia Central War Rooms, las habitaciones centrales de guerra, un complejo seguro debajo de la superficie para los jefes de equipo del ejército, las fuerzas naval y aérea y sus suplentes, así como el gabinete de guerra, que había sido preparado en 1938 como medida anticipatoria del bombardeo aéreo que ahora estamos experimentando. Este extenso laberinto de pasillos, oficinas diminutas y salas de conferencia un poco más espaciosas —debajo de las fuertes y modernas New Public Offices, las nuevas oficinas públicas, hechas de concreto y cercanas a la calle Downing y al Parlamento— hasta hace poco había sido el sótano del edificio, lleno de ratas, polvo y documentos de gobierno olvidados. Las habitaciones de guerra solo son accesibles desde el edificio; después de atravesar por la puerta principal uno sube un par de pisos hacia una puerta interna resguardada que abre hacia la Escalera 15 con sus amplios escalones en espiral que llevan al sótano y, desde ahí, a las habitaciones de guerra. El espacio es suficiente para las reuniones del comité de planeación y para el gabinete, y por cierto tiempo, en el día continuamos celebrando reuniones y realizando trabajo en las fortificadas Garden Rooms, en el número 10 de la calle Downing, mientras que de noche dormimos en las habitaciones básicas de War Rooms.

Pero a medida que avanzan los meses y llegan a raudales los reportes de asesinatos, esta situación acaba por ser insostenible. Entre otros problemas, dormir en mi habitación subterránea de concreto —decorada con esmero con una colcha de flores y una silla tapizada— se vuelve imposible por el escándalo de las reuniones de veinticuatro horas, las alarmas y el eco del ruido de los pasos, así como por la nube de humo de cigarro, y Winston se rehúsa rotundamente a retirarse a su cama asignada durante los bombardeos aéreos; prefiere verlos desde el techo. Identificamos una serie de habitaciones del edificio de las nuevas oficinas públicas, arriba de los cuartos de guerra —vinculados a ellos por una escalera interna—, y las transformamos en departamentos para vivir y trabajar con mayor soporte estructural y persianas blindadas sobre las ventanas, por lo que por ahora hemos abandonado el número 10. Este anexo del número 10, como se le conoce, se convierte en nuestra oficina y hogar por el tiempo que sea necesario y hago mi mayor esfuerzo para convertir el espacio en un refugio cómodo, pintándolo con colores alegres, y organizo la entrega de nuestro propio mobiliario, alfombras y cuadros para llenar el espacio.

Pero me preocupa que los ciudadanos británicos no sean capaces de continuar bajo el estrés de los bombardeos nocturnos. Insisto en que nos mantengamos en el ojo público para que la ciudadanía pueda vernos. Entre reuniones viajamos constantemente por el país y visitamos fábricas de municiones, astilleros, tropas y, cada vez más, a aquellos que han sido afectados por los bombardeos. La gente necesita saber que seguimos entre ellos.

Pero esta proximidad con quienes sufren no es suficiente para Winston. Tan pronto como cesa el bombardeo de cualquier noche comienza a caminar entre los escombros, sin importar el hecho de que las bombas podrían continuar más tarde. Con el pasar de los años me había acostumbrado a que Winston no se cuidara a sí mismo; después de todo, le he salvado la vida, literalmente, cuando fue incapaz de ver el peligro que lo acechaba. Sin duda una vez en Bristol, y probablemente otras dos ocasiones, en Belfast y El Cairo. Pero este comportamiento nuevo —salir furtivamente después de un bombardeo aéreo con una antorcha para inspeccionar el daño en persona— es demasiado. Sus secretarios privados, ministros y oficiales militares comparten mis preocupaciones, pero él no escucha a nadie, ni siquiera a mí, en este asunto.

—La gente me necesita —dice cuando me quejo, señalando que necesitan que dure.

Cultivo a un par de espías propios, que comparten estas excursiones nocturnas conmigo. Mi labor primordial, considero yo, es mantener vivo a mi esposo. Tras la estrategia fallida de hacer que el valet de Winston escondiera sus botas para evitar que se aventurara a la calle después de un bombardeo, desarrollo otro plan.

Pese a los sonidos de las explosiones lejanas, mi sueño es inusualmente profundo, así que la mano que se apoya sobre mi hombro en un principio la integro a mi sueño. A medida que la mano me mueve con más vigor despierto de golpe. Me enderezo y, bastante desorientada, observo al intruso, solo para caer en cuenta de que es Grace.

—Se me ha informado que el primer ministro está preparándose para inspeccionar el daño del bombardeo aéreo —susurra.

Sé que esto significa que, como es usual, Winston ha esperado a que acabe la redada aérea en el techo del anexo —se rehúsa a dormir en las habitaciones protegidas de las habitaciones de guerra y prefiere hacerlo en el departamento, cuando se detenga el bombardeo—, y que el pobre valet ha sido llamado para vestirlo para su excursión nocturna.

Me tallo los ojos.

—Gracias, Grace —respondo.

Me entrega el abrigo, la bufanda y las botas que he preparado precisamente para esta ocasión. Me las pongo sobre la bata color azul pálido y me pongo algo de lápiz labial carmín sobre mis labios. Cuando camino hacia la escalera 15 me topo con Winston, que está saliendo por la escalera interna hacia el departamento del anexo. Lo saludo:

—Estoy lista, Pug.

Se voltea para mirarme de frente. Sus ojos se abren sorprendidos.

—¿Qué diablos haces aquí, Clemmie? La Londres nocturna después de los ataques aéreos no es lugar para ti.

Alzo las cejas y me estiro para pararme derecha.

—Si es lugar para ti, entonces lo es para mí también. —Cruzo mi brazo con el suyo y digo—: Vamos.

Él duda, y puedo sentir que está dividido entre su obsesión por investigar el bombardeo y mi seguridad. Contaba con este conflicto. Finalmente, me sigue.

Salimos a la calle nocturna y un auto blindado nos espera.

—¿Qué es esto? —le pregunta a su guardaespaldas, el lugarteniente Tommy Thompson, con quien planeé esto—. No voy a salir en esta caja de hierro. Vámonos en tu patrulla.

—Discúlpeme señor, pero no hay otro auto disponible —responde Thompson, y yo reprimo una sonrisa. Me aseguré de que no hubiera otros automóviles en los alrededores a esta hora.

La boca de Winston se abre y conjeturo que está a punto de ordenarle a Thompson que le encuentre otro automóvil. Intervengo y digo:

—Winston, no querrías que *yo* manejara en la ciudad en un auto que *no* estuviera blindado, ¿o sí? Después de todo, no sabemos cuándo parará el bombardeo y podría haber disparos y metrallas. Podría golpearme metal que cayera del aire.

Sin esperar a que responda, me subo al auto y me meto debajo de una de las mantas de tartán que arreglé que estuvieran en el asiento trasero. Me quedo a solas por un segundo, luego lo llamo:

—¿No vienes?

A regañadientes se sube al asiento trasero junto a mí. Cuando le acomodo alrededor una de las mantas a rayas la hace a un lado, pero vuelvo a ponerla sobre sus piernas:

—El país no prosperará si eres incapaz de trabajar porque te enfermes. La noche está fría. Debes tomar precauciones.

—Los soldados no tienen el lujo de las precauciones, Clemmie. ¿Por qué yo sí?

Ignoro este comentario; cualquier objeción de mi parte solo hará que se aferre. En cambio, pregunto:

—Entiendo que las bombas cayeron cerca del parque Richmond. ¿Le doy instrucciones al chofer o prefieres hacerlo tú?

Me mira con asombro ante el hecho de que esté dispuesta a hacer esto. Pero lo que no entiende es que en adelante estoy dispuesta a acompañarlo cada noche. Porque sé que no se expondrá a peligros innecesarios si estoy con él, y pienso usar esta preocupación suya por mi bienestar como un medio para impedir sus actividades peligrosas y mantenerlo a salvo. Le digo que podemos aparecer entre la gente y mantener su espíritu a flote sin ponernos directamente en el camino de las bombas.

El auto arranca y, como predije, una metralla cae sobre el techo; evito comentar la buena suerte de haber viajado en un auto blindado. De hecho, no hablamos sino hasta llegar al parque Richmond, y salgo del auto con él. Me quedo boquiabierta cuando observo que un extremo de uno de los edificios que bordean el parque ha sido completamente cercenado y ahora echa humo; no puedo evitar decir:

—Ay, Winston, nuestra pobre gente.

Se acerca para tomar mi mano:

—Por eso vengo, Clemmie. Para mostrarle a la gente que no está sola.

Tomados de la mano seguimos a Thompson mientras camina entre montones de ladrillos, madera destrozada y bloques irregulares de piedra gris del tamaño de un caballo. Nos aferramos a las antorchas que llevamos en la mano libre y el rayo que emite la mía cae sobre un pequeño oso de peluche, manchado de tierra. Suelto la mano de Winston, me agacho para tomar el juguete y me pregunto por el niño que lo perdió.

—Winston, quisiera ir a un refugio para bombas. ¿Hay alguno cerca? —Sé que, con frecuencia, habla o ayuda a los londinenses que perdieron su casa o están entre los escombros, pero no recuerdo ninguna conversación sobre visitas a los refugios de ladrillo, concreto y metal que no paran de multiplicarse y que se usan además de las estaciones de metro. El niño o niña que ha perdido este osito probablemente esté instalado en uno de ellos.

—Sí, pero no sé por qué querrías hacer eso.

Levanto el osito de peluche para que lo vea y le digo:

—Quiero ver cómo está soportando la tormenta esta gente.

Después de hablar con uno de los soldados que nos acompaña, Thompson localiza el refugio más cercano. Nos dirige a una estructura de arcos hechos de ladrillos; no es más grande que un autobús, y tras abrir la robusta puerta de madera nos hace un gesto para que entremos. El acre aroma de sudor, orines y excrementos nos angustia antes de que podamos entrar siquiera.

Cuando la luz de nuestras antorchas ilumina el pequeño espacio, un mar de rostros exhaustos, en su mayoría de mujeres y niños, nos mira desde el piso de tierra y las mugrientas esquinas. «¿Cómo soporta la gente estas condiciones espantosas?», pienso, pero no lo digo. En cambio, cuando reconocen a Winston y se ponen de pie emocionados y nos rodean, comienzo a saludarlos dándoles la mano, susurrando para mí misma: «Ruega a Dios que no decepcionemos a la gente».

Capítulo treinta y tres

Noviembre a diciembre de 1940
Londres, Inglaterra

Lo que inició como una misión para proteger a mi esposo se convirtió en un proyecto apasionante. Después de atestiguar las escuálidas condiciones en las que el pueblo británico está obligado a soportar entre diez y catorce horas cada noche, me propongo la meta de transformar los refugios. Comienzo con las solicitudes de la gente. No voy a dejar que nuestros ciudadanos sigan sin ser escuchados, así como no voy a permitir que esta guerra continúe sin que las mujeres participen en ella. Me pregunto si esto es parte de mi propio destino —un concepto que Winston discute con frecuencia—: expandir la comprensión de las capacidades de las mujeres en la guerra y en otros ámbitos. De cierta manera, es una expansión de mis creencias de sufragista.

—Aquí tiene la correspondencia del día, señora —dice el niño rubio, quizá demasiado joven para el servicio militar, con un fuerte acento, cuando coloca la bolsa que es casi dos veces más grande que él en la silla adyacente a mi escritorio.

—Gracias —contesto, haciéndole un ademán a Grace para que me ayude a clasificarla, una tarea cotidiana. Hemos desarrollado un sistema para categorizar cada misiva que se me envía. Estoy determinada a que cada mensaje —ya sea halagador, sensible, ofensivo o fútil— reciba una respuesta de parte mía directamente, como otro esfuerzo para que los ciudadanos sepan que sus preocupaciones están siendo escuchadas. Con Winston demasiado ocupado con los asuntos militares de la guerra para encargarse de asuntos domésticos, esto se ha convertido en mi trabajo, junto con muchas otras tareas que van a influir de manera directa en el bienestar de nuestra gente.

Mientras Grace y yo formamos las pilas de cartas según su contenido, advierto que la pila destinada a los refugios ha crecido mucho. Parece que cada día llegan más y más quejas por el estado de los refugios antiaéreos. Apenas anoche completé una gira de un mes por una sección de los refugios, acompañada por la señora May Tennant de la Cruz Roja, y en ocasiones por Jock Colville, quien, por cuenta propia, ha mostrado interés en este proyecto. Tristemente, me he dado cuenta de que la letanía de problemas que estas cartas incluyen no abarca ni siquiera una pequeña parte de la lista de problemas que yo he identificado por mi cuenta.

La imagen de una mujer mayor en uno de los refugios visitados anoche aún está presente en mi mente. Tenía el rostro cubierto de mugre, ninguna posesión, salvo un ligero abrigo verde que llevaba puesto y su bolso, y había estado llorando en su pañuelo cuando la encontré. Sus mejillas mostraban las líneas donde las lágrimas habían limpiado la mugre, y un hombre joven sentado junto a ella la tenía tomada de la mano. Cuando levantó la vista hacia nuestras antorchas se incorporó y agitó su pañuelo ennegrecido.

—Señora Churchill, qué honor —gritó, olvidándose de sus preocupaciones por un momento.

Cuando se acercó para tomar mi mano, uno de mis guardias de seguridad la interceptó, pues no quería que la pobre y mugrosa mujer me tocara. Hice a un lado el brazo del guardia, tomé las manos húmedas de la mujer entre las mías y le dije:

—El honor es mío, señora. Estoy aquí para ayudarle. ¿Podría decirme por favor qué le ocurrió a usted y a su familia?

Su casa, un pequeño recinto de piedra de dos habitaciones donde vivía con su hijo con discapacidad mental, que estaba sentado a su lado, acababa de ser bombardeada, y había perdido absolutamente todo.

—Esto tendrá que ser nuestro hogar por ahora —contestó cuando le pregunté dónde había estado quedándose, haciendo un gesto hacia el cuchitril abandonado por Dios.

Me estremezco al pensar en el gélido refugio, con gotas de agua congeladas en las paredes y dos cubetas rebosantes que sirven de letrinas, donde la pobre mujer y su hijo vivirán hasta que puedan habitar un hogar permanente, proyecto que tomé tan pronto como volví a casa. Increíblemente, su refugio no es peor que muchos de los refugios antiaéreos que visité en los alrededores de Londres en las semanas pasadas; de hecho, es un buen representante de la media. Estoy determinada a que el pueblo británico reciba algo mejor.

—Grace —digo—, creo que necesito añadir un par de puntos más a mi memorándum para Winston.

—Claro, señora —contesta, alzándose para buscar pluma y papel.

Cuando vuelve a sentarse a mi lado enumero cuatro categorías más para el memorándum, que ya detalla mis preocupaciones más importantes sobre el brote de enfermedades entre los hacinados, quienes por lo general viven en condiciones poco higiénicas.

—Primero, todo refugio debe ser a prueba de agua. En muchos de los refugios el agua cae del techo o se mete entre las paredes y, cuando baja la temperatura, se convierte en hielo. Segundo, los piojos van a contagiarse si el hacinamiento actual continúa y si las sábanas de los refugios no se cambian constantemente. Tercero, las letrinas deben aumentarse, aun cuando la única letrina posible sea una cubeta. Si son cubetas, deben colocarse sobre grandes sábanas de estaño, en vez de sobre suelo poroso, para asegurarse de que las enfermedades no se contagien. Cuarto, las literas de madera que se están fabricando deben rediseñarse para que sean más anchas y más largas, en especial para las madres con niños.

Cuando dejo de hablar noto que Grace se ha detenido. Su rostro pensativo, con los lentes descansando en la punta de su gran nariz, parece congelado.

—¿Hablé muy rápido, Grace? Estoy segura de que habrás notado que esto me molesta mucho, así que quizá hablé demasiado rápido.

—No, señora, no es eso —duda—. Más bien me pregunto si estos temas son adecuados para la esposa del primer ministro.

La reacción de Grace me sorprende. Ella es bastante estoica y no puedo imaginar qué es lo que le parece objetable, particularmente en este crítico momento de la guerra. ¿Cuando los nazis bombardean personas durante la noche en las calles y en sus casas? ¿Cuando quizá perdamos a cientos de civiles inocentes debido a la tifoidea porque los refugios no son higiénicos?

—Si el pueblo británico es capaz de soportar estas condiciones, yo soy capaz de discutirlas con el primer ministro.

Cinco horas después, cuando abro la puerta de la oficina de Winston, las palabras de Grace siguen resonando en mis oídos y yo me enfrento a mi esposo y a tres de sus ministros, el de Salud, el de Seguridad Nacional y el de Provisiones. Regularmente, cuando me reúno con Winston para discutir algún asunto o proyecto que he emprendido puede ser que esté presente Jock Colville u otro oficial, pero es raro que esté alguien más. Hoy ha reunido a los actores clave en el asunto de los refugios. Aprecio su confianza, pero debió haberme advertido.

—Clemmie —Winston me extiende la mano para que tome asiento a su lado, en la silla de la derecha—, justo estaba describiendo a estos hombres tu gira de la Cruz Roja por los refugios. Ha sido una ardua tarea que ha llevado casi un mes.

—Señora Churchill, ha usted ido mucho más allá del llamado del deber al aventurarse en estas peligrosas locaciones en medio de la noche. De verdad no era necesario —dice el ministro de Salud,

Malcolm McDonald, con una risa abierta y condescendiente mientras tomo asiento—. Después de todo, son refugios temporales. Solo están hechos para mantener a las personas a salvo durante los bombardeos de corta duración, que esperemos pasen pronto.

Estoy cansada de la arrogancia de los miembros más poderosos del gobierno, que con tanta frecuencia fueron criados entre lujos, con todas las ventajas de su clase y su educación. Aunque yo nací en una familia aristocrática conozco los esfuerzos de la clase trabajadora, así como el desdén al que se enfrentan.

—Por desgracia, señor McDonald, mi gira fue absolutamente necesaria. Hubiera deseado que no lo fuera. Si, como sugiere su título, está usted preocupado por la salud de nuestra ciudadanía, debemos hacer algo sobre el abominable estado de nuestros refugios contra los bombardeos aéreos. Quizá al inicio fueran rudimentarios e improvisados, pero ahora que llevamos tres meses de bombardeos y tenemos encima la temporada invernal, no podemos permitir que esta situación continúe. —No había planeado iniciar mi charla con un tono inflexible, pero si su plan es ser condescendientes conmigo, entonces eso es lo que obtendrán a cambio—. ¿Alguna vez ha ido a un refugio antiaéreo? —pregunto, a sabiendas de que la respuesta será un no.

Niega con la cabeza, pero antes de que pueda decir algo más, les digo a todos los ministros:

—Parece haber una incertidumbre general sobre la política que tiene que ver con la creación y el mantenimiento de los refugios contra el bombardeo aéreo; quizá en parte debido a que su administración involucra a muchos ministros. La razón, o excusa, ofrecida para no hacer nada al respecto es que, como acaba de decir el señor McDonald, los refugios son temporales y no vale la pena gastar dinero en ellos, en particular debido a los costos de la guerra. Sin embargo, la gente que ustedes representan está viviendo en esos refugios catorce horas o más todos los días, en condiciones terribles de temperatura, humedad, mugre, oscuridad, peste y, me temo, enfermedades. Debemos cumplir con ciertos estándares de higiene y comodidad.

Winston se ríe levemente, aunque cuando volteo a verlo intenta esconderlo dando una calada a su puro. Sé que no se ríe de mí, pero de verdad está disfrutando el trato que estoy dando a estos ministros.

Volteo a ver al ministro McDonald, cuyo rostro es casi apoplético de ira y asombro. Su expresión comunica sus pensamientos: ¿Cómo es que yo, una mujer que no tiene un puesto electo, tomo una postura tan firme contra los líderes del gobierno? De hecho, pienso yo, ¿cómo se atreve él a fallar tan miserablemente en su deber con el pueblo británico?

Pero no digo mis pensamientos en voz alta. Hago un gesto hacia las copias del memorándum que coloqué sobre la mesa y digo:

—Invito a cada uno de ustedes a que lea y estudie mi reporte. Verán, en la sección de los refugios que visitamos y examinamos, que esto es un problema sistémico y bien extendido. Y que debe rectificarse.

El grito estridente de un niño resuena en la habitación. Los ministros miran a su alrededor, como si la fuente del estremecedor y repentino sonido pudiera hallarse ahí. Parece que nuestro nieto, el hijo recién nacido de Pamela y Randolph, me ha hecho un favor no planeado.

—Ah, ese ha de ser el joven Winston, nuestro nieto más pequeño. Pónganse a pensar, caballeros, si ustedes permitirían que sus propios nietos, o tal vez sus propios hijos, pasaran diez o doce horas de una noche fría de invierno en la oscuridad total, en un suelo sucio, con un penetrante olor a letrina en el aire. Y luego imaginen que pasan así noche, tras noche, tras noche.

»¿No pueden? —Hago la pregunta retórica a los ministros, cuyos rostros se han cubierto de vergüenza. Y como si se le hubiese dado una señal, el joven Winston llora aún más alto—. Parece que nuestro nieto tampoco es capaz de imaginarse ese horror.

Capítulo treinta y cuatro

2 de diciembre de 1940
Londres, Inglaterra

Estoy de pie, tan cerca del borde del techo como me lo permiten los soldados. Quería realizar mi turno como vigilante de incendios sin la entrometida presencia de los guardias personales de Winston, pero no quiso escuchar ni una palabra al respecto. De hecho, habíamos tenido una fuerte pelea acerca de que yo fuera vigilante de incendios.

—Si no querías que tus ciudadanos estuvieran en este puesto aparentemente peligroso, entonces ¿por qué impulsaste la Orden de los Vigilantes de Incendios en primer lugar? —discutí con Winston. Esta ley, aprobada en septiembre, requería que los dueños de negocios se aseguraran de que alguien estuviera al pendiente de revisar que no hubiera incendios de forma permanente, tanto en su edificio, como en la periferia, para prevenir daños mayores por incendios, en particular debido a las omnipresentes bombas incendiarias que caían sobre Londres cada noche.

—Cuando dije «ciudadanos» no quise incluir a la esposa del primer ministro. Ya haces suficiente por tu país, y el primer ministro te necesita a su lado. No es un lugar para ti —me gritó como si yo fuera uno de sus múltiples subalternos.

Su comportamiento solo reforzó mi cometido con este puesto, así que me puse de pie y anuncié:

—Winston, solo te he informado sobre mi turno como una cortesía hacia tu agenda. Como sabes, respondí públicamente a las quejas del secretario de Seguridad Morrison sobre que el servicio de vigilancia de incendios estaba corto de personal y lo invité a que les pidiera a todas las mujeres de mediana edad con medios independientes que asumieran turnos como vigilantes de incendios. Ahora que he llamado a las mujeres a servir como vigilantes de incendios, ¿cómo puedo hacer que se suban a los techos a la mitad de la noche si yo misma no estoy dispuesta a hacerlo? —Hago una pausa y uso uno de sus propios argumentos en contra suya—. Justo como tú haces cuando te aventuras a las calles de la ciudad durante los bombardeos nocturnos.

Suspirando con dificultad, Winston cala largamente su puro. Su silencio me dice que he ganado este punto, pero que él va a obtener alguna clase de concesión de parte mía.

—Vas a llevarte a algunos guardias contigo.

Quise protestar, pero sabía que estaría preocupado durante todo mi turno a menos que los hombres me acompañaran. Así que acepté, pero solo en este punto.

Mi llegada al techo pone nervioso al caballero canoso, mayor que yo, a quien voy a relevar, el señor Peacock. Pese al hecho de que parece al menos una década más grande que yo, es notoriamente ágil, lo que demuestra pegando un brinco al verme.

—Señora Churchill, ¿qué está haciendo aquí?

—Estoy aquí para tomar mi turno después de usted como vigilante de incendios —contesto sonriendo con calma, intentando hacerle ver que mi aparición en el techo no es más inusual que la de él.

—¿Vigilante de incendios? —contesta, y se lleva la mano a la boca—. Una disculpa, señora. Lo que ocurre es que me sorprende ver a la esposa del primer ministro aquí en el techo.

Temo que el pobre hombre quizá nunca se recupere. Con la esperanza de apaciguar sus nervios, le pregunto:

—¿Puede mostrarme el procedimiento? Es mi primera vez, después de todo.

Tras un momento de duda, toma el papel de instructor con tanta naturalidad que supongo que en algún momento debió de ser maestro. En este papel que le es aparentemente familiar se calma y me explica las tareas que estaré realizando durante las siguientes ocho horas. Me entrega un par de binoculares grasosos y dice:

—La parte más importante del trabajo es observar el horizonte para detectar las bombas que caen, así como humo y fuego. —Camina conmigo alrededor del perímetro del techo, señalando los varios edificios del horizonte, aunque claro que reconozco San Paul por mi cuenta.

Me enseña un teléfono que parece haber sido colocado con prisa en la pared de la azotea.

—Si en algún momento ve algo así, debe dar aviso al equipo, en las oficinas de abajo. El número está anotado aquí. De esa manera pueden protegerse a sí mismos y al edificio, y avisar con la alarma a quienes estén en otros edificios vulnerables, para que todos los miembros del equipo se refugien en el sótano, y hacer otras llamadas.

Señalo los costales de arena y las cubetas de agua y arena que hay por todos lados:

—¿Para qué son estos?

—Para que se resguarde si los alemanes disparan directamente sobre usted —contesta en voz baja, como si dudara de compartir la realidad de este puesto conmigo. Como si yo no conociera, hasta este momento, cuáles son los riesgos. Hay agua y arena en caso de que el fuego y las bombas comiencen un incendio aquí.

«Ah», pienso, «sirven para el mismo propósito que en los cuartos de guerra, que están atestados de cubetas de agua y arena».

Asiento rápidamente con la cabeza y digo:

—Bueno, caballero, gracias por su excelente instrucción. Me siento lista para tomar mi lugar.

—Claro. Todos debemos cumplir con nuestro deber. —Veo que mis palabras no lo calman. Hago un gesto hacia los soldados que se alinean contra la pared de la azotea y le digo:

—No se preocupe, esos hombres no van a dejar que nada me ocurra.

—No quisiera decepcionar al primer ministro, señora. Hace mucho por nosotros.

Tomo su mano enguantada en la mía.

—Me aseguraré de compartir sus pensamientos con él. Pero ahora debo comenzar mi labor. —Me coloco los binoculares alrededor del cuello, coloco el casco sobre mi cabeza y comienzo a patrullar el perímetro. Doy gracias por haber roto el protocolo y usar pantalones.

Intento ignorar a los guardias mientras realizo mis rondas, pero su vigilancia constante es un reto. Casi me tropiezo con un joven soldado de cabello rubio platinado cuando doy la vuelta a la esquina para supervisar el ala norte del edificio. Después de un par de horas de este trabajo más bien monótono los soldados comienzan a relajar la vigilancia, y puedo quedarme en cada punto de observación y estudiar el paisaje urbano debajo de mí.

Aunque esté anocheciendo, puedo ver las siluetas de nuestros ciudadanos apresurándose a realizar sus tareas nocturnas. Hombres con abrigo y sombrero que regresan a casa de la oficina, aunque quizá sus casas o departamentos estén vacíos porque sus seres queridos hayan sido evacuados. Una que otra mujer que camina por la calle, cargando paquetes con algún propósito. La única prueba de la guerra que puedo ver desde mi punto de observación son los refugios esparcidos en el paisaje.

Estoy perdida en mis pensamientos, admirando la resiliencia del pueblo británico cuando escucho el estrépito producido por tiroteos y el rugido de los motores de aviones. Sé, de forma instintiva, que el deber me llama, y levanto los binoculares a mis ojos. Los biplanos cruzan el cielo, feroces, y enormes bombas incendiarias caen sobre los edificios, las calles, los parques. El humo se levanta del suelo hacia el cielo del atardecer y un aroma a azufre llena el aire.

De inmediato corro al teléfono para alertar a los trabajadores del edificio debajo de mí, pero los guardias me interceptan. Forman un círculo a mi alrededor para asegurar mi protección. Sé que simplemente están siguiendo instrucciones, pero estoy decidida a hacer mi trabajo.

—Caballeros, tengo que hacer una llamada.

El soldado rubio dice:

—Señora, tenemos órdenes de protegerla. No podemos correr el riesgo de que una bala perdida o una bomba le haga daño.

—Pueden seguirme a ese teléfono, pero voy a realizar esa llamada.

Con los solados a cuestas corro al teléfono e informo al equipo del edificio sobre las bombas en las proximidades, para que puedan correr al refugio subterráneo, aunque este edificio en particular no haya sido atacado. Al regresar al perímetro del edificio observo el horizonte de nuevo con mis binoculares. No veo otra cosa que no sea el brillante domo de la catedral de San Paul que se eleva entre el humo y los incendios desperdigados. «Había visto la devastación en el suelo de primera mano, pero qué distinta luce desde el aire», pienso.

El sonido de los tiroteos se debilita y el grito de las bombas que caen del aire cesa de pronto, a medida que la acción se va alejando. Los soldados se rehúsan a dejarme en paz, incluso cuando el silencio de la noche se hace total. Mientras el humo se dispersa, a través de los binoculares, bajo la suave luz de la luna, veo lo que la gente olvidó sobre las aceras cuando corrió a resguardarse. Allá se ve la silueta de un paquete de comida, acullá una sombrilla, incluso el zapato de una mujer. Siento alivio de no ver cadáveres. Qué terrible es esta guerra.

Uno de los solados se aclara la garganta detrás de mí y dice:

—Señora, ya que hay una pausa en la acción, quizá sea un buen momento para regresar al anexo.

Doy vuelta hacia él y respondo con voz firme:

—Tengo la intención de quedarme lo que dure mi turno. Voy a cumplir con mi deber.

Capítulo treinta y cinco

12 y 13 de diciembre de 1940
Londres, Inglaterra

Winston levanta su copa de Pol Roger, una rareza en tiempos de guerra, resguardada para las ocasiones especiales, y ofrece un brindis.

—Por Francia. —Choca su copa contra la del general Charles de Gaulle quien, el día después de que el jefe de gobierno Reynaud renunciara en junio, voló a Inglaterra en un avión británico. Con el colapso de Francia y el subsecuente establecimiento del gobierno pronazi de Vichy, este hombre, el único miembro del gobierno francés públicamente dispuesto a continuar la lucha contra los nazis, es el representante de la Francia Libre. Incluso con su poder limitado lo necesitamos; de otro modo estamos solos en este conflicto.

El general choca su copa con la de Winston. El sonido del cristal resuena en el comedor blanco de la calle Downing y, por un momento, con la champaña dorada brillando a la luz de las velas y las crujientes gallinas de Cornualles, casi parecen tiempos de paz.

—Por una Francia *libre* —corrige el general a Winston, con las fosas nasales dilatadas. Winston asiente, disculpándose, y da un trago ávido de champaña. Ha perdido su lujo preferido.

—Madame, no me he olvidado de usted —dice De Gaulle y choca su copa contra la mía.

Aunque los franceses libres seguirán trabajando con nosotros en contra de los nazis, los soldados y marineros franceses que no desertaron deberán ser tratados como enemigos, puesto que están ayudando a los nazis en su causa. Como resultado, poco después de la caída de Francia, Winston tuvo que ordenar a la Marina Real que destruyera a la flota francesa que estaba anclada en Oran, en África del Norte, para que no cayera en manos de los nazis. Fue una decisión que molestó terriblemente a Winston, en particular cuando recibió la noticia de que trece mil hombres habían muerto. Pero no podía permitir que un arma así de poderosa cayera en manos de los nazis; Gran Bretaña quizá nunca se habría recuperado.

—Por el apoyo continuo de la flota de la Francia Libre hacia los británicos. —Levanto mi copa con mi propio brindis.

En vez de chocar su copa contra la nuestra, el bigotón De Gaulle deja su copa de champaña de cristal en la mesa. Con un tono que rápidamente pasa de ser hospitalario a hostil, dice:

—Madame, creo que a los franceses les daría una satisfacción mayor volver sus armas contra los británicos, sus rivales históricos, y no contra los alemanes. —Su rostro delgado se tensa aún más cuando mira a Winston, y añade—: En particular después de África del Norte.

Estoy horrorizada. Aunque entiendo su decepción por las muertes de Oran, su comentario es enteramente inaceptable; él entiende mejor que nadie lo necesario —y difícil— que fue para Winston tomar esa decisión. Lo hemos recibido en nuestro país, soportando la ira intensificada de los nazis por nuestros pecados, y le hemos dado el apoyo que ha requerido en cualquier tarea que ha decidido realizar en contra de nuestro enemigo común. ¿Cómo se atreve a reprendernos a nosotros en lugar de a sus verdaderos adversarios, los nazis?

Observo a Winston, que está sentado en silencio, moviendo su copa de Pol Roger. Me sorprende su silencio, pero mientras lo estudio, preguntándome por su reacción, viene a mi memoria un desacuerdo reciente en el que exhibió un comportamiento similar. Nos enteramos de que el hijo de su hermano Jack había estado planeando enviar a su propia hija a Canadá, pese al hecho de que le habíamos pedido a nuestra familia inmediata y no inmediata permanecer en el país a menos que su trabajo bélico los llevara al extranjero. Explicamos que era fundamental para la moral del país que vieran que la familia del primer ministro confiaba en que al final saldríamos victoriosos. Pero cuando descubrimos el plan de su sobrino, quien estaba en Dunkirk como oficial de camuflaje, Winston no quiso intervenir ni protestar de manera alguna, justo como ahora, cuando se enfrenta a la proclamación incendiaria de De Gaulle. Incluso después de todos estos años, algunas veces me parece que las acciones de Winston son frustrantes y me dejan perpleja.

—¿Cómo podemos pedirle al pueblo británico que aguante y luche, pero permitirles a los miembros de nuestra propia familia que se escapen? —le pregunté entonces a Winston con una voz que sonó sorprendentemente tranquila a mis oídos y que escondía el enojo creciente que yo sentía. ¿Cómo podía Winston ser tan severo con su equipo, pero tan complaciente con su propia familia?

—Clemmie, ¿no crees que estás siendo un poco severa? La niña tiene cinco años —dijo Winston.

Casi me río por la ironía de mi esposo —conocido por sus ásperos arrebatos—, al sugerir que yo estaba siendo severa, cuando era él quien públicamente había pedido a los ciudadanos británicos que jamás se rindieran. Solo que esto no era un asunto de risa.

—¿Severa? Tú no creíste que fuera severo insistirle a Diana que dejara a sus hijos en Inglaterra, y su hijo más chico ni siquiera tiene dos años. ¿Cómo puede ser severo pedirle a Johnnie, el hijo de tu hermano, que no envíe a su hija de cinco años a Canadá?

—Pero tú interviniste a escondidas y retuviste el pasaporte de la niña en el punto de embarcación —exclama.

Me pongo de pie para mirarlo desde arriba.

—Solo después de que específicamente requerimos que tu sobrino mantuviera a Sally en el país y desafió tu solicitud organizando lo contrario. Pudo haberla sacado de Londres y llevarla al campo *sin* desafiar tu orden.

Winston miró al suelo, rehusándose a sostenerme la mirada.

—No fue una orden, Clemmie. Es un ciudadano, no un servidor público, y estaba en todo su derecho. Y ese derecho no le impide evacuar a su hija. No todavía, de cualquier modo.

—Tú eres el primer ministro y estamos en guerra. Por lo tanto, una solicitud es una orden, sobre todo porque su padre vive con nosotros en la calle Downing, y además es tu sobrino. —Sabía que tenía que mantenerme firme. Winston siempre ha sido muy suave cuando se trata de la familia de su hermano—. Sin mencionar que desaprobaste la propuesta gubernamental de evacuar a las mujeres y los niños.

—Porque sería una maldita estampida —me dijo furioso. Una vez que entendió que había aceptado mi punto, se quedó en silencio.

Yo continué:

—Serías un hipócrita si permitieras su manera de proceder. Sería como si hubiéramos enrolado al campo entero para ayudar en el esfuerzo bélico, pero les permitiéramos a miembros de nuestra propia familia quedarse sentados, en vez de insistir en que participaran en la guerra, justo como insistimos con el resto de los ciudadanos. —Winston y yo nos hemos asegurado de que nuestros hijos tomen un trabajo: Diana es oficial en el servicio naval femenino de la realeza; su esposo, Duncan, es oficial de territorio en un regimiento antiaéreo; Randolph es oficial en el viejo regimiento de Winston, los Fourth Hussars; y Mary, quien aún vive en casa, trabaja en una cafetería de la Cruz Roja como voluntaria. Las únicas excepciones fueron Sarah, que continuó actuando, aunque me prometió que se uniría a la Fuerza Aérea Femenina Auxiliar, y Pamela, que estaba embarazada de su primer hijo al momento de nuestra conversación, por lo que resultaba entendible que no realizara algún trabajo de guerra. Mi hermana Nellie había cumplido la solicitud también y se había refugiado en el campo inglés, cerca de Chartwell, aunque sus hijos no pudieron, y no por culpa de ellos. Su hijo mayor, Giles, seguía capturado por los nazis, si bien con relativas comodidades, en el castillo Colditz, en Alemania; mientras que su hijo menor, Esmond, quien desde hacía mucho se había rebelado contra todos los aspectos de la sociedad inglesa, y que con su prima lejana Jessica Mitford a cuestas como su esposa se mudó a España para luchar en su guerra civil antes de mudarse a América, se unió a la Real Fuerza Aérea Canadiense cuando comenzó la guerra.

La ira pasa por el rostro de Winston como una nube de tormenta y luego desaparece. Suspira y dice:

—Tienes razón, Clemmie. No podemos dejar que un niño Churchill muestre una falta de confianza en Gran Bretaña. ¿Qué pensaría el resto de los compatriotas de la pequeña Sally?

—Precisamente —digo, dándole gracias a Dios de que Winston entrara en razón.

Sin embargo, ahora, con De Gaulle, no veo señal alguna de que Winston vaya a entrar en razón. De hecho, está sentado más bien plácidamente, calando su condenado puro. ¿Cómo puede quedarse en silencio frente a los insultos de De Gaulle? Este hombre ha excedido nuestra hospitalidad y yo no voy a ignorar su menosprecio.

En francés —para que De Gaulle no me malentienda—, digo:

—Sus sentimientos, caballero, no son los propios de un aliado, mucho menos de un invitado.

De Gaulle tan solo me observa, y yo le devuelvo la mirada. Winston quizá no entendió mi francés de cabo a rabo, pero sin duda comprende esta tensión. Con un tono sumiso, interviene:

—Tendrá que disculpar a mi esposa, general De Gaulle. *Elle parle trop bien le français.*

¿Cómo se atreve Winston a pedir disculpas en mi nombre, diciendo que yo «hablo demasiado bien el francés»? No seré amedrentada por mi esposo ni por nadie más, ni siquiera por el líder de los franceses libres, cuya alianza con Inglaterra es importante, pero frágil. Por primera vez en mucho tiempo me doy cuenta de que debo adherirme a mis propias creencias en vez de ignorarlas para hacer avanzar a Winston y sus posturas.

Sin quitarle a De Gaulle los ojos de encima, muestro mi desacuerdo con Winston, de nuevo en francés.

—Winston, no es eso, en absoluto. Hay ciertas cosas que una mujer puede decirle a un hombre, que otro hombre no podría, y se las estoy diciendo a usted, general De Gaulle.

Ambos hombres se quedan sin palabras. Bebo mi champaña y espero a que alguien más hable.

—Usted está absolutamente en lo correcto, madame Churchill —dice por fin De Gaulle—. Por favor acepte mis disculpas. —Se levanta de su asiento para besar mi mano; yo asiento y lo permito.

A la mañana siguiente escucho un ruido fuerte en la puerta de mi oficina. Suena como el golpeteo distintivo de Winston, pero no puede ser. Aún no dan las ocho de la mañana y mi esposo normalmente no se levanta antes de las nueve, incluso en tiempos de guerra. La puerta se abre de golpe, y para sorpresa mía, sí es Winston, sonriendo en su piyama rayada con bata.

—Debes venir a ver esto, Clemmie —dice, dando zancadas al salir de la habitación con una energía inusual en él para ser tan temprano.

—¿Qué es, Winston? —le pregunto. Miro a Grace, quien ha estado ayudándome con la correspondencia desde las siete de la mañana. Parece que mientras más le respondo a la gente de forma personal, más cartas me envían. Grace, por lo regular de conducta apacible, parece igual de perpleja que yo.

—Tienes que verlo para creerlo —me grita de vuelta, despertando a los miembros de la casa que no se han levantado aún.

Al acercarnos al vestíbulo mi falda hace ruido en el silencio del anexo todavía vacío, y un aroma fragante me toma por sorpresa, por lo que casi me desmayo de placer. Han pasado meses desde la última vez que inhalé el aroma de las flores. Entramos al vestíbulo, que está inundando con floreros llenos de fucsia, amarillo y azul aciano, como una pradera en primavera.

Winston me da una tarjeta que, puedo ver, ya fue abierta.

—Querida señora Churchill. Por favor acepte mi disculpa más sumisa por el mal comportamiento de anoche. Siento el mayor respeto por usted y por su esposo. Sinceramente, el general Charles de Gaulle.

Aprieta mi mano libre y dice:

—Como dije la primera vez hace muchos años, tú eres mi arma secreta.

Capítulo treinta y seis

24 de diciembre de 1940
Buckinghamshire, Inglaterra

¿Qué es lo que provoca que nos acerquemos más a nuestros seres queridos durante una crisis? ¿Por qué las diferencias entre nosotros —minúsculas y enormes— parecen desaparecer cuando se miran a la luz de una catástrofe? Parece que un mundo en guerra es necesario para borrar la división entre Winston y yo y nuestros hijos, y para recordarnos los lazos familiares que nos unen.

Al observar la mesa montada para la cena de Nochebuena me siento agradecida e incrédula de que todos nuestros hijos y sus parejas —por débiles que sean sus matrimonios— hayan podido unirse con nosotros en Chequers, el refugio campestre diseñado para el primer ministro. Le sonrío a la inusualmente satisfecha Diana y a su esposo, Duncan; sus dulces y pequeños niños, Edwina y Julian, ya han subido a acostarse, acompañados de sus cuidadoras. La menos contenta Sarah está sentada al lado de su esposo, Vic; él ha recibido varias miradas fulminantes de su esposa porque él, que nació en Austria pero ahora es un ciudadano estadounidense, quiere radicar en Estados Unidos, pese a la obvia lealtad de Sarah a la Gran Bretaña y pese a las órdenes de Winston de que ningún miembro de la familia Churchill huya de Inglaterra. El nacimiento del pequeño Winston, quien tiene ahora tres meses, ha reunido a Randolph y a Pamela para las vacaciones, pero temo que esta reconciliación no durará mucho. Randolph ha tenido algo de éxito últimamente

—ganó un asiento en el Parlamento en otoño, si bien un asiento Preston para el que no había oposición, y su trabajo militar ha sido modestamente exitoso, pese a la aversión que sienten sus hombres por él—, pero sus éxitos no han reducido sus apuestas ni sus aventuras amorosas. Solo fue el vínculo que tiene Pamela con Winston y conmigo lo que la animó a reunirse con nosotros. Solo Mary, quien pasó el verano en la seguridad de Norfolk con la familia de mi prima Venetia y su hija, y el otoño aquí, en Chequers, trabajando en el servicio voluntario femenino, permanece igual pese a la guerra, y su temperamento equilibrado y su bondad son un gran descanso para mí y para Winston. De todos nuestros hijos, solo la pequeña y pobre de Marigold está ausente esta noche, y en contra de mis deseos siento un golpe de melancolía por su ausencia de todos estos años. Limpio la lágrima inoportuna que brota de mi ojo con un movimiento rápido del dedo y entablo una conversación animada con mis hijos y sus primos sobre la «alacena del genio», donde solía guardar todos sus regalos de Navidad.

Nuestra familia extendida también ha logrado reunirse con nosotros, incluyendo a Moppet, que está sentada alegremente al lado de Mary. Nellie parece bastante contenta, pese a las situaciones de sus dos hijos, Giles y Esmond. Aunque Goonie ha estado enferma, tanto ella como su esposo —el hermano de Winston—, Jack, así como sus hijos —Johnnie, Peregrine y Clarissa—, las parejas de estos, y sus nietos, se reunieron para la celebración y están sentados en nuestra mesa. Escucho que Winston le dice a su hermano:

—Cómo desearía que nuestra madre estuviese viva para disfrutar Chequers con nosotros. Habría adorado pasar la Navidad en una propiedad del primer ministro. —Curiosamente, su comentario me hace extrañar a mi propia madre, aunque nuestra relación siempre complicada se hizo aún más difícil durante los meses previos a su muerte, en Dieppe, borracha y cubierta de deudas por su adicción al juego, hace casi quince años.

Aunque no vamos a pasar la Navidad en nuestra casa familiar en Chartwell, quería hacer que Chequers brillara con mi espíritu navideño característico. Y aun cuando Chartwell está tapiado por la guerra, hace varias semanas invadí su bodega para traer las decoraciones familiares a Chequers. Durante mi breve excursión para organizar las cajas que necesitaba traer a Chequers pasé por el huerto. La punta afilada del reloj solar se asomaba por encima del borde, y seguí el sendero del jardín y caminé hacia la estructura de altura media, que también servía como monumento a la paloma que Terence Philip me había comprado en Bali años atrás. Pasé los dedos por la inscripción de la base del reloj solar, de un poema de W. P. Ker, escrito hace muchos años en un estado melancólico:

> De nada sirve alejarse demasiado
> de los hombres más sobrios,
> pero hay una isla allá lejos,
> pienso en ella otra vez.

«Qué lejanos parecen esos días en el *Rosaura*», pensé. En cada vida parecía que había una opción decisiva, la opción que acortaba y excluía algunas posibilidades, pero que expandía y acrecentaba muchas otras. Aunque hubo momentos en que creí que debí rehacer el círculo y cambiar mi decisión definitiva y seleccionar otro camino para mi vida —el tiempo del *Rosaura*—, ahora sé que habría cometido un error terrible. Mi decisión decisiva fue y siempre sería Winston, y la vida expansiva y poco ortodoxa que compartía con él era exactamente la que debía experimentar.

Observo la habitación, contenta con los ornamentos que decoran el árbol de Navidad, y espero que los niños se den cuenta. Quiero recordarles la ocasión singular del año en que me comprometo enteramente a brindar a nuestra familia dicha y unidad. Hago esto con la esperanza de que experimenten los mismos sentimientos, incluso en estos tiempos difíciles.

Pero para hacer honor a los tiempos de guerra me he restringido un poco, en particular con la selección de comida y la decoración. No puedo invertir demasiado en una cena lujosa cuando sé que muchos están comiendo carne de cordero barata para la cena navideña, más que los tradicionales ganso y pavo, y que servirán el convencional pudín con zanahorias en vez de con esas frutas inconseguibles que piden las recetas. ¿Y cómo puedo decorar cada rincón de Chequers cuando sé que muchos no podrán celebrar en sus hogares? Muchos ciudadanos británicos estarán en un refugio antiaéreo durante la Navidad, que ha terminado por ser llamada *Blitzmas* —de *Blitz*, bombardeo, y Navidad o *Christmas*—, dado que los nazis no muestran señal alguna de cesar sus bombardeos nocturnos por la época navideña. Aunque sé que el pueblo británico, resistente más allá de lo imaginable, hará un esfuerzo por impregnar la celebración con el espíritu navideño, intento suavizar este golpe terrible. Organizo cafeterías subterráneas —escuché que van a organizarse fiestas navideñas en torno a ellas con villancicos, pastorelas y bailes—, arreglo que los refugios más grandes tengan árboles de Navidad y también hago los preparativos para que un Papá Noel disfrazado visite varios refugios. No puedo hacer nada por la cancelación de villancicos en las calles, que han sido catalogados como inseguros por los bombardeos y apagones, o el requerimiento de que los trabajadores de las fábricas trabajen el día después de Navidad, en vez de disfrutar la celebración.

Por supuesto, Winston está al tanto de todos estos detalles, pero su mente se eleva por encima de los campos de batalla y los océanos. No aterriza con frecuencia en las calles con la gente ordinaria, como lo hago yo. Así que la culpa no es un factor que entre en su mente mientras sorbe su Pol Roger y levanta su copa de champaña, llena en este momento.

—Por mi familia. Este ha sido un año desbordado en dificultades y trabajo arduo, y aun con ello, henos aquí sentados, la mayoría a salvo en la calidez de la compañía de los otros. Que todos nos reunamos aquí —o en Chartwell— la próxima Navidad, ilesos y a un largo paso más cerca de la victoria.

Todos los miembros de la familia se ponen de pie y brindan chocando con cuidado su copa con las de todos los demás. Cuando mi copa toca la de Nellie veo que sus ojos, directos y francos como siempre, tienen una tristeza y una preocupación demasiado profundas para las lágrimas, pese a la sonrisa pintada en sus labios. «Qué peso inimaginable carga», pienso, «con un hijo en una fortaleza nazi y otro en Canadá, preparándose para el papel más peligroso de la guerra, el de piloto». Y aun así, aquí está, brindando por un año nuevo más feliz. Cuán resistente es, y qué olvidadizos somos nosotros de su difícil situación.

Debemos honrar la nobleza y el sacrificio de Nellie. Vuelvo a levantar mi copa.

—Brindemos por el pronto regreso de Giles a casa. Y por nuestros hijos que están en la batalla, en especial Esmond, quien no está aquí con nosotros. Que salgan victoriosos de sus misiones y lleguen con bien a casa.

—¡Salud! —Las palabras resuenan por el cavernoso comedor de Chequers, seguidas del melodioso sonido del cristal.

Mi hermana asiente en mi dirección dando las gracias y se acerca a mí para brindar en privado.

—Por nuestros otros seres amados, que se han ido y a quienes extrañamos: Bill y Kitty. —Las lágrimas que logré detener un poco antes ahora regresan, y por un breve, increíble momento, siento que mi hermano y mi hermana, hace tanto tiempo ausentes, están de pie junto a Nellie y yo. Así como Marigold.

Congelo este momento en mi mente. No sé qué traerá el próximo año, además de las contiendas y privaciones seguras, pero sí sé lo afortunada que soy de compartir ahora con mi familia esta porción precisa de la historia.

Capítulo treinta y siete

9 de enero a 10 de febrero de 1941
Londres, Inglaterra

Debemos incluir a los estadounidenses en esta guerra. Estamos solos en esta batalla, y me pregunto qué tanto podremos durar. La *Luftwaffe* está aplastando al país y la flota nazi está destruyendo nuestros barcos, que acarrean suministros clave. «¿Cómo vamos a atravesar el invierno sin alguna clase de compromiso por parte de los estadounidenses?». En esto pienso mientras hablo de un menú del almuerzo con la señora Landemare.

Winston y yo vamos a ser anfitriones de un almuerzo para Harry Hopkins el día de mañana. Este emisario del presidente Roosevelt, un miembro de su círculo íntimo, aterrizó ayer por la tarde en Inglaterra y llegará mañana al mediodía a la calle Downing. Entendemos que la mano derecha de Roosevelt —que es decididamente antibritánico— ha sido enviado en una misión de investigación para evaluar si Estados Unidos debería comprometerse y ayudarnos o ni siquiera considerar entrar a la guerra. Hasta ahora Estados Unidos ha sido evasivo, cuando mucho, con respecto a enviar tropas y equipo para la batalla, y aun así, los necesitamos con desesperación.

Jock asoma la cabeza a mi oficina.

—Winston se pregunta si tiene usted un minuto.

En estos días mi esposo sabe bien que no debe llamarme para cuestiones poco importantes, así que debe querer que revise algo trascendental. Volteo hacia la señora Landemare y pregunto:

—¿Alguna otra pregunta sobre el almuerzo?

—No, señora —contesta la cocinera con ese rostro suyo que siempre resulta agradable.

—Sé que hará magia con la comida que logremos encontrarle. —De alguna forma, la señora Landemare logra hornear las confituras más deliciosas con los ingredientes más básicos, lo que la convierte en una herramienta indispensable del racionamiento en tiempos de guerra.

Pasando junto a un grupo de empleados que esperan obtener algunos minutos del tiempo del primer ministro, abro la puerta de la oficina de Winston.

—¿Querías verme, Winston?

—¿Cómo van los planes para Hopkins, Clemmie?

¿De verdad me llamó a su oficina para discutir un menú? Estoy irritada, así que jugueteo con mi doble collar de perlas antes de contestar.

—Como lo platicamos. Será una cena lujosa en el comedor del sótano de la calle Downing, que voy a decorar de manera elegante...

Winston interrumpe:

—En la medida en que un espacio subterráneo reforzado con persianas de acero y puntales en el techo puede ser «decorado de manera elegante»...

Y yo también lo interrumpo:

—Exacto, lo que significa que hice que el espacio fuera pintado de un tono coral suave y arreglé que pusieran cortinas de seda y colgaran pinturas de los maestros franceses Ingres y David. Es sorprendentemente bello.

—¿Pero «bello» es suficiente? Sabes que se nos ha informado que aunque este Hopkins profesa ser antibritánico es susceptible a las cosas finas, a la vida aristocrática. Debemos hacerlo entrar en razón para que apoye la causa británica —resopla y da una calada a su puro—. No me hagas lamentar haberte llamado mi arma secreta.

¿Cómo se atreve a usar ese cumplido de anzuelo como si fuera una zanahoria y yo un caballo persiguiendo el palo del que pende? Levanto la voz para que tenga el mismo volumen que la de él:

—¿Así que estás colocando sobre mis hombros el éxito de lograr que los estadounidenses entren a la guerra? Si ese es el precio de tus cumplidos, por favor, no vuelvas a dirigirme uno.

Salgo de la habitación a zancadas, dejando que la puerta se azote detrás de mí. Al mirar al frente ignoro los rostros que me miran fijo y vuelvo a mi oficina. La furia crece en mi interior y amenaza con derramarse entre mis puntadas cuidadosamente cosidas. Camino alrededor del espacio confinado, enfurecida por la presión que Winston ha puesto sobre mí. Después de todo lo que llevo a cabo en su nombre, después de todos los proyectos que emprendo por cuenta propia, ¿cómo se atreve? He servido como una esposa de primer ministro como nadie nunca lo había hecho antes que yo, ¿y Winston demuestra su gratitud molestándome con una meta como la de Sísifo, una que él mismo ha sido incapaz de conseguir?

Respiro profundo y me recuerdo a mí misma la reciente epifanía que tuve sobre las razones detrás de mis esfuerzos: el bien mayor que supone para la gente británica. Para cuando escucho a Winston tocando a mi puerta ya me he tranquilizado. También he pensado en un método para acercar a Winston y al señor Hopkins.

Le permito humillarse y pedir disculpas, como sabía que lo haría, antes de tomar en mis manos el rumbo de la conversación.

—Winston, hay que evitar enfocarnos en lo que nos divide y mejor centrémonos en lo que nos une. Ahora tenemos el mismo deseo de incluir a los estadounidenses en esta guerra, para darle a Gran Bretaña la oportunidad de luchar. Esta visita del señor Hopkins es una oportunidad única para lograr eso, pero solo podemos hacerlo si trabajamos como equipo. Juntos, si seguimos el plan que he maquinado, sé que podemos entretener, persuadir y agradar al señor Hopkins para hacerlo *nuestro* emisario —hago una pausa y después añado con suavidad—: ¿Crees que podamos hacer eso, Pug?

Casi ronronea:

—Claro que podemos, Gatita.

—Perfecto —contesto rápidamente—. Entonces, para cuando se vaya, estaremos un paso más cerca de tener un aliado en esta maldita guerra.

—Venga, señor Hopkins, déjeme mostrarle. —Hago un gesto hacia el enjuto caballero, quien, debo tenerlo en mente, es la segunda persona más poderosa de Estados Unidos. Con sus mejillas hundidas y su mirada vacía parece tan enfermo que es difícil imaginar su influencia.

Desde el momento en que entró a nuestro improvisado comedor, entendí que el señor Hopkins ha sobrevivido todo este tiempo solo por voluntad. Su cuerpo —destrozado por un cáncer de estómago que lo dejó permanentemente desnutrido— hace mucho que lo abandonó. En ese momento decidí entregarle un flujo constante de las delicias de la señora Landemare, sin importar el costo, para que su recuerdo del tiempo que pasó con nosotros esté impregnado de una luz de salud y bienestar. Sopas deliciosas, carnes suaves, ensaladas de vegetales verdes y frescos, quesos finos, panqué, café delicioso y vinos raros de las cavas de Winston aparecieron regularmente en los almuerzos y las cenas, hasta que el estadounidense brilló de salud, una imposibilidad en la Casa Blanca, he escuchado, con su cocina tan pobre. Prometí que este sería su trato durante las seis semanas completas de su visita. Para su acomodo empleé una estrategia paralela —que siempre incluyó una chimenea encendida y botellas de agua caliente entre sus sábanas—, como lo hice también para nuestra morada de fin de semana, asegurándome de que nos quedáramos en la mansión inglesa de campo más fina, en Ditchley Park, propiedad de Ronald Tree en Oxfordshire. ¿Cómo podría pensar de nosotros algo que no fuera favorable, cuando fue tan bien alimentado y se le cuidó con tanto ahínco?

El fin de semana en Ditchley salió incluso mejor de lo que esperábamos. La experiencia de la casa de campo por excelencia que arreglé para el señor Hopkins —una hazaña en tiempos de guerra— lo hechizó y ablandó sus bordes más duros. El hombre que me habían descrito como irreverente, incluso polémico, demostró ser amable, y pasamos dos noches placenteras alrededor del gran hogar de Ditchley. Aun así, estos mimos eran la parte más sencilla de nuestro plan. En Londres desplegaríamos los componentes clave de nuestro proyecto para seducir a los estadounidenses.

El silencio reina detrás de mí donde debería escuchar el sonido de pisadas que crujen entre los escombros. Delante puedo ver la espalda de Winston y de dos militares escoltándome, pero ¿dónde diablos está el señor Hopkins? Volteo para descubrir que está de pie, inmóvil, en medio del montón de escombros donde alguna vez estuvo la entrada de la iglesia, observando fijo los muros derruidos del edificio destruido. Su rostro parece incrédulo ante la mera idea de ingresar al cascarón quemado de este lugar de adoración. Esta es la primera vez que nos acompaña en una de las regulares revisiones de una zona bombardeada, y luce tan mal como los edificios que encontramos a nuestro paso.

Camino de vuelta sobre mis pasos entre los montones de rocas y piedras, a donde el señor Hopkins se ha quedado congelado. Lo tomo del brazo y digo:

—¿Me ofrece su brazo? Estas ruinas son difíciles de caminar. —La caballerosidad puede convertirse en una gran motivación, como he aprendido con Winston.

—¿Con cuánta frecuencia hace estas visitas a las zonas de bombardeo, señora Churchill? —me pregunta con su plano acento estadounidense cuando logra recuperarse de la impresión.

—Winston y yo las realizamos cada vez que su agenda lo permite. Pero yo las hago a solas —con guardias o con representantes de la Cruz Roja, por supuesto— cada noche que me quedo en Londres.

Luce horrorizado.

—¿Recorre estas peligrosas zonas de desastre cada noche?

Detengo la marcha y lo miro fijamente a los ojos.

—Señor Hopkins, el pueblo británico hace cosas mucho peores que recorrer los escombros cada noche. Viven y mueren en ellos. Los bombardeos destrozan sus hogares, escuelas e iglesias. —Hago un gesto que señala a nuestro alrededor—. Sus familias. Lo menos que puedo hacer es atestiguar la devastación. Eso y crear refugios seguros para los bombardeos aéreos, por supuesto.

—¿Refugios para bombardeos aéreos? —me pregunta.

¿De verdad no sabe nada sobre los refugios? ¿Dónde cree que la gente soporta los bombardeos nocturnos? Claro, para los estadounidenses la verdadera amenaza parece inimaginablemente lejana, pero para nosotros el caos llega cada noche con la puntualidad de un reloj suizo.

Mientras le explico a Hopkins el sistema de refugios, alcanzamos a Winston. Al susurrar en su oído sobre el desvío que me gustaría hacer, asigna a uno de los hombres para que nos escolte. Mientras vamos caminando a un refugio que espero deje una impresión fuerte en Hopkins, le describo los refugios de Anderson, el tipo de refugio más común, hechos de extensiones de acero moldeado, que en parte se hunde en el suelo; son distribuidos de forma gratuita por el gobierno e instalados en los jardines privados de millones de hogares. Le explico que, como los refugios Anderson con frecuencia se vuelven insufriblemente fríos y húmedos, muchos ciudadanos prefieren los refugios comunes, que son más resistentes, como los refugios de la superficie: estructuras grandes de ladrillo y concreto, construidas sobre las aceras o al lado de los edificios, o los refugios subterráneos, que con frecuencia son sótanos muy reforzados o trincheras.

—Y, por supuesto, mucha gente elige usar el metro subterráneo como refugio, aunque no lo hemos habilitado para ello. Cada tipo, por supuesto, tiene sus beneficios y sus defectos —finalizo.

Su boca, que ya lucía torcida debido a una mandíbula levemente desfigurada, se abre.

—¿Cómo sabe tanto sobre los tipos de refugios?

Lo miro y contesto con un tono natural:

—Señor Hopkins, la capacidad, limpieza y condiciones sanitarias de estos refugios son mi proyecto especial. Winston y muchos líderes del gobierno están demasiado ocupados con el aspecto militar de la guerra, como podrá usted imaginarse. Los nazis están, literalmente, sobre nosotros, en el aire, y en el mar, en nuestras costas. Así que cuando identifico un problema nacional, me ocupo de él para liberar a los demás y que se centren en la guerra misma.

—Eso es admirable, señora Churchill. Usted va más allá de lo que el deber demanda.

—No, señor Hopkins. Es nuestra gente la que va más allá de lo que el deber demanda. Cada noche miran fijamente en medio de los cañones de la artillería nazi y reúnen la valentía para volver a mirar ese cañón la noche siguiente, con frecuencia perdiendo todo y a todos sus seres amados en el proceso. Yo solo me he convertido en la esposa del primer ministro que esos valientes ciudadanos se merecen. O al menos a eso aspiro.

Al decir estas palabras me pregunto si son verdad. En efecto, intento servir a nuestra gente y asegurarme de que no sea olvidada. Pero ¿hago este trabajo por los demás o también por mi valoración personal? ¿O es una combinación de ambas cosas?

Aunque su rostro se ha vuelto más pensativo, el señor Hopkins no responde a lo que he dicho, y sospecho que mi mensaje será enaltecido en su conciencia una vez que vea el refugio por sí mismo. Nos acercamos a la achaparrada estructura de concreto sobre la amplia acera. He inspeccionado antes este refugio en particular. Tiene capacidad para cincuenta personas, lo cual es sorprendente, dado su pequeño tamaño.

Hago un gesto a nuestro escolta militar, quien nos abre la puerta. Al ingresar le cuento al señor Hopkins las alteraciones que le hemos hecho a este refugio en particular para volverlo más habitable.

—Después de todo, por lo regular pasan de diez a catorce horas aquí.

—¿Catorce horas? —el señor Hopkins luce sorprendido. Yo había estado susurrando, pero él no hace esfuerzo alguno por mantener la voz baja.

Su voz y la luz de las antorchas hacen que algunas de las mujeres y los niños se levanten. Al deslizarse de las literas de tres camas, puedo escuchar que murmuran:

—La señora Churchill.

Una mujer joven, cuyo cabello luce completamente negro en la suave luz del refugio, con dos niñas aferradas a sus piernas, se acerca a mí con un paso vacilante. Para calmar su inquietud, extiendo mis manos y tomo su mano libre entre las mías:

—Gracias por su valentía y paciencia —le digo.

—Señora, señora Churchill, quiero decir, algunas de las otras madres y yo hemos estado platicando. —Apunta hacia las literas—. Y de verdad estamos muy agradecidas por el trabajo que hizo para arreglar estos refugios. Eran tremendamente horribles antes.

—Es un honor y un privilegio hacer lo que pueda para ayudar a los buenos ciudadanos de nuestro país durante este tiempo complicado, hasta que volvamos a ser bendecidos por la paz —le contesto. Esta es una frase practicada que he dicho cientos, si no es que miles, de ocasiones antes. Aun así, al mirar a los ojos a esta bella criatura —el refugio es oscuro y no puedo distinguir su color preciso— lo digo en serio, y sé que es cierto que sirvo a la gente, en gran medida debido a mi sentido del deber hacia ellos.

Platico con las madres jóvenes por unos cuantos minutos, maravillándome por su tenacidad en estas circunstancias. Pese a que sus esposos están ausentes, luchando en la guerra —uno en el mar, otros dos en tierra, en Francia—, no están tan nerviosas y temerosas como lo estaría yo. No están enfermas de preocupación por los niños que han enviado lejos, a la seguridad que brindan los hogares de extraños en el campo, o por los recién nacidos y niños que aún se aferran a ellas. Son mejores esposas, madres y seres humanos de lo que yo he sido.

El señor Hopkins sigue en silencio mientras caminamos de vuelta con Winston a la iglesia recién bombardeada.

—Supongo que desea saber lo que le diré al presidente Roosevelt una vez que regrese —me dice por fin.

Me detengo y volteo hacia él. El corazón me late ferozmente y siento cómo me da vueltas el estómago. El destino de miles depende de su decisión.

—Con desesperación, señor Hopkins.

—Por favor, llámeme Harry.

—Deseo de forma desesperada saber lo que le dirá al presidente Roosevelt, Harry.

—Bueno, mi respuesta se halla en una cita bíblica que solía usar mi propia madre escocesa: «A donde quiera que tú fueres, iré yo; y donde tú mores, moraré; tu pueblo será mi pueblo, y tu Dios será mi Dios». —Después añade con suavidad—: Hasta el final.

Capítulo treinta y ocho

10 de marzo al 15 de abril de 1941
Londres y Buckinghamshire, Inglaterra

Ni siquiera la recomendación de Harry convence al presidente Roosevelt de entrar a la guerra. Establezco una correspondencia regular con Harry, y se filtran reportes hasta nosotros en la calle Downing de que él le dijo a Roosevelt que los estadounidenses debían hacer todo lo posible por ayudar a Gran Bretaña con las municiones, el equipo, incluso con barcos y aviones. Al parecer, Roosevelt no podía creer que el anteriormente antibritánico Hopkins se hubiera conmovido por el coraje y la valentía de los británicos y sus líderes. Estados Unidos ha decidido proporcionarnos armamento y la ayuda financiera necesaria —incluso la ayuda de alabar a Winston—, pero todavía no abandona su postura aislacionista para unirse a nosotros en la contienda.

Se requiere mayor persuasión, decidimos Winston y yo. Una vez que el embajador estadounidense Joseph Kennedy Senior, quien estaba a favor de la pacificación, es reemplazado por Gil Winant, un antiguo gobernador republicano que, se me informa, comparte algunas de mis perspectivas sociales de corte liberal, concentramos nuestros esfuerzos en él. En un raro movimiento protocolario arreglamos que el tren en el que viaja el señor Winant sea recibido por el rey Jorge VI y que su majestad le extienda una invitación para alojarse en el castillo de Windsor.

Me apresuro a preparar una cena de bienvenida una vez que

me entero, para dicha mía, de que el señor Winant ha declinado la invitación del rey con el fin de llegar pronto a Londres y comenzar a trabajar. Me siento aún más optimista al respecto de este estadounidense y su voluntad de ayudarnos cuando escucho que ha preferido residir en un modesto departamento en lugar de la residencia oficial del embajador. Así que arreglo una cena relativamente suntuosa, aunque me restrinjo en cuanto a los detalles más lujosos. No quiero angustiar u ofender al aparentemente humilde señor Winant.

En nuestra cena inicial, y en las múltiples que le siguen, encuentro que el señor Winant es un hombre cálido, y más importante aún, de principios. Mientras que él y Winston concuerdan en las estrategias bélicas en general, en lo cual mi esposo es brillante, él y yo compartimos perspectivas políticas parecidas respecto al deber de servir a aquellos que han sido menos favorecidos. Me acompaña en algunas de mis visitas a los sitios bombardeados en Londres y en el campo, diciéndome en voz baja:

—Los estadounidenses están con ustedes. Intentamos creer que no somos el guardián de nadie. Pero comenzamos a entender que todos somos hermanos y que necesitamos de nuestros hermanos tanto como ellos de nosotros.

Arreglo que el señor Winant —Gil, como me ha pedido que lo llame— pase con nosotros un fin de semana en Chequers, aunque los consejeros de seguridad de Winston ahora piensan que es un lugar inadecuado en cuestiones de seguridad, pues escucharon que los nazis tienen marcado el sitio en sus mapas. En particular, queremos establecer una conexión entre él y otro invitado estadounidense que llegará a Chequers con nosotros este fin de semana.

Chequers se conforma por una gran casa de campo estilo Tudor, enclavada en una cuenca protegida y seis mil hectáreas de jardines, granjas de trabajo y bosques de haya. Aunque Winston prefiere Chartwell, la magnífica casa de Chequers, con su gran salón, su impresionante colección de obras de arte de Constable,

Turner, Rubens y Van Dyck, sus reliquias históricas y grandes chimeneas, es más adecuada para un primer ministro, en particular uno que viaja con un séquito de autos para sus secretarios, operadores de teléfono, encargados de seguridad, y que recibe a múltiples oficiales militares y dignatarios.

Gil —quien, en efecto, se parece a un Abraham Lincoln lampiño, comentario que se le escapó a Mary en un almuerzo la semana anterior— llega a Chequers después de atravesar en automóvil una distancia de sesenta y cuatro kilómetros desde Londres, y una vez que se ha acomodado, lo invito a que me acompañe a hacer una caminata. Mientras atravesamos el laberinto de los terrenos de Chequers y salimos a la campiña de Buckinghamshire que rodea la propiedad, siempre con una escolta militar a nuestras espaldas, por supuesto, Gil me pregunta:

—¿De dónde proviene el inusual nombre de esta propiedad?

—La historia es un tema que Winston domina mejor que yo, pero entiendo que el nombre podría derivar de uno de los primeros dueños, cuyo escudo de armas tenía un *checkerboard*, o tablero de damas, al que también se le conoce como *chequer* en francés, o simplemente podría venir de los árboles de sorbo silvestre, o *chequers*, que crecen aquí en la propiedad. —Señalo algunos de estos árboles que se ven a la distancia, cerca de las faldas de las colinas de Chiltern.

—Hablando de los franceses, por favor, felicite a su esposo por su discurso más reciente. Fue muy inteligente. En particular disfruté las referencias a De Gaulle y los franceses libres. ¿Estaría en lo correcto si pienso que usted tuvo algo que ver con ese discurso?

Volteo a verlo, asombrada por su perspicacia. ¿Cómo lo supo? Muy poca gente, además de la familia y los trabajadores, comprenden la relación sinérgica que Winston y yo disfrutamos en lo que se refiere a sus discursos. Los ojos de Gil, enmarcados por cejas gruesas y pobladas, no revelan nada sobre el origen de esta observación y, por lo tanto, solo sonrío por el cumplido.

—Esta noche seremos cuatro en la cena. Nuestra hija Sarah estará de visita —digo para cambiar de tema, pero para que no crea que lo arrastramos fuera de Londres para pasar un fin de semana familiar, añado—: Mañana por la mañana llegará un aluvión de invitados, comenzando con una cena para doce, y eso incluye algunos individuos que pueden servirle en sus proyectos. —No menciono que, entre esos otros invitados, habrá más miembros de nuestra familia: nuestra hija Mary y Pamela, la distanciada esposa de Randolph. Como Winston y yo trabajamos todos los días, si queremos ver a nuestros hijos de vez en cuando tienen que acompañarnos en nuestras tareas y cenas más oficiales.

Terminamos nuestro paseo por los alrededores y entramos a la propiedad por la puerta trasera, donde casi chocamos con Sarah, quien ha llegado para pasar el fin de semana. Después de que nos besamos en la mejilla, le presento a Gil. El usualmente reservado estadounidense parece animarse con la presencia de Sarah, así que intento verla desde la perspectiva de Gil. Su bella y clara piel inglesa con un tinte rosado por el vigoroso viento se complementa con el cabello pelirrojo que cae en bucles alrededor de su rostro, y el color caqui de su uniforme resalta los tonos. Recientemente ingresó en la Fuerza Aérea Auxiliar Femenina como intérprete de fotografías aéreas, uno de los puestos más importantes que las mujeres pueden ocupar, y luce especialmente atractiva en uniforme. Lo que Gil no puede saber sobre mi Sarah es su conflicto interno —a menudo vacila entre la comodidad de su estatus aristocrático y la búsqueda de una vida independiente como actriz— y el estado provisional de su insensato matrimonio con el actor Vic Oliver, quien se esfumó a Estados Unidos en contra de la voluntad de nuestra familia, y de quien está separada en secreto. Y no es que Gil fuera a juzgar a Sarah por su estado matrimonial, pues yo había escuchado que él tampoco estaba divorciado de su esposa estadounidense, quien supuestamente prefiere socializar a la reforma social.

Durante la cena de esa noche Gil escucha amablemente las actualizaciones militares de Winston. Lamenta la renuencia de Estados Unidos a entrar a la guerra, pero es Sarah quien captura su atención. Lo que una mujer de veintisiete años y un experimentado político de cincuentaidós puedan tener en común supera mi imaginación, pero, en efecto, encuentran afinidades.

—¿Estamos presenciando el nacimiento de algo inapropiado? —le pregunto a Winston después de que Gil y Sarah se retiran a sus habitaciones separadas para pasar la noche.

—¿A qué te refieres? —me pregunta distraído, alzando la mirada del montón de papeles que tiene sobre su escritorio. Pasarán horas antes de que se vaya a su habitación, y sus oficiales militares llegarán pronto al estudio a revisar los desarrollos y planes.

—¿No sentiste una conexión entre Gil y Sarah?

—No, pero incluso si hubiera habido cierto coqueteo, no habría nada de malo en ello, ¿o sí? Es una buena chica. —No parece perturbarse, pero su mente está concentrada en los asuntos militares. Sin mencionar que su reacción sin duda está nublada por lo que él considera una reacción exagerada mía en cuanto a los asuntos relacionados con nuestros hijos, aunque por lo general me acusa de que es con Randolph con el que exagero.

—Como sea, Clemmie —dice, suavizando su tono—. Winant parece ser un buen hombre. Podría irle peor a ella. De hecho —suelta una risita—, sí ha estado mucho peor, con ese maldito actor austriaco con el que se casó.

Permito que mi preocupación se aminore. ¿Quién sabe? Tal vez Winston tenga razón y quizá yo esté exagerando la interacción entre Gil y Sarah. De cualquier manera, en el contexto de la guerra, ¿qué peligro puede tener un poco de coqueteo?

La mañana siguiente requiere un aluvión de preparativos y me veo forzada a dejar a Gil bajo el cuidado de un distraído Winston y de una Sarah atenta, mientras trabajo con el equipo en los detalles finales de la cena de bienvenida para nuestro nuevo invitado, Averell Harriman. Roosevelt ha enviado al adinerado hombre de negocios a Londres con el propósito específico de establecer su nuevo programa de apoyo militar de préstamo y arrendamiento, con el que Estados Unidos nos «alquilaría» armamento clave a cambio de activos, en vez de efectivo, como apoyo a nuestra difícil economía. La adopción de este programa por parte de Roosevelt fue un resultado directo del tiempo que Harry pasó con nosotros. Cuando volvió, persuadió a Roosevelt de iniciar el programa, y ahora Harry sirve como administrador del mismo, supervisando varios miles de millones de dólares. Harry es quien envió al señor Harriman aquí y le encomendó la tarea de entregar aviones, barcos, armas y el equipo que necesitamos para pelear contra Hitler.

Winston y yo arreglamos que un auxiliar naval recoja al señor Harriman cuando aterrice en Bristol y lo instale en un biplano que lo espera para traerlo directamente a Chequers, a pasar el fin de semana. Esta mañana recibimos la noticia de que estaba en camino y que llegaría a la propiedad antes de la cena. Ahora solo necesitamos persuadir a este señor Harriman.

Para cuando el alto y bronceado señor Harriman entra dando zancadas al gran comedor de Chequers, he arreglado que cada superficie y recoveco de ese espacio brille, pese a mi reducido equipo. Desde la madera bruñida de las paredes, pasando por el brillante cristal cortado de los candelabros y las copas, hasta el antiguo lino belga recientemente planchado que cubre la mesa —pero que no sea algo ostentoso u opulento, tan solo un abrillantado de los muebles históricos—; la habitación parece en todo aspecto la quintaesencia de la mansión de campo. Lo que entiendo del señor Harriman —a quien los recuentos describen como un obsequioso y adinerado hombre de negocios, que aprecia todas las trampas del lujo— es que invitarlo a adentrarse en nuestro mundo podría ser un primer paso para convencerlo de apoyar nuestra causa y otorgarnos el armamento estadounidense con entusiasmo.

Camina hacia mí con una bolsa de mandarinas en el hueco de su brazo.

—Es un gran placer conocerla, señora Churchill. Su hospitalidad es legendaria del otro lado del charco, pero debo decir que este secuestro a mi llegada para ser traído hasta esta gran mansión, bueno... usted se ha lucido. Estoy avergonzado de admitir que lo único con lo que cuento como obsequio para los anfitriones es esta simple bolsa de mandarinas que recogí en Lisboa. —Me entrega la bolsa.

Se me hace agua la boca al ver el color brillante del fruto naranja. No recuerdo cuánto tiempo ha pasado desde que comí una mandarina, o alguna otra fruta tropical, a decir verdad.

—El placer es nuestro, señor Harriman. Pero no se atreva a llamar «simple» a esta hermosa fruta, han pasado años desde la última vez que contamos con algo tan lujoso como unas mandarinas —exclamo.

—¡Salud! —interrumpe Winston, que jamás quedará excluido de una conversación, en especial si se trata de comida.

Winston y el señor Harriman dan un paseo y se sumergen de inmediato en una discusión sobre municiones. Observo a Gil, pensando que quizá podríamos continuar una de nuestras conversaciones sobre las reformas sociales estadounidenses, pero veo que él y Sarah están absortos en una conversación. Pamela, quien se queda con nosotros en Chequers durante los fines de semana, pese al hecho de que ella y Randolph están separados —algo que no nos sorprende, teniendo en cuenta sus infidelidades y deudas de juego que, sin explicación alguna, le ha exigido que ella pague—, afortunadamente platica con uno de los oficiales militares de Winston, con quien prefiero no vincularme. La dulce Mary lleva con orgullo su uniforme del servicio territorial auxiliar, y me acerco a mi hija más joven y la tomo del brazo para felicitarla por su decisión de unirse al servicio, donde estará trabajando en las baterías antiaéreas. Es uno de los puestos militares en los que esperaba que se colocara alguna mujer, y estoy más que emocionada de que mi hija esté sirviendo en uno de ellos.

Mientras nos sentamos a la mesa de otra cena milagrosa de la señora Landemare y brindamos por nuestra compañía, miro alrededor de la habitación. Gracias a nuestros esfuerzos conjuntos, Winston y yo hemos impulsado la batalla británica contra los nazis de maneras que apenas imaginábamos hace algunos meses. Puede que pronto contemos con equipo, municiones, barcos y aviones que hagan posible nuestro éxito, si logramos mantener en alto el ánimo del pueblo británico. Durante demasiado tiempo, el único propósito ha sido sobrevivir.

Un brote de risa, como la primavera brotando del suelo congelado, interrumpe mi ensoñación. Estudio la mesa y me doy cuenta de que Pamela está riéndose de algo que ha dicho el señor Harriman. ¿Cuándo fue la última vez que la observé realmente? La expresión joven y entusiasta que solía tener, como la de un cachorrito juguetón, ha desaparecido, como lo han hecho el bienestar de su rostro y la voluptuosidad de su figura. Está prácticamente escuálida, aunque todavía conserva sus curvas, y ha acaparado la atención del señor Harriman. Parece deleitarse con su atención, incluso la devuelve en reciprocidad. Parece inapropiado, pero ¿cómo puedo reprocharle que coquetee después del represible comportamiento de nuestro propio hijo errante?

Una idea pícara se cuela en mi conciencia —que el coqueteo de Sarah y Pamela con Gil y Averell podría ayudar a nuestra causa— antes de que la descarte. Dios mío, ¿cómo soy capaz de pensar siquiera en utilizar los inocentes coqueteos de Sarah y Pamela, incluso aunque fuera en nombre de un bien mayor? ¿A qué costo estoy dispuesta a ganar esta guerra?

Capítulo treinta y nueve

4 y 9 de agosto de 1941
Londres y Buckinghamshire, Inglaterra

Las manecillas del reloj de mi estudio se rehúsan a moverse. La hora de mi reloj de pulsera se aferra a su posición. Les pido a las horas y a los minutos que pasen con mayor rapidez, pero el día se demora con terquedad en su rutina cotidiana. ¿Será que en algún momento llegue el mediodía? Ansío la tranquilidad que traerá consigo.

¿Por qué me sorprende hoy el lento paso del tiempo? Después de todo, siento que los últimos meses me he mantenido a flote en aguas cada vez más viscosas y aletargadas, esperando desmesuradamente que emerja de las profundidades alguna clase de alivio. Presiento que mi apariencia tranquila estuviera comenzando a descomponerse durante nuestra campaña para seducir a los estadounidenses y hacer que se unan a la guerra. El estrés de forjar y mantener esos vínculos —agravado por el dolor de ver a mi esposo perseguir al recalcitrante presidente Roosevelt— ha sido tremendo. Pero aunque sentía que podía soportar mis deberes y mantener una expresión inquebrantable, cuando leí los reportes que enlistaban el número de vidas perdidas me di cuenta de que no podía concebir el final de este conflicto como no fuera a través de más derramamientos de sangre. El vigoroso sentido del propósito que volvió a mí con el regreso al poder de Winston comenzó a desaparecer solo para ser reemplazado con la ansiedad.

¿Cómo volver a mi estado de decidida tranquilidad? Esta fue la pregunta que me atormentó a la mitad de la noche, cuando no podía dormir y mi larga lista de preocupaciones extendía sus tentáculos sobre mí. Sentí la necesidad de tomar alguna especie de descanso como los que tomé en el pasado, uno de mis descansos reparadores, no una excursión como la del *Rosaura*. Pero jamás podría dejar a Winston. Depende de mí completamente para que lo apoye y lo aconseje, y nuestras rutinas y rituales son un descanso para él. No debería, de hecho, no podría permitirme el lujo de un descanso, en especial cuando las mujeres de nuestro país de verdad están sufriendo, como mi pobre hermana Nellie, quien siempre espera noticias de sus hijos. No cuando hombres jóvenes están muriendo y mi esposo está a cargo del destino de ellos.

Pero entonces, en julio, Harry Hopkins mandó información a Winston y le dijo que Roosevelt estaba ansioso por tener una reunión. Por fin llegaban las noticias que habíamos estado esperando. Él y yo nos alegramos por esta misiva, pues la interpretamos como un paso más cerca de tener a los estadounidenses como aliados en esta guerra.

Las semanas que siguieron fueron un aluvión de planeaciones, una gran hazaña de programar viajes para Winston por tierra, mar y aire, bajo una capa de secrecía. Nadie, además de él mismo, yo y unos cuantos asesores clave, conocíamos su itinerario; a Hitler nada le alegraría más que bombardear a Winston en el aire o en el mar en su viaje a Estados Unidos y proclamar la victoria.

Me prometí que con ser capaz de soportar una semana más, después un día más, y después una hora más antes de que Winston partiera hacia Estados Unidos, podría tomarme el descanso que necesitaba para no caerme a pedazos. Buscando un establecimiento seguro y privado para un descanso restaurativo, leí sobre el trabajo singular del doctor Stanley Lief, en Champneys, una casa de retiro y salud en Buckinghamshire. El doctor Lief tenía algunas ideas poco ortodoxas, aunque atractivas, sobre el impacto negativo del estrés y el nerviosismo en la salud de un individuo. Al pensar nuevamente en el curso de mi vida —los tiempos en que mis nervios me angustiaban y también sus consecuentes malestares, tanto físicos como emocionales—, su visión tenía sentido para mí, aunque la mayoría de los doctores que yo había consultado no la compartían. Aparté una estancia de fin de semana para la temporada que Winston estaría fuera y me mantuve firme en mis planes, incluso cuando Winston llamó al lugar «un manicomio».

La puerta vibra con un golpe. ¿Ha llegado la hora? Al mirar el reloj puedo ver que son casi las once treinta, un poco más temprano de la hora designada. ¿Será que Winston se siente ansioso por partir?

—Pase —digo.

Jock asoma la cabeza por el resquicio de la puerta.

—El primer ministro está listo para recibirla, señora.

«Cómo ha cambiado mi relación con el secretario privado de Winston desde los primeros días», pienso. En el pasado, se habría quejado de realizar la nimia tarea de notificar a la esposa del primer ministro.

—Gracias, Jock. ¿Dónde está?

—En la entrada del anexo, señora. Listo para salir.

Asiento con la cabeza y me levanto de la silla, alisando mi vestido color gris paloma, de costura francesa, y sigo a Jock por el corredor. Cuando doy vuelta para ingresar al vestíbulo veo a Winston de espaldas, una gran presencia corpulenta que intimida a muchos por su fiereza, pero que, por dentro, es mi necesitado y sensible Pug. Voltea hacia mí, con su mirada suave, y el corazón me da un vuelco inesperado. ¿Por qué de pronto me siento tan sentimental con respecto a la partida de Winston cuando nos hemos separado en tantas ocasiones anteriores? ¿Es el riesgo que relaciono con su viaje? ¿O es mi culpa por desear que el tiempo pase más rápido para que dé la hora de su partida?

—Voy a extrañarte, Gatita —me susurra al oído. Parece también inusualmente sentimental, quizá por las mismas razones.

—Y yo a ti, señor Pug —le susurro, y aunque necesito este tiempo a solas para volver a arreglarme, lo digo en serio.

Una franja de sol matutino se cuela a través de un pequeño resquicio entre las cortinas de seda color verde espuma de mar que cubren las puertas francesas que dan a mi patio privado. Este cambio de la luz de mi habitación me hace despertar y me estiro como un gato que se despierta de la siesta, pensando que podría dormir para siempre. «Qué relajada y tranquila me siento en Champneys», pienso.

Experimento una curiosa sensación de levedad aquí. No la sentí cuando entré al atractivo edificio hace cinco días, sino que el cambio fue gradual.

La primera parte ocurrió cuando intercambié mi guardarropa de vestidos de lana y trajes por los holgados vestidos de suave algodón de Champneys; me sentí tan liberada como cuando la moda dejó de dictar el uso de corsés. La siguiente etapa se completó cuando los trabajadores me animaron a dormir tanto como el cuerpo me lo pidiera; me deslicé entre las frescas y planchadas sábanas de algodón y dormí lo suficiente como para eliminar la fatiga que me había inundado desde que inició la guerra. La etapa final fue en mis sesiones con el doctor Lief. En ellas construimos la confianza necesaria para hablar sinceramente del agotamiento que experimento acerca de la maternidad y de la ansiedad que siento cuando atiendo a Winston. Cuando el doctor analizó mis emociones y me explicó la manera como se relacionan con mi salud física, algo que ningún otro profesional de la salud había hecho, experimenté una sensación de ligereza casi flotante, en los hombros y la espalda, y una nueva apertura de mi pecho.

Desde entonces he dejado de cuestionarme por qué debo dejar a mi familia y mis responsabilidades para llegar a ser yo misma. Dejé de criticar mi inhabilidad para conseguir una sensación de bienestar y paz en mi vida cotidiana. Y ya no me siento enojada con Winston por permitirse su depresión del «perro negro» sin ser capaz de entender —o empatizar— con mi batalla personal contra el nerviosismo. Después de todo, requerí a este doctor particular y su establecimiento para comprenderlo por mi cuenta y darme permiso para sanar.

Entiendo qué es lo que debo hacer para mantener esta sensación de tranquilidad personal y fortaleza de propósitos. Haré lo necesario para ser capaz de encontrarme con Winston en la estación de King's Cross cuando vuelva de su reunión con Roosevelt, restaurada y lista para lo que sea que Hitler quiera hacer a continuación.

Capítulo cuarenta

7 de diciembre de 1941
Londres y Buckinghamshire, Inglaterra

—Ven, Clemmie —insiste Winston mientras el tren se detiene en los restos de una estación. Tenemos cuatro paradas el día de hoy, en las áreas más bombardeadas por nuestros enemigos, y debemos proceder aprisa para poder llegar a cada una e interactuar de una manera significativa con la gente.

Pero no puedo bajar del tren sin mi pañoleta, no con este frío. Adopté el estilo de paliacate o la pañoleta tan pronto como vi a las trabajadoras de la fábrica en el campo atarse el cabello con este estilo, por seguridad y para protegerse de la tierra y el polvo. Lo uso en solidaridad con las mujeres que apoyan el esfuerzo de nuestro país y me han dicho que mis pañoletas se han vuelto mi distintivo personal, y que eso me iguala con las mujeres británicas y les muestra mi apoyo.

—Espera un momento, Winston —le contesto y selecciono una pañoleta sencilla de algodón de un tono azul que hace juego con mi vestido. La ato alrededor de mi cabello y la sujeto con mis aretes.

Winston está esperándome en la puerta del tren especial que ha adecuado explícitamente con el propósito de viajar a estos sitios lejanos y devastados. Tomo su brazo y salimos hacia la calle destruida. Ya se ha juntado una masa de personas alrededor del tren y nos movemos entre la gente que nos aplaude, nos saluda con la mano y nos hace preguntas. Visitamos a familias —usualmente son solo madres e hijos, puesto que los padres están ausentes por la guerra— que salen de los escombros de sus casas para saludarnos.

Con frecuencia Winston y yo terminamos llorando ante la valentía y la tenacidad de nuestros ciudadanos después de estas visitas, en la privacidad de nuestro vagón de tren.

Como siempre, la visita culmina con un discurso, cada uno con una ligera variación del anterior. El de hoy termina con un conmovedor llamado a la acción:

> Este es un momento en que todos debemos mantenernos juntos y firmes, como los veo aquí el día de hoy. La totalidad del mundo libre se maravilla ante el autocontrol y la fortaleza con los que los ciudadanos británicos encaran el más grande de los calvarios que se ha pedido enfrentar a cualquier ciudadano, una tribulación que no tiene fin. Hitler cree que este proceso terminará por quebrar nuestro espíritu, pero nada sabe de la amplitud y profundidad del carácter británico y su adscripción a la libertad, por encima de todo lo demás. No nos quebrará; lo que hará es encender el fuego en nuestros corazones para resistir y perseverar.

Ahora, más que nunca, Winston es un emblema de esperanza y valentía, que imparte a la gente la fuerza para soportar lo insoportable por un día más.

Mientras observo a las masas desesperadas por una forma de salvación, deseo que los discursos de Winston tuvieran la capacidad de ayudar a mi pobre Nellie. Apenas hace una semana su hijo Esmond estaba en un bombardeo aéreo en Alemania cuando su escuadrón de la Real Fuerza Aérea Canadiense fue derribado en el Mar del Norte. Winston y yo le dimos la noticia personalmente a Nellie, y creo que nunca voy a recuperarme de ver a mi hermana caerse a pedazos al enterarse de que había muerto su hijo, cuya perspectiva política poco ortodoxa, sin mencionar su fuga, le había causado tanta preocupación durante su vida. Mientras abrazaba a mi hermana, sollozando con ella, miré a Winston, que lucía tan desesperanzado como yo me sentía. La ira crece en mí, junto con una determinación sólida, al recordar ese momento de impotencia. Todo el control y la calma que había logrado este verano en mi descanso para restaurarme se esfumó. Porque sé que, aunque estas visitas a los sitios de los bombardeos actúan como un torniquete para las heridas en el espíritu de la gente, debemos encontrar una manera de detener el derramamiento de sangre desde la fuente.

Estar sentada frente al fuego en Chequers me hace sentir culpable después de atestiguar la devastación que la gente está sufriendo. ¿Cómo podemos estar disfrutando esta copa de oporto después de la cena, cuando los ciudadanos están viviendo entre los escombros, agradecidos por los refugios que ofrecen protección no solo de los bombardeos aéreos, sino también de la naturaleza? Winston parece cómodo y, de alguna forma, envidio su habilidad para hacer a un lado por el momento la devastación que acabamos de ver.

Estoy rodeada de Gil, Averell —como ahora llamamos al señor Harriman—, su hija adulta Kathleen; el jefe de asistencia militar de Winston, el general Pug Ismay; el secretario privado de Winston, John Martin; el comandante Thompson y Pamela. Winston y nuestros invitados están lamentando el estado de la guerra. De reojo estudio a Pamela y a Averell, que se sientan muy cerca el uno del otro, pero no se tocan. Mi sospecha de la atracción que sienten entre sí fue confirmada hace poco por Winston, a través de su amigo lord Beaverbrook. La chispa que observé en la cena de abril en Chequers aparentemente se convirtió en fuego en primavera, cuando Pamela hizo una visita a Averell en su suite del hotel Dorchester. Beaverbrook fue de los primeros en descubrir el amorío, y una vez que le explicó a Pamela lo beneficioso que este podía ser para Gran Bretaña, ella comenzó a pasarnos información sobre la decisión de los estadounidenses de entrar a la guerra. Y viceversa. Pamela comenzó a hacer lo que estaba en sus manos para influenciar las decisiones de Averell respecto al armamento y la participación de Estados Unidos. ¿Quién habría pensado que la joven atenta y coqueta, pero inocente en cualquier otro aspecto, que se había unido a nuestra familia apenas hacía dos años, se convertiría en el epicentro de una intriga de este tamaño? ¿Quién creería que yo, que con frecuencia había sido calificada de pedante y mojigata, toleraría tal comportamiento? ¿Será otro legado de mi tiempo en el *Rosaura*? ¿O habrá nacido de las necesidades de los tiempos de guerra?

Otra mujer quizá se habría puesto furiosa al enterarse de que su nuera estaba engañando a su hijo, pero yo ya no soy esa mujer. Randolph ha tratado terriblemente a la pobre Pamela, sin sentir arrepentimiento alguno, y yo no puedo lamentar este amorío que, por lo que sé, ella inició. De vez en cuando me reprendo a mí misma por evaluar los beneficios que Gran Bretaña podría sacar de esa relación —¿qué clase de madre soy, después de todo?—, pero ahora conozco los alcances de lo que un ciudadano común está dispuesto a hacer en nombre del bien nacional. ¿Es aceptable cambiar —incluso perder— la brújula moral en el miasma de los tiempos de guerra?

—Me encantaría que su Roosevelt se decidiera de una maldita vez —les dice Winston a Gil y Averell con un golpe del puño sobre la mesa, interrumpiendo mis cavilaciones sobre Pamela. Su whisky se derrama con su exabrupto y hago una señal a los sirvientes para que traigan un trapo.

Pese al hecho de que ahora, técnicamente, tenemos un aliado —después de que los alemanes atacaron Rusia en junio, Winston se alió con Rusia pese a su aversión al comunismo—, en esencia, seguimos nuestra lucha a solas. Aunque los rusos observaron mientras Gran Bretaña sufría a manos de Hitler de acuerdo con el pacto de no agresión hacia Alemania que Rusia había firmado en 1939, la ahora atribulada Rusia no tiene reparo en demandar tropas y asistencia de Gran Bretaña sin ofrecer ayuda militar de algún tipo. Los reportes del frente siguen siendo desesperanzadores, pese a la ayuda militar que Estados Unidos ha ofrecido, y Winston está hirviendo de rabia. En consecuencia todos están muy nerviosos, lo cual hace que los ánimos en la habitación sean bajos. «¿Cuánta gente cuenta con Winston como fuente de valentía e inspiración?», pienso. Y, aun así, esta nunca ha sido una de sus múltiples quejas.

Observo el círculo de personas que se lamentan alrededor del fuego. Sé que he sido un instrumento para tejer este cuadro de británicos y estadounidenses —para acercar a los estadounidenses a la guerra en la manera como lo han hecho—, pero me pregunto si mi influencia aquí ha dado todo de sí. Me pregunto, de hecho, si los suministros estadounidenses cambiarán el resultado de la guerra. Puede que simplemente no sea suficiente si los estadounidenses no luchan también.

Pero ¿qué más puedo hacer? Me siento impotente, tanto como me he sentido al consolar a mi hermana en su luto. Sin duda debe de haber algún proyecto en el que pueda involucrarme, alguna tarea que pueda conquistar. Debo tomar acción en vez de someterme a esta desesperanza y dejar que la ansiedad me haga su presa. Inhalo profundo, como me enseñaron en Champneys, y me digo a mí misma que no puedo controlarlo todo. Pero esas medidas no alivian mi ansiedad creciente. Me levanto de la silla alta de brocado y doy unos pasos alrededor de la habitación, como si estuviera haciendo un inventario, y aunque soy conocida por realizar tareas como esta, el momento es extraño para hacerlas. Pero simplemente no puedo sentarme sin hacer nada ni un minuto más.

—¿Clemmie? —me pregunta Winston cuando por fin nota que no estoy sentada en mi lugar junto al resto de las personas.

—Aquí estoy, querido —le contesto, a sabiendas de que no es que quiera algo en particular. Solo necesita saber en dónde estoy a todas horas. Intento no dejar que sus necesidades se sumen a mi sensación personal de desasosiego.

«¿Qué rumbo debo tomar?», me pregunto mientras doy vueltas por la habitación. Desde febrero he fungido como presidenta del llamado a la acción de la Asociación Cristiana de Mujeres Jóvenes, con el fin de conseguir miles de libras para hospedaje, clubes y cafeteras para las mujeres trabajadoras de la industria bélica, y de incrementar las filas de mujeres en el servicio público, tarea que me ha deleitado. «¿Habré de trabajar en el guion para la BBC de mi llamado a la acción de la Asociación Cristiana?», me pregunto.

Quizá deba virar mi foco de atención hacia el trabajo que realizo como presidenta del fondo de la Cruz Roja para ayudar a Rusia. Concebí la idea del fondo de la Cruz Roja especialmente dedicado al envío de suministros médicos a Rusia cuando recibí una petición de las esposas y madres de los hombres en servicio que solicitaban un segundo frente para ayudar a aliviar la presión en Rusia. Sabía que todavía no era posible tener un segundo frente, pero me sentí obligada a mostrarle la petición a Winston. Cuando confirmó mis sospechas —y mencionó rápidamente que el único apoyo que podíamos ofrecer durante meses, si no es que años, eran suministros— se me ocurrió una idea. Con el fin de demostrar el deseo de nuestro país de ayudar a los rusos, aunque nosotros mismos estuviéramos escasos de efectivo, lideré el frente y encabecé el esfuerzo.

Estoy cerca de lograr mi meta de llegar al millón de libras, con la esperanza de que pronto podamos enviar vestimenta de operación, agujas quirúrgicas, medicinas y algodón para ayudar a los soldados heridos y a la población civil en un acto de buena fe, aunque aún no podamos mandar tropas.

Aunque felizmente me he encargado de estos dos trabajos, además de cumplir con mis turnos nocturnos regulares como vigilante de incendios, nada ha disminuido mis responsabilidades con Winston y otros miembros de la familia, quienes han sufrido sus propias pérdidas este año. El esposo de Diana fue herido en un accidente automovilístico en primavera, lo cual requirió su retiro del ejército, mientras que Sarah y Vic se separaron oficialmente, aunque sospecho que Gil ha llenado ese hueco. Tuve que participar en un compromiso desafortunado y apresurado por la guerra que Mary aceptó, y todos sufrimos la pérdida de Goonie, mi querida y vieja amiga y una de mis pocas confidentes, por el cáncer. Con frecuencia pienso que necesito discutir un asunto particular o compartir una historia con Goonie, solo para recordar enseguida que ha muerto. Pero no puedo permitirme darle entrada a la tristeza o el llanto, pues sé que las acciones que soy capaz de hacer tienen el poder de asistir a miles de personas en necesidad.

«Detente, Clemmie», me digo. Esta es la clase de pensamiento circular que casi me hizo caer en pedazos. «Un descanso restaurativo y espacio personal son lo que necesito, lo que el doctor Lief me prescribiría», pienso.

Me excuso para el resto de la noche y me retiro a mi habitación. Quizá en la mañana el camino sea más claro y yo también me sienta mejor. Justo cuando comienzo a quedarme dormida escucho un golpeteo en la puerta de mi habitación. Atontada por el sueño, puedo oler el puro de Winston antes de sentir su mano sobre mi hombro. De pronto estoy despierta y me enderezo de golpe.

—¿Qué ha ocurrido? —pregunto, instantáneamente pensando en los niños y nuestra querida Gran Bretaña—. ¿Perdimos la guerra?

Winston se sienta junto a mí en la cama.

—Algo maravilloso y terrible, Gatita.

—Deja de hablar con acertijos. Habla claro.

—Gil y yo acabamos de hablar con Roosevelt por teléfono. Ya no estamos solos en esta guerra.

—¿Por fin convenciste a Roosevelt? —exclamo.

—Desearía poder atribuirlo a mi poder de convencimiento, Gatita, pero fueron los japoneses quienes hicieron que los estadounidenses se sumaran a nuestra causa.

Está demasiado emocionado para tener una conversación clara, así que vuelvo a reprenderlo.

—Habla con claridad, Pug.

—Los japoneses atacaron Pearl Harbor, la base naval estadounidense en Hawái. Estados Unidos va a declarar la guerra.

Capítulo cuarenta y uno

Octubre a noviembre de 1942
Londres y Buckinghamshire, Inglaterra

Me enderezo después de hacer una profunda reverencia al rey Jorge VI y a la reina Isabel, y acabo por mirar a los ojos a la señora Roosevelt. Las fotografías no le hacen justicia. En el negro, gris y blanco monocromático de las fotografías periodísticas parece no tener gracia, con su cabello desaliñado, sus vestidos poco favorecedores y su prominente quijada. Pero me atraen sus profundos ojos azules, inteligentes y perceptivos, que me hacen olvidar el resto de sus facciones, incluso el vestido parecido a un costal de papas que trae puesto.

Antes de ser presentadas formalmente, debo pasar con otros grupos de invitados. Intercambiamos charlas ligeras, pero nunca permito que la señora Roosevelt salga de mi campo de visión.

Finalmente el protocolo me permite una conversación breve con la señora Roosevelt.

—He estado esperando el momento de conocerla, señora Roosevelt, desde que usted y su esposo hospedaron a Winston en la Casa Blanca durante la Navidad pasada. Estaré en deuda con usted eternamente. —Lo que quiero decir, por supuesto, es que *todos* estamos en deuda con los estadounidenses porque por fin han entrado a la guerra y han luchado estos últimos diez meses, mucho más de lo que lo estamos por que hayan hospedado a Winston durante la Navidad, pero supongo que entiende mis emociones.

En diciembre del año pasado, después de que Estados Unidos hizo su declaración de guerra, Winston atravesó el Atlántico entre una serie de tempestades y se alojó en la Casa Blanca durante las vacaciones de diciembre, hasta enero. Escuché por parte del equipo que viajó con mi esposo que los hábitos de bebida de Winston y sus inusuales horarios para dormir y trabajar ocasionaron una tensión evidente, y que fue un reto para los Roosevelt. Para Eleanor en particular, abstemia tras haber sufrido el alcoholismo de miembros de su familia. Aunque Harry me escribió que Winston había hecho un esfuerzo por comportarse amablemente, puedo imaginarme cómo actuó él en la Casa Blanca, con la comida espantosa y una anfitriona que no se tomaba la molestia de consentir a su esposo —mucho menos a sus invitados—. Aun así, Winston regresó de la larga visita con una fuerte relación con Roosevelt, lo que, en efecto, era el propósito del encuentro.

Winston sabía que una conexión fuerte facilitaría los próximos y críticos pasos para la total e incondicional rendición de los nazis. Los dos hombres acordaron que era necesaria una invasión masiva a tierra firme europea para lograr esta meta, y en su primera reunión comenzaron a negociar un plan de múltiples etapas. Pero las presiones internas y externas de los detalles de ese plan requerirían más juntas, dijo Winston a su regreso, y las múltiples conferencias que han seguido han sido un asunto central de la energía y el tiempo de Winston. Aun así, la guerra no se ha detenido mientras los líderes planean sus estrategias en tales conferencias. Al principio, los nuevos Aliados lidiaron con el surgimiento de la milicia japonesa y la caída de Tobruk en África del Norte, con la rendición de treinta mil tropas británicas, pero finalmente celebraron el éxito de recuperar terreno en contra de los nazis, incluyendo la trascendental victoria en la que se aseguró el Canal de Suez, mientras yo celebraba mi éxito personal de mantener mi salud durante todo este conflicto, gracias a las enseñanzas de Champneys.

—El sentimiento es mutuo, señora Churchill. De hecho, su esposo estuvo alabándola durante su estancia con nosotros, y la oportunidad de que nos conozcamos mejor es también una oportunidad para que se unan más nuestros países como aliados. —Habla con franqueza, aunque puedo imaginar que tras la visita de Winston ella no llegó aquí sintiendo especial cariño por él.

—En efecto, señora Roosevelt. Qué bella manera de decirlo.

Una vez más, la marea de la plática de cortesía nos envuelve por completo. Cuando la corriente retrocede y ella y yo tenemos otro momento a solas, digo:

—Estaré encantada de servir como su guía turística mientras esté en Londres. Además, me alegra tener la oportunidad de devolverle la amabilidad que tuvo con Winston y ser su anfitriona en Chequers durante el fin de semana.

—Ay, señora Churchill, eso es muy amable de su parte, pero no creo necesitar un paseo turístico por los sitios históricos de Londres. Como mi marido no puede viajar, estoy aquí para servir como sus oídos y sus ojos y evaluar la Gran Bretaña de tiempos de guerra. —Alude a la dolencia de su esposo, si puede describirse así una parálisis casi total, pero se entiende que su condición no debe mencionarse en voz alta.

—Perfecto. Porque esa es justamente la clase de paseo que tengo planeado.

Tras su estancia de tres días en el palacio de Buckingham con el rey y la reina, durante las siguientes jornadas recorro con la señora Roosevelt muchos sitios. Quiero que atestigüe los esfuerzos de nuestras mujeres, así que nos detenemos en algunas secciones de los servicios militares femeninos y hablamos con las chicas que trabajan con las baterías antiaéreas. Nos reunimos con pilotos femeninos que enlazan estaciones de la Real Fuerza Aérea como parte de los servicios auxiliares de transporte aéreo. Hacemos visitas a las fábricas de municiones donde las mujeres continúan labores pese al sonido de las sirenas. Pero, por supuesto, ella también debe ver el indomable espíritu británico, así que organizo una visita al lado este, devastado por las bombas. Ahí, después de que la señora Roosevelt es recibida con porras, hablamos con una pareja de ancianos que eligen quedarse entre los escombros de su casa en el día y dormir en el refugio por las noches, en vez de irse al campo: «Este es nuestro hogar, no dejaremos que los teutones nos despojen de él», insisten.

Su energía no tiene fin y su falta de fatiga me vence incluso a mí. En la última tarde de las visitas que haremos en la semana —nuestros días inician a las ocho de la mañana y terminan a la medianoche— planeamos viajar a tres localidades en rápida sucesión: primero a una guardería para niños evacuados o heridos, y luego a dos ubicaciones del servicio voluntario femenil, que se había movido a vecindarios que acababan de ser bombardeados y en los cuales ayudaban con todo, desde la comida hasta la lavandería. Después de un día de acompañar las rápidas zancadas de Eleanor me falta el aliento cuando alcanzamos la segunda locación del servicio voluntario femenil —para ser exacta, un centro de distribución de ropa—, y no es un estado en que alguien hubiera podido dejarme antes. Al ver a Eleanor subir los escalones de dos en dos para llegar al segundo piso del edificio entiendo que simplemente no puedo dar un paso más y me siento en un escalón. Eleanor nota que no estoy a su lado, así que baja el ritmo y mira hacia abajo por la escalera de mármol, en dirección mía.

—Oh, Clementine —exclama, pronunciando mi nombre con una inflexión estadounidense—, ¿te acompaño un momento?

Mientras desciende unos cuantos escalones a mi nivel, me río y digo:

—Por favor no te detengas por mí. Eleanor, quizá tú seas la primera persona que ha hecho que me falte el aliento.

Se carcajea, casi con un volumen tan alto como el mío, y yo me le uno.

—No eres la primera que me dice eso.

—Casi siempre dejo a todos atrás. —Me aliso la falda verde para cubrir mis piernas y volteo a verla—. Por favor, continúa. Solo necesito un momento, te alcanzo enseguida.

—¿Está segura? —me pregunta, pero antes de que pueda responderle ya ha comenzado a subir.

Encuentro a Eleanor, como insiste en que le llame, un ser fascinante, con ademanes sencillos y familiares y habilidad para tranquilizar a la gente, ya sean trabajadores de fábrica, víctimas de bombardeos aéreos, soldados estadounidenses, reporteros o aristócratas. Mujer u hombre, de la realeza o no, tiene una habilidad única para moverse con calma y propósito por el mundo, siguiendo su propia agenda igualitaria. «¿Habrá sido así siempre o, como yo, es una habilidad que ha tenido que aprender?», me pregunto. Por la recepción que le dan, y el trato digno con el que se muestra al mundo, puedo ver que es una figura pública por derecho propio, no meramente un telón de fondo para su esposo.

Mientras viajamos hacia Chequers para su primer fin de semana en Gran Bretaña, Eleanor me comparte su asombro por la capacidad de recuperación de nuestra gente al enfrentar el asalto constante y por la gran variedad de papeles que las mujeres han emprendido. Me siento halagada, y se lo digo.

—Esos son los primeros dos proyectos que tomé cuando inició la guerra: proveer refugios seguros para pasar las tormentas nazis nocturnas y asegurarme de que todas las mujeres sirvieran a un propósito significativo. Por supuesto, ahora también tengo una larga, larga lista de proyectos que superviso, que por lo general se trata de aquellos de importancia nacional que Winston no tiene tiempo de atender, pues debe enfocar sus esfuerzos a las emergencias internacionales. Estoy segura de que tú entiendes qué es eso. —Alzo las cejas con una expresión de complicidad, pues no necesito recordarle a Eleanor Roosevelt todo el trabajo que conlleva ser la esposa de uno de los hombres más importantes del mundo.

Su ceño se frunce en confusión.

—Debo decirte que estoy sorprendida, Clementine.

—¿A qué te refieres, Eleanor? —¿Dije algo inusual? Seguramente esta mujer, a quien algunas veces se refieren como «la señora presidenta» los miembros del equipo de la Casa Blanca por su amplia influencia, no debe encontrar nada escandaloso en mi deseo de colocar a las mujeres en trabajos clave en tiempos de guerra. Otras mujeres quizá lo hagan, pero no Eleanor. No puedo imaginar qué otra cosa dije que pudiera haberla sorprendido.

—En su visita a Washington en la Navidad pasada, tu esposo nos dijo con gran orgullo que no te involucras en ninguna actividad pública o servicio de ningún tipo. De hecho, te alabó por tu inclinación a quedarte en casa y atenderlo —dice esto lenta y amablemente, como si intuyera que la declaración de Winston pudiera lastimarme, ahora que me conoce y comprende la falsedad de lo dicho por mi esposo. Pero ella no podría ser deshonesta al respecto.

Me quedo sin palabras. Que Winston me reduzca a mí y mis contribuciones, hacer que mi vida entera sea tan pequeña, es una herida más grande de la que soy capaz de soportar. Nunca me ha importado servir en el trasfondo de la vida pública —conozco mi valor y me molesta ser el centro de atención—, pero que mis contribuciones sean públicamente disminuidas es asunto de otro orden. ¿Cómo pudo Winston haber minimizado todo mi trabajo como si no tuviera sentido? ¿Como si lo único que yo hiciera en el día fuera atender sus necesidades? Comienzo a procesar su declaración —por qué pudo haberlo dicho y cómo me hace sentir—, cuando Eleanor se aclara la garganta, interrumpiendo el silencio que se ha adueñado del automóvil.

—Lo siento, Clementine. Sé mejor que nadie más lo difícil que es estar casada con el líder de uno de los países sobre los cuales ahora se asienta el enorme peso adicional de salvar al mundo libre. Entiendo lo mucho que requieren de nosotras, al menos en ciertos momentos, y cómo, aun así, algunas veces nos excluyen o nos relegan al asiento trasero, para usar una expresión estadounidense.

En nuestros primeros años de matrimonio, cuando Franklin apenas comenzaba su carrera política y nuestro matrimonio era de verdad distinto…

Se detiene y puedo ver que está sopesando si debe dar detalles, si puede confiar en mí lo que los demás ya saben, que su esposo mantiene un verdadero harem de mujeres que lo adoran a su entera disposición, y que su matrimonio es básicamente una alianza política.

Decide no seguir por ese camino íntimo y continúa por uno más general:

—… compartíamos ideas políticas, en particular en cuanto al frente nacional, y me sentía su cómplice en nuestro trabajo. Pero al volverse presidente, y una vez que su poder se expandió hacia el plano internacional, mi importancia ha disminuido. Una vez que su foco de atención viró del bienestar hacia las armas, yo decidí que actuaría de forma independiente a él.

Su camino suena idéntico al mío. Sin siquiera planearlo de forma consciente, añado:

—Nos dedicamos a las áreas que ellos han olvidado.

Me mira a los ojos:

—Exactamente, Clementine. Tenemos nuestro propio papel sagrado, ¿no? Está separado del de ellos.

¿De verdad mi papel está separado del de Winston? Aunque sí emprendo mis propios proyectos, siempre pensé que nuestro trabajo estaba interconectado. En cualquier caso, me siento obligada a desengañar a Eleanor de la idea que Winston le describió. Enumero mis varios y diversos proyectos, incluyendo el papel cotidiano que desempeño con el mismo Winston. Sus ojos brillan frente a la descripción de mi trabajo con los refugios antiaéreos y mi apoyo a las mujeres, pero esa luz se extingue cuando detallo mi papel completo en la guerra de Winston. De pronto, lamento mis palabras, pues puedo ver con precisión lo mucho que ella extraña ser parte del santuario interno del poder.

Desesperada por cambiar el tema de la conversación, le pregunto por sus hijos. Describe a los cinco, centrándose en la mayor, Anna, quizá porque recientemente se mudó a la Casa Blanca para servir como la anfitriona *de facto*, mientras Eleanor está ocupada con sus propias causas. Pero duda de una manera inusual con sus palabras y me devuelve la pregunta deprisa. Pienso que debería informarle de la situación de mis propios hijos, incluyendo a Randolph, quien está furioso conmigo y con Winston por permitir —si no condonar— el amorío de Pamela y Averell. Aunque él mismo ha tenido varias amantes, se siente con derecho a estar molesto con nosotros, y durante la primavera salió enfurecido a tomar una posición militar en El Cairo, donde fue herido al volver de una larga incursión en Benghazi para regresar a Inglaterra minusválido. Sabía que mis pollitos tendrían que volver a casa, pero no pensé que sería tan pronto.

Es poco característico en mí, pero comienzo a hablar de mis verdades personales.

—Puede ser difícil servir como esposa para un hombre como Winston, y también como madre para los hijos de ese matrimonio.

¿Cómo pude decir en voz alta lo que apenas puedo reconocer en la privacidad de mis propios pensamientos; aquello que solo he platicado abiertamente con el doctor Lief mientras estaba en tratamiento de Champneys? Y decírselo a Eleanor Roosevelt, entre toda la gente. ¿Qué diablos acabo de hacer?

Eleanor me mira con asombro y de manera instintiva me llevo la mano a la boca, como si pudiera devolver esas palabras a mi interior. Pero por el brillo en sus ojos puedo ver que no se siente sorprendida, sino aliviada.

—Pensaba que yo era la única. Es un regalo saber que no estoy sola.

—¿Por qué diablos le dirías a Eleanor que no hago nada más que atender el hogar? —Había esperado seis largas horas, durante una interminable cena formal en Chequers, para que Winston y yo estuviéramos a solas y poder decirle esto.

Suelta una risita.

—¿Te dijo?

¿Cómo se atreve a reírse?

—¿Así que admites que me describiste de esa forma?

—Ah, eso fue la Navidad pasada cuando Roosevelt y yo estábamos conociéndonos. Sabes lo mandona y librepensadora que puede ser Eleanor, lo poco que le importa cómo aparece vestida en público o las cosas que dice y el impacto que tiene en su esposo, sin mencionar su disposición a decir sus propias opiniones, haciendo menos las creencias de Roosevelt. Bueno, no quise que pensara que tú y ella compartían similitudes. Esa clase de emancipación femenina es poco atractiva.

—¿Tan poco piensas de mí?

—Vamos, Gatita —suaviza su tono, pensando de modo equivocado que con ello me suavizará a mí.

—No me digas así. —Estoy más furiosa que nunca. Estoy tentada a tomar cada una de las figuritas de la mesa de centro y aventárselas, he aventado cosas en el pasado, pero nada en Chequers nos pertenece en realidad. Todo es un préstamo mientras Winston es primer ministro. Así que me detengo antes de permitirme ese impulso.

Su voz asume un tono servil.

—Sabes que dependo de ti en absolutamente todo. Sabes que no podría hacer este trabajo sin ti a mi lado. Pero no puedo dejar que ella piense eso, ¿o sí?

Otra pregunta terrible surge en mí, aunque creo que ya conozco su respuesta; aun así, debo formularla. Debo escucharlo decirlo en voz alta.

—¿Quién crees que soy?

Parece perplejo ante mi pregunta:

—Bueno, tú eres mi esposa, por supuesto. —Entonces, como si fuera un estudiante que intenta complacer a un profesor particularmente iracundo, añade—: De hecho, eres la esposa del primer ministro.

Si me hubiera abofeteado no podría haberme dolido más. Solo considera que mi identidad y mi valor son valiosos porque me posee, por lo que signifíco y lo que hago *para él*. Entiendo por primera vez lo dependiente que he sido de la admiración de Winston y cómo he dependido también de su permiso para asumir mi propio poder, incluso aunque sea un poder que se deriva del suyo. No voy a soportarlo más.

Winston está cegado a la transformación que está ocurriendo en mi interior. Continúa en la misma línea:

—Y de cualquier manera, Eleanor sirve comida horrenda, probablemente algún tipo de castigo eterno por el amorío de Roosevelt con Lucy Mercer, que también es espantosa. Pero instruirle a su cocinero servirme una sopa cremosa cuando es sabido que la odio... bueno, Clemmie, tú nunca cometerías un error así. Tú mantienes archivos de los gustos culinarios de nuestros invitados, por Dios. Tu hospitalidad es legendaria.

Sin que Winston lo sepa —contrariamente a su intención, de hecho—, sus palabras solo confirman mi descontento y mi determinación de cambiar. Sin hablar, abandono la invitación. Tan ocupado está Winston con su propia verborrea que ni siquiera nota mi ausencia. Su voz continúa una conversación conmigo incluso cuando ya estoy caminando por el pasillo.

Diez días más tarde, después de que Eleanor y yo emprendemos un paseo extenso por los sitios bombardeados en la campiña inglesa, arreglo una cena de despedida para ella en la calle Downing. La lista de invitados de Winston consiste sobre todo en hombres —Brendan Bracken, que es ahora ministro de información; el capitán general sir Alan Brooke, jefe del personal general del imperio; y Henry Morgenthau Jr., secretario de Tesoro de Estados Unidos—, pero añado algunas mujeres cuyo trabajo merece reconocimiento y una plática con Eleanor, como lady Denman, jefa del Ejército de Tierra Femenino, y lady Limerick, de la Cruz Roja británica. La conversación durante la cena es vivaz, pero al concentrarse en el tema de la paz, toda la amabilidad y restricción que Winston ha tenido en su trato con Eleanor llega a su límite.

Con una calada a su puro, Winston declara:

—La mejor manera de alcanzar la paz, una paz duradera quiero decir, es un acuerdo entre Inglaterra y Estados Unidos para prevenir una guerra internacional combinando nuestras fuerzas. —Observa a Eleanor para medir su reacción, que, conociendo su perspectiva social, ya puedo predecir que será negativa. ¿Por qué está empezando un desacuerdo?

—La única manera de alcanzar y mantener la paz es mejorar las condiciones de vida de la gente de todos los países —contesta ella, sosteniéndole la mirada a Winston.

Ninguno de los dos va a dar marcha atrás, puedo ver eso con claridad. El resto de nuestros invitados están visiblemente incómodos, se beben sus tragos, se mueven inquietos en su lugar o miran hacia rincones extraños de la habitación. ¿Por qué Winston no entiende que un acuerdo completo con Estados Unidos —representado aquí y ahora por Eleanor— es necesario para obtener la paz hoy, y que iniciar un descontento con ella no nos va a acercar a la meta deseada?

Por suerte, el servicio entra con el café y el postre, y uso esta oportunidad para pausar el enfrentamiento.

—Creo que ha llegado el momento de que los dejemos. —Me levanto de mi asiento y las mujeres me siguen, por la tradición de que los hombres y las mujeres se separen después de cenar, un ritual anticuando con el que me siento de alguna manera incómoda en la presencia de Eleanor.

Nos retiramos al salón, donde nos damos un banquete con el pastel Battenberg y la charla ligera. Cuando se hace un silencio entre las mujeres, Eleanor se levanta y se despide.

Camino con ella a la puerta principal, donde espera su automóvil.

—Déjame ir por Winston. Querrá despedirse —le ofrezco.

—Déjalo disfrutar de la sobremesa con los caballeros. En cualquier caso, quisiera un momento a solas contigo.

—Será un placer. —«¿De qué querrá hablar conmigo Eleanor en privado?», me pregunto.

—No puedo agradecerte lo suficiente todo el tiempo que dedicaste a mostrarme la Gran Bretaña en guerra. Experimentar el valor del pueblo británico de primera mano me ha dejado una impresión indeleble. Sobre todo, la ciudad de Canterbury.

Mis ojos se llenan de lágrimas al pensar en la visita a Canterbury, donde fuimos recibidas por una multitud de mujeres y niños solo para enterarnos de que fueron bombardeados al día siguiente y mucha de la gente que nos había recibido probablemente había muerto.

—El honor fue mío.

Toma mi mano y me da un apretón de confianza.

—También quiero que sepas lo agradecida que estoy por haberme dejado conocer el lado íntimo de las mujeres británicas y su trabajo en la guerra. Planeo adoptar algunos de tus programas en Estados Unidos.

—El placer fue mío, Eleanor. Las mujeres valemos más de lo que se piensa.

—Estoy completamente de acuerdo. De hecho, es sobre el valor de las mujeres que quisiera conversar. En los próximos días, la alianza entre nuestros países se hará aún más importante.

—Así es. —Eleanor está señalando una obviedad, me pregunto a dónde va con esto.

—Y no necesito decirte que, puesto que la diplomacia es una tarea tremendamente personal, la relación entre nuestros esposos será un aspecto clave del éxito de esa diplomacia.

Comienzo a entender su estratagema, pero no voy a apresurarla. Espero a que pregunte.

—Claro.

—Tú y yo estamos ubicadas de manera estratégica para desempeñar un papel en esa alianza, y sé de los pasos que has dado para unir a nuestros países en tus relaciones con los señores Hopkins, Winant y Harriman. Así que, perdona el atrevimiento, pero quisiera pensar que tal vez podamos llamarnos la una a la otra cuando esa alianza sea... —Batalla por encontrar la palabra correcta, una rareza en la típicamente elocuente Eleanor— poco pacífica.

—Puedes contar conmigo, Eleanor. Creo que a estas alturas sabes que no estás sola.

Capítulo cuarenta y dos

Agosto de 1943
Quebec, Canadá, y Washington, D. C., Estados Unidos

Tomo asiento en la mesa de conferencias, al lado de Winston. Varios de los hombres no se molestan en enmascarar su irritación porque yo también esté aquí. Casi puedo escucharlos pensar: «¿Por qué diablos ese maldito Churchill trajo a su esposa? Como si no tuviéramos ya suficientes impedimentos para la paz». Ciertamente, ningún otro de los líderes mundiales trajo a su esposa, pero estoy acostumbrada a ser la única mujer en juntas y ocasiones políticas de importancia. En los diez meses que han pasado desde la visita de Eleanor a Inglaterra he buscado esas situaciones cada vez más, en parte debido a sus palabras y las acciones de su esposo.

Desde mis días con Eleanor ha habido abundantes cambios en el mundo y en mi vida personal. Muchos han sido públicos y muy bienvenidos. Aunque la guerra sigue en marcha en todos los frentes, los encabezados de los periódicos hablan de varias victorias entre reportes preocupantes: por ejemplo, mientras que por un lado Rusia comienza a recuperar terreno, los alemanes se alejan a la fuerza de África del Norte y los Aliados invaden Italia, por el otro los estadounidenses batallan contra los japoneses en el Pacífico. Algunos éxitos los hemos celebrado en privado, como las tardes en que juego besigue con mi esposo y cuando asistimos a un juego ocasional debido al leve alivio que traen los éxitos militares. Otros cambios no han sido tan bienvenidos, como el costo en la salud de

Winston por la tensión familiar que provocó la separación de Pamela y Randolph, y por los viajes que ha tenido que hacer para asistir a conferencias lejanas, organizadas para reunir a los líderes mundiales con la intención de que puedan resolver el rompecabezas del nuevo paisaje militar.

Sin embargo, para mí, el cambio más poderoso se ha ido construyendo en silencio en mi interior. Mi hipervigilancia se afinó poco después de mi transformadora conversación con Eleanor, y aunque continúo mi trabajo con la Asociación Cristiana de Mujeres Jóvenes, el fondo ruso y las mujeres británicas, busco más oportunidades para involucrarme en el panorama más amplio de la guerra, más allá de las revisiones que por lo regular hago con Winston. Busco aquellas áreas ante las que él mismo se ha mostrado históricamente ciego, aun cuando al hacerlo me desafíe a mí misma.

A medio verano, por discusiones con Winston, siento que hay cierta frialdad de parte de Roosevelt, junto con una adulación intensificada de parte de mi esposo hacia el presidente estadounidense. Le hice una insinuación al respecto, pero mi esposo se aferró a su fe en la asociación singular que existe entre nuestros países de habla inglesa y a su confianza en que Roosevelt comparte su visión. Cuando nos informaron que Roosevelt había solicitado una reunión secreta con el líder ruso Joseph Stalin, en la que específicamente se excluyó a Winston, incluso mi esposo —que idolatra al presidente estadounidense más allá de cualquier mesura realista— comenzó a reconocer que la apariencia agradable de Roosevelt quizá no estuviera exenta de complejidades. Tras este descubrimiento, sugerí asistir con él a la próxima conferencia en Quebec y aunque no expliqué que podía ayudar a monitorear las dinámicas personales entre Winston y Roosevelt, la rapidez con que aceptó mi propuesta me confirmó que en algún nivel lo había entendido.

—Excelente. Tendré oportunidad de fortalecer mi relación con Eleanor. —Le ofrecí como explicación en vez de la verdad, aunque en realidad sí me emocionaba volver a ver a Eleanor. Estaba preocupada por las dinámicas de la muy secreta Conferencia de Quebec, de carácter militar, que tenía el nombre clave «Quadrant», y no solo por la reciente deshonestidad de Roosevelt con Stalin. Los principales participantes de la conferencia eran supuestamente Winston, Roosevelt y el anfitrión, el primer ministro liberal de Canadá, W. L. Mackenzie King, pero cuando Winston sugirió que King participara en todas las reuniones, Roosevelt extrañamente vetó la idea y forzó a King a que asumiera un papel ceremonial. ¿Por qué no querría Roosevelt que King estuviera presente, si era un hombre excelente al que yo había conocido en persona?

—Sí, sí. —Winston estuvo de acuerdo sin una pizca de sus quejas habituales—. Serás una bendición en las relaciones angloestadounidenses.

Sonreí por su cumplido y me atreví a dar un paso más.

—¿Qué pensarías si llevo a Mary? Ella podría servir incluso como oficial, como tu asistente de campo.

Aplaudió con las manos, mostrando placer ante la idea de que nuestra hija favorita —en la privacidad de nuestras habitaciones no podemos negar que ella ocupa un lugar especial en nuestros corazones— nos acompañe en esta excursión. Mary y yo hemos disfrutado múltiples noches juntas a solas durante su descanso del ejército, y con frecuencia me maravillo ante la mujer joven, equilibrada, moral y amable en que se ha convertido. «¿Qué hice como madre para merecer una hija tan maravillosa como Mary?», me pregunto. Cada vez que la pregunta llega a mi mente, la respuesta también aparece: encargué su crianza a la también equilibrada, moral y amable Moppet, quien sigue siendo un elemento indispensable en nuestras vidas. Con regularidad le doy gracias a Dios por Moppet y por Mary, y pido disculpas por la crianza mediocre e inconsistente que les brindé al resto de mis hijos, incluyendo a la pobre Marigold.

—Le mandaré un telegrama a Roosevelt para avisarle que tú y Mary van a acompañarnos en Quebec —dijo Winston.

Fui aún más lejos. Quería conocer a este presidente en persona y evaluar la situación por cuenta propia.

—¿Quizá después podría invitarnos a la Casa Blanca?

—Ah, eso sería maravilloso, ¿no? Una oportunidad de seducir a Roosevelt para que regrese a la buena idea de que debemos ser aliados. Solo imagina el éxito que tuviste con Harry, Gil y Averell. Algunas veces pienso que la Ley de Préstamo y Arriendo, que por supuesto sentó la base de nuestra alianza contemporánea, fue obra tuya.

Tras un arduo viaje a bordo del *Queen Mary* que me dejó ansiosa y físicamente exhausta, por fin llegamos a Quebec. Cuando inició la conferencia Eleanor no estaba presente, como yo esperaba. Supe que una vez que Roosevelt se enteró por telegrama de que Mary y yo asistiríamos a Quebec, envió a Eleanor a visitar tropas estadounidenses al Pacífico. Supongo que lo hizo para asegurarse de que no hubiera posibilidad alguna de que ella asistiera a la conferencia. Más que estar «muy emocionado» de que Mary y yo asistiéramos, como le contestó a Winston, parecía estar horrorizado y desesperado por asegurarse de que Eleanor no siguiera mis pasos.

Por fin conocí al famoso Roosevelt en la cena antes del primer día de las reuniones. Mary se sentó a la izquierda de Roosevelt y a mí se me asignó la silla a la derecha del presidente. Ya estaba sentado cuando entramos a la habitación, pero aunque inmóvil y físicamente impedido, exuda confianza en sí mismo y poder. Detrás de sus lentes y de la apariencia que le da la edad, pude ver la sombra de su versión más joven y atractiva. «Este es un hombre que está acostumbrado a obtener lo que desea», pensé. Sin duda yo podía reconocer esta cualidad, pues he convivido con ella por más de treinta años.

De forma inmediata me atrapó en la conversación sobre nuestro viaje y la ciudad de Quebec. Sus habilidades sociales estaban finamente pulidas, pero sus modales contenían una nota de falsedad y arrogancia, y no habló de nada sustancial. Claramente, está habituado a crear una intimidad instantánea con otros, porque en menos de una hora, sin siquiera pedirme permiso, se refería a mí como «Clemmie», sobrenombre que reservo para la familia y amigos familiares. En contra de mi naturaleza, no protesto, pero esta excesiva familiaridad me provoca recelo. Sé que mi trabajo es encantar a Roosevelt, pero me enfurece su arrogancia. Y aunque admiro su trayectoria de justicia y reformas sociales, detecto cierta vanidad y demagogia en él que no me gusta.

«¿Por qué siento esta negatividad?», me pregunto. Los estadounidenses han sido nuestros salvadores en la guerra y dependemos de ellos para obtener comida y ayuda militar por medio de la Ley de Préstamo y Arriendo. ¿Nacerá de algún instinto de protección hacia Winston, quien, ciegamente, ha idolatrado a este hombre? Lucho contra mi mala impresión de Roosevelt porque sé que en parte la razón por la que estoy aquí es para fortalecer una relación con él y Eleanor.

Mientras dura la conferencia me presento en algunas reuniones, y si mi asistencia es inapropiada en otras, Winston me hace un recuento. Las reuniones se centran en la Operación «Overlord», el plan para invadir Francia masivamente que lleva algún tiempo en el horizonte, y la resolución de concentrar más fuerzas en la eliminación de Italia del Eje mediante una rendición incondicional, aunque también se consideran otros temas, como la coordinación de esfuerzos para desarrollar una bomba atómica. Con lo que Winston me dice confirmo mi impresión de Roosevelt. Pienso que su intención es asumir el pleno control de esta guerra y marginarnos. Quizá sea esto lo que sentí desde mi primer encuentro con él, pero cuando se lo comunico a Winston lo desecha sin pensarlo dos veces.

Debido a lo que sospecho sobre Roosevelt, ¿cómo podría establecer una conexión con él? Si le confesara esto a cualquiera, se reiría de lo ridículo que resulta ser cauteloso con el encantador Roosevelt, pero no con el, a veces, egoísta e indisciplinado Winston. Aun así, con Winston uno siempre sabe dónde está parado, incluso aunque no se esté de acuerdo con su comportamiento autoindulgente o sus principios. Con Roosevelt, el terreno sobre el que uno se encuentra parece inestable debido a sus caprichos e inconstancias. En los días que siguen en Quebec no logro juntar la falsedad necesaria para vincularme con él, ni obtener el éxito que tuve con los otros estadounidenses clave, Harry, Gil y Averell.

Tras una parada de descanso en las montañas Laurentian para ayudar a Winston a disminuir su catarro y su fatiga, nos alojamos en la Casa Blanca como invitados de Roosevelt y Eleanor, un lugar que carece de encanto y de comida tolerable, como se había rumorado. Aunque me complace volver a reunirme con Eleanor, encuentro aún más difícil conectarme con el presidente en presencia de su esposa. Pienso que es por el frío trato que él le da. También la encuentro mucho más reservada en presencia de él que cuando estuvimos solas nosotras dos, y me pregunto si así me porto yo cuando estoy con Winston. Decido que incluso aunque no pueda hablar con ella del modo en el que lo habíamos hecho, quizá pueda pedirle su consejo para tener éxito en el propósito que me trajo aquí.

—Mami, vas a estar perfecta —exclama Mary mientras doy vueltas por la habitación con mi vestido de seda negro, practicando mi discurso. Aunque he dado bastantes discursos en el pasado, esta es mi primera conferencia de prensa, y mucho depende de ella. «Estoy esperando mucho de esto», me corrijo a mí misma. «Nadie más lo hace». Pero siempre he sido así.

—Gracias, amor —le digo apretando su querida mano—. Creo que estoy lista.

—Estoy segura de que estás lista —dice con una sonrisa segura. Tomamos nuestros bolsos y sombreros y bajamos las escaleras hasta el auto que nos espera.

Cuando llegamos al vestíbulo, Mary pregunta:

—¿No debería ir por papá?

Aprieto su mano un poco más fuerte.

—No, amor, dejémoslo que atienda su propio trabajo. —No creo que pudiera soportar la ansiedad de este evento con Winston observando cada uno de mis movimientos y analizando cada palabra que digo, como he estado haciendo yo por él estos últimos treinta y cinco años.

El estómago me da un vuelco cuando salimos del auto hacia el edificio, en el que me esperan grupos de reporteros. Subo los escalones de la plataforma, con mis sudorosas manos aferrándose a las hojas del discurso. Después de que me presentan me lanzo a recitarlo, y hago una entrega medianamente buena, dada mi concienzuda preparación. Pero la presión aumenta cuando llega el momeno de las preguntas, y sé que debo hacer a un lado cualquier remanente de mi naturaleza reservada si quiero alcanzar la meta para la cual crucé el Atlántico. La meta que no pude alcanzar de manera directa con Roosevelt en Quebec ni en Washington.

Enderezo los hombros y me recuerdo a mí misma los modales amistosos y directos que Eleanor usa con los reporteros; me concentro. Los seduzco, les hago un chiste, platico con ellos, todo mientras hago énfasis en los asuntos más serios. Cuando varios de los reporteros cantan un verso de la canción «Oh, my Darling, Clementine», una vieja balada estadounidense en la que el autor se lamenta de una Clementine, que se ha «perdido e ido para siempre», incluso hago un chiste para contestar, pese a su serenata:

—Ni me he perdido ni me he ido para siempre, sino que estoy aquí para quedarme. —Evito mencionar que la pronunciación inglesa de mi nombre, que rima con «Josephine», es distinta a la pronunciación estadounidense, por lo que ni siquiera funciona con esa canción, porque sé que arruinaría el momento.

Encauzo cada gramo de carisma que tengo sobre la plataforma y logro con esos reporteros anónimos lo que no logré con Roosevelt, lo que Eleanor sí logró conseguir pese a la manera en que su esposo la ha marginado durante la guerra. Me salto directa y absolutamente al presidente y seduzco de manera directa a los reporteros para que amen a nuestro país, y con ellos seduzco también al pueblo estadounidense.

Capítulo cuarenta y tres

16 de diciembre de 1943 al 14 de enero de 1944
Londres, Inglaterra; Cartago, Túnez, y Marrakech, Marruecos

Cuando recibo el sobre que contiene el telegrama ya presiento el mensaje que llevará dentro. Desde hace casi un año Winston ha estado sufriendo episodios de enfermedad —incluyendo neumonía— por el estrés y los viajes de sus conferencias internacionales. Las cartas, las llamadas y los telegramas sobre la salud cada vez más disminuida de Winston han estado llegando al anexo del número 10 casi desde el momento en que salió a su más reciente reunión con Roosevelt, el 11 de noviembre. En uno de mis últimos telegramas del «Coronel Warden a la señora Warden», nuestros actuales nombres clave, Winston admitió que podría estar sufriendo los inicios de la neumonía nuevamente, y Sarah, quien está viajando como su asistente, me describió una noche extraña en la que, mientras dormía afiebrado, le dijo que no se preocupara si moría, porque ya había planeado la estrategia que ganaría la guerra. Pero nada que yo diga hará que regrese a casa hasta que se sienta listo para hacerlo.

Desde que dejamos Quebec, Winston ha estado actuando como un pretendiente abandonado y desesperado. Cuando recién llegamos a nuestra casa en Londres y nos volvimos a establecer en el anexo del número 10, estaba encantado con las noticias periodísticas de mis modales «inteligentes, encantadores y directos». Pero después pasó seis semanas poco felices enfermo en el consulado soviético de Teherán, donde vio a Roosevelt perseguir a Stalin al considerarlo su colega más importante entre los Aliados, mientras que él mismo era ignorado e incluso fue víctima de las burlas de los otros dos líderes. Al parecer, mi éxito entre el pueblo estadounidense —gracias a mis conferencias de prensa y visitas— no hizo que mejorara su relación con Roosevelt. Winston tuvo que mantenerse al margen mientras rechazaban sus dudas sobre el ataque a través del canal de la Mancha en Francia en la primavera de 1944, como parte de la operación Overlord.

Recibí estos reportes ocasionales mientras me quedé en Londres apaciguando los ánimos encendidos entre los miembros del gabinete, revisando los reportes de los debates del Parlamento, dando consejos y lidiando con asuntos del electorado. Pese a mis ruegos por el hecho de que estaba demasiado enfermo para continuar, insistió en volar de Teherán a El Cairo para perseguir a Roosevelt, y después de eso, a pesar de que su condición empeoró, se había rehusado a abandonar el vuelo siguiente a Túnez para encontrarse con el general Eisenhower. Todo porque no quería parecer débil ante el presidente estadounidense.

Pero al abrir con mi abrecartas plateado el sobre, veo que el telegrama no viene del doctor de Winston, lord Moran, como pensaba, sino del gabinete. Contiene una petición secreta para que vuele a Túnez, porque Winston acaba de ser nuevamente diagnosticado con neumonía y fibrilación cardiaca. Temen que quizá no sobreviva.

Quiero caerme en pedazos sobre el suelo y llorar. Pero todo mundo está observándome y tomando nota de mi comportamiento. Me obligo a mí misma a mostrarme preocupada, pero confiada.

Mientras una sirvienta prepara mi equipaje camino frenéticamente por mi oficina, al mismo tiempo que los ayudantes telefonean a los aeropuertos de Londres para conseguir un vuelo inmediato, solo para enterarse de que todos están cerrados debido a una densa niebla que ha cubierto la ciudad como una pesada manta.

Por fin, un ayudante particularmente tenaz me informa que, si podemos llegar a la Real Fuerza Aérea de Lynehamen, en Wiltshire, las condiciones del lugar podrían permitir que partiera. Con Mary, Grace y Jock manejamos cuatro horas a través de la niebla oscura y densa, para llegar al aeropuerto en Wiltshire. Con mi corazón agitado debido a la condición de Winston, abordamos el avión.

Tras quince —veinte, veinticinco— minutos sin movimiento alguno, comienzo a sentir pánico. ¿Qué ocurre? Me preocupa que algo le haya ocurrido a Winston y que las noticias terribles estén atrasando nuestra partida. ¿Estarán debatiendo quién me dará la noticia desesperanzadora? «No, no, no», pienso.

Finalmente entra al avión un oficial condecorado. Después de presentarse, me dice:

—Lo lamento mucho, señora Churchill, pero el avión tiene un problema técnico. Hemos estado intentando encontrarle otra nave apropiada por aquí, pero solo tenemos un avión de bombardeo modelo *liberator*, que no cuenta con calefacción. Hemos revisado y no hay otro aeropuerto capaz de permitir que vuelen aviones con seguridad.

Me pongo de pie y sin mirar a Mary, Grace y Jock, respondo:

—Entonces será el avión de bombardeo modelo *liberator* que no cuenta con calefacción.

El duro oficial parece alarmado.

—Señora Churchill, no creo que entienda la naturaleza del avión que está disponible. Su propósito es volar y tirar bombas, no acarrear pasajeros. No solo no cuenta con asientos permanentes o cómodos, sino que no tiene calefacción. Será brutalmente frío.

—Mi esposo, su primer ministro, me necesita. Por favor prepare el avión para partir.

El equipo cambia las maletas y nos hace vestirnos con trajes de vuelo a Jock, Grace y a mí —le he indicado a Mary que no debe hacer este viaje peligroso—, y casi me río frente a la seria Grace, con sus lentes y su traje de vuelo, que insiste en venir. Pero cuando recuerdo por qué estamos haciendo este viaje peligroso, toda pizca de humor abandona mi cuerpo. Entro para encontrarme con que las repisas de las bombas han sido removidas y algún alma caritativa ha esparcido alfombras de la Real Fuerza Aérea sobre el suelo de metal. Grace, Jock y yo nos sentamos en nuestras sillas improvisadas mientras unos soldados jóvenes apilan mantas sobre nosotros para protegernos del frío. Temperatura que ellos mismos soportan de modo rutinario.

Estoy terriblemente nerviosa por Winston y, en menor medida, por este vuelo, así que mis rodillas chocan entre sí. Pero no puedo darme el lujo de demostrarlo. Así que después de un par de hondas respiraciones me extiendo para tomar mi equipaje y saco un tablero de backgammon.

—¿Te gustaría jugar? —le pregunto a Jock.

Tras treinta partidas, dos termos de café negro recién hecho y una parada en Gibraltar para recargar combustible, aterrizamos y salgo de la terriblemente fría aeronave a la cálida tarde de Túnez.

Después de un estremecedor y rápido viaje en automóvil, llego a la villa blanca del general Eisenhower, cerca del antiguo Cartago en Túnez, donde Sarah, que ha acompañado a Winston en la última parte de este viaje, corre a saludarme.

Lágrimas de alivio le inundan los ojos.

—Estábamos muy preocupados de que no llegaras a tiempo.

Un sollozo se me atora en la garganta:

—¿Así de mal se encuentra?

—Ha estado deteriorándose y resistiéndose a todos los esfuerzos por ayudarlo. Ya sabes cómo es papá. He estado leyéndole en voz alta *Orgullo y prejuicio*, y lo único que ha dicho en las últimas horas es «tu madre se parece tanto a Elizabeth Bennet».

Las lágrimas me corren por las mejillas y sigo a Sarah para apresurarnos hacia su lecho. Pero cuando entro a su habitación, automáticamente retrocedo. ¿Cómo es que este disminuido hombre, tan hundido y tan gris, pueda ser mi Winston? Solo han pasado cinco semanas desde la última vez que lo vi, pero está absolutamente cambiado.

Siento mucho miedo de acercarme a su cama, pero aun así lo hago. Cuando los tacones de mis zapatos resuenan sobre el piso de su habitación, sus ojos se abren rápidamente, y puedo ver la chispa de mi esposo en las profundidades de su mirada azul. Habla con voz ronca:

—Llegaste. Por fin llegaste.

Me hundo en la silla al lado de su cama, caliente por las horas que Sarah ha pasado en ella. Siento una extraña mezcla de alivio y angustia atravesándome mientras tomo su mano y le hablo con suavidad. No contesta, pero su respiración parece más calmada, y una vez que se queda profundamente dormido el doctor susurra:

—Su color luce mejor de lo que lo ha hecho en los últimos cinco días y su pulso está equilibrándose.

—¿Es eso una mejora? —le pregunto, incrédula. Debo tragarme las lágrimas por el estado de mi esposo.

—Sí, una mejoría que atribuyo a su presencia.

Lord Moran me dice que aproveche el estado de Winston y descanse un par de horas, pero en noventa minutos Winston despierta y pregunta por mí. Como he decidido quedarme junto a su lecho prácticamente todo el tiempo, observo de primera mano la cena y el desayuno recocidos que le sirven y hago cambios inmediatos que sé que ayudarán a su salud y energía. Insisto en tener un nuevo cocinero y hablo con él de la clase de sopa aguada y de carnes que le ayudarán a Winston. Al darle yo misma esta comida me aseguro de que reciba los nutrientes adecuados y que evite los estimulantes, como sus puros y el trabajo tan imprevisible. En cambio, hago arreglos para que un flujo constante de visitas amables, pero no agotadoras, pasen un tiempo breve con él, incluyendo a su viejo amigo Beaverbrook y a Randolph. Casi no habíamos visto a Randolph en los últimos dos años, por su pelea con Pamela, y la emotiva reunión con lágrimas entre padre e hijo evoca una cura casi milagrosa.

Celebramos una muy inusual Navidad, en la que todos nosotros —incluso Winston— asistimos a una misa en el interior de una pequeña choza de latón corrugado repleta de municiones. Justo cuando la ceremonia está acabando escucho un aleteo. Una pequeña paloma blanca da vueltas en el techo, para finalmente posarse en una repisa justo encima del altar. Un guardia sentado detrás de nosotros dice más o menos ruidosamente:

—Una paloma significa paz. —Tan pronto como se acaba la misa, el general Alexander corre a ver si es cierto que Hitler se ha rendido. Cuando no encontramos noticia de que tal cosa haya ocurrido, Winston anuncia:

—Parece ser que fue el mismo ministro quien liberó la paloma para darle esperanza a la gente durante la Navidad. —Por esta aportación irónica sé que mi esposo está camino de la recuperación.

Poco después le devolvemos su villa al general Eisenhower y partimos hacia la villa del hotel La Mamounia en Marrakech para un periodo de convalecencia. Sirvo de barricada contra cualquier agitación, y en ese papel paso un tiempo considerable en compañía de los líderes militares de Winston, como el general Bernard Montgomery y el capitán general Alan Brooke, jefe del personal general del imperio. Sin permitir que me atermoricen, desarrollo una relación más bien cálida con estos hombres, que en otro momento me habrían intimidado y que no tienen familiares para hablar en confianza. Los encuentro sorpresivamente deseosos de compañía y cada vez más francos al respecto de los asuntos estresantes, así que los asisto de la mejor manera que puedo en los asuntos laborales y problemas menores, siempre marcando un círculo alrededor de Winston que no les permito cruzar. Cuando la fuerza de Winston comienza a mejorar, organizo picnics al pie de las colinas Atlas, frente al paisaje de los antiguos edificios rojos y rosados con adelfas rosáceas y blancas. Planeo breves reuniones tranquilizadoras para estimular sus sentidos, pero sin sobrecargarlos.

Sin embargo no puedo evitar la guerra por mucho tiempo y comienzo a abrir la reja al trabajo de rutina, llenando la villa no solo con el personal doméstico necesario, además de Jock y nuestra propia comitiva, sino que también admito un ejército de secretarios y un oficial naval. Durante la larga recuperación de Winston, el descontento que había sentido de los iracundos Roosevelt y Stalin hacia él, comienza a bullir. Escucho noticias de que Roosevelt planea lograr una alineación favorable con el poder ruso, y parece ser que Stalin ya ni siquiera finge que tolera a Gran Bretaña ni a su líder. Toman decisiones sobre misiones cruciales por cuenta propia; de hecho, Winston acaba de recibir una visita de los generales Eisenhower y Montgomery, no solo por su salud —como yo esperaba—, sino también por los planes respecto al asalto masivo que Roosevelt y Stalin planean para el canal de la Mancha en la operación Overlord. ¿Qué opción tiene Gran Bretaña más que soportar esta marginación, dependientes como lo estamos de estos países para nuestra supervivencia en esta guerra y en el futuro? Pero me entristece más allá de lo posible pensar que nuestro país, que por tanto tiempo fue el único lo suficientemente valiente para hacerle frente al monstruoso Hitler, ahora debe aceptar un papel secundario.

Winston está a punto de hundirse por completo en el desarrollo desesperanzador de la alianza entre Estados Unidos y Rusia, cuando el general De Gaulle insiste en visitarlo. De Gaulle, quien se ha mantenido a raya después de nuestra última cena, ha tratado muy mal a Winston, pese al hecho de que mi esposo secundó su liderazgo de los franceses libres. Roosevelt ha resistido los esfuerzos de Winston de mantener a De Gaulle informado y en cambio ha respaldado al general Giraud. Con De Gaulle amenazando volar a Marrakech desde Argel, Winston debe sumergirse nuevamente en el desarrollo de la guerra y las políticas que la acompañan.

Con una lista de invitados que incluye al embajador británico y al cónsul general británico, hago los preparativos para un almuerzo de «bienvenida» para el general, cuyo comportamiento ha sido tan malo que, en algún punto, Winston tuvo que arrestarlo. Pero tengo un plan para neutralizar esta reunión potencialmente desastrosa para que no lleve a un retroceso del estado de salud de Winston y a una distracción de los asuntos más críticos. Para que este plan sea exitoso, Winston debe mantener una actitud cordial hacia De Gaulle durante el almuerzo, y así se lo aconsejo y hago que me lo prometa.

Recibimos la noticia de que De Gaulle llegará aproximadamente a las once de la mañana. Arreglo que Sarah y yo seamos quienes reciban al general y a su esposa, para que Sarah conduzca a la señora De Gaulle hacia el salón, mientras yo llevo al general al jardín de nuestra villa.

Mientras De Gaulle pasea por el jardín, hablo en francés. No quiero que haya confusión alguna:

—General De Gaulle, como usted sabe, mi esposo recientemente se ha recuperado de una seria neumonía.

—Claro, madame Churchill. Un reportaje sobre ello llegó a las planas de todos los periódicos de los países del mundo libre —contesta con indiferencia.

—Y entiende, por supuesto, lo importantes que son su salud y su vitalidad para la salud y la vitalidad del mundo libre que usted acaba de mencionar.

—Pero por supuesto —comienza a lucir levemente aburrido, lo que también ayuda a mi propósito. Quiero llevarlo a un acuerdo.

—Parece que nos entendemos, como siempre ha ocurrido —pauso.

—Desde nuestra primera cena —contesta con una sonrisa vacía y un breve asentimiento de cabeza.

—Entonces, quizá también entenderá que, en el pasado, usted ha actuado de maneras que molestan a mi esposo, aunque él lo haya defendido incondicionalmente, no solo frente a los nazis, sino también frente a los estadounidenses.

Ya no luce aburrido. Puedo ver que está debatiendo cómo responder; está indeciso entre echarle la culpa de su comportamiento a mi esposo y sus acciones, y reconocer que, en efecto, Winston ha sido el único que lo ha defendido de los estadounidenses, frecuentemente a costo personal.

Aprovecho su titubeo:

—Los días que vienen serán peligrosos para todos nosotros, y no solo en nuestra batalla contra los nazis. La salud de mi esposo y la paz, y la estabilidad de su relación con él será algo decisivo entre los Aliados. ¿Quién sabe qué puede ocurrir si esa alianza se quiebra? No debemos arriesgarla con malentendidos sin importancia y acusaciones. —Hago una pausa para lograr un efecto—. Mi general, usted debe tener cuidado de no odiar a sus aliados más que a sus enemigos.

Por primera vez De Gaulle se queda en silencio.

Mientras retiran de la mesa los platos del almuerzo, el embajador británico cuenta un chiste y las risas siguen hasta que se sirve el postre. Durante la cena el ambiente ha sido bastante agradable y relajado, como todo mundo ha mencionado, salvo el general De Gaulle y yo misma. Y somos los únicos que sabemos por qué.

Cuando se hace un silencio momentáneo, Winston habla en una lengua que suena como francés quebrado. Cuando nuestros invitados se ríen de su intento, dice:

—Decidí que si intentaba hablar francés esta tarde, quizá podría añadir un lindo toque de ligereza a la ocasión.

—Si tan solo hubiera sido francés, querido —digo yo para causar mayor diversión.

Winston sonríe y pregunta:

—Sí estoy haciéndolo bastante bien, ¿no? De cualquier manera, ahora el general habla inglés tan bien, que entiende mi francés a la perfección.

Todos los invitados a la mesa soltaron grandes carcajadas, incluyendo el propio De Gaulle. El general y yo nos miramos a los ojos y me dirige un leve asentimiento de cabeza, con lo que reconoce y agradece el papel que he desempeñado el día de hoy. Guardo ese raro y privado reconocimiento hacia mi labor para que me ayude con los largos días que se avecinan, en los que Winston tendrá que navegar en el terreno de Roosevelt y Stalin, mientras pilotea nuestro país hacia la victoria.

Capítulo cuarenta y cuatro

5 y 6 de junio de 1944
Londres, Inglaterra

Winston, atribulado, me sacude hasta despertarme.

—Volví a tener ese sueño, Clemmie —susurra.

Me siento, desorientada por algunos segundos, pero la luz pálida del amanecer ha comenzado a iluminar mi habitación del anexo y entiendo con precisión dónde estoy y exactamente lo que traerán las próximas veinticuatro horas. De pronto estoy completamente despierta y lista para ayudarle a Winston con lo que sea. Con total seguridad, lo necesitará en las próximas horas.

—Ay, no —doy unos golpecitos sobre la cama—. Ven a la cama.

Me deslizo hacia el otro extremo de mi cama para hacerle espacio a Winston. La cama se queja de su peso, pero yo disimulo el sonido con mi arrullo. Lo envuelvo con mis brazos y acaricio su rostro, que está empapado en lágrimas.

—¿Fue el mismo? —pregunto.

—Exactamente —me contesta y se queda en silencio. No necesita describir el sueño. Desde que terminaron los planes de la operación Overlord lo ha tenido con frecuencia, y me ha compartido los detalles insoportables de la pesadilla: amplias playas de arena pintada de rojo color sangre y olas color carmesí que chocan contra las costas con cadáveres desperdigados de soldados muertos. Su recuento es tan vívido que, algunas noches, me preocupa que quizá yo misma tenga el sueño. Es la encarnación de su temor más profundo, y aunque nunca lo admitiría, rememora la horrible pérdida de vidas en Dardanelos. Le aterra que la historia se repita.

Este día se ha cernido sobre nosotros durante años, desde que Roosevelt entró a la guerra y dieron inicio las conferencias entre el presidente estadounidense y Winston. En esas múltiples reuniones debatieron la estrategia esencial para que un plan así de peligroso tuviera éxito: una invasión masiva de Europa continental, y cada uno de ellos tomó su turno para mostrar un entusiasmo fluctuante por la estrategia, aunque ninguno dudó de que fuera necesaria. Debido a la variabilidad en recursos y prioridades, otras misiones tuvieron preferencia, tal como la operación Torch en el noroeste de África, la campaña italiana y el apoyo al segundo frente de Stalin, pero el concepto de la operación Overlord nunca desapareció.

Una vez que se afianzó la alianza entre Roosevelt y Stalin —un hecho inevitable por el que me preocupé durante meses—, la balanza del poder se inclinó a su favor, lejos de Winston, y mi esposo sintió que ellos ya habían decidido el futuro de esta invasión masiva a Normandía. Este suceso no me sorprendió, porque había visto en Roosevelt al jugador táctico y al político en vez del amigo incondicional que Winston creyó ver en él durante tanto tiempo. Hasta abril les ofreció a Stalin y Roosevelt alternativas a la invasión total, que conllevaba el riesgo de pérdidas innumerables de vidas, pero Stalin insistió en seguir este curso particular y Roosevelt estuvo de acuerdo. ¿Qué podía hacer Winston? Les dijo que procedería, y entonces comprometió todos sus recursos en el éxito de esta misión. Aun con ello, teme desesperadamente que se convierta en otro Dardanelos.

En su angustia porque ocurriera un baño de sangre, inicialmente insistió en observar el desembarco del Día D desde un barco destructor cercano a las playas donde los hombres descenderían. Primero se lo informó al almirante Ramsay, el comandante de desembarcos, y después al general Eisenhower, y ambos se mostraron vehementes en contra de su presencia. Pero ninguno de los abiertos rechazos de ambos ni los argumentos de que su país lo necesita en Londres lograron convencerlo, hasta que arreglé que el rey le enviara una carta. Solo así Winston estuvo de acuerdo en resistirse a su naturaleza de colocarse en escenarios peligrosos.

En veinticuatro horas aproximadamente, alrededor de ciento cincuenta mil soldados de tropas estadounidenses, británicos, franceses libres y canadienses desembarcarán en las playas de Normandía en la mayor invasión transportada por mar de la historia, y Winston no estará ahí para verlo. Aunque no afirmo tener la intuición de Winston, sé con absoluta certeza que este es, hasta ahora, el momento más crítico para el futuro de la guerra. Estamos en su punto decisivo y debemos mostrar valor, cualquiera que sea el resultado y el costo.

Abrazo a Winston y le susurro una frase de Emily Dickinson: «"Descansar sería un privilegio". Duerme, Pug, si puedes».

A pesar de los decisivos acontecimientos que se han planeado en secreto para el siguiente amanecer, el día procede como muchos otros de esta guerra. Llamarlo familiar sería insultar esta palabra, pero sigue un patrón al que me he acostumbrado en estos tiempos de calamidad. Paso la primera parte de la mañana respondiendo la rebosante bolsa de correspondencia que envían nuestros ciudadanos y reenvío sus solicitudes a los oficiales pertinentes; asisto a mi junta regular del comité en el hospital materno de Fulmer Chase para las esposas de los militares; visito refugios antiaéreos con representantes de la Cruz Roja, que ahora son más importantes que nunca, pues los nazis han reanudado sus campañas de bombardeo nocturno; hago una visita a un sitio bombardeado; enlisto las necesidades de las víctimas, inusualmente extremas debido a que los nuevos aviones nazis conducidos en modo automático sueltan bombas que causan un daño inmenso; y hablo con cada una de mis hijas y pongo especial cuidado en Mary, que está soltera y sola, no como Diana, que está casada, o como Sarah, que continúa viendo a Gil, una situación que genera descontentos ocasionales. Al regresar al anexo veo que los londinenses actúan también con bastante normalidad, caminando resueltamente por las calles e incluso se detienen a platicar con los vecinos que se cruzan. Como si fuera un día normal.

«¿Cómo estará pasando Eleanor este día surrealista?», me pregunto. ¿Se estará maravillando de cómo pasa la vida a su alrededor, como yo? No puedo preguntarle; rompería todas las precauciones de seguridad en torno a la secrecía de este día. Justo como no puedo confiar mis preocupaciones a mi hermana Nellie, ni compartir mis esperanzas con ella de que vengaremos la muerte de su hijo Esmond.

Aunque Winston querría que asistiera a las juntas en la sala de mapas y otros sitios para evaluar los detalles finales de la invasión —reportes de meteorólogos o del clima y las condiciones marítimas clave; el estatus de los miles de hombres en lanchas de desembarco, con náuseas terribles a causa del oleaje; la locación de cada uno de esos siete mil barcos en sus amados mapas—, no me es posible, salvo por la visita breve que hago casi todos los días. La nación ha sabido desde hace tiempo que una invasión masiva es inminente, y no puedo hacer nada que pueda alertar a la población y, a través de ellos, a nuestros enemigos, en la fecha precisa de dicha invasión. Los comandantes militares de Winston temen que una visita apresurada a sus oficinas pudiera ocasionar una preocupación general; al menos esa es la excusa que ofrecen para mantenerme al margen. El día debe parecerse a cualquier otro y procedo como se me instruye. He visto los planos desplegados en la sala de mapas una y otra vez, de cualquier forma. El ejercicio hace que me sienta como una actriz de una obra de teatro falsa y con un mal guion, y me pregunto si todos los que me encuentro pueden darse cuenta de mi truco. Porque lo único en lo que soy capaz de pensar es en Winston. ¿Cómo estará sobrellevándolo mi Pug?

Al contrario de las instrucciones de sus comandantes militares, Winston y yo realizamos una actividad inusual, aunque nadie más que nosotros —y quizá la señora Landemare— lo notará. Cenamos a solas. En todo este año solo hemos cenado a solas en tres ocasiones. Hoy debe ser la cuarta, pues necesita mi completa atención y todo el consuelo que pueda ofrecerle.

Al principio estamos en silencio, bebiendo la sopa aguada que lo nutre y el corte de carne poco cocida que no le ayuda, pero que adora. Toma copiosos sorbos de vino, pero no digo nada. Si alguien necesita anestesiarse un poco del peso masivo que carga en los hombros, es él. Y sé que no hace mucho para calmar sus pensamientos.

Rompo el silencio poco común entre nosotros.

—Sé que esta tensión es intolerable, Pug. Si pudiera quitártela y llevármela, aunque fuera solo en la primera noche de esta campaña, lo haría con alegría.

—Ay, Gatita, jamás desearía que tú cargaras con esto. Es tu bondad usual lo que me mantiene resuelto y fuerte.

—La decisión es dura, pero es la correcta. Sé que está coloreada de traiciones y fraguada con falta de certezas y aprehensión, quizá más que cualquier otra decisión que hayas tomado en tu vida, pero estás cumpliendo tu obligación con la gente de este país. Justo como siempre has hecho. Justo como debes.

Comparto con Winston los recelos, pero los dados han sido tirados y las naves ya están en ruta. Los hombres están en sus sitios, listos para abalanzarse sobre las playas y realizar actos de heroísmo y sacrificio que nunca antes se han hecho. ¿Cómo podríamos traicionarlos ahora cuestionando nuestro compromiso con esta operación? No puedo permitir que su pensamiento se fije en tales reflexiones. Debe mantener la fe.

—Pero llevar a cabo esta acción quizá equivalga a hacerles un gran daño —contesta.

—¿De qué manera? Esta campaña va a iniciar la liberación del noroeste de Europa de las garras de los nazis. Y la liberación se extenderá a través de Europa hasta que estemos libres de ellos.

—¿Pero a qué costo? No puedo evitar pensar que cuando despertemos mañana temprano... —da una calada a su puro, y entiendo que planea quedarse despierto la noche entera— veinte mil hombres, o más, habrán muerto. Como en mi pesadilla.

—Y si no procedemos con esta misión y acabamos con esta guerra interminable, ¿cuántas decenas de miles de hombres *más* morirán? ¿Cientos de miles? ¿Qué clase de pesadillas tendrás entonces? —Me acerco para tomar su mano y lo miro a los ojos azules—. Querido, todos contamos con que tengas la valentía para continuar.

Hace una larga pausa antes de contestar, pero nunca evita mi mirada.

—Haré una guardia para ver el desarrollo de esta misión. Estamos en el Rubicón.

Sostengo su mirada.

—Yo haré la guardia contigo.

—¿En serio?

—Esta y todas las noches.

Capítulo cuarenta y cinco

12 de mayo de 1945
Londres, Inglaterra

Mi avión vuela en círculos una y otra vez sobre el aeropuerto de Northolt. Un amable joven oficial me ofrece un trago con la esperanza de distraerme de la obviedad, y se lo acepto, pero el trago no me hace olvidar. ¿Cómo podría? He escuchado con claridad que el piloto recibió un mensaje de radio de que el Napier está demorado, y sé exactamente quién es dueño del Napier y qué significa ese mensaje. Winston viene tarde, y el piloto ha sido instruido para dar vueltas en el aire hasta que el vehículo pueda alcanzar mi avión sobre la pista de aterrizaje. Winston quiere que parezca que ha estado esperando mi llegada desde hace horas.

Estas circunstancias podrían irritarme con justa razón. Después de todo, he estado ausente casi seis semanas y mi llegada ha quedado acordada al menos desde hace tres días, con reportes a cada hora. Pero estoy demasiado entusiasmada con el desarrollo de todo y alegre de ver a mi esposo como para sufrir un tonto ataque de rencor. Sonrío para mí misma, pero mis compañeros de viaje, la incondicional Grace y la señorita Mabel Johnson, la secretaria del fondo de ayuda a Rusia, me ven sonreír y me devuelven el gesto. Sin duda creen que sonrío de alivio y felicidad porque finalmente estoy regresando a casa tras recibir noticias tan maravillosas, lo cual es cierto. Pero también me siento alegre por muchas otras cosas.

Por fin el avión hace su descenso y saco el espejo de mi bolso para arreglarme el cabello y aplicarme un poco de labial fresco. Desde mi ventana puedo ver una luz roja cuando el avión toca tierra, y sé que es el auto de Winston. Sin importar la demora, al fin ha llegado. Tomo mi bolso y me bajo del avión proveniente de Rusia.

Cuando llegó la invitación de marco dorado quedé en verdad maravillada. Me sentía orgullosa de los ocho millones de libras que había logrado recaudar para ayudar con el fondo ruso, mediante deducciones de salario de voluntarias, esfuerzos de puerta en puerta y eventos, incluso cuando Stalin y Roosevelt se empeñaron en tomar el control de la dirección de la guerra. Después de todo, estaba haciéndolo por la gente que sufría en Rusia, no por sus líderes. Pero nunca creí que sería reconocida por mis esfuerzos, en especial ahora que la victoria de la guerra estaba virtualmente asegurada. Por lo general observo y evalúo desde las alas, sin que se me alabe y, con frecuencia, sin ser notada.

Aun así, la Cruz Roja de Rusia quiso que los visitara e inspeccionara de primera mano el uso excelente que habían hecho de los fondos que recolecté y de los materiales que había enviado. El viaje y la gira que incluía Moscú, Leningrado y el campo tomaría de seis a ocho semanas, y me preocupaba dejar a Winston durante tanto tiempo, en particular porque su ánimo se había vuelto muy amargo en los días que siguieron al desembarco de Normandía. A pesar de que las muertes fueron mucho menores de lo que Winston había calculado, y de que la operación Overlord en efecto había iniciado la caída de los nazis, esa operación había ocasionado la muerte de miles de hombres, y la creciente presión de derribar a nuestro enemigo de una vez por todas agrió su humor, sin mencionar la preocupación de sus difíciles relaciones con Roosevelt y Stalin. Incluso nuestro jubiloso viaje a París en noviembre para celebrar su liberación, como invitados de De Gaulle, solo le había proporcionado un breve descanso de ese ánimo. ¿Será que su humor provenía de la terrible pérdida de vidas humanas y la devastación de Europa debido a la guerra, de las preocupaciones sobre un reducido poder al compararse con el de Stalin y Roosevelt, o de sus miedos sobre el estado de Europa en los años de posguerra y su lugar en una Gran Bretaña cambiante? Winston estaba extrañamente silencioso sobre el tema de su estado de ánimo.

—Debes ir, Clemmie. Podrías ser una fuerza positiva en las relaciones entre Inglaterra y Rusia y ayudarnos a progresar. Acortar la brecha entre Rusia y Estados Unidos y todo eso —dijo Winston cuando le expresé mis preocupaciones, aunque, por supuesto, no atribuí mis reservas a su estado de humor. Desde la conferencia de febrero en Yalta, convocada con el propósito expreso de discutir la reorganización de posguerra de Alemania y de Europa, Winston sospechaba cada vez más de las intenciones de Stalin y de la posible expansión soviética hacia Europa del Este. ¿Cómo podía declinar este viaje a Rusia cuando Winston decía que traería tantas cosas positivas?

Acepté la invitación y ordené mis uniformes para el viaje, que designaban mi rango, vicepresidente del condado de Londres de la Cruz Roja. Cuando llegaron, el corte en forma de caja que tenían no era muy favorecedor, así que pedí que les hicieran algunos arreglos y los combiné con algunas boinas de la Cruz Roja. Para cuando usé el uniforme durante mi té de despedida con la reina, casi sentía que me pertenecía ese atuendo.

Aunque Winston expresó reservas sobre el viaje cuando se iba acercando la fecha de partida, yo procedí, y Grace y Mabel se unieron a mí en el trayecto. Cuando nos bajamos del avión y pisamos el asfalto de Moscú el primer día de abril después de un viaje de varios días, quedé impresionada por el recibimiento que nos dieron. El señor Iván Maisky y su señora, el antiguo embajador ruso y su esposa; Paulina Molotov, la esposa del ministro de Relaciones Públicas; el embajador británico, sir Archibald Clark Kerr; y el embajador estadounidense, nuestro propio Averell Harriman, formaban parte del gran contingente que nos dio la bienvenida. Me sentí inesperadamente conmovida, dado que esta fue la primera recepción oficial hecha en específico para mí y mis contribuciones, y tuve que contener las lágrimas mientras los saludaba de mano. Por lo general, todos agasajaban a Winston.

De inmediato me llevaron a un agitado itinerario en el cual visité hospitales, casas hogar para niños, fábricas de miembros artificiales, estaciones de ambulancias y unidades portátiles de hospitales. A cada lugar a donde nuestros fondos se fueron, lo visitamos y, por primera vez, comprendí la amplitud y la importancia del Fondo de Ayuda para Rusia. Intercalaron almuerzos y cenas en mi honor, incluyendo uno donde recibí la medalla de servicio distinguido de la Cruz Roja soviética, y asistimos al ballet, a una exquisita función de *El lago de los cisnes*.

Winston me mantuvo al tanto del desarrollo de la guerra con telegramas y cartas constantes cuando podía asegurarse de que no fueran un peligro, así como de su horror al ver los campos de concentración. Compartimos la noticia y la ira al enterarnos de la seguridad y ubicación del hijo de Nellie, Giles, quien todavía estaba detenido por los nazis en el casillo Colditz, quizá como un rehén de valor, y el hermano de Winston, Jack, quien estaba gravemente herido. Rogué por su salud y di gracias a Dios de que, al menos en estos momentos finales de la guerra, ya no nos molestaban mis odiosas primas Mitford; algunas habían sido pronazis durante la guerra y una, incluso, se había casado en la casa del líder nazi Joseph Goebbels, teniendo como invitado, nada más y nada menos, que al propio Hitler.

La más alta prioridad de Winston durante el tiempo de mi estancia en Rusia fue mi reunión con Stalin. Desde que Winston expresó su disgusto por la violación de Rusia de los tratados firmados en la conferencia de Yalta, sobre todo en lo que se refiere a los términos de Polonia y Rumania, la actitud de Stalin se había vuelto verdaderamente gélida hacia mi esposo. Me pidió que le dijera lo siguiente a Stalin: «Mi esposo le envía sus sentimientos cordiales y su determinación y confianza en que el acuerdo que se logre entre el mundo angloparlante y Rusia se mantenga por muchos años». Practiqué la frase una y otra vez, incluso intenté decirla en ruso antes de darme por vencida con ese esfuerzo y decidir que utilizaría al intérprete. Solo Dios sabía que no podía darme el lujo de pronunciar mal en ruso y hacer entrega de un mensaje equivocado.

La cita con Stalin estaba concertada, pero cuando llegó el momento solo yo tuve permiso de entrar a su cámara, ni Grace ni Mabel. El largo corredor que lleva de la estación de guardias a las enormes puertas dobles parecía interminable sin la compañía de ellas, y cuando otro grupo de guardias me dio acceso, entré a una habitación que no era menos vasta que aquel. Al extremo del impresionante estudio, decorado con un estilo neoclásico, Stalin estaba sentado con ojos oscuros, detrás de un escritorio. Muy groseramente, no levantó la mirada mientras escribía algo, aunque pudo escuchar que me aproximaba, pues mis tacones resonaban en el espacio. Solo cuando estuve justo frente a él me miró a los ojos y, a través de un intérprete, dijo:

—Le agradecemos el gran trabajo que hizo con el Fondo de Ayuda para Rusia.

Asentí y contesté que le agradecía su invitación y la magnífica recepción, y le di un regalo:

—De parte de los Churchill.

Mientras que el líder ruso desenvolvía la caja que contenía una pluma fuente dorada, dije, como me instruyó Winston:

—Mi esposo espera que le escriba mensajes amistosos con esta pluma —después, finalicé con las exactas palabras que Winston me había pedido decirle a Stalin.

Cuando hube terminado de hablar me observó en total silencio por un largo minuto. Mis nervios comenzaron a superarme, mientras pensaba en todos los horribles rumores de tortura del Kremlin que habíamos escuchado desde hacía años. Miré mientras guardaba la pluma dorada en uno de los cajones de su escritorio, y finalmente dijo:

—Se lo pagaré.

¿Qué significaba esta oración con un dejo de amenaza? Conjeturé que las relaciones entre Moscú y Londres se habían deteriorado incluso más desde que recibí la última misiva de Winston quien, en todo caso, estaba severamente limitado pues mi correspondencia era monitoreada. El miedo comenzó a asentarse en mí. Los rusos podían haber sido nuestros aliados en estos últimos días de la guerra, pero sin duda alguna no eran nuestros amigos. No respondí, pues no tenía idea de qué decir, y me preguntaba qué deparaba el futuro a Gran Bretaña y Rusia.

—Gracias por su visita, señora Churchill —dijo por último Stalin con un tono seco, entonces hizo un gesto a su guardia, quien pronto me escoltó fuera de la habitación.

Sus guardias me llevaron fuera y nos condujeron a Grace, Mabel y a mí directamente al tren bien equipado que nos llevaría a través de Rusia para ver de primera mano los sitios que se beneficiaron con nuestros fondos, comenzando por Moscú y viajando hacia Leningrado. Aunque mi interacción con Stalin me había congelado hasta los huesos, el vitoreo del pueblo ruso y su gratitud por el Fondo de Ayuda a Rusia me calentaron de nuevo mientras dejábamos la estación. No podía entender el descontento que existía entre los dos, aparte de los sentimientos de Stalin hacia mi esposo.

Mientras el tren hacía una de sus múltiples paradas en localidades tanto rurales como citadinas durante las siguientes semanas, visitamos la devastada ciudad de Stalingrado. Condujimos a través de una vasta plaza pública con un obelisco de torre en su centro y pregunté por el significado a la señora Kislova, la intérprete asignada para nosotros por la VOKS, la Sociedad Sindical para las Relaciones Culturales con Países Extranjeros, suponiendo que era un tesoro histórico de algún tipo.

—Se le conoce como la Tumba de los Hermanos y marca una enorme fosa común para los miles de ciudadanos que murieron defendiendo nuestra ciudad de los nazis —explicó mientras pasábamos por las casas que no eran más que chozas, que las familias habían construido con los escombros, para luego anunciar—: Hemos llegado.

Nuestra visita planeada para esa tarde era el hospicio donde, nos informó la señora Kislova, veríamos equipo y suministros que nuestro fondo había financiado. Grace, Mabel y yo caminamos sobre los escombros para llegar a las imponentes puertas del hospital con marcas de balas que, como nos dijo la señora Kislova, fue marcado como objetivo especial de las bombas de la *Luftwaffe*.

Grace, usualmente callada, abrió mucho los ojos y preguntó:

—¿De forma intencional los nazis hicieron de un hospital infantil un objetivo de guerra?

Nuestra intérprete asintió con la cabeza tajantemente y respondió:

—Para quebrar nuestro espíritu.

Cuando entramos al pasillo, los niños llenaban el vestíbulo y los pabellones. Había niños de ocho años heridos que habían peleado con los partidarios junto a niñas de seis años con cicatrices que se estremecieron al ver rostros no familiares. Niños sin extremidades, niños con toses espantosas, niños con heridas purulentas y niños sin ojos ni oídos. Y esos eran los niños que podían mantenerse en pie. Muchos más yacían en filas y filas de camastros, la mayoría de ellos indiferentes o inconscientes.

—La mayoría de estos niños no estarían vivos si no fuera por la ayuda que usted nos hizo llegar. —La señora Kislova interpretó las palabras del encargado del hospital—. En especial porque los padres de la mayoría han muerto.

Las lágrimas me corrían por las mejillas, mientras miraba directamente a las más terribles pérdidas de la guerra, para quienes nuestros suministros y medicinas solo podían contener sus heridas inimaginables.

Grace, Mabel y yo aun estábamos tambaleándonos por esa visita al hospital de niños cuando nuestro tren paró en la siguiente estación, y vi al señor y la señora Molotov de pie esperando en la plataforma. ¿Qué diablos hacían aquí? De pronto mi corazón comenzó a latir con fuerza. ¿Le habría sucedido algo a Winston? Sin duda alguna, el embajador británico o Averell habrían acudido si ese fuera el caso, me dije.

Su ayudante, un oficial militar ruso, abordó nuestro tren y tuvo un animado intercambio con nuestra intérprete. Llegaron a alguna clase de acuerdo y entonces los Molotov ingresaron al tren. La señora Kislova asintió con la cabeza de manera complaciente hacia ellos y yo me levanté para saludarlos cálidamente cuando entraron a mi vagón.

—Venimos con malas noticias, señora Churchill. El presidente Roosevelt ha muerto —me dijo.

¿Roosevelt? ¿Muerto? Parecía incomprensible, aunque Winston me había dicho que se veía bastante enfermo en la Conferencia de Yalta, con cierto tono grisáceo en el rostro y los ojos. Aunque sentía recelo hacia el líder estadounidense desde hacía tiempo, estaba agradecida del papel que había desempeñado a nuestro lado en esta horrible guerra, y no podía imaginar el nuevo orden mundial sin él. «¿Cómo estará sobrellevando esto Eleanor?», me pregunté. Más importante aún para mí: ¿cómo estaba Winston?

Consolé a Winston mediante una llamada telefónica desde nuestro hotel, más tarde ese día, y juntos redactamos una carta para que él le enviara a Stalin, que Winston esperaba que también apareciera en los periódicos rusos. Pero nada podía apaciguar la conmoción y angustia que sentía él, yo lo sabía. Sin importar las maquinaciones más recientes de Roosevelt, la lealtad de Winston permanecía intacta. Me instó a continuar el viaje, ya que debía realizar todo esfuerzo posible para enmendar las relaciones entre Gran Bretaña y Rusia, así que continuamos.

No fue sino hasta que hicimos nuestro último viaje de regreso a Moscú cuando sentí un impulso por volver a casa de nuevo, esta vez por razones de mayor júbilo. La embajada británica envió a un representante a mi hotel con la noticia de que Mussolini había sido capturado y ejecutado por los antifascistas después del suicidio de Hitler. Cuando Alemania finalmente se rindió, el 7 de mayo, el impulso de ir a casa se convirtió en una firme necesidad. Pese al hecho de que no podía volver a Londres a tiempo para el Día de la Victoria de Europa, una situación que me molestó mucho, hice planes fijos para regresar a Londres con Winston.

Fue surrealista, pero sí pasé el Día de la Victoria con Winston después de todo. El 8 de mayo, Grace, Mabel y yo nos reunimos en la embajada británica con el embajador, su esposa, Averell y el equipo diplomático y escuchamos la voz de mi esposo en la radio desde Londres:

—¡Gran Bretaña ha salido adelante! ¡Viva la libertad! ¡Que Dios guarde al rey! —Aunque estábamos a miles de kilómetros de distancia, aunque no pude verlo hacer su declaración de victoria en la Cámara de los Comunes, aunque no pude estar ahí para atestiguar los vítores de miles de personas en la Plaza del Parlamento, sentí que mis dedos se entrelazaban con los suyos para celebrar nuestra victoria.

Pero mientras caminábamos hacia las calles de Moscú después, y yo hablaba sobre la victoria con los diplomáticos rusos y nuestro intérprete, comencé a entender cuán divergentes eran respecto a las nuestras sus opiniones sobre la guerra y el armisticio, y me maravillé de lo diferente que el mismo evento puede parecerle a gente distinta. «Qué variadas son las lentes a través de las cuales cada uno percibe el mundo», pensé. Rogué que los ciudadanos que habían ayudado con el Fondo de Ayuda para Rusia y las conexiones que hicimos durante esta visita pudiesen ser un puente entre Gran Bretaña y Rusia, cuando las diferencias en nuestras perspectivas nos dividieran aún más, como Winston comenzaba a predecir.

Bajo el último peldaño del avión hacia el pavimento, sonriéndole a Grace, quien ha sido una secretaria de total confianza y una amiga durante estos largos años de guerra. Winston me espera al borde de la pista; sus brazos brillan con varios racimos de flores y una gran y entusiasta sonrisa en los labios. Caminamos simultáneamente hasta encontrarnos a mitad de camino y fundirnos en un abrazo. Las flores vibrantes se aprietan en nuestro abrazo.

—Gatita, cómo te he extrañado —susurra en mi oído. Entonces, de pronto, se echa hacia atrás y me mira de arriba abajo—. Aún estás usando tu uniforme de la Cruz Roja —dice, como si yo lo hubiera olvidado.

Sonrío, pero no comento nada. Estoy encantada de que lo haya notado sin que yo tuviera que atraer su atención a mi atuendo. Quiero que me vea en el uniforme como yo he acabado por verme en el uniforme: como alguien que ha servido bien a su país.

Nos separamos con renuencia, pero nos tomamos del brazo mientras caminamos hacia el Napier rojo de Winston.

—Tenemos paz, Pug, tú lograste esto —le digo con una gran sonrisa y una carcajada sonora. Mi alegría es desenfrenada ante estas noticias, que ya no son nuevas, porque estoy en presencia de él; casi no me había parecido real hasta que por fin pude decirle a él las palabras en voz alta.

—No, Clemmie, *nosotros* hicimos esto. Es *nuestro* momento —me contesta, apretándome la mano.

El sol se pone con franjas de un brillante dorado contra el horizonte, donde el cielo se encuentra con la tierra, y mientras el sol desciende siento que una tranquilidad poco familiar también desciende sobre mí. Todo el esfuerzo y la lucha que han sido parte de mi vida —mi infancia solitaria y extraña; los raros vaivenes de mi inusual matrimonio; mi batalla con la maternidad; mi necesidad constante de comprobar mi propio valor; el caos de dos guerras, incluso mi permanente sentido de otredad— parecen desvanecerse. En el vacío que genera esta calma veo con inesperada claridad que, sin mis adversidades y fallas únicas, particularmente con mis hijos, no podría haberme convertido en la Clementine que forjó este camino a través de la política y la historia, y sin mí, mi esposo no podría haberse convertido en el Winston que ayudó a conseguir la paz para este mundo resquebrajado.

Mientras caminamos experimento una sensación muy extraña, como si estuviéramos pasando a la historia en este mismo momento. No después, cuando las generaciones futuras hayan tenido la oportunidad de diseccionar nuestros actos y reconsiderar nuestras decisiones, sino ahora mismo, mientras observamos el brillo del atardecer en el paisaje. Cuando nuestros sucesores evalúen a Winston y esta terrible guerra, como sin duda lo harán, sé que verán la mano de Winston empuñando la pluma que escribe la historia. Pero me pregunto: ¿verán que todo este tiempo mi mano también empuñaba esa pluma?